假　药

潘习龙　著

中国人民大学出版社
·北京·

目　录

狗屁医学院

洋洋淀医学院门前是休闲公园，休闲公园前面是湖泊。

六月天，晴转多云，湖水平静，湖面上印着两个人影。从倒影的轮廓看，便知道是一男一女。男的人高马大，女的矮小肥胖。

大学期间，人高马大是男生最大的资本，矮小肥胖的女生要拿下这个庞然大物，没有几招绝活绝对不成。

男生疑惑地问："我们真的就这么分手啊？"

女生胆怯地回答："很抱歉，我妈妈托了很多关系才让我进了省城医院。你现在连工作都没有找到，家里人反对也在情理之中。"

男生理直气壮地说："虽然我没有找到工作，但我爱你，这就足够了！"

女生无奈地回答："家里人是很现实的。爱能换来大米吗？"

男生动情地说："当初是你追我的。很客观地说，我现在不是爱你，而是爱爱情，我珍惜初恋。"

女生面无表情地回答："是的，当初我爱你人高马大的外表，但现在才明白，人高马大也不能炖肉吃。"

男生声嘶力竭地质问："咱们不是对着湖水许诺过海枯石烂吗？"

女生心如止水地回答："的确许诺过，但海枯不了，石也烂不了，爱也长不了。"

"这谈的是什么狗屁恋爱啊！"

"狗屁"两个字是这位男生的口头禅。在他的心目中，"狗屁"两个字可以替代一切语言和一切无法用语言表达的语言。

说话之间，男生顺势搬起了地上的一块石头。女生担心失控的男生做出不理智的行为，赶紧后退几步。男生并没有用石头砸向女生，只是狠狠地砸到了水泥地上。随着一声闷响，石头反弹后落到了男生的脚上。"哎哟！"男生赶紧弯腰捂住了脚。

曾几何时，这对男女吵架的时候，理亏的一方往往就是通过这种苦肉计赢得另一方的谅解。但今天有些例外，女生并没过去安抚男生，而是扭头跑进了洋洋淀医学院……

这对男女——洋洋淀医学院 98 届毕业生。男生，农民的儿子，名叫钱忠利；女生，官员的女儿，名字无从考证——这等平庸的女孩，就像呼伦贝尔草原上的一只小肥羊，记住她的名字是一件无聊透顶的事情。

钱忠利，高大魁梧，皮肤黝黑，肌肉发达。眼睛大而深陷，目光灼人，其形状像探照灯，其功能像 X 光机。河北省洋淀县钱家庄人氏。一家五口，父亲钱老六，母亲钱大妈，哥哥钱忠厚，妹妹钱忠星。兄妹三人都考取了大学。钱忠厚考入了北京的 BJ 大学——一所被中国人神化了的大学。钱忠星上了广州的 ZS 大学——中国校园最美的大学。可怜的钱忠利，仅仅上了本地的一所医学院——洋洋淀医学院。这所狗屁学校是由洋洋淀卫校改装过来的，医学院要读五年，不仅多蹲了一年，而且就业前景还狗屁糟糕——学医真是个吃亏不讨好的活儿。

大学期间，钱忠利的主要精力都花在恋爱、运动、娱乐上，虽然脑袋里没有装进去多少知识，但练就了一副强健的体魄。事实上，他想学习也没有那个条件。医学院需要优秀的教师、上等的实验室、红火的附属医院，这样才能培养出合格的医学生。这所缺胳膊少腿的医学院在这几方面几乎都是空白，几幅人体解剖图是仅有的一点教具。学生学基础课就像听天书，学临床课就像听评书。在这儿学了几年，不用说当名医，自己胳膊腿上的几块骨头都没有捏明白就稀里糊涂地毕业了。医学院院长在毕业典礼上自豪地宣称："我们培养出来的学生个个体格强健，这才是医学院最大的资本。"

每次想起这句话，钱忠利就咬牙切齿地骂上一句："狗屁！"

钱忠利没有了女朋友，也没找到工作。他从省城找到县城，从大医院找到小医院，摸到手上的都是一堵堵冰冷的墙，始终没有摸到门。他也求助过钱忠厚，"神仙"哥哥完全不食人间烟火，没有任何社会关系，爱莫能助。钱忠利索性将被褥和书本统统卖给了收破烂的，换来两斤桃酥，打道回府。

钱忠利走出校门口的时候，仍然不忘把手头的硬币扔进流浪汉的瓷碗里——这是钱忠利五年来养成的习惯，每次外出购物剩下的硬币就扔给这个流浪汉。钱忠利之所以对这个流浪汉这么好，是因为他觉得这个流浪汉身上的某种气质特别像他哥。高考试卷像盘古手中的那把大斧，把他们劈成了高材生与流浪汉的差别。因此，钱忠利不知不觉对流浪汉有了一份亲情。钱忠利对流浪汉说："流浪诗人，我也要去流浪了，后会有期！"——鉴于流浪汉自诩为诗人，学生们都习惯叫他

"流浪诗人"。

"毕业了？祝你好运！在你离校之前我要告诉你一个秘密。"

钱忠利好奇地把耳朵凑了过去。

流浪诗人附在钱忠利的耳边低声说："我是李太白转世，现在世界上只剩下一个伟大诗人，这个人就是我。"

钱忠利苦笑着说："这算什么秘密啊！你不是在学校广场上喊过一万遍了吗？"

流浪诗人算得上洋洋淀医学院最出名的人物，比院长和校门口保安的名气还要大。他常常敲着瓷碗在广场上高歌或朗诵他的诗歌。后来有人发现他的嗓门特别大，学校有球类比赛的时候，便有人出钱雇请他当啦啦队。他助威的球队多半能赢球，有人感慨他的杀伤力能够顶上一名主力队员。有男生出钱请他写情诗，听说用他的诗向女孩求爱，多半能成功。总之，他过着一种半乞讨、半工作的生活。

据说，流浪诗人从小聪明过人，小学时就在当地报纸上发表过诗歌。因写诗走火入魔，导致高考屡考不中。父母相继去世之后，他只好回家务农，和弟弟在一起过日子。从此，流浪诗人的诗歌中多了一份忧伤，少了一缕阳光。他的一首诗得罪了某位领导，被强制关进了精神病医院。领导并不是有意诬陷他，领导对"精神病"的理解是："凡是不按我的意图去思考的人，凡是不照我的要求去说话的人，一律都是精神病。"一年之后放出来时流浪诗人真的有些疯疯癫癫了。在弟弟的责骂、村民的嘲笑、小孩的追打之下，他实在无法创作诗歌，也无处安身，最终迈出了流浪的脚步。

得知儿子的处境，钱老六石狮子般地蹲在门口抽旱烟，钱大妈泥塑般地坐在灶台边抹眼泪。念了五年大学，到头来却换来两斤桃酥，你说这是个啥买卖呀？

村头的喇叭里正唱着京剧，咿呀了老半天也没憋出几个狗屁，但钱老六就是爱听，听的是那种感觉，正如湖南人遇上了臭干子，东北人看到了酒瓶子。钱老六另一个爱好就是读古书，他认为中国的四大名著应该是《论语》《三字经》《千家诗》《增广贤文》。他说："没有读过这四本书的人不配做炎黄子孙！"按照钱老六的观点，神州大地上实在找不出几个炎黄子孙了。

钱老六把自己的两个爱好做了完美的结合，他常常用京戏的腔调把"四大名著"唱出来。钱大妈对这些似懂非懂，但正是这似懂非懂的感觉，让钱大妈平添了几分对钱老六的敬意。

钱老六把自己读过那么多书却一辈子怀才不遇的尴尬局面归结为命运。"命"，失败者的借口；"运"，成功者的谦词。没想到生逢其时的钱忠利却还是一事无成。钱老六不由自主骂了一句："医生算什么职业啊？哪怕你做了太医，也赶不上一个七品县令。县令大小是个官，太医最多只能算个高级仆人！"

钱大妈急忙敲打着钱老六的额头，小声说："嘘——别让孩子听见了！"

钱老六一听这句话，心中更冒火："让他听见咋啦？我就是要让这个混蛋听听，同样是爹妈养的，忠厚和忠星都飞黄腾达了，唯独他成了孵不出鸡的寡蛋。不知道我钱老六祖上的哪根香没烧到，养出这个不争气的东西！"

"您是文化人，不能总这样骂他啊！他刚刚毕业，站稳脚跟也要有个过程。"

钱老六的语气缓和了一些："始吾于人也，听其言而信其行；今吾于人也，听其言而观其行。这个混蛋真让我失望！"

　　那个年代，政治系、行政管理系就是好专业，因为这些专业可以从政当官。再差也得读个中文、新闻之类的专业，这类专业伸缩性强，进一步可以做官，退一步也可以舞文弄墨。小时候，爷爷给兄妹三人读儿歌时不停地念叨："小小读书生，黄昏读五更。鸡鸣清早起，心想跳龙门。家无读书子，官从何处来？白马紫金鞍，骑出万人看。问道谁家子，读书人做官！"

　　医学，算啥狗屁玩意儿？

黑蛋的那条小命

钱忠利没心没肺地提着水桶到井台边冲凉,突然吼上一句"妹妹你大胆地往前走"。一群正在玩耍的小鸡被这一声怒吼吓破了胆,失魂落魄地钻进了鸡妈妈的翅膀里……

七月的天气烈日炎炎,钱忠利坐在大树下听村民七嘴八舌地聊天:

"黑子一辈子苦命,黑蛋的烫伤重得很啊,多半会落下残疾。"

"黑蛋的性命很难保住了,在村卫生室昏迷不醒了。"

黑子是本村的汉子,从小没娘,靠老爹拉扯长大。父子俩相依为命,一辈子没少吃苦,家里一贫如洗,除了光棍两条,要啥没啥。三十五岁时,黑子家的铁树开了花,娶了个媳妇叫菜花。菜花长得五大三粗,奇丑奇黑,属于永远也没法让男人产生邪念的那种女人。黑子从来不嫌菜花长得丑,他多年来教导村里的老媒婆:"只要是个母的,能下崽就行!"年近四十,黑子的愿望终于实现了,儿子黑蛋的降生,续上了他家的香火。大伙认为黑子这辈子的苦日子应该熬到头了。照顾小孩不是菜花的强项,邻居阿婶提醒她要好好照料黑蛋。菜花嘴硬:"你们家的女儿当波斯猫养,我们家的儿子要当狗崽子养!"

阿婶家正好只生了两只"波斯猫",没有生出"狗崽子",她听到这句话自然不高兴，当场撕破脸和菜花吵架。阿婶流着泪说："太伤自尊了！"村民们赶紧劝阿婶，都说菜花不是有意伤害，毕竟她是有口无心的人。你想想，一个有心眼的人会嫁给黑子吗？

粗心的菜花终于惹出了大祸。黑蛋不小心摔倒了，半个身子掉进了滚烫的热水盆里，前臂和手上的皮都烫掉了。菜花没有钱送黑蛋到县医院，只好在村卫生室做治疗……

钱忠利听到这个消息，撒腿跑向村卫生室，他知道黑子在外地打工，菜花一个人照顾黑蛋肯定有困难。

村卫生室开设在村医钱忠贵的家里。钱忠贵没有正规学过医，只是自己在家里看了几本医书，后来又读了一个函授班。所谓函授，就是寄过去一点钱、寄过来几本书的游戏。函授游戏，玩点别的问题都不大，用函授来玩人命，很容易把命玩没了。钱忠贵的老婆是"护士"，她只认识头上和手臂上的两根静脉，其他的东西一概不知，其他东西也确实不关她的事。

钱忠利走进村卫生室，一阵热浪扑面而来，夹杂着汤药味和腐臭味。钱忠利径直走进房间，看见黑蛋躺在床上昏迷不醒，他的手用卫生纸包得严严实实，已经发出了阵阵臭味。只有那微微抖动的嘴唇，还让人看到一点生命的迹象。菜花哭丧着脸坐在旁边，用扇子驱赶着成群的苍蝇。

钱忠利看到这种场景，上前责问钱忠贵："你算什么狗屁医生啊！怎么能用卫生纸包伤口呢？"

钱忠贵漫不经心地说："卫生纸难道不卫生吗？碍你啥事啦？"

钱忠利虽然没有任何临床经验，但他凭自己的那一丁点医学知识，就知道钱忠贵枉披了一件白大褂。他疾言厉色地朝钱忠贵吼道："这哪里是什么治病啊！你完全是在拿黑蛋的性命开玩笑！伤口被你这样包着，用不了几天，手就坏死了！"

钱忠贵耻笑道："忠利，你别他妈的站着说话不腰疼！你问问菜花，她家里穷得叮当响，你让我拿什么给他治啊？别以为你在那个破学校蹲了几年就有什么能耐！"

钱忠利气得恨不得把钱忠贵的头给拧下来，但现在不是打架的时候，他急冲冲地抱起黑蛋就走。菜花赶忙阻拦说："哎，哎，你要把黑蛋抱到哪儿去呀？"

钱忠利用毫无商量余地的口吻说："赶紧找辆手扶拖拉机，送他到县医院！"

菜花犹豫地说："大兄弟，我也想去县医院，可家里实在没钱啊！"

钱忠利气得直跺脚："人命关天，救黑蛋要紧，钱算什么狗屁大事呢！"

两个小时以后，钱忠利和菜花带着黑蛋赶到了县医院，急诊科的医生马上进行清创处理。黑蛋在抢救室里发出了撕心裂肺的哭叫声，声音如锥子一样扎向菜花的心尖。世界上有粗心的妈妈，但绝对没有不爱孩子的妈妈。菜花悲痛欲绝，几次想冲进抢救室，都被护士挡了出来。她坐在走廊里扯天捣地地大哭："黑子你这个混蛋，赶紧回来吧！天要塌了，今后你让我们娘儿俩怎么活哟——"

急诊护士出来找菜花催医疗费："赶紧去交两千块钱吧。"

菜花叹息道："这咋办呢？大兄弟，你帮我打听打听，医院哪里有卖血的，我这就卖血去！"

钱忠利眼睛里亮光一闪，随即又黯淡下去，无奈地说："血值什么狗屁钱啊？再想想别的办法吧！"

菜花急得团团转。看到菜花六神无主的样子，钱忠利也没有了主意。原先大包大揽，真正涉及钱的问题，他也只能跟着菜花团团转了。

正当两个人在医院走廊里表演"二人转"的时候，护士站又飘过来天使般的声音："黑蛋的家长，再不交费，我们就要停止治疗了。"

钱忠利的那张脸扭曲得像个魔鬼，人生第一次感受到钱还真算一件狗屁大事，他装出镇定的样子安慰道："菜花姐，你好好照顾黑蛋，我回村里想办法去！"

钱忠利回到家，还没进家门，远远地听见钱老六又在用京腔唱《论语》："学而时习之，不亦说乎？有朋自远方来，不亦乐乎？人不知而不愠，不亦君子乎？"钱忠利趁钱老六高兴，把黑蛋的病情说了，希望钱老六出点钱解黑蛋的燃眉之急。钱老六一听就气得跳了起来——像是从《论语》中蹦出来的一只跳蚤。他指着钱忠利的鼻子骂道："混蛋！你别的本事没有，出头逞强算你第一。白白养了你二十多年，老子还等着找你要钱呢！别说老子没有钱，就是有钱，凭什么给菜花啊？小心老子一巴掌把你踢出去！"

钱忠利原本很生气，却被父亲这句话逗乐了，笑着说："您别用巴掌'踢'我了，我自己滚出去吧。我找村干部想办法去！"

钱老六没有弄明白儿子为什么发笑，操起扫把朝钱忠利的脑门儿扔过去……钱忠利揉着脑袋走进村支书钱百万家。钱百万说村里也没钱，要是有钱，能让村里人到现在还喝不上自来水吗？钱忠利实在没辙了。

晚上十点多钟，村里纳凉的人渐渐回家休息了，这时村里却突然传来了吵闹声——

"黑子家的医疗费用得由你出!"

"老子凭什么给黑子家出钱?"

"要不是你这个狗屁耽误了病情,黑蛋至于在县医院花那么多钱吗?"

"你他娘的别在这里瞎胡闹,小心老子打断你的腿。"

"你这个狗屁害死了村里多少人啊!"

"我操你妈!你小子怎么血口喷人呢?老子今天打死你这个王八蛋!"

爱看热闹的村民迅速向吵架的方向聚拢,黑影里突然传出了厮打声、棍棒声。村民们赶紧胆怯地往回跑,平静的村子翻起了黑色的波浪。

过了一会儿,打架声平息了。村民们才明白打架的缘由,钱忠利帮黑蛋找钱忠贵索要医药费用。钱忠贵的兄弟们把钱忠利的行为定格为"医闹",把这个愤青好好地"修理"了一番。

钱忠贵家有兄弟四人——钱忠荣、钱忠华、钱忠富、钱忠贵,号称钱家庄的"四大天王"。没有如狼似虎的兄弟们罩着,这种当村医的美差就轮不到钱忠贵的头上。

钱忠利家出的是文秀才,钱忠贵家出的是武状元。自古以来,舞文的斗不过弄武的,弄武的拳头一举,马上就给你兑现了。毕竟咱们是对内崇尚武斗、对外倡导和平的民族。

反正我是信了

　　深夜，钱忠利躺在床上辗转反侧，他惦念着没钱医治的黑蛋，想着六神无主的菜花。如何才能交上医疗费呢？钱忠利怔怔地望着窗户，直到玻璃窗上浓浓的夜色慢慢地变淡，慢慢地褪去。窗外的鸡叫了，阳光又一次洒满了窗台。

　　钱忠利敲了敲爸妈的房门，想跟爸妈再谈谈，希望能借点钱，救人一命胜造七级浮屠。里面传来钱老六的怒吼："混蛋，给我滚远点，别让老子闹心！"钱大妈好像在劝慰着什么。钱忠利敲门的手软了下去，他看了看在阳光里觅食嬉闹的鸡群——多么快乐的一群家伙！他突然灵机一动，拿着洗脸盆，大步流星地走了出去。

　　没过多久，安静的钱家庄传来了钱忠利敲打脸盆的吆喝声："各位父老乡亲，黑蛋躺在医院没钱医治，咱们本是同根生，希望大爷大妈、哥哥嫂嫂们奉献一点爱心，钱多钱少随大家……"

　　村民们都围了上来，看热闹的多，出钱的少。有村民起哄道："连慈善部门都骗捐款，谁信你的这个破脸盆？"

　　钱忠利拍着胸脯说："我不是郭美美，而是顶天立地的钱忠利！"

　　钱老六听见动静，急匆匆地跑出来，夺过钱忠利手里的盆子，骂道："你这个混蛋，别丢人现眼了，老钱家再穷，也没有到敲着脸盆乞讨的地步啊！朽木不可雕也！"

钱忠利黝黑的脸上泛起了红光，他瞪着眼问钱老六："你也是文化人，怎么就这么没素质呢？我要给黑蛋筹钱治病，人心都是肉长的啊！"

听到这句话，钱老六嘴唇哆嗦得像两片干枯的树叶。谁要说钱老六没素质，就等于挖了他家的祖坟，因为他断定他的素质在钱家庄是名列前茅的。他用颤抖的手指着钱忠利骂道："混蛋，竟然敢跟老子这样说话，看老子今天不打死你！"

爷儿俩在村头打了起来，村里人越聚越多，闹哄哄地一起看热闹。钱百万挤进来厉声喝道："都给我住手！你们这是干什么呢？你们爷儿俩还嫌丢人不够啊！要打就关在家里打吧！"

钱老六嘴里嘟嘟嚷嚷地挤出人群，背搭着手，一路恼羞地走了。钱忠利捡起洗脸盆，站在人群当中还不走。钱百万转过脸来说："忠利，你要够了没有啊？"

钱忠利迎着钱百万的目光，嘴里突然蹦出一句话："你是不是共产党员？"

钱百万一愣，疑惑地问："我是党员，咋啦？"

钱忠利说："你既然是党员，那你为老百姓当公仆了吗？当老百姓遇到困难的时候，你的狗屁形象跑到哪里去了？"

钱百万拍着胸脯说："我怎么狗屁形象了？你今天要给大伙说清楚！"

钱忠利质问道："好，你要我说清楚，我就给你说清楚。黑蛋受伤住院了，你代表村委会去探望过没有？你想办法帮黑蛋一家渡过难关没有？黑子外出打工去了，菜花一个人根本照顾不了小孩，你帮菜花做过啥事？大家评评，究竟是谁丢人现眼？"说到最后一句的时候，钱忠利把声音提高了两度，在场的人都哈哈大笑。

钱百万被钱忠利劈头盖脸地数落着，一张老脸红一阵白一阵地变换着颜色，额头上开始冒汗了。

钱百万张口结舌地说："我——我——我为群众办好事，就是合格的村干部！不管你信不信，反正我是信了！"村民们听得哄堂大笑，从此钱家庄村民开口闭口就是这句话。钱百万是钱家庄的皇帝，他的话就是金科玉律，是圣旨，是语录，是红头文件。这句口头禅从钱家庄流传到全中国，成了这片土地上的至理名言。

钱忠利转身对围观的村民说："人心都是肉长的，黑蛋躺在医院里，眼巴巴地盼救命钱啊！头顶三尺有神明，我们做了些什么，老天爷是看得见的！"

闹哄哄的村民一下子变得沉默了，慢慢地有人递钱了。十块、二十块像一场及时雨掉进了脸盆，甚至还有硬币掉到脸盆里的叮当声。钱百万看到这个场景，灰溜溜地离开了。钱忠利忙着数钱登记，也没顾得上搭理他。后来一只手递过来一沓百元大钞，钱忠利惊讶地抬起头，看到钱老六扭头快步跑开了。钱忠利举着钱，对着钱老六的背影喊道："大家看见没有？都要向我老爸看齐吧！"钱忠利一清点，整整一千元。

过了一会儿，村头的大喇叭响了，是钱百万的声音："那个啥——黑子家的小子黑蛋啊，受伤住院了，可是没有钱，医院就不给治了。我希望咱们钱家庄的老少爷们都集点钱，来帮帮黑子一家。咱们少抽一盒烟、少喝一瓶酒，钱不就有了吗？是爷们的，就拿出一点姿态来……"

听到喇叭一响，村头村尾的人像蚂蚁一般陆陆续续地过来了，钱百万和村会计搬来了一张桌子，登记的登记，数钱的数钱，还弄了一张大红纸，誊写捐款人的姓名和金额。

菜花有泪不轻弹，只是没到伤心处。当钱百万代表村民送钱到医院的时候，菜花跪在地上号啕大哭。

村医是规划出来的

BJ 大学和 QH 大学号称是高考学子眼中的"神学院",钱忠厚自然是钱家庄的"神人"。钱家庄没有哪个家长敢想象自己的孩子能够像钱忠厚那样有出息,村民们也没有看出谁家的孩子有钱忠厚那样的潜质。不用说学问,就是走路、说话、神态也没有哪个小孩酷似钱忠厚——尽管每个孩子都在使劲地模仿。例如,钱忠厚用左手拿筷子,村里的小孩都清一色的左撇子。但家长们又贼心不死地拎着儿子的耳朵骂道:"你这样不努力,将来想给忠厚哥哥舔屁股,别人还嫌你的舌头太粗了。"——听口气,原来每位家长都对自己的儿子抱有一点难以启齿的幻想。村民们每天议论钱忠厚这个"神"将来会如何呼风唤雨,给钱家庄带来福音,给全人类带来福音。钱忠厚本科毕业之后被保送为 BJ 大学的研究生,村里又掀起了一波"钱忠厚旋风"。

在牵强附会的推测之后,村民们觉得还有一丝希望上 BJ 大学的只有钱忠星了,理由是钱忠星也是天生的左撇子,不是后天练出来的。钱忠星以大哥为榜样,以二哥为反面教材,高考成绩也处于大哥与二哥之间,终于考取了 ZS 大学。高考结果出来后,村民们长长地吁了一口气,提到嗓子眼儿的一颗心总算落了回去。当年钱忠厚考取 BJ 大学时村民们有些高兴，毕竟为钱家庄争光了。如果钱忠星再考取 BJ 大学，某些村民肯定会急成狂犬病——不能好事都被你钱老六一个人占走了吧！让村民们备感欣慰的是钱忠星录取的仅仅是历史专业，而不是她事先填报的行政管理专业。在村民眼中，历史专业是挖墓地的，一个闺女整天和死人打交道，真是伤风败俗！

有人幸灾乐祸地说："还不如在地里挖红薯！"

钱忠贵的老婆挖苦道："等忠星从大学回来，我再也不敢和她说话了。我担心她早已被幽灵吃掉了，变成了幽灵的化身。"

钱忠利指着钱忠贵老婆的鼻子骂道："你可要看好家里的祖坟，小心被忠星挖掉了。"钱忠利和钱忠贵这对死冤家又少不了一阵厮打。

钱忠星上大学了，钱忠利仍然无所事事。他曾经调侃自己："大不了就到村里开个医疗室，做一名光荣的赤脚医生！"黑蛋烫伤事件让钱忠利感触很深，这个愣头青果然操办起了当村医的事。

在去往洋淀县卫生局的路上，钱忠利盘算着局长对他的抱负将是何等感动，对他今后的工作将会何等的支持，还会把他树立为全县有志青年的标兵……正当他在胡思乱想的时候，县卫生局的招牌便闪现在眼前。

在卫生局大院门口，守门老汉挥着手喝道："站住！站住！说你呢！低着头往哪儿蹿啊？"

钱忠利真诚地解释："我想找局长汇报工作。"

"有预约吗？"

"没有。我不认识局长，局长也不认识我。"

"没预约怎么能进呢？你以为这是菜园子门啊？"

在钱忠利的哀求之下，老汉同意帮他给办公室打个电话，对方说这种事情要找医政科。钱忠利恳求老汉放他进去，当面说得清楚一些，老汉摇摇手，懒得回答这种无聊的问题。钱忠利只好哀求老汉再给医政科打个电话。老汉迟疑了一会，慢腾腾地拿起了话筒，动作缓慢得像卡带的盗版光碟——傲慢的老汉就是盗版的局长他爹！医政科说，要先和村干部商量，做好本村的卫生区域规划，然后再到镇上审批盖章，最后才到卫生局医政科来申请。

　　钱忠利没有见到卫生局长，也没有碰上医政科长，只是在传达室打了两个狗屁电话就完事了。钱忠利真是有力无处使，对着卫生局门前的电线杆狠狠地踢了两脚，梦游般地回家了。

　　钱忠利想找村长钱华强好好谈谈村卫生规划，给这小子好好地上一课。他相信这小子一定会请他上座，上烟敬茶，感动得泪流成河！——大学生当村医，一定会成为当地的爆炸性新闻。

　　他来到了钱华强家门口，没有门卫把守，直接进去了。华强家的狐狸精老婆正站在镜子前对着自己抛媚眼。钱忠利说明来意，她娇滴滴地说："哎呀，华强到镇上上班去了，要找他就晚上来嘛。"钱华强是钱忠利小学时的同学，当年这小子走进教室呆得像傻子，走出教室精得像兔子，初中没毕业就做电工学徒了。他现在承包一些装修工程，赚钱不少，号称是钱家庄的首富，自然有当村长、供养狐狸精老婆的资本。晚上，钱忠利又找了过来，对钱华强谈起了他的崇高理想。

　　钱华强一脸儿纳闷："你读了这么多年的大学，为什么不到省城医院挣大钱？当村医能抓几个钱啊？可能还不如打工妹。"钱华强这样说，事实上表现出了谦虚。他心里在想，和俺钱华强比，差远啦！

　　钱忠利语气中透着无限的真诚："挣钱是次要的，我一定要给村民带来健康保障，这是我们新一代钱家庄人的责任。"

钱华强拍着钱忠利的肩膀说："有志气！像你这样有献身精神的人真的不多了！但这件事情我当不了家，你去找村支书吧。"

钱忠利从钱华强家里出来，直奔钱百万家。钱百万正俯卧在客厅的凉席上，让老婆给他按摩挠痒。曾几何时，他哪敢让老婆大人挠痒啊？他老婆是镇长的侄女，名门闺秀，把她供着都来不及。自从当上村支书之后，他的确有些腐败了。男人嘛，惯出来的毛病。

钱忠利坐在一旁等着，感觉背上也有些痒了。钱百万舒服够了，慢腾腾地坐起来，摇着芭蕉扇、斜着眼听钱忠利规划他的人生蓝图。钱忠利正说到兴头上的时候，钱百万无情地打断了他的话："忠利啊，你的想法很好，有理想、有抱负。但按照卫生区域规划，咱们村只能开一家诊室。忠贵在你之前已经开了一家，你和他都是我的侄子，我一碗水要端平。你想再开一家，必须得到县卫生局批准。"

如果钱忠利再绕回到县卫生局，梦想就变成了空想。钱忠利垂头丧气地回到家，饭也不想吃，直接把自己扔到炕上。

钱老六淡淡地瞅着儿子，吧嗒吧嗒抽着旱烟问："遇到啥麻烦了？给老子说说。"

钱老六听了儿子的叙述之后，长叹一声道："你小子还不明白吗？钱百万已经拒绝你了。"

钱忠利纳闷地问："为什么啊？我在村里开诊所，给大伙正儿八经地瞧病，难道还有错吗？"

钱老六用烟杆敲着儿子的脑门儿说："看样子你挨揍是白挨了，怎么还不开窍呢？咱村里已经开了一家卫生室，再开一家明显多余。即使你开了，忠贵的众兄弟还不撕了你！钱忠华是村里的霸王，钱百万都怕他三分，你能惹得起吗？咱村里，都是凭拳头说话的！"

钱忠利没想到钱百万当了几年村支书，居然还懂了一点领导的艺术，跟他打起了太极拳。他气恼地说："我就是不信这个邪！'明知山有虎，偏向虎山行'。我倒要看看忠贵兄弟敢把我怎样！"

钱老六无奈地摇着头说："你最好给我放老实点，别他妈的喝了二两烧酒，就以为自己是武松。我实话告诉你，你还是死了这条心吧。"

钱忠利真不明白，公众每天都在叫嚷"看病难、看病贵"，但大批大批的医学生都失业。如果是真的难，就让他们当医生啊！更准确地说，是医生找病人难，而不是病人找医生难。

钱忠利往返于县卫生局与村支书家之间，这边让那边规划，那边让这边审批，钱忠利被折腾得晕头转向。不入虎穴，怎能见到虎爷？看来要搞定这件事情，必须见到卫生局长。钱忠利趁看门老汉低头挠痒的间隙溜了进去，敲局长的办公室，没人应。没想到见个狗屁局长，比见美国总统还难！

钱忠利在走廊里来回走动，看到医政科的门虚掩着，敲门进去。一个女孩正埋头看小说，钱忠利向她倾诉开卫生室的战略目标和伟大意义，她连眼皮都懒得抬。钱忠利的声音像吊死鬼一样在空中游荡。过了一会儿，女孩总算开了金口，站起来对钱忠利说："你先到门外等一下，我上个洗手间马上回来。不见不散哦！"女孩子锁上门离开了。钱忠利的胃口被这泡尿吊起来了，希望这次排污能给谈话带来一点转机。钱忠利翘首以盼，女孩子迟迟没有出现，他再次感受到被女孩调戏的滋味。她就是到天涯海角去撒尿也该回来了吧？这么源远流长的尿足以把干旱的洋洋淀浇得洪水泛滥！

天色慢慢暗下来了，女孩始终没有出现。钱忠利无奈地走出了卫生局大院。他又饿又渴又气，实在找不到发泄的地方。他固执地认为，门前的电线杆就是狗屁局长，冲上去狠狠地踹了几脚；那围墙上的野藤就是狗屁女孩，冲上去掐断了几根……

　　钱忠利终于明白什么叫做"规划"：有门路的人通过规划把自己"规"上去，做龟孙子的被别人给"龟"下来了。发音都是"guī"，结果完全不同，这就是很多领导开口闭口喜欢谈规划的原因。领导说："这块地的规划是做工业园的。"一句话把很多对这块地有想法的人都给挡回去了。领悟能力强的人一听就明白了，知难而退。听官人讲话，就像听天书，要听出弦外之音。高手不仅要听懂官话，还要能翻译成老百姓听得懂的语言。这句话的弦外之音是："这块地是留给我的小舅子开厂子用的，你们这些龟孙子就别打主意了。"听不懂官话的人还在那里死磕，自焚啦、上访啦，唉！难怪有一位白痴教授感慨："百分之九十九的上访户都是白痴。"

　　当村医是一个何等崇高而又渺茫的理想，就像一个非洲黑小子妄想到美国当总统，还恳请前总统的美女夫人给他做国务卿。

南下广东

　　钱忠利等待分配工作的消息，足足等了三个月，真的没有了指望。他们这一届分配到县城的医学生有二十人，县人民医院和中医院最多只能接收六人，这六人基本上是这两家医院的职工子女。不用说只要六人，哪怕这两家医院要六十人，仍然轮不上你钱忠利——还没正式上班就敢到卫生局闹事，这种影响和谐的人一定不会吃到好果子！

　　钱忠利没有找到工作，心里抱怨自己的母校误人子弟。狗屁扩招害死人，有些地方院校真够大胆，一百多名教师，居然招了几万名学生，这就是广种薄收的教育经济。一百多名鸭老板赶几万只鸭子都困难，更何况是教书育人呢？

　　烂学校的校长不是教育家，而是包工头，他们的嗜好就是贷款盖大楼。校长端着酒杯说："只要银行敢贷款，多少钱我都敢要！"胆大的大学校长碰上了不要命的银行行长。行长拎着酒缸说："只要你敢要，我就敢给！"校长与行长斗胆，把教育气球越吹越大。钱忠利的理想就被这两个狗屁给吹破了。

　　钱忠利不是在家里睡觉，就是在村头的小溪边钓鱼。无聊透顶的时候，钱忠利躺在凉席上，抓一只蚂蚁放在自己的肚皮上，给这个小家伙一个宽广的表演舞台。村民们在他的背后指指点点，心理素质如此之好的钱忠利居然也扛不住了。

"忠利啊，你什么时候上班啊？大伙还等着让你瞧病呢！"有村民装出一脸关心的样子。

"忠利啊，你读书拿到了毕业证吗？有毕业证国家就应该给分配工作啊！"有村民表现出愤愤不平的样子。"忠利啊，你上大学为什么比别人多读了一年啊？是不是成绩不好留级了？你高中时的成绩就不咋地，大学也该奋起直追啊！"有村民表现出恨铁不成钢的样子。

"忠利读了个啥大学啊？还不如华强学个电工。华强早上背着电工包出去，晚上就背着白花花的银子回来。抓钱太厉害了，真是个电老虎！"钱忠贵直接给钱忠利亮了红牌，这次钱忠利没有找钱忠贵打架。

忠利长、忠利短，句句都像软刀子一样刺进钱忠利的心窝。他感觉自己一夜之间变成了众矢之的。他躺在床上，辗转反侧，好不容易迷迷糊糊睡着了，却梦见自己正在高考，竟然一道题都不会做。他只好从口袋里掏小纸条偷看，突然看到监考老师走过来敲课桌。他吓出了一身冷汗，惊醒了。敲打声原来是钱老六敲着烟杆在骂他："有能耐，到外面去闯闯，别蹲在家里。整天在我的眼前晃来晃去，让老子心烦！"一次高考让钱忠利做了一辈子的噩梦，他不清楚"高考机器"钱忠厚梦见高考时是噩梦还是美梦。

这些天，村民再也没有听到钱忠利唱"妹妹你大胆地往前走"了，那群小鸡感觉缺少了一点什么似的，反而有些不习惯。

酷暑慢慢地消退，门前那棵银杏树上茂密的叶子慢慢地变黄，稀稀疏疏地悄然落下。当深秋的凉风吹落最后一片黄叶的时候，钱忠利终于拿定主意到广东去做医药代表。临行的前一天，他一个人坐在银杏树下沉思着，感觉这辈子第一次这么深沉。脚下一层厚厚的银杏叶，随着秋风轻轻地翻动，似乎也装出沉思的样子。

前些日子有同学来信，说他们班上五十名难兄难弟，最有关系的进了省城大医院，最优秀的进了地区医院，最能钻营的进了县医院，最大胆的做了医药代表……到如今，只剩下最玩世不恭的钱忠利，坐在老房子的银杏树下，盘着腿，望着天，和银杏叶一起沉思默想。

——碧云天，黄叶地，却道天凉好个秋。

毕业临别，睡在上铺的兄弟谢名贤曾经跟钱忠利嘀咕，说两人一起到广东做医药代表行不行？钱忠利说："医药代表？狗屁药贩子？"谢名贤郁闷地挠挠头："算是吧。"钱忠利扑哧一笑："咱们学了五年临床医学，丢掉专业去卖药，丢不丢人啊？讲大道理，是对不起国家多年的栽培；讲中道理，体现不了人生价值；讲小道理，简直让人看不起，笑掉大牙！"

谢名贤热脸碰到了冷屁股，无奈地说："现如今，临床医学是一块食之无味、弃之可惜的鸡肋。"

钱忠利嘲讽道："名贤，你他妈的连说这句话的狗屁资格都没有，因为你根本没有尝过那块鸡肋的味道！"

谢名贤完全能够理解钱忠利——失恋的男人，惹不起的主。但俩人毕竟是厮混了五年的好兄弟，毕业后也常联系。

谢名贤通过同学引荐到了广州，投奔了一位师兄。师兄是八年前被招聘到河北省石头药业集团的，那时进这个药厂工作是很有面子的事情。只有班上品学兼优的少数同学才能进入，让很多人眼红，也造就了不少神奇的校友。到如今，这位师兄已经当上了广东省总经理，谢名贤成了师兄手下的一名医药代表。

谢名贤在师兄的帮助下站稳了脚跟，就迫不及待地给钱忠利写信：如果进不了医院，你可以考虑到广州来做医药代表。信中描绘了广东的繁荣景象，还告诉他深圳与世界接轨了。当年到深圳比今天到美国还要难，是很多人向往的地方。

谢名贤在信中讲到的两件事，让钱忠利有些心动。第一件事是深圳著名风景区——世界之窗，这个景点把世界有名的景观全部集中在一起。多好的创意，多好的风景。景区内的埃菲尔铁塔太壮观了，比法国的那个埃菲尔还要埃菲尔！还有那晚上的演唱会，气势磅礴，是你坐在家里做一万种设想都想象不到的磅礴！第二件事是南海岛上的沙滩。他说海滩上的女孩是如何漂亮，是中国美女的大本营。一大群美女穿着三点式泳装，围着你扭来扭去，你爱怎么看就怎么看。不像班上那几个女生，有几个男生追，还以为自己是白雪公主呢。

这一年，钱忠星刚刚到广州上大学。入校不到几个月，正处于新生躁动期。她极力鼓动钱忠利尽快南下："不用说赚钱，开开眼界也是值得的。ZS大学的北门紧邻珠江，我晚上到珠江边散步，对面的二沙岛绿树成荫，景色秀丽。游船上灯光辉煌、歌声悠扬……"钱忠星误以为整个广州都像二沙岛一样的美，她根本不清楚广州也有"城中村"。

在大家的鼓动下，钱忠利朝着银杏树狠狠地踢了一脚，嘴里骂道："什么狗屁世道啊，此处不留爷，自有留爷处！"

对于儿子南下广东的决定，钱老六没啥意见。他只是坐在门槛上一如既往地抽着旱烟，让烟雾缭绕着自己的脸。不管反对也好、赞成也罢，做老子的永远不会在儿子面前放下架子。做妈的就不一样了，她一边干净利索地给儿子收拾行李，一边给儿子训话：

"听说那边的坏人很多，遇到啥事都闭着眼，装着没看见。广东毕竟不是咱钱家庄，懂吗？

"听说那边的车很多，大卡车、拖拉机、三轮车啥都有。你过马路时留心点，懂吗？

"听说那边的人啊，只认钱不认人。你打小就爱帮助人，心太实，出门在外，要改改，懂吗？"

钱大妈的絮絮叨叨没有止境，只要钱忠利一刻没走出她的视野，她就会讲出无数个"听说"。

听钱大妈这样一讲，听者还以为她是个老广东。事实上，她也没去过广东，就连钱忠星到广州上大学，家人也没舍得花路费送她。所有的"听说"都来源于钱忠星寄来的家书，加上个人的主观想象。钱忠星也没有迈出过几次校门，也是听其他同学说的——这就是"道听途说"的由来。

钱忠利临走的时候，照例去井台边打了一桶水，高高举起，倒在了头上。水顺着身子流下来，在地上流出了一条条的水道道，像大地的眼泪。

钱老六站在不远处看着儿子，表情淡漠。当钱忠利擦干了身子、穿上衣服、拎起行李要走时，他才闷声说了一句："你娘的话，都听进去了吗？"

钱忠利爽快地回答："听进去了。"

"那好，你走吧！"说完，钱老六低着头，背着手离开了。

钱忠利望着老爸的背影——老爸的脊背明显弯了。等到父亲的躯体像一张弓的时候，子女就变成了离弦的箭，飞得无影无踪。

钱忠利向村头走去。他知道老妈一直挂着那张大慈大悲的脸，盯着他的背影，但他一直没有回头，以此炫耀男子汉的傲气。一直走过了拐弯处，他忽然觉得脸上凉飕飕的，伸手一摸，竟然摸下了一把泪水。

　　狗屁眼泪，很稠。

老同学接风

　　钱忠利经过两夜一天的颠簸到了广州。谢名贤到火车站来接他，老同学见面，热情地拥抱了足足两分钟。两人乘公交车来到了三元里站，谢名贤暂时栖身在这里。钱忠利知道三元里人民抗击英军的历史事件，不由得对这个地方充满了敬意。

　　进入牌坊之后，钱忠利看见一幢幢低矮破旧的小楼拥挤不堪，和钱忠星描绘的广州大相径庭。他们拐进了一条小巷，又拐进了另一条小巷，小巷无休止地一条连着一条，很窄，窄得只能供两个人通行。

　　如此深长的小巷子，如果走出一位撑着小花伞的丁香姑娘，那就更加意味深长了……钱忠利没有看到清纯的姑娘，映入眼帘的是一个个发廊。钱忠利问谢名贤："怎么这么多发廊啊？是不是广州人全部集中在这儿理发啊？"

　　谢名贤告诉钱忠利："这些发廊妹根本不会理发，甚至连洗头都不会。那些女孩都是做皮肉生意的小姐。三元里号称是'广州的鸡窝'。"

　　钱忠利听后脸腾地红了，但又掩饰不住好奇。经过发廊门前时，他忍不住多瞅一眼，里面的女人一个个浓妆艳抹，穿着低胸罩衣。那个低胸开口开得恰到好处，让人若隐若现地看到那个部位，想象看不到的那些部位——这就是现在很时髦的体验式营销——用眼睛体验，用身体成交。钱忠利顿时感觉身上的三万六千个毛孔里的雄性激素在窜动——窜动也是白窜动，窜不动了自然也就不窜了。

七弯八拐，他们来到了谢名贤的出租屋。这些房子一栋紧邻一栋，中间只有大约五公分的间隙。屋里光线很差，黑黢黢的一片，大白天却比乡下的夜晚还要黑。

出租屋一室一厅，外加卫生间，面积加起来也不过二十平米，可以想象这个套间是何等的迷你和袖珍了。房间里面放了个高低床，还是大学时期的老规矩，钱忠利睡下铺，谢名贤睡上铺。

钱忠利问："勤劳勇敢的三元里人民还住这种狗屁房子？"

谢名贤笑道："别忧国忧民了，三元里人民从此过上了幸福的生活。他们都住进了高档小区，这些自建房是他们出租给打工人群赚外快的。"说着谢名贤还用手指了指马路对面的高档小区——金桂元。

疲劳的钱忠利躺在高低床上美美地睡着了。坐火车硬座的人一定能体会到睡高低床是一件多么美妙的事情。钱忠利一觉醒来就到了夜晚，此时，整个三元里都醒过来了，各色人等不知从哪里冒了出来，在小巷中懵懵懂懂地挤动。

谢名贤带着钱忠利熟悉这些小巷，告诉他牌坊门前是机场路，直接通往白云机场。机场路上车水马龙，满街都是奔驰、宝马等豪华车。钱忠利站在街边默默地思考，他不敢奢求这些名车，当务之急是找到立足之地。名车在钱忠利的面前缓缓前行，像农村大粪池里蠕动的蛆。他突然莫名其妙地恨上了这些名车，在他的眼中，名车还不如那些白乎乎、胖乎乎、傻乎乎的蛆！

他乡遇故知，谢名贤咬紧牙做出了最高规格的接待。他带钱忠利到大排档吃了一顿海鲜，喝了很多啤酒，说了许多大学时期的典故和对未来创业的美好展望，感到非常尽兴。

十一月，当北方凉风阵阵的时候，广州却还是狗屁闷热。傍晚喝啤酒是一件非常爽快的事情。他们有点醉意了，东倒西歪的，这就是喝酒的最佳境界——"爽歪歪"。

俩人一边走一边唱歌，走到了三元里牌坊路口，谢名贤问道："旁边有个三元里抗英纪念公园，环境很好。如果你感兴趣，我带你去看看？"

"改天吧。坐了三十多个小时的火车，脚有些肿，走不动了。"

"那我带你去洗脚，消消肿？"

"洗脚？洗啥脚？"

"广州有一种休闲活动叫洗脚，服务人员帮你洗脚按摩，脚上穴位多，能够健身祛乏，让你见识见识？"

钱忠利做梦也没有想到世上还会有这样的狗屁职业，听起来真新鲜，想到这个点子的家伙简直比爱因斯坦还聪明。钱忠利高兴地答应了，他开始嗅出了一点广东人的味道——稀里糊涂地赚钱，爽歪歪地花钱。

俩人找到了一家洗脚城。里面的生意特别红火，还要排队叫号，和医院排队挂号差不多。洗脚问题也是民生问题，请有关领导务必关注广东人民的洗脚难、洗脚贵的问题！

女孩子拎着一桶热水过来了，帮钱忠利把脚洗干净后，就开始给他捏脚。女孩子的手刚一碰上去，钱忠利就忍不住笑。别人怕捏脚是因为不受力，钱忠利却是不受痒。谢名贤笑着说道："怕痒的男人将来肯定怕老婆！"

钱忠利实在是受用不起，但花钱买了时间，女孩子要想办法把时间折腾掉，就只好给钱忠利捏手了。

谢名贤在旁边笑道："捏脚捏手都一样，广东人就是把猪蹄子叫做'猪手'。"

钱忠利说："你别以为自己提前来了几个月，就把我当成了乡巴佬。"

不知是太累，还是女孩捏手的缘故，钱忠利睡得很香，还梦见洗脚城的女孩牵着他的手。

医药代表

　　钱忠利跟着谢名贤来到了石头药业广州分公司办公室，见到了师兄万新奇总经理。万总在广州待了八年，算得上老广州了。他沉稳大方，握手、让座、泡茶，一条龙服务，娴熟而顺畅。谢名贤恭敬地站着，等钱忠利入座后，就悄无声息地退了出去。

　　万总简单地问了几个问题，算作走马观花的面试，然后打电话叫来谢名贤，让他带着钱忠利先熟悉一下市场。谢名贤愉快地答应了，说只要我们兄弟两在一起，就没有闯不过去的难关！万总笑了笑，挥挥手让他们走了。

　　钱忠利想，学医的做医药代表，虽然算不上"门对门"，但至少算得上"斜对门"。现在不就是时兴狗屁"交叉学科"吗？据说交叉学科的第一门公共基础课叫做"歪门邪道学"。

　　钱忠利想到自己学过医，再与医药代表这个职业一交叉，肯定很有专业优势，至少和医生多了一点共同语言。

　　谢名贤问他上班的感觉如何？钱忠利疑惑地问："上班？我的办公桌在哪里？我还没上班啊？"

　　谢名贤笑着说："你还想要办公桌啊？你以为你是国家干部啊？实

话告诉你，我们的办公桌就是医生的诊断桌，我们的办公室就是广州大大小小的医院，你明白吗？"

听到这句话，钱忠利脑子里响起了嗡嗡声，感觉脑袋变成了马蜂窝！

谢名贤告诉钱忠利："做医药代表就是要像孙悟空那样，让自己变小、再变小，小到能钻进医生的钢笔里，指挥医生去开药。这样老板有钱赚、医生有钱赚、你也有钱赚，大家就共同富裕了。"

钱忠利跟着谢名贤来到一家医院，刚进医院大门，随着一声刺耳的警报响，一辆救护车开了进来，医生、护士抬下一个血肉模糊的人跑进了抢救室。一个农民工模样的家伙要跟进去，立刻被赶了出来。护士说："病人现在很危险，你们马上交钱去，我们要进行抢救！"

农民工急得原地直打转，嘴里哀求道："我们身上没有钱。我们一起出来打工，谁知脚手架突然断了，黑子一把把我推开，可黑子他却……呜呜呜呜！"说到这里，魁梧的汉子竟然在护士面前咧嘴大哭起来。

但农民工口里说的黑子着实让钱忠利吃了一惊，他急忙跑上前拉着那农民工问："你说黑子？是不是河北钱家庄的黑子？"

农民工说："是河北的啊，哪个庄的就不知道了。就知道他的儿子叫黑蛋，每天都是黑蛋长、黑蛋短的，听说他家里还有一个如花似玉的老婆叫菜花。黑子舍不得吃、舍不得穿，只知道拼命干活儿。呜呜呜呜……"

钱忠利心里一惊，赶紧冲过去说："你别光顾着哭啊，你们工头呢？让他赶紧来交钱啊！"

农民工无奈地说："工头早就跑得没影了！"

钱忠利转身对护士说："救死扶伤是医务人员应尽的义务，你们现在全力抢救病人。如果出了问题，可别怪咱们农民工闹事！"

护士并不怕钱忠利的威胁，冷笑着说："你们打工仔不容易，我们打工妹更不容易。人，我们先救着；钱，你们赶紧交。希望你们也理解我们的苦衷……"

谢名贤过来拉着钱忠利要离开。钱忠利挣脱开来，继续对护士吼道："你们算什么狗屁医院啊？没有钱就让病人等死吗？"

护士平静地说："我不收钱，这个药由谁掏钱？医院规定，谁没收回医疗费就扣谁的工资，我家里也是上有老、下有小的啊！"

谢名贤小声提醒钱忠利："我理解你的心情，可你好好想想，人家工头都跑了，你在这里充什么大尾巴狼？注意到没有，当你和护士吵架的时候，那个农民工已经准备开溜了。他一跑，看你怎么脱身？"

经谢名贤一提醒，钱忠利果然看到农民工开始朝着医院大门口磨蹭，钱忠利冲过去厉声叫道："你这个狗屁往哪里跑？给我回来！"

农民工期期艾艾地说："我要回去找工头，让他来交钱。"

钱忠利对着农民工吼道："你不是说工头跑了吗？你赶紧回来照顾黑子，黑子救了你的命，你还想溜，这算什么狗屁良心啊？"

这时，几个保安过来了。客客气气地将钱忠利和农民工请到一间屋子里喝茶，又催促他们打电话，赶紧找人送钱来。钱忠利明白医院是害怕他们把病人扔在这里不管，所以就把他们软禁起来了。但保安又倒茶又递烟的，哪里也挑不出毛病来。看样子这类事情发生得多了，医院对付逃款的家属倒是很有经验。

过了一会儿，一个保安进来把钱忠利喊了出去。门外站着谢名贤，他拽着钱忠利就走，一边走一边数落："你不能少管一点闲事吗？怎么还改不了这种江湖义气的脾气呢？别人遇到这样的事都躲得远远的，唯恐惹上麻烦。你老兄倒好，大老远出来打工，偏偏抢着往身上拽。你是不是脑子里进水了？”

钱忠利辩解道：“黑子遇到了难事，难道不应该伸手相助吗？”

谢名贤向钱忠利求饶道：“现在这世道，各人自扫门前雪。我的祖宗，你知道我胆小，你再别给我惹事了。”

钱忠利愤怒地说：“各人自扫门前雪？如果急救室里躺着的是我，你帮不帮我？你会不会见死不救？”

“忠利，你别和我抬杠了，我现在郑重地跟你说，我们来医院是推销药品的，不是来学雷锋的！如果不是我赔着小心送给保安两盒烟，你小子现在还被人家扣着呢！我们现在是工作时间，如果你再待一分钟，我就算你脱岗！”

谢名贤说完转身就走。钱忠利站在原地望着谢名贤的背影，发热的头脑渐渐地冷静下来，急忙大踏步地跟了上去。

临近中午，谢名贤和钱忠利从医院药剂科里走了出来，脸上露着笑容。药剂科主任是个痛快人，说能不能进药主要看你们的表现了。谢名贤当场就表现了一下，塞给他一个信封。

出来以后，谢名贤说信封里装的是鱼食。看到钱忠利诧异的目光，谢名贤淡淡地说：“钓鱼不是要挂鱼饵吗？钓人嘛，最好的饵料就是钱喽！”

钱忠利瞪着眼睛问：“送他们钱，咱们不是赔了吗？”

“赔？”谢名贤笑着说，“咱们这是吃小亏占大便宜。你想想如果不喂他们，哪个医院会用你的药？做咱们这一行，讲究的就是双赢。”

说话间，他们又来到了抢救室门前，看到那个农民工正攥着一张收费单急得团团转。钱忠利拿过收费单一看，三千多块钱的医疗费用。钱忠利不顾谢名贤的阻拦，气冲冲地冲进了护士站，质问什么药这么贵，几个小时下来要这么多钱？

护士露出一脸的淑女相。她不屑于接钱忠利的话茬，只是刷刷地打出了药品清单，一抬手亮出了"明码实价"。

钱忠利一看就恼了，里面赫然也有石头药业的药品，非常便宜的针剂，到了医院竟然翻了十多倍！他把单子摔给护士，大喊道："你们这些骗子！几块钱一支的抗生素，居然卖到了几十块钱！"

谢名贤冲上去，拖着钱忠利跑出了医院。这时，谢名贤的手机响了，万总让他带钱忠利马上回公司。

万总对钱忠利说："药剂科主任刚才给我打电话了，说你在医院闹事，要中断和我们的业务关系。看在咱们师兄弟一场，我不难为你，请你离开吧。"

钱忠利知道自己闯了大祸，他和谢名贤一起走出了办公室，说："名贤，实在抱歉，让你的业绩也受到了连累，我真是有些犯浑了。"

谢名贤狠狠地给了钱忠利一拳，说："你哪里是犯浑，简直是犯病！我在这家医院的业务全被你毁了！"

钱忠利就这样失业了，他又回到医院急诊科，想看看黑子，但黑子已经转走了。在去往出租屋的路上，一转眼下起了大雨，南方的天气说变就变。钱忠利跑到路边芭蕉树下避雨，狗屁芭蕉叶长得很大，但完全挡不住狗屁雨。

几分钟的工夫，钱忠利变成了落汤鸡；十几分钟之后，钱忠利变成了落水狗。

性病医生

　　钱忠利每天读《广州市场报》上的招聘广告。有一个民营医疗集团招聘医生，钱忠利把简历寄过去，对方很快回复录用了。钱忠利信心满满地到医疗集团去工作，结果工作地点只是三元里的一个小诊所。

　　原来，一个老板开了几家诊所，套上一张唬人的狼皮——"集团"。但无论大医院还是小医院，只要能解决老百姓的疾苦，就是好医院。老板开出的待遇也有吸引力，底薪两千元，每用一支抗生素提成三十元，一个月能赚到五千多块钱，这个数在钱忠利的眼中算得上上流社会的收入了。

　　钱忠利上班之后才知道这个诊所只看一种病——性病。钱忠利过去在医学院时从来没有听说过性病，老师也不懂性病，这种病是个新鲜事物。老板指定了一位四十多岁的陈教授指导他。他终于明白了，只要皮肤上的问题，例如，长个小疖子之类，都叫性病。医生处方上永远也是那个抗生素，另外加上1号或2号外用消毒水。1号消毒水用到十天之后再换成2号消毒水，这些消毒水是由护士负责给病人涂抹的，病人不得带出诊所，号称是祖传秘方，天机不可泄露。

　　他们每天见到最多的是屁股上有白色半圆印迹的病人。钱忠利心想，这可能是患病率最高的一种性病了。有些病人试探性地问陈教授："大夫，我也没有不良性行为，为什么会染上性病呢?"

陈教授诡秘地说："现在的性病是防不胜防啊，比如你住过酒店吧，用过酒店的毛巾吧，上过公共游泳池吧，这些都有可能染上性病。甚至有人坐了公共汽车上的椅子也患上了性病。你也不用回家对老婆解释了，黄泥巴掉到裤裆里——不是屎也是屎！悄悄治好了，了事吧。"

看到病人远去的身影，钱忠利一脸的疑惑。陈教授意味深长地说："看病首先是看人，然后才是瞧病。小伙子，好好琢磨着吧!"说完，端起报纸，潜心研究股票去了。

周末，钱忠利还专门到广州天河购书中心买了一本比较权威的性病方面的书籍，如饥似渴地读了一遍，但一直没有找到哪种性病会在屁股上出现白色的半圆。白色的半圆像一个白色的问号印在钱忠利的脑海里，他多方求证也没有得出结论，陈教授却又守口如瓶。但治疗效果还是非常显著，基本上治疗十多天，花上三千多块钱就治好了。有些病人感激涕零，给陈教授送来了"医者仁心"的锦旗。

钱忠利虚心而又心虚地当上了性病医生，一转眼，在诊所工作了两三个月。一个周末，谢名贤邀请钱忠利、钱忠星聚一聚，有一位和钱忠利关系要好的护士正好轮休，也是河北人，钱忠利邀请这位老乡一起聚会。

四个人喝酒很尽兴，就连护士老乡也喝得"爽歪歪"了。钱忠利对她说道："我的那位师傅技术很高明，很多性病一治就好，我真是服了他!"

护士听到这句话扑哧笑了，溅了一地的啤酒，说："什么师傅啊，什么教授啊,他只是一个普通农民,和老板是同乡。他们村一百多户人家,出了二百多名老军医、老教授!"

钱忠利马上用"猫论"来反驳护士:"不管是白教授,还是黑教授,只要能看好病的就是好教授!特别是治疗那种白色的性病,一治就好!"

"什么祖传秘方啊!那个抗生素就是普通头孢药,药店里面一块多钱一支,在咱们门诊卖一百多块钱一支。至于那消毒水嘛,1号消毒水就是自来水,2号消毒水是汽油与酒精的混合物。我帮老板配过,还不清楚吗?"

谢名贤在一旁坏笑,钱忠星也瞪大了眼睛,钱忠利感到脸上烫得像着了火似的。过去钱忠利还瞧不起谢名贤做医药代表,别人做医药代表还是卖正牌药,你钱忠利干的完全是骗子的勾当。

钱忠利还咬紧牙替陈教授辩护:"自来水能治好性病吗?"

"什么性病啊,那是白色的油漆!"

"啊?"谢名贤和钱忠星的脸上都挂上了一个大大的黑色的问号。

"我来了三年多,太清楚了。他们在附近低档酒店的马桶上刷上油漆。客人坐上去了,还以为自己患了性病。"

"酒店允许他们刷油漆坑害顾客吗?"

"我们老板每刷一个马桶就给酒店上交十块钱,酒店老板自然高兴。酒店给我们老板出示的发票名目是'广告位出租费'。"

护士老乡说得兴起的时候,突然还人来疯似的跑到马路对面去了。钱忠利还以为她喝多了酒,担心出事,赶紧跟了过去。

护士老乡从电线杆上撕下一张小广告交给钱忠利。小广告上写着他们诊所的祖传秘方包治天下性病,上面还有专家介绍。

除了陈教授的介绍之外，还有一段关于钱忠利的介绍："钱忠利教授，毕业于北京医科大学，曾留学德国，掌握了国际上最先进的治疗性病的技术，并获得了国际某奖、世界某奖、国家某奖……"站在马路边的钱忠利居然对小广告上的钱忠利产生了瞬间的崇拜。

　　钱忠利担心护士老乡拿着小广告给谢名贤看，赶紧把它撕掉了。但钱忠利脑海里的那张小广告却挥之不去，他很无奈地放弃了这份高薪的工作，又变成了无业游民。每天三元里电话亭的第一份《广州市场报》还是被钱忠利买走了。

　　——《广州市场报》的发行量就是被狗屁无业游民哄抬起来的。

中国出了个红桃 Q

周末，钱忠利到三元里附近的利安大厦参加红桃 Q 公司的人才招聘会。该公司的招聘广告占据了《广州市场报》整整一个版面，一看狗屁广告，就知道这是一个不可等闲视之的大公司。

招聘现场设在利安大厦的五楼大厅，前来应聘的人顺着楼梯排队排到了大厦外面的马路上，估计一天来应聘的不会少于三千人。面试官慢条斯理地接待应聘者，有意留下等待的时间让应聘者看完大厅内的公司宣传片。宣传片介绍，中国三分之一的人都患有贫血病，他们花了三亿元购买了国际先进专利技术，以民族兴亡为己任，要治好这几亿人的贫血病。宣传片中一遍又一遍地重复着一句广告词："呼儿嗨哟，中国出了个红桃 Q。"站在钱忠利前面的两位女孩在窃窃私语："呼儿嗨哟，中国出了个毛泽东。什么时候变成了红桃 Q 啊？"前面两个人说归说，还是紧跟着长龙队伍挪动脚步。

除了产品宣传片之外，还有企业形象片，电视里反复唱着红桃 Q 企业之歌："……只有逗号，没有句号……"站在钱忠利前面的两位女孩又在窃窃私语："妈呀，如果一篇文章只有逗号，没有句号，那不把读者憋死才怪。"播音员一遍又一遍地重复着这句自鸣得意的广告词，丝毫没有被憋死的征兆。画面切换到了一个广场，广场上是几千人列成的方队，一位中年男人跃上了高高的主席台，跳跃的动作明显是电影特技剪辑，有点李小龙飞跃的味道。这位领袖级的人物就是公司总裁谢大鸣。谢大鸣带着全体员工举起了拳头，开始"大鸣"："保底三十亿，争取六十亿，想着一百亿！前赴后继，誓师保底！"几千人跟着一起"大鸣"："前赴后继，誓师保底！"排山倒海的"大鸣"，外加特技制作，让人感受到山摇地动的壮观，让应聘者热血沸腾。

钱忠利凭着"豁出去"的心态，竟然顺利地被红桃 Q 公司聘用了。钱忠利脑海里的白色的问号终于切换成了红色的逗号。他的岗位是"咨询医生"，待遇只有两千多块钱，但毕竟是大公司，有发展前景，年轻人奔的就是个前途，待遇低一点也能忍受。钱忠利多方查询了公司的产品资料，红桃 Q 生血剂含有补铁的成分，应该是治疗缺铁性贫血的。公司组织了一个星期的培训，培训师给新员工洗脑："红桃 Q 生血剂上治头皮屑，中治心、肝、脾、肺、肾，下治脚气。对所有疾病都有辅助疗效，有病治病，没病防病，吃了能延年益寿，提高免疫力。"不管你现在信不信，至少钱忠利曾经相信过！

"产品对老弱妇儿的作用更为明显。三到六月公司推出的是状元装，七到十月推出女性装，十一月到次年二月推出礼品装。千变万化的是包装，永恒不变的是瓶内酱油色液体。"

培训结束后，钱忠利走上了市场，他这才明白什么叫狗屁咨询医生。《红桃 Q 营销手册》中提到了一个新名词叫做"三子登科"："一人打场子，一人守摊子，一人发报纸。"三子登科就是三个人组成一个宣传小分队。"打场子"的人拿着喇叭在周边吆喝，"守摊子"的人坐在小桌子前看货，有人过来时帮忙测血压，循循善诱地把来人的疾病扯进酱油色的小瓶子里去。钱忠利是咨询医生，就是守摊子的那位。"发报纸"的人在社区周边发宣传小报，招揽大家过来咨询。

公司的宣传轰轰烈烈，员工心中都有那一百个亿。员工白天做宣传，晚上趁城管下班的时候，到处去张贴宣传海报。所有的海报都是一个巨大的红色逗号，这就叫做"一夜红"。城管白天还没有把这些海报全部撕完，第二天晚上海报又贴了上去。农村的猪圈上、厕所上也印满了红色逗号，员工的衬衣上、裤子上到处都印上了红色逗号。每个省每年要完成十亿个逗号的任务，听说青海、新疆等省墙壁太少，没有那么多的地方刷逗号，宣传人员只好把逗号刷在牛马的屁股上。

钱忠利也参与到公司的宣传洪流之中，白天做咨询医生，晚上到乡间田野去刷逗号。钱忠利还写了一篇题目为"无怨无悔乡间行"的小文章，发表在公司的内部刊物上。这篇热情洋溢的文章被评为一等奖，并得到了一千块钱的奖金。钱忠利是最缺少文学细胞的人，上中学时一想到要写作文，浑身的痱子就炸开了花。但这篇文章不是写出来的，是直接从胸中涌出来的。钱忠利终于明白了钱忠厚的教导——"真情实感才能写出好文章。"钱忠利想，在这种情况下还没有心动和行动，那将是一个多么残酷的冷血动物啊！

钱忠利进公司的这一年是公司最鼎盛的时期，公司当年的营业额接近二十亿，没有完成三十亿的保底目标。钱忠利一个人躲在被子里流泪了，他感觉自己还不够努力，没有完成伟大的事业，对不起大鸣总裁。

但他相信有了今年的基础，明年一定会突破三十亿。他甚至感觉自己有没有钱都无所谓，关键是要成就公司的大业。今年春节，他回老家了，也是他南下广州之后第一次回家。虽然他没有赚到多少钱，但在一个大公司做到了经理级别，也对得起家人了。他回家时，把公司发给他的带有逗号的衣服也捎了回去。钱老六穿着印有红色逗号的衣服在村头村尾晃动，不停地到村医钱忠贵门前去"爽歪歪地示威"：有种的，你也弄个经理当当？

让钱忠利始料不及的是，第二年整个保健品市场急转直下，红桃Q生血剂更是一溃千里。广东的补血保健品血儿上市了，听说也是从国外花三个亿买回来的高科技产品。史大帅沉沦多年之后又不知从哪里冒了出来，这个老江湖把过去做死了的补脑产品"脑钻石"换了一个包装，更名为"脑宝石"，凭借他那张能够把自来水说成补脑液的嘴巴，分割了学生市场。TT口服液靠"每天给你一个新太太"的诱人广告分割了女性市场。巨人红桃Q生血剂被分割得四分五裂、支离破碎。保健品巨人浑身都在流血，每天喝红桃Q生血剂也无济于事。

广东片区总经理曾大斌给钱忠利打来电话，让他过去一趟。钱忠利相信老总这么郑重地给他打电话，一定有重要的事情和他商量。他特意穿了一件崭新的红桃Q逗号T恤衫，以表达自己与公司共存亡的决心。

曾大斌递给他一个红包，语重心长地说："目前，咱们公司运行得很艰难，不得不大规模地裁员，知道你这一年多的时间为公司浴血奋战，留下了许多可歌可泣的感人故事，你将被载入红桃Q公司的史册！但兵败如山倒，现在很多供应商、广告公司都把咱们公司告上了法庭，你提前撤退吧，断后的重担就由大斌来完成。只要公司渡过难关，我大斌第一时间就请你再度出山！"

曾大斌说着说着流泪了，钱忠利听着听着流泪了。钱忠利走出了曾大斌的办公室，一个人顺着马路漫无目的地行走。经过垃圾桶的时候，他扔掉了身上的那个狗屁逗号衫，给自己在保健品领域画上了一个无奈的句号。

在贫穷中挣扎

当钱忠利在生活的泥潭中苦苦挣扎的时候，谢名贤却在药品销售的康庄大道上阔步前进。在景色繁华如花园、人情冷淡如沙漠的广州城，金钱变成了一个人的价值坐标。经过经验的积累、能力的积累、关系的积累，谢名贤慢慢地找到了坐标原点，明确了前进的方向。

1998年，谢名贤被提升为广州地区的经理。换而言之，他除了获得自己直接销售的提成之外，还拿一份整个广州市场的业务提成，个人待遇翻了一番。

他们从暗无天日的小胡同搬到了一个八成新的住宅小区，租了一套两居室，带厨房和卫生间。他们终于能够躺在床上看窗外灿烂的阳光，没心没肺地唱着"春去春会来，花谢花会再开"的歌儿，终于能够去大排档大杯大杯地灌啤酒，然后，深一脚浅一脚、爽歪歪地回出租屋。

同样的爽歪歪，不一样的心情。谢名贤月薪过万的时候，钱忠利两千块钱的工资没有了着落。钱忠利每天一大早就出门找工作，很晚才回来。他懒得说话，裹着衣服倒头便睡，睡不着就趴在床上稀里哗啦地看招聘信息。

房东来收房租了，笑呵呵地从门缝里露出了一张向日葵似的脸。

钱忠利不耐烦地说："到时间了吗？才几天你就来收房租？"

房东依旧笑呵呵的模样："每个月都是十二号收房租啊？"

钱忠利冒火了："我现在没钱，等我有钱的时候你再来收房租吧！"

这句话让房东感到恶心，舒缓的语气一下子变得急促了："哟——小伙子，这是怎么说话啊？您看上去不像是随便赖房租的人啊。"

就在这时，谢名贤推门进来了，一见这场景，心里就明白了。他笑呵呵地说："阿姨，您是收房钱吧？我这里有，我这兄弟最近有点手紧，你就别跟他要了，以后您只管找我就行了。"说完，谢名贤取出了钱包。

"谁说我手紧了？不就是几个狗屁钱吗？"钱忠利冷不丁地从床上飞了起来，把站在一旁的房东吓了一跳。钱忠利从内衣兜里往外掏钱，全是些散碎的零钱，看上去还不够。他又翻开铺板找钱，又打开行李箱继续翻找，每找到一张钱就狠狠地往桌上一拍。零钱在哭泣，他的嘴却很硬："谁说我没钱？""你看这不是钱吗？！"钱忠利眼里冒着火，恶狠狠地盯着房东。房东从谢名贤手上接过房租赶紧跑掉了。钱忠利对着她的背影一字一顿地说："我，钱忠利，现在穷点，终究有一天，会有钱！"

房东一边逃跑，一边还在犯嘀咕："这年头，有钱的脾气大，没钱的火气大。"

谢名贤在钱忠利的背上拍了一下，安慰道："忠利，你何必呢？咱们是好兄弟，没有必要这样。我帮你也是应该的……"

"你给我闭嘴！我钱忠利并没有手紧，我跟你住在一起，不会让你多分担房租的！"说完，钱忠利像一头愤怒的狮子，嘭地关上门，一头倒在床上，用被子捂住了脑袋……

谢名贤的心像被人狠狠地捏了几把，他不明白昔日吃在一起、睡在一起、就连饭票都混在一起的好兄弟，如今怎么就变成这样了？怎么一踏入社会，钱的问题突然就变得敏感起来了。从此以后，谢名贤说话变得小心翼翼的，生怕哪句话说得不好，伤了钱忠利的自尊心。

这年秋天，谢名贤买了一部经济型轿车——赛欧。有了先进的生产工具，工作效率也提高了许多，谢名贤开着车在各家医院之间穿梭，在机场路上狂飙，与保时捷跑车赛速度，与军车拼闯红灯。从一无所有到有车一族，难道不应该张扬一下吗？

有了钱，有了车，自然有了女孩子。女孩子天生就是藤，看到大树自然就会依附，继而开始攀爬。树有多高，藤就能爬多远，展开的枝叶，像一面面迎风招展的红旗。

没过多久，谢名贤花中选花地挑了一位漂亮的女孩子小美作为女朋友。

钱忠利跟谢名贤开玩笑说："把你选剩的女孩子，介绍一位给我嘛。"

谢名贤笑着说："这还不简单吗？你我是好兄弟，有福就应该同享，包括艳福！"

很快地，钱忠利身边也有了一位女孩子，名叫小丑。谢名贤和小美有了实质性进展，钱忠利和小丑却还是若即若离。

周末，谢名贤开车带着小美、小丑、钱忠利一起兜风。风儿灌进车窗，大家都兴奋地狂呼乱喊，钱忠利的心情也好了起来。大家跑进一家舞厅去蹦迪，累得满头大汗的时候，谢名贤赶紧买来了一些饮料。这时小丑冷不丁地冒出一句："你怎么总让名贤掏钱啊?"

钱忠利本能地被饮料呛了一口，剧烈地咳嗽。谢名贤急忙站起来圆场："我和忠利是好兄弟，我们的钱都是混在一起的。我花就是他花，他花也就是我花，从来不分彼此！"

虽然谢名贤的话是这样说，但钱忠利还是从小丑的眼中读出了许多不屑。他屈辱地喝掉了最后一口饮料，狠狠地将饮料杯摔在地上。嘴里冒出了两个字："狗屁！"随后，他拔腿跑了出去。谁喊也不应，大家追出去，看到钱忠利像一匹受伤的野马，跌跌撞撞地消失在夜幕之中。

钱忠利走在路上，一曲悲凉沧桑的歌曲响了起来：

> 曾梦想仗剑走天涯，
> 看一看世界的繁华，
> 年少的心总有些轻狂，
> 如今你四海为家。
> 曾让你心疼的姑娘，
> 如今已悄然无踪影，
> 爱情总让你渴望又感到烦恼，
> 曾让你遍体鳞伤……

钱忠利默默地听着，喝下去的饮料突然涌上来，味道极为苦涩。钱忠利强忍着咽下去，泪花却从眼睛中冒了出来。

小美到出租屋来的次数多了，钱忠利感到有些不自在。给别人做灯泡，当事人没什么感觉，灯泡却很难受。钱忠利不好意思住在里面了，毕竟自己没有付房租。无论谢名贤怎样说"不碍事"，但有目共睹地"碍事"了。

谢名贤看着好友，心情纠结地说："咱们是兄弟，真的没啥，你要是觉得不方便，我就不让小美来了！"

钱忠利苦笑着拍拍谢名贤的肩膀，啥也没说，提着一床破被褥和几件脏衣服走四方去了。钱忠利前脚搬出去，小美后脚就把全部家当搬了进来。钱忠利住了半年有阳光的房子，又被现实打回了原形，他像一只打了败仗的松鼠，悄悄地钻进了暗无天日的三元里小胡同。

临近春节，谢名贤请钱忠利喝酒，开门见山地说："你要想装出世人皆醉我独醒，你的出路就是跳珠江！我最后一次跟你说，你也是最后一次听我一句，春节之后肯定会有医药代表离开，你就把他的业务接过来，销量直接做上去，你就脱贫了。"

钱忠利搓揉着手里的酒杯，云山雾罩地说："春节过后再说吧。"

农历腊月，谢名贤开着香车、带着小美回老家。一辆赛欧，从广州开到河北，没有一定的精神信念是很难开过去的。谢名贤开得很顺当，抓住方向盘高歌猛进，小美坐在副驾上鼓掌加油，像汽车拉力赛似的，一转眼就回到了河北海淀县。父老乡亲都知道，开着香车、挎着美女的是谢名贤经理。

一无所有

　　钱忠利没有了经理头衔，也没有了钱，自然而然，春节也没必要回老家了。钱忠厚和钱忠星执意要他回去，一家人好好聚一聚。但想到乡亲们那审视的目光和窃窃私语的议论，钱忠利心里还是发冷，最终没敢回家。他终于明白，项羽宁可自杀也不回江东，不是勇敢，而是怯懦。

　　钱忠利终于明白，世界上有一种比贫穷更糟糕的生活叫做一无所有。他躺在床上，对着天花板唱着《一无所有》，唱得软绵绵的，没有崔健的那份理直气壮。一个人过年，是怎样的滋味，恐怕只有钱忠利自己知道。钱忠利从睡梦中饿醒了，翻箱倒柜找食物，只剩下悬挂在墙壁上的一根瘦骨嶙峋的小葱！不吃饭本来就是一件相当理亏的事情，更何况还是大年三十呢？真是有点大逆不道了！钱忠利找了一些零碎的银子，准备去备点年货。春节期间，发廊的小姐回家过年了，行人少了，小巷子显得宽敞了。

　　花城广州，处处花团锦簇，马路两边的鲜花摆得满满当当。摆放最多的要数小橘树盆景，听说这是每家必买的东西，代表新年吉祥。钱忠利仅仅用眼睛的余光扫视了一下——因为这些与他无关。钱忠利买了一些蔬菜，又买了一块肉。他拿着肉在手上掂了掂，明显感觉短斤少两——穷人的手就是一杆秤！他拿到公平秤上一称，两斤猪肉居然少了四两。钱忠利有些窝火，大过年的，还玩顾客的秤，太缺德了吧。

钱忠利和菜农论理，菜农一口唾沫吐到钱忠利的脚上。嘴里阴冷地骂道："看你蓬头垢面的穷酸相，人家叫花子都比你阔气。老子骗你，你又能咋样？滚到一边去，没出息的东西！"

周边菜摊上的菜农跟着哄笑，钱忠利在一片笑骂声中狼狈地逃回了出租屋。他照照镜子，不由得大吃一惊。镜子里的人是自己吗？何止蓬头垢面、胡子拉碴，镜子里分明是从地狱里跑出来的厉鬼，哪里算什么狗屁人啊！

啊——钱忠利捂着嘴叫了一声，狠狠地将手里的肉砸向镜子。

除夕夜，钱忠利填饱了肚子，内心却比饥饿时还要空虚，他百无聊赖地看着窗外。他看到对面发廊里坐着一位小姐，平时钱忠利在小巷子里经常碰见她。这位"老小姐"四十多岁了，一寸厚的胭脂粉也盖不住额头的皱纹，这个年龄还死守这块阵地，绝对不是爱岗敬业，更不是倚老卖老，而是实在没有其他的谋生技能。"老小姐"孤独地坐在那里，并不是妄想在除夕夜招揽生意，而是实在想不出可以去的地方。钱忠利知道"老小姐"和他一样百无聊赖，他的嘴巴不由自主地一张一合："我——愿——意……"

大年初一的早晨，鞭炮声早早就响了。狗屁声声辞旧岁，狗屁声声迎新年。钱忠利用被子蒙着脑袋，诅咒着狗屁鞭炮声，诅咒着阴冷的出租屋，诅咒着来得如此汹涌的春潮！他翻个身，想继续昏天黑地地睡觉，用睡眠来麻醉自己。

"穷在闹市无人问，富在深山有远亲。"钱忠利不由自主地想起了钱老六的这句口头禅。这时，突然响起了砰砰的拍门声。钱忠利想到可能又是那个讨厌的房东，懒得理她。他把头钻到了枕头下面，但拍门声还是不知趣地响个没完。钱忠利感觉外面的人真是太欺负人了，就顺手摸出床底下的鞋子，狠狠地砸向大门。他气恼地叫嚷道："滚远点，老子没有压岁钱！"

　　拍门声停了，却突兀地听到门外的清脆女声："哥，哥，是我呀，我是忠星！你快给我开门呀！"

　　钱忠利一脚踹掉被子，翻身就跳下床。就在要开门的一瞬间，他突然迟疑地收住了手，看看乱成猪窝般的屋子，钱忠利如笼子里的野猪一般转了几圈，然后闷声闷气地说："我不认识你，你还是走吧！"

　　屋外钱忠星却不依不饶地喊道："哥，我真的是妹妹忠星呀！你怎么能不认识我呢？你快开开门。"

　　"你不是回老家了吗？"

　　"我放心不下你，把火车票退了，专程陪你过春节的。你到底开不开门啊？我喊数了，一——二——三——你再不开门，我就不理你了。"

　　钱忠星小时候总是用这句话威胁两个哥哥，长成大姑娘了居然还来这一招。钱忠利急忙喊道："哦，你等我两分钟吧！"说完就手忙脚乱地往身上套衣服，结果越着急越乱，只听"哧"的一声，衣服袖子被撕破了。

　　大年初一的早晨，在阴暗的出租屋里，拉碴着胡子、红肿着眼睛、带着一身酒气的钱忠利开门迎接前来拜年的妹妹！

　　钱忠星看到钱忠利，欢天喜地地抱着他问"哥哥好"，而且还像小时候那样撒娇地亲了亲哥哥的脸。钱忠利难堪地躲闪着说："哥还没洗脸呢！别——别闹了！"

钱忠星望着哥哥乱如猪窝的小屋，乐呵呵地说："哥，瞧你大过年的，还睡懒觉。你呀，真是一头大懒猪！"说完就开始帮着收拾屋子，嘴里小鸟一般地叫喳喳，眼里却偷偷地掉眼泪。

钱忠利往嘴里堵了一根烟，狠狠地吸掉半截，张口问："你怎么不回家去陪陪爸妈？"

钱忠星咳嗽着将钱忠利嘴里的烟灭掉，打开门窗，说道："这段时间我跟着老师到西藏做课题了，也没时间过来照顾你。"

说话间，钱忠星打开包掏出一套新衣服，往钱忠利身上比划。她乐呵呵地说："哥，你穿上这套衣服一定帅呆了，你真是我的偶像。"

钱忠利看着妹妹手里的新衣，听着妹妹嘴里絮絮叨叨的话。他傻傻地笑着说："忠星，你出去一下。哥洗个脸，把新衣服换上！"钱忠星出去了。

钱忠利装满了一脸盆水，然后深深地将头埋进去。水清凉彻骨，从头顶一直沁入到脚心。钱忠利尽量憋着气，憋了很久，感觉死亡的眩晕开始袭满全身的时候，他才抬起头来。他想把多年积攒下来的失落、郁闷、焦躁、愤恨、伤心、疑虑、忧伤、贫穷之类的狗屁霉气全部憋死。

在简陋的出租屋里，兄妹俩吃起了团圆饭。钱忠星做了一顿丰盛的家乡菜：榨菜肉丝，青椒炒肉，鸡蛋肉丝汤，用一斤六两肉当主料，妹妹做了一桌子菜。俩人嘻嘻哈哈，你争我抢地吃肉，感觉又回到了童年。吃饭的时候，钱忠星讲了她在西藏的见闻，讲到那些虔诚的信徒去朝圣，两步一仆地磕头，不论前方是雪山还是险壑，他们都一往无前，从不退缩，从不偷奸耍滑。

"哥，你知道他们有什么让我动容的吗?"钱忠星问。

"信念?"钱忠利回答。

钱忠星摇摇头，定定地盯着钱忠利的眼睛，一字一句地说："从哪里跌倒了，就从哪里爬起来!"

钱忠利愣了一下。钱忠星接着解释："在西藏那严酷的自然环境里，人们要想活下去就只能如此。他们生活得很务实，也很快乐。他们受伤了，也只是擦一下伤口，并不太去理会，因为前方的路需要他们一步步地走下去。如果他们停下脚步，等待他们的只有一条路——死亡!"

"我过去在大学时的理想是宁可要天上的一只雄鹰，也不愿要锅里煮熟的老母鸡。"

"理想与现实应该是可以统一的，先要吃掉锅里的老母鸡，你才有力气去抓天上的雄鹰。"

钱忠利在出租屋里走来走去，无数地重复着这句话："从哪里跌倒，就从哪里爬起来……"

此时此刻，这么通俗的一句话给了钱忠利无穷的力量。

脱胎换骨

春节过后，谢明贤回到了广州，邀请钱忠利和几位医药代表一起吃饭，谢名贤把医药代表逐一介绍给钱忠利。其中有一位小李，过去是在广东东阳市做药品代理的，现在不想做小老板了，投奔到谢名贤麾下做医药代表。

大家一起讨论各家医院的业务情况，发现确实有空出来的好市场。广州的几家大医院的医药代表相继辞职，小李准备接手其中一家医院的业务。

钱忠利对小李的决定很想不通，问道："你自己做代理，拿货价格低，赚钱也多一些，还很自由。为什么要过来做医药代表，还要受别人管呢？"

小李面有难色地说："一言难尽，自己做地区代理，一则需要资金，二则风险大，三则管理员工很烦心，四则东阳也不是好市场，五则……"

看来人人都有一本难念的经。听小李说，他手头还有一些代理的药品。如果谁感兴趣，他愿意把整个市场卖掉。小李说这些的时候，在场的医药代表没有谁愿意接他的话茬儿。大家都知道做小老板的难处，也知道东阳医药市场的深浅。

大家在那儿推搡着喝啤酒，钱忠利对小李的话饶有兴致，他挤到小李身边，打听代理药品的细节。小李现在正在代理一个中药针剂——红花注射液。目前东阳一院和二院两家医院都有他的产品，他从药厂按批发价的25％的价格进货，只要完成药厂的年度销售量，他就可以拥有东阳地区的独家代理权。

当大伙喝得爽歪歪的时候，钱忠利突然宣布接手小李的东阳市场。这既在谢名贤的意料之中，又在谢名贤的意料之外。意料之中的是，以钱忠利的秉性，他并非久居人下之人，单干是他不二的选择。意料之外的是，他一无资金，二无太多的经验，更何况东阳也不是什么好市场。

谢名贤扭曲着脸盯着钱忠利，像一名骨科医生研究断腿时的表情。他满脸疑惑地问："你不是不屑于做医药代表的吗？怎么想通了呢？"

钱忠利苦笑着摇摇头："狗屁世道，逼良为娼！"

"你别太冲动，等酒醒了再作决定吧！"

"我之所以要醉酒的时候作出决定，就是担心酒醒之后没有了做娼的勇气！"

事实上，钱忠利并不是一时心血来潮，春节期间他就作出了种种人生规划。凭专业背景，除了做医药代表之外，他已经无路可走了。他计划代理一些小药厂的药品。这些小药厂没有实力建立自己的营销团队，只好让出比较大的利润空间请别人代理。钱忠利想抓住这个机会，施展一下自己的本事。

单干首先要解决的是资金问题，钱忠利想到了家人。钱忠厚和钱忠星得知钱忠利的想法之后，立即全力支持他。三人一合计，决定共同投入，一则解决钱忠利缺少资金的燃眉之急，二则也让兄妹做一点投资分红，挣点外快。

钱忠厚工作的年限长一些，有了一点积蓄，决定投资二十万。钱忠星虽然没参加工作，但也东挪西借弄来了十万，钱忠利找谢名贤等人借来了二十万，钱家三兄妹按投资比例享受分红。钱忠利本人和其他医药代表一样，也拿业绩加提成。一家人就这样走上了浩浩荡荡的发财之路。

晚上，钱忠利头枕着这个五十万元的存折本失眠了，没心没肺的钱忠利以前从来没有失眠过。他为了让自己尽快入睡，突然想起了在大学时期看过的一种催眠气功书，他想用这个气功试试，心中默默地念着气功口诀："感觉自己的身体在一个火堆中燃烧，烧得通体发红，红得透明；又感觉自己的身体被移到了冰水中浸泡，感觉自己的身体慢慢溶化，在水中扩散、扩散。"

在燃烧与扩散之后，钱忠利真的睡着了。他梦见自己变成了那位四十多岁的"老小姐"，扭动着苍老僵硬的身躯在发廊门前招揽顾客。他深信，一觉醒来他将是另外一个钱忠利。

东阳画圈

第二天一早，钱忠利借着晨光仔细研究广东省地图，最后旗帜鲜明地在东阳市的位置上画了一个圈，那是 2001 年的春天。

东阳，广东不算富裕的地级市。从区域划分上，东阳市不属于珠江三角洲，但紧邻珠三角。东阳人开口闭口喜欢说"我们珠三角"之类的话。有趣的是，真正处于珠三角的深圳、东莞的居民是不会说这类话的，因为这句话对他们来说"纯属多余"。远离珠三角的韶关、湛江等地居民也从来不说"我们珠三角"，也因为这句话"纯属多余"。东阳市处于"泛珠三角"区域，经济上比上不足、比下有余，这类人最容易产生虚假的优越感和脆弱的自尊心。

东阳市区内有两家大医院——东阳市第一人民医院、东阳市第二人民医院。这两家医院是医药代表的必争之地。市区内还有中医院、妇保院、区医院、民营医院等等，这些小不点的医院入不了钱忠利的法眼。东阳还有下属的四个县级医院，业务收入也不错，但钱忠利凭目前的实力不想把战线拉得太长。经过一番考察和掂量，钱忠利决定前期的着力点应该是东阳一院和东阳二院。于是，他从小李的手上买下了红花注射液的代理权。

东阳一院和二院的业务收入不算小，但经营效益并不好。经营不好不外乎两个原因：

一方面是管理问题。这里的院长比正宗珠三角医院的院长更难当。这里的员工安于现状，他们明白再努力也去不了深圳。即使深圳哪家医院要他去，他也承受不了那里的高房价，也忍受不了那里的竞争。于是乎，铁了心这辈子在东阳耗下去了，有点小和尚念经般混日子的念头。一个人没有了想法，你就拿他没有了办法。

另一方面是体制问题。深圳同规模的医院，行政后勤人员只有一百人，而东阳一院的行政后勤人员则达到了二百五十人。并不是院长二百五，而是因为这个地方的好企业不多，有关系的人把医院当成了混时间的好去处，各色人等都挖空心思、削尖脑袋往医院钻。院长又不是长江大堤，想挡也挡不住，更何况大堤也有溃堤的时候。院长稍一打盹，领工资的黑压压的一大片。院长揉着眼睛问："这都是从哪里冒出来的人呀？我这做院长的咋都不认识呢？"

钱忠利选择东阳市作为根据地，不是没有脑子，而是经过深思熟虑的。他知道在东阳做药品销售有两个让其他医药代表望而却步的不利因素：第一，这里的医生像饿狼。对临床费的胃口要求很高，一百元的药不给到三十块钱以上的回扣，一切免谈；第二，这里的医院像饿虎。药品送给医院用，什么都好说，但你到医院讨回款，那无异于虎口拔牙。如此一来，国内外大药厂都不会把东阳作为重点市场，理由是大药厂有实力，在珠三角发展会很好，犯不着去惹这群豺狼虎豹，而且是饿得两眼冒金光的豺狼。经济实力太差的个体承包商也怕到东阳，医院给你拖上一年不回款，早就把你拖得没脾气了，你的药用得越好，可能死得就越快！

钱忠利的决定让谢名贤揪心。谢名贤一脸凝重地警告:"兄弟,你知道东阳的深浅吗?多少英雄豪杰进入东阳市场,结果是死无葬身之地。当初咱们师哥万新奇,往东阳砸进去了一百多万,连个水漂儿都没打出来。你竟然想去跳,你小子哪根神经出了毛病?"

面对谢名贤的质疑,钱忠利第一次深沉地摇了摇头,感觉自己的颈椎骨咯吱地响,这咯吱声是对谢名贤最好的回答。他冷静地分析:"在东阳市做药,最大的优势是进药方便,因为医院也有自知之明,他们的信誉不好,门前问津的人少,进药的要求自然会低很多。正如一个女孩没有花容月貌的外表,自然也会降低择偶标准,一辈子碰到了一个追求者,你说她能轻易放过吗?"

"打住!忠利,我跟你说正经的医药市场,你小子怎么东扯西划拉地说到女人身上去了,你想女人想疯了吧!"

钱忠利龇着雪白的牙,像一只要吃人的狼,继续掰扯:"在药品征途上,哪里都是豺狼。医院这群饿狼饿虎是可以智取的,毕竟有供求关系,这种唇亡齿寒的道理院方还是懂的。虽然在回款时间上能拖就尽量拖,但说到底医院绝不可能赖账。就跟钓鱼一样,看谁更有耐心和信心,说白了也就是看谁能耗到最后……更何况你要是和院长的关系搞到位,医院也会及时回款,医院往往拖欠没有关系的医药代表的货款。现在很难有一刀切的政策,面上的政策都是革那些没有门路的命。我觉得,那些小医药代表面前的真正豺狼不是医院,而是那些大药企。他们凭借自己的上层关系和品牌实力,想方设法挤兑那些小医药代表。如果被这帮豺狼吃了,他们是连骨头都不会吐一根的。"

谢名贤没有接话,深情地望着这位患难兄弟。交往这么些年,他太了解钱忠利了,他是个充满血性的男子汉,勇敢、莽撞却不乏睿智。

虽然看上去嘻嘻哈哈，但只要他认准的道儿，就会义无反顾地走下去。

钱忠利认为，如果说东莞、深圳是金灿灿的黄金市场，那东阳就是乌金市场。黄金的价值人人知道，但乌金的价值却不是人人都能认识的。

谢名贤知道自己改变不了钱忠利，临别时给好兄弟送上一句祝福的话："世上本没有路，走的人多了，便也成了路。"

钱忠利拱手答谢道："世上到处都是路，走的人多了，狗屁路都没有了。"

"这是谁的名言啊？"

"钱忠利名言。"

两位患难兄弟击掌而别。钱忠利站起身，走出了出租屋，走向那即将让他生生死死的狗屁东阳……

培训课

　　小李带着钱忠利来到了东阳，一手交钱，一手交市场。小李还向他引荐了东阳一院、二院的一些主任和医生，钱忠利一一记在心头。和小李关系最铁的是东阳二院的大内科主任郎明松，小李把郎主任的习惯、嗜好都一一作了介绍。小李说，只要抓住郎明松，就等于抓住了东阳二院。

　　要拉起大旗做一番事业，首先得有兵马。听说钱忠利要当老板，有钱的兄妹捧了钱场，没钱的爸妈只好捧个人场。春节期间走亲戚四处张罗，忽忽悠悠地就帮儿子把兵马问题解决了。于是兵马就忽忽悠悠地开进了东阳。

　　三名新来的员工站在钱忠利面前，个个表面上是恭恭敬敬的样子，骨子里却是初生牛犊不怕虎的意志，着实让他想起了自己的过去。钱忠利一时还找不到当老板的感觉，他挠挠头说："你们自我介绍一下吧！"

　　三名员工分别叫张铁军、小媛、小梅，一男两女。他们仨人不仅和钱忠利是老乡，而且都是洋洋淀医学院毕业的，学的都是非常时髦的专业——药品营销。钱忠利当医药代表是"斜对门"，这三位师弟师妹做医药代表倒是"门对门"了。

近两年，洋洋淀医学院为了贴近市场，索性大规模地调整专业，大规模地缩减临床专业的招生，大量招收药品营销专业的学生。钱忠利非常好奇，学校几年内作出这么重大的学科转型，师资问题是如何解决的呢？钱忠利问他们的授课老师，结果是原来的解剖课老师改行讲授药品物流管理、生理学老师改教消费者心理学、品德课老师改教卫生政策分析……年年岁岁人相似，岁岁年年课不同！

洋洋淀医学院在药品营销方面慢慢地小有名气了，被校友称为"中国药品营销的黄埔军校"。校友们这样称呼不是在抬举母校，更多的是抬举自己。"王侯将相，宁有种乎？"

药品营销不需要什么技能，有小学二年级数学基础的人，就可以保证给医生兑回扣时不会算错账。说来有趣，医学院没有培养出几个正儿八经的医生，倒是培养了一批又一批的医药代表。师兄带师弟，师姐带师妹，药品营销的薪火代代相传。

张铁军，二十七岁。皮肤偏黑，体形偏瘦，身材不高。一看外形，就知道这家伙只是个豆腐渣工程，算不上什么"铁军"。他的性格有些内向，说话不多，但只要开口总有一些独到的见解，有点哲学家的味道。他毕业已经两年了，在当地的乡镇卫生院工作。两年的工资奖金加在一起，还没有把当年托关系进医院的礼金捞回来。他相信再待下去，整个脑子都会生锈，于是他决定出来走走，打磨一些岁月的痕迹。

小媛，二十四岁。身材不高，皮肤白皙，脸庞饱满，但不臃肿。弯弯的眉毛有修剪过的痕迹，一双大眼睛忽闪忽闪的，清澈见底。一脸的阳光，看上去是个活泼明快的现代女孩。毕业一年了，仍然无所事事。一边托人找工作，一边在姐姐家帮着带小孩。整天乐颠颠的，快乐得像个洋娃娃。

岁数最小的要数小梅，刚刚毕业的应届生，二十三岁。五官长得很精巧，清秀而利落，眼睛不大，鼻梁挺直，嘴巴小巧弧线优美，鹅蛋脸尖下颏，吹弹可破的皮肤，算得上古典优雅的美女，清秀洁净得像画中人。小梅喜欢写点小诗，做点小画，算得上是一位有点味道的小女生。无论是外表，还是气质，她都像一件经过精雕细刻的小工艺品。

三个年轻人，一没有雄厚的资金，二没有当地牢固的人脉关系，三没有相关的经验，有的只是年轻滚烫的心和对钱忠利的信任。钱忠利暗自一咬牙说："你们都留下来，咱们四个好好干！但我给你们说实话交个底，既然来了就不要闹什么狗屁情绪；走到一起是个缘分，谁要是弄什么狗屁分裂，那就卷铺盖给我走人！"

年轻人被钱忠利的两声"狗屁"逗乐了，忍不住哈哈大笑，钱忠利也红着脸跟着笑了。他招呼大家安营扎寨，他们在东阳合租了一套两居室，客厅相当于办公室，两间房当宿舍，钱忠利、张铁军住一间，小媛、小梅住一间。四人共用一个厕所、一个厨房。大家一起做饭，费用均摊。

钱忠利知道这五十万块钱的启动资金来之不易，承载了钱老六一家人的希望。他像一个小妇人一样拨打着生活的小算盘。菜市场上什么便宜他们就吃什么，疯牛病期间吃牛肉、禽流感期间吃鸡蛋、瘦肉精期间吃猪肉……中国层出不穷的食品安全问题给他的事业帮了大忙。

钱忠利既是老板，又是导师。虽然自己也是瞎子摸象，但在他们仨人面前，装也要装出摸出了大象轮廓的样子。不懂的地方，便经常打电话向谢名贤请教，有些关系他让小李帮忙维护一下。钱忠利还得竭尽所能地将自己摸索积累的经验告诉他们。如果不尽快熟悉业务，怎么能打好东阳市场的第一枪呢？

小梅警觉地察看周边的环境，她像是发现了新大陆似的说："咱们租的房子在东阳二院的对面，安全吗？"

钱忠利高深莫测地说："最危险的地方也是最安全的地方。"

看着小梅似懂非懂的样子，钱忠利觉得自己的回答太有水平了。其实他也不明白为什么最危险的地方就是最安全的地方，无非是想把很多简单的道理上纲上线，从而体现老板的理论高度。租房离医院近一点，无非是过去做业务方便，省了两块钱的交通费——这才是钱忠利心里的真正原因。

钱忠利从这些年的工作经历中悟出了一个道理：要想让员工服你，首先你要让员工看不透你，猜不透你想的是什么。如此这般，你才有可能做一个成功的老板。你想想，红桃 Q 公司的谢大鸣，每天弄得神秘兮兮的，员工居然把他当神一样供着。

钱忠利知道，开展工作的第一步就是要建立大家的信心。很多人认为做医药代表是见不得太阳的，甚至是违法的，他花了两年多的时间才突破这个心理关口。但他的员工必须速成，他的五十万元资金实在耗不起。

看到大家都瞪大眼睛看着自己，钱忠利学着谢大鸣的样子把手一挥，说道："任何行业都有营销，既然大学都开设了药品营销专业，就更加证明了医药代表的合法性。正是因为有了我们，医生才能及时掌握药品研究的最新进展，才能破解看病难、看病贵的难题。医生帮我们用药，我们给他们一些好处费，这是他们应得的报酬，通俗一点儿说，就是潜规则。各行各业都有自己的潜规则，我们也绝不能脱俗！"

钱忠利的这种洗脑式的培训很有作用。他慷慨激昂的讲话给刚刚出远门的张铁军仨人吃了定心丸。他们摩拳擦掌，没有理由不激情澎湃。三人纷纷表态："钱经理，放心吧！我们一定不会辜负你的期望，不论遇到什么困难，我们都会大步迈过去的！"

钱忠利心里暗暗得意，觉得自己真有一点领袖的气质。如果当初万新奇有这两招头脑风暴培训，自己也不会走那么多弯路。看到大家入门了，钱忠利又开始勾画着未来的蓝图，这也是很多老板常用的方法。他先给员工画了一张饼："我们今年和明年攻占的目标市场是东阳一院和东阳二院，接着是东阳地区，随后是珠三角，最后是广东全省。"钱忠利一边说，一边用笔画着草图，攻击的箭头不断地飞出去，市场推进的速度比希特勒的闪电战还要快。

钱忠利又给大家打了一个比喻："东阳一院、二院就像两口油井，我们的第一桶金将从这里产出。东阳一院就是我们的'中石油'，东阳二院就是'中石化'！"

听到这里，张铁军兴奋地举起手说："我不同意这个比喻，应该比喻为三峡和葛洲坝水电站才对，不仅因为长江的水不会断流，而且水本身就代表财运！"

小梅白了张铁军一眼，争辩道："既然黄河都断流了，你凭什么说长江不会断流呢？我觉得钱经理比喻为油井更好，一则现在经常闹旱灾，水力发电没保障；二则现在的油价节节攀升，利润大……"

小媛在一旁插嘴说："比喻为油井不好吧，油总有被抽干的一天。"

钱忠利对三位员工讨论水与油的问题不感兴趣，他只是随便说说，没想到他们会在这个问题上这么较真。这般较真，不是认真，而是天真。钱忠利觉得心里很不爽，但还是耐心地解释："我们油井的油永远抽不干，因为有条暗道连到了波斯湾！"

张铁军笑着说："你是带咱们做生意，还是带咱们走暗道？"

钱忠利瞥了一眼张铁军说："本来没有什么区别，生意的最高境界就是明道与暗道的结合。两手抓，两手都要硬，商海就是这个狗屁道理。目前我们的产品是红花注射液，中药提取成分，很有优势，这也是我决定出来单干的原因。红花是活血化瘀的中药，用于心脑血管方面的疾病，临床使用非常广泛。小李过去一直没有做起来的原因，主要是丹参注射液的知名度更大，分割了更大的市场份额。"

小梅疑惑地问："那我们为什么不做西药品种呢？这样用量会大一些。"

钱忠利耐心地解释："西药做起来难度更大，西药是化学成分，每种西药都有几十家药厂在仿制。而中药的配方复杂，其他药厂不容易仿制，市场风险反而会小一些。"

小梅瞪着眼睛问道："那我们的身份是什么？我们不能说自己是个体户吧？"

钱忠利耐心地解释："我们的身份是蛤蟆集团的员工，因为红花注射液是他们集团的产品，我们销售他们的产品，就相当于是他们的业务员。"

小媛快乐地拍着手说："妈呀，弄了半天我们还是上市公司的员工，好荣耀哦！"小媛一叫嚷，顿时化解了钱忠利内心的水与油的疙瘩。

钱忠利转入正题："我们是从厂家现款提货，再以当地康泰医药公司的名义送给医院。康泰医药公司提供发票，医院把款打回到康泰，康泰从中扣六个点，余款再给我们。"

小媛奇怪地说："医药公司六个点开发票不是亏了吗？国家税收远远不止 6％啊？"

钱忠利说："那是别人的本事，我们没必要去管了，康泰这六个点可以说是他们的净利润。有些有关系的人专门申请一家医药公司给别人代开发票赚钱，自己反而不做业务。"

小媛一脸天真地问："是不是所有的医生都要回扣啊？如果有些医生不要临床费，这部分费用是不是属于我们了？"

钱忠利笑着反问："请问这个世界有没有不吃腥的猫呀？"

张铁军说："有，大熊猫！"

小媛又异想天开地说："我希望多一些国宝级医生，我就可以多赚一些钱。"

小梅白了小媛一眼："你臭美吧！"

四个人哈哈大笑起来。笑声传到了不远处的东阳二院——那里就是战场，没有枪林，没有弹雨，却一样充满人生考验。

开完会，已经临近中午。谢名贤和小李也从广州赶过来了，钱忠利带着大家到楼下小餐馆吃午饭，这是广东人的习惯。新年上班的第一天，或者是新公司开张的第一天，老板都要请员工到酒店吃一顿饭、说一些吉利的话，这就叫"喝开工酒"。入乡随俗，钱忠利在广东待了几年，已经深受岭南文化的影响。

钱忠利要了一瓶白酒，大家频频举杯。三位新手不胜酒力，喝了几口酒就满脸通红。钱忠利执意劝酒，仨人一再拒绝，他有些不高兴地说："医药代表就要能喝酒，不仅要能喝，还要会说酒话。酒文化的核心就是狗屁酒话。酒话不能谈自己的业务，否则医生会认为你的功利心太强，不敢用你的药了。但又不能不谈业务，否则这顿酒就白喝了。你们要把自己的业务融化到酒之中，让他们看不见、品得出！"

张铁军、小梅、小媛醉得一塌糊涂，什么都品不出了。钱忠利、谢名贤、小李却一点事儿也没有。钱忠利笑着安慰大家："没关系，慢慢来。酒精考验，非一日之功。"

趁着酒性，大伙爽歪歪地来到东阳湖的一条游船上召开第一次"药代会"，小李和谢名贤作为友方代表列席参加。

实习

　　第二天，天气不错，阳春暖人心，个个好心情。

　　钱忠利带着张铁军仨人到现场熟悉环境，他们来到了出租屋附近的东阳二院。二院坐落在东阳湖边，湖面很大。东阳人无比骄傲地告诉外地人，东阳湖的面积是杭州西湖的三倍。事实上当地人也心知肚明，湖美不美不能以面积而论。菜花的块头是西施的两倍，有可比性吗？但东阳人还是坚信，东阳湖比西湖大，所以比西湖美！亲爱的读者，让我们一起承认东阳人的狗屁逻辑吧。否认这个逻辑，就等于扒掉了东阳人的短裤。

　　湖边绿树成荫，微风吹起的层层波纹伴随粼粼的波光跳跃着，像一根根随风飘舞的金丝。东阳湖没有千岛湖的壮观，也没有西湖的喧闹，更没有洋洋淀的清澈。但城里人见到水、见到绿色就叫风景，无论污水还是杂草——这便是城里人的狗屁情调。湖水中偶尔也能看到三五条小鱼，它们在水草丛里时而贴耳低语，时而你追我赶。远处不时传来一两只小鸟的扑翅声。湖水清晰地映出蓝的天、白的云、红的花、绿的树。湖边整治并没跟进，观光的人群并不多，来来往往的都是低头走过的匆匆过客。此时此景，更加衬托了东阳人的"这条短裤"

的无聊与无奈。

步行不到十分钟，钱忠利一行来到了东阳二院。这时已经临近中午，病人稀稀疏疏的，有些是上午看病输液离开得比较晚的，有些是下午准备看门诊的。因为还没有开诊，他们只好在门诊走廊里溜达着。一名保安坐在门诊楼前停车场的水泥椅上打着盹儿，口水像蚕丝一样拉到了地上。在阳春三月的太阳照射下，这种无忧无虑的吐"蚕丝"是何等神仙般的享受。

一进门诊大厅，刺鼻的药味挑逗得张铁军连打了两个喷嚏。喷嚏打得如此激情四射，连角落里一位打盹的男人也被惊醒了。男人狠狠地瞪了张铁军一眼，从喉咙中哼出了低声的谩骂。钱忠利冷眼旁观，敏锐地感觉到这家伙可能是医药代表。因医生中午休息，他就在这儿打盹儿，等着下午再做药品促销，候诊椅便成了医药代表的午睡床。

钱老六曾经教导：同行是冤家。钱忠利不免多看了几眼。该男子四十来岁，大约一米七的身高，敦敦实实的，尤其那一脸横肉，外加脸上的一道伤疤，让人不禁打个寒战。女人脸上有刀痕，叫破相，是丑陋的标记；男人脸上的刀痕，那是实实在在的勋章。在江湖上，脸上有刀痕的男人和没有尾巴的野狗一样，都是惹不起的主儿，一旦遇到，立即闪开。钱忠利朝张铁军使了个眼色，大家装作若无其事的样子走开了。

东阳二院的门诊内部布局得杂乱无章。大厅中央是收费发药的柜台，柜台是用厚玻璃封着的，玻璃外面还有加固的铁栅栏。取药、交费通过一个弧形的低槽来完成，病人把嘴对着低槽讲话，然后再把耳朵贴在那儿听里面的人答复。这种布局是三十年前医院最常见的布局。门诊左边是内科诊室，右边是外科诊室，二三楼是一些小科室，四楼是化验室。给人的感觉，东阳二院门诊的条件还不如洋洋淀人民医院。听清洁工说，东阳二院本来早就想重建门诊楼了，但城市规划局有规定，东阳湖周边一百米内的建筑物只允许拆，不允许建。如果拆了，只能后移一百米再重建。但医院的地皮非常有限，如果后移一百米，医院就从东阳的版图上消失了。好死不如赖活，院长也怕落得"败家子"的骂名。

他们又来到门诊楼后面的住院楼，不由得眼前一亮，这里简直是另外一番天地。住院楼是新建的，条件可以用奢侈来形容。一楼宽敞明亮的住院结算大厅像五星级酒店的大堂，大理石地板、扶手电梯、精致的壁画、优雅的咖啡厅。豪华的住院楼配备如此寒酸的门诊楼，并没有什么不协调的，好像一位开保时捷跑车的哥儿们穿着一个膝盖上有破洞的牛仔裤。连几百万的保时捷都买了，还需要用高档西服来证明自己的身份吗？玩的就是一个"酷"字。

四个人走出医院的时候，看见有人在医院门前乞讨，白底黄龙图案的瓷碗映入大家的眼帘。钱忠利一眼就认出了这个乞丐是学校门前的那个流浪诗人。流浪诗人一眼也认出了钱忠利，激动地冲过去想和钱忠利拥抱一下。钱忠利无意识地闪开了，流浪诗人没有刹住脚步，竟然抱住了路边的一棵紫荆树。流浪诗人抓住钱忠利的手，高声地叫道："忠利兄弟，我们终于又见面了！在一个紫荆花开的季节！"

钱忠利不喜欢听流浪诗人抒情，直截了当地问："你怎么跑到这里来了？"

"孔雀东南飞的时候，我就骑着孔雀飞来了。"

"好的，到时候我请你喝酒！"

"一定，一定啊！"钱忠利一行已经走出了很远，流浪诗人还远远地盯着他们，对着他们叫喊着。

随后，他们又坐公交车来到了东阳一院。如果说东阳二院是暴发户形象，东阳一院则有大家闺秀的味道了。一院是政府重新规划后在郊区圈地建成的，好几百亩地，里面有大型广场、体育馆、超市、银行、大面积的绿化带……除了人，一切都是新的。政府把一院当成了面子工程，凡是上级部门来检查，东阳市长都会把领导带到一院来。一院在偏远的郊区，病人却格外的多。看来医院不需要好码头，关键是要有好医生。

在春天的阳光下，钱忠利仰起头望着天。天上有个太阳，心中有个希望。

脖子歪了

东阳的天气有点阴晴不定，白天还阳光明媚，夜里却狂风暴雨。钱忠利担心谢名贤和小李在半路上淋雨，赶紧给谢名贤打电话。谢名贤说："广州这边没有下雨，今夜星光很灿烂。"

四个人住在出租屋里，听着外面的雨声。张铁军突然诗兴大发，吟了几首怀旧的唐诗，感觉很有味道。小梅也接着张铁军念了几首。钱忠利和小媛赶紧鼓动他们来个赛诗会。两人一比拼，才发现不是一个重量级——小梅信手拈来，滔滔不绝；张铁军的那点墨水掉进去，连颜色都找不着了。小媛竖起大拇指称赞小梅：简直就是李清照转世！

张铁军输了还嘴硬："李清照转世有什么了不起的？明天我找李太白转世的流浪诗人来和你赛诗！"张铁军的这句话勾起了钱忠利的沉思与担忧，他不知道在这风雨交加的夜晚，流浪诗人在哪里安身。事实上钱忠利有点杞人忧天了，流浪诗人并不屑于暴发户的豪华别墅，诗歌才是他最好的栖身之所。

不知道是因为赛诗吃了败仗，还是因为酒后受了风寒，或是因为夜里兴奋得辗转反侧，张铁军起床的时候，感觉脖子落枕了。本来一天两日脖子差不多好了，没想到连续去做临床推介，每天见到穿白大褂的人就点头哈腰，哈来哈去脖子又哈歪了。不同的是，过去一直是向右边歪，这几天张铁军有意识向左边用力，几天下来又歪向左边了。这可如何是好呢？

张铁军歪着脖子对大家说："我终于理解了什么叫做'矫枉过正'。如果你不理解这个成语，也可以拿脖子当道具，亲身体验一下。中国卫生政策和我的脖子一样也是矫枉过正，以前一直是向右边歪，十余年反向用力之后，"咔嚓"一声，突然歪到左边去了。"

大伙听得哈哈大笑，小媛说："吹牛吹得太大了吧？你还以为自己的脖子是中国卫生政策的风向标啊？"

钱忠利笑呵呵地说："你小子就是煮烂的鸭子煮不烂的嘴。你的脖子都歪成这样了，还有心思开狗屁玩笑，来来来，让我帮你按摩一下？"

张铁军狐疑地说："你行吗？你学的那点医学知识，当味精用都尝不出味道！"

钱忠利爽快地说："你就尽管把心放到肚子里吧！在大学里我的中医推拿课学得狗屁好。推拿推拿，就是往前一'推'、再往后一'拉'嘛。"

钱忠利边说边挽袖子，像屠夫似的走了过来。由不得张铁军同意不同意，粗大的手已经老鹰捉小鸡似的逮住了张铁军的脖子。张铁军看到一旁笑嘻嘻的小媛和小梅，心一横，英雄就义般地说："豁出去了，就让你试试吧，反正推拿一下也不会有什么坏处！"

钱忠利煞有介事地运了运气，然后用一只肥大的手在张铁军的脖子上滚动。钱忠利长得人高马大，力大无比不说，而且还特别敬业，直把张铁军按压得颈部发麻、脑袋发晕、全身发热。

钱忠利给张铁军解释说:"这狗屁'三发'正是推拿效果的三大指针。"

张铁军呻吟着说:"你不仅有实践,而且还有理论。真爽啊!"

钱忠利矜持地说:"那当然!在老家的时候,我经常在猪背上练推拿,猪哼哼地叫,好像在说,爽啊!"

小媛和小梅听到这句话,笑得快背过气去了。张铁军不高兴地叫道:"你不准骂人啊!"

钱忠利赶紧解释:"我真的不是骂你,这可是事实啊!"

经钱忠利一折腾,张铁军感觉歪脖子好像轻松了许多,于是放心地睡觉了。但没过多久,听着窗外的雨声,张铁军疼得睡不着了。他翻了个身,猛地听到骨关节"咔嚓"一响。他忍不住叫了起来,感觉脖子要断了似的。

张铁军疼得骂娘了,活了二十多年了,没少受伤,可从来没有这么疼过。别人说:"牙疼不是病,疼起来要人命。"女人说:"人类最大的痛是生孩子的阵痛。"张铁军虽然没有这些经历,但张铁军心里想生孩子痛还是比不上脖子痛。但张铁军不敢说这句话,否则把全世界的母亲全都得罪了。

张铁军胡思乱想了半天,吟唐诗也不能止痛,最终疼得忍无可忍了,端着脑袋从床上挣扎起来,抄起枕头砸向打着呼噜的钱忠利。钱忠利被惊醒了,一看张铁军的架势,慌忙穿上衣服,陪着张铁军直奔东阳二院。

一路上,张铁军还用手扶住脑袋,生怕走快了脑袋会掉下来似的。到了医院康复科病房,值夜班的是邓医生——小李曾经引荐过的使用红花注射液的主力军。邓医生和钱忠利热情地握手,并对张铁军说:

"不用看，我就知道你的脖子不好。"张铁军疼得冷汗直冒，心里想：这不是废话吗？

邓医生给张铁军做治疗，钱忠利还不时地在旁边拍马屁："邓医生家是祖传的中医骨科，武林世家，会少林拳和硬气功铁布衫，几乎练到了刀枪不入的境界。别看邓医生年轻，从小就能帮乡亲气功疗伤，已经在东阳地区有很大的名气了，人称'邓大师'。对于落枕之类的毛病，只能算是'小儿科'，铁军你就放心吧！"

邓大师听了这句话特别受用，他扶着张铁军的头做上下左右的运动测试，发现颈部一块肌肉紧张僵硬。邓大师喊着"举头望明月，低头思故乡"的口令，让张铁军做了几十个回合的摇晃、扭转动作。张铁军艰难地跟着他的口令摆动，感觉月亮被自己"望"穿了，家乡也被自己"思"肿了。不知李白同志的在天之灵知道自己的诗还有这样的用途，会有何感想……

邓大师目光凝滞，表情严肃，左手紧握右手腕关节，右手握拳不断地摆动，绕场两周，低声怒吼。从邓大师那"山雨欲来风满楼"的架势来看，张铁军才明白原来治疗才刚刚开始，"举头、低头"不过是高手过招之前的几个试探性动作。邓大师用力搬动张铁军的脖子，揉搓僵硬的肌肉，雨点般地击打背部的穴位，一招一式让钱忠利感受到自己是何等的外行！

邓大师的武艺是高超的，但病魔也是顽固的。高手间没有三百个回合是分不出胜负的，痛苦的是两位高手把战场摆到了张铁军的脖子上。大师累了，张铁军累了，病魔也累了，全都昏昏沉沉地在病房观察室里睡着了。

第二天早上，张铁军感觉病魔又苏醒过来了，一场新的鏖战不可避免。看到张铁军痛苦的样子，邓大师无奈地摇摇头说："我已无能为力了，看在钱总的面子上，我带你见我的师傅吧。"

邓大师对医药代表极端地热忱，对医药代表极端地负责任，值得每一位医务人员学习。邓大师走在前面，张铁军和钱忠利跟在后面，转来转去，转到了门诊康复科。偌大的康复大厅里热闹非凡，有做艾灸的，有做推拿的，有做足浴的，有做各种电器治疗的……敲敲打打，有点像兵工厂。

到了走廊尽头，推开一扇门，进了一个大客厅，邓大师轻轻地关上门。里面非常安静，与外边的"兵工厂"形成鲜明对照。客厅角落又套了一间小办公室，邓大师蹑手蹑脚地走过去，拜见一位老者——七十多岁，干瘦干瘦的，头发花白，眼睛微闭，口中念念有词。

邓大师没有惊动老者，暗示他们在客厅里静静等待。

"他——他能做推拿吗？推拿可是体力活啊？"钱忠利小声问道。

钱忠利最讨厌不靠实力、仅靠年龄或写论文混上去的"临床专家"。就像有些大学教授，名头大得吓死人，但讲起课来却干若败絮、枯燥乏味，不仅让学生听得昏昏沉沉，而且把自己也讲得哈欠连天。真逗！

邓大师低声说："这位是我的师傅，姓黄，是华佗的第八百代继承人，人称'黄半仙'。师傅有通灵的神功，现在正在和华佗讨论病例呢。"

钱忠利捂着嘴笑，心想是不是狗屁玉皇大帝落枕了，请黄半仙会诊。张铁军白了钱忠利一眼，虔诚地等候黄半仙回归人间。

过了一会儿，黄半仙轻声问道："来者何人？"

邓大师赶忙回答："徒弟小邓，有位病人治疗效果不好，求教于师傅。"

邓大师一边说一边将张铁军引进了小办公室。张铁军在黄半仙的办公桌旁坐下，黄半仙伸出枯若鸡爪般的手指，替张铁军把脉。

黄半仙让邓大师用一个牵引器托着张铁军的头，向上牵引。黄半仙用左手扶着张铁军的脖子，右手的食指和中指在颈椎关节的两侧轻快地爬行。爬行的节奏感很强，像在跳国标舞，手指往前探，像在寻找遗失的东西。找着找着，黄半仙的手指突然在某个部位停下来，然后开始轻轻地按摩，动作轻盈而柔和，和风细雨一般。约摸一刻钟之后，黄半仙慢慢放下牵引器，张铁军感觉脖子一下就活动开了。

"治疗结束了，出去吧。"黄半仙轻描淡写地说，随后又闭上眼睛到天国云游去了。钱忠利暗暗地想，看来狗屁天国的病人比人间的病人还要多！

张铁军原以为刚才把头吊起来是做检查，没想到那就是治疗。短短几分钟脖子就能活动开了，原本想象的一场恶战居然兵不血刃地收场了。邓大师带他们回到推拿大厅，叮嘱张铁军："虽然骨头复位了，但骨头刺激造成的肌腱炎症得慢慢消除，还需要做五天的按摩，巩固疗效。"说着话，邓大师让一位年轻漂亮的技师来做按摩，他介绍道："这位美女技师姓何，人称'何仙姑'，今后由她为你服务。"

此时，粉面桃花的何仙姑把手搭到了张铁军的脖子上，张铁军顿时感觉浑身痒酥酥、麻酥酥、暖酥酥的，感觉全身的关节一下子全都打通了，骨头架子都快散了——病魔也扛不住这温柔一刀啊！

邓大师走了几步又转过头叮嘱："一定要坚持做按摩。"

张铁军点着头回答："行啊，行啊，我一定会坚持的！"

钱忠利打着哈欠走过来，趁何仙姑出去取理疗仪的时候，揶揄张铁军说："你小子，交上桃花运了，我也想把脖子弄歪了。"

张铁军满脸委屈地说："别坐着说话不腰疼，痛苦不在你的脖子上，所以你才有心思开这样的玩笑！"

钱忠利凑到张铁军耳边低声说："铁军，别他妈的装什么狗屁正经了，你肚子里那几根花花肠子难道我不知道吗？这么漂亮的仙姑，别说做五天按摩，就是做五百年你也乐意。你注意到没有，推拿科除了邓大师还算个人，其他的都是神仙！"说话间，钱忠利努了一下嘴，张铁军顺势看过去。原来那边坐着一位医生，满脸络腮胡子、牙齿翻转暴露在唇外，看这形象让人不由自主地想起了《西游记》中的牛魔王。两人会心地笑了。

阿 Q 药传

　　早晨，钱忠利起床刷牙。当东升的阳光照着脑门的时候，他突然有了灵感：把理论变成实践，有一大段路要走；要把张铁军等人培养成医药代表，同样有一大段路要走。他赶紧跑回书房，一边叼着牙刷，一边在笔记本上记下这句话——传说《论语》也是这样叼着牙刷写出来的。

　　为了让大家尽快进入角色，钱忠利安排两人一组结伴推广业务。钱忠利和小梅负责东阳一院，张铁军和小媛负责东阳二院。俗话说，男女搭配，干活不累。钱忠利慎重地询问大家有没有什么意见。

　　大家异口同声地回答："没意见。"

　　钱忠利一挥手："出发！"

　　张铁军直奔东阳二院，劲头分外足。这几天他一直在找何仙姑按摩脖子，一边按摩一边聊天，还真聊出了一点感情。大家都笑话他："有个仙姑在那里，张铁军跑医院跑得更勤了。"张铁军不置可否地笑，得意劲儿好像在股市上连拿二十个涨停板似的。张铁军和小媛拿着产品资料，趁着医生有空闲，赶紧凑过去搭讪："我是蛤蟆集团的业务员，您看看我们厂的资料，我们给您十五点的感谢费……"

医生像盯着一只苍蝇似的盯着他，随后把病历本当苍蝇拍子，直接把他"拍"了出去，嘴里叫嚷道："出去，出去，不然我就叫保安了！"医生无比正直的表情把张铁军打蒙了。

　　张铁军很纳闷，钱忠利不是说医生都是贪吃的猫吗？不拿回扣的医生算是大熊猫，我怎么一出门就碰到了"国宝"呢？莫非是国宝医生比假货还多？

　　张铁军看见小媛也从另外一间诊室被"拍"了出来，他们都遭遇到了同样的尴尬。这时一个人从医生诊室走了出来，手上拿着丹参注射液的宣传单，看到了张铁军和小媛手里的资料，他阴森森地笑了一下。

　　抬眼一看，这个人就是前几天见过的"疤痕男"。

　　张铁军和小媛连续走了几间诊室，客气一点的医生还知道边"拍"边叫嚷，不客气的医生直接就是一闷拍子。国宝比假货还要多的时候，那就不是国宝了，肯定是营销方式有问题。

　　俩人无奈地离开了医院，向出租屋走去。在一个小胡同里，迎面过来三个年轻人，二话不说，上前冲着张铁军就打。张铁军毫无防备，顿时被打蒙了。他一边护着头躲闪，一边喊话："你们凭什么打人，我又没得罪你们！"

　　对方并不回答，拳拳到位，招招催命。就这么几下，豆腐渣张铁军就痛苦地倒在地上，毫无还手之力了。小媛大声呼救，周围却没见人影。小媛只好冲上去阻拦，小胡同里伸出一条腿，把小媛绊倒在地。她连呼喊的力气都没有了。

　　三个人打完之后拔腿就跑，很快消失在小巷的尽头。有人走过来查看，还假惺惺地递过一张纸巾。张铁军和小媛艰难地爬起来，看到此人竟然是疤痕男。他冷冷地说："你们还敢做红花注射液吗？你们去问问小李就知道我是怎么收拾他的。东阳这地盘，既是你们的，也是我们的，但归根结底还是我们的！哈哈哈！"

张铁军狠狠地瞪了疤痕男一眼，搀扶着小媛走向出租屋，扭头对疤痕男说："你们等着瞧！"

疤痕男听到这句话，笑得直不起腰来："我阿Q闯荡江湖多年，最瞧不起讲狠话的人。这种人是可怜虫，一只爱放屁的可怜虫！"

回到出租屋，钱忠利和小梅也回来了。见到两人狼狈的样子，钱忠利警惕地问："你们跟谁打架了？"

张铁军装出满不在乎的样子说："没事，回来的路上遇到了几个地痞流氓。"

钱忠利问小媛："怎么回事？"

满腹委屈的小媛只是哭，不说话。小梅见状，急忙扶小媛进房间休息。

没有女孩子在场，张铁军这才将事情经过说了出来。钱忠利听了之后抱怨张铁军："为什么你不跑回来叫我呢？我一个打他们十个！"

张铁军郁闷地说："你去也不顶用，强龙压不过地头蛇，他们在东阳的根基已经很深了。"

钱忠利毕竟在外闯荡了几年，听了张铁军的话，他冷静地说："铁军，咱们不能吃这个哑巴亏。当务之急，咱们要探清疤痕男的虚实，弄清他的背景，否则东阳的业务就没法做了。"

张铁军此时不仅是脖子疼，而是全身疼。看到张铁军痛苦的样子，钱忠利说："你再去找仙姑做做理疗按摩吧。"

张铁军来到了二院，向何仙姑描述了被疤痕男殴打的情形，何仙姑轻轻地叹了一口气说："得罪谁不好，你怎么能得罪阿Q呢？"

张铁军说："阿Q？谁是阿Q？"

何仙姑说："还能有谁？那个找人修理你的人呗！"

张铁军这才弄清楚疤痕男就是江湖上赫赫有名的阿Q。何仙姑对他的情况了如指掌，娓娓道来……

阿Q在广东已经卖了十多年的药了，在东阳的根基很深，他们家族有医药公司，业务做得很大。阿Q家族人丁兴旺，他妈妈一口气生了兄弟八个，那哪里是在生小孩，那完全是在生产冰糖葫芦！一群虎豹外加表兄表妹之类的亲戚，他们家在广东做药的有三四十人之多。

在医药界打拼的人管他叫阿Q，这得益于他的性格，跟鲁迅先生笔下的阿Q一样，动辄就高喊："二十年后老子又是一条好汉！"——典型一副死猪不怕开水烫的架势。

阿Q家里穷，一群兄弟南下广东打工，后来机缘巧合，开始做医药代表。他们都没有读过两年书，但都是江湖上的人精。人多力量大，在广东很快就扎下根，业务呼啦啦地在全省铺开。他们一个兄弟把持一个市场，像诸侯封地一样。阿Q被安排到东阳地区，号称"东阳王"。

鲁迅版的阿Q没有喝够酒，因为没钱。现实版的阿Q赚了钱，隔三差五就出去邀医生喝酒。他先干为敬，医生喝不了，他又帮医生代酒，后来弄成了自己的左手敬右手，右手又回敬左手。医生们纷纷竖起大拇指："阿Q，你小子，爽快人！"

阿Q的爽快表现在方方面面，比如爱给医生拎包，医生接过包，包里总会被阿Q不经心地留下点东西，诸如厚厚的信封之类。有的时候，阿Q还经常给医生捶背，装孙子。马仔们替阿Q鸣不平："你是我们的大哥，也是大老板了，何必弄得这么没有颜面呢？"

阿Q笑着说："你以为他们真是爷吗？我就当给孙子压岁钱啊！我告诉你们，如果你对一个讨厌的人能露出真诚的微笑，我敢说，你的事业肯定会如日中天，这是新时代的公关学。你们好好掂量掂量！都给我学着点儿！"

"世上只有一个理——生存就是真理。谁用我的药，我就是谁的孙子！"阿Q天生就是做医药代表的料，他的"孙子理论"攻无不克，无坚不摧。与医院做生意的商人分成三六九等：做基建的胜过卖设备的，卖设备的胜过卖耗材的，卖耗材的胜过卖肿瘤药的，卖肿瘤药的胜过卖新特药的，卖新特药的胜过卖普药的，卖普药的胜过卖雪糕的。阿Q除了没有在医院门前卖雪糕之外，其他的生意上下通吃。

阿Q如此一装孙子就不得了，东阳一院、二院的抗生素、大输液、耗材等赚大钱的活自然而然被阿Q掌控了，银子也理所当然地流进了他的腰包。短短的几年，阿Q兄弟由昔日一文不值的一群小瘪三摇身变成广东药商界呼风唤雨的豪门家族。

去年清明节，阿Q回老家未庄祭祖，村长赵太爷专门成立了"阿Q荣归故里筹备委员会"。委员会下设腰鼓队、仪仗队、合唱队、食品组……村外多是水田，满眼是新秧的嫩绿，夹着几十个活动的黑点，那便是迎接阿Q的仪仗队。阿Q并没有心思欣赏这田园风光，却只是急匆匆地往前走。未庄本不是大村镇，不多时便走到头了。他走到了土谷祠门前，这儿早已成了纪念馆，阿Q前辈子用过的破棉袄、褡裢、酒杯之类的物品，已经成了稀世珍宝，价值连城。

赵太爷早已恭候在此，本家见本家，两眼泪汪汪。赵太爷在欢迎仪式上感慨万千："您 Q 大爷是我们赵家的荣耀，最配得上姓赵的就数您啦！"阿 Q 为村里的小学捐了款。在捐款仪式上，他挥动着拳头对小学生吼道："你们要好好学习，将来像我一样有出息。要是谁学不好，小心老子扒你的皮！"——阿 Q 给小学生上了一堂别开生面的人生励志课。

听完何仙姑的一番话，张铁军不由得长长地叹了一口气：要想在东阳这块土地上站稳脚跟，阿 Q 是一道绕不过去的坎儿。

张铁军好奇地问何仙姑："仙姑，你怎么这么了解阿 Q 啊？"

何仙姑淡淡地笑着说："你们男人都有一个通病：喜欢玩女人，玩腻了就一脚踢开。"

听何仙姑这样一说，张铁军不由得大吃一惊。原来何仙姑曾经是阿 Q 的女朋友，陪着他回过未庄。张铁军沉默了一会儿，对何仙姑说道："仙姑妹妹，麻烦你给阿 Q 打打招呼，咱们井水不犯河水！"

何仙姑望着远方，脸上露出了凄楚的表情："我和他之间早已井水不犯河水了，你知道他是怎么骗我的吗？他简直是个人渣！"

张铁军知道触到了何仙姑的痛处，有些歉意，赶紧安慰道："不经历人渣，怎么能出嫁？没有人能随随便便当妈！"

张铁军没有想到一脸阳光的何仙姑居然还有这么酸楚的故事。看来，每个女人都不简单。他赶紧找借口逃走，他不想了解阿 Q 与何仙姑之间的故事，因为他不是知心大姐。

从此，张铁军再也没有热情往推拿科跑了。

马屁的高度

钱忠利不想和阿Q发生正面冲突，他清楚按照目前的实力，阿Q是石头，自己是鸡蛋。钱忠利在东阳湖边，一路闲逛，一路思考，觉得要找到能压住阿Q的人，让这个人给阿Q施加压力，分出一点市场来，这才是上策。

走进出租屋的时候，钱忠利想起了东阳二院的大内科主任郎明松。郎明松和钱忠利的交情不错。钱忠利租住的房子就是他的。有些科主任买了很多房，自己交完首付后就高价出租给医药公司、医药代表或器械商，不仅能解决月供，而且还有一笔不小的节余，用来支付下一套房的首付。他们用这种滚雪球的方式，滚得整个房地产市场冰天雪地。

钱忠利给郎明松发了一条短信："尊敬的郎主任，您百忙之中要注意身体，因为您的健康就是东阳人民的健康！小弟想请您赏个脸，带着全家人今晚吃个便饭，不知是否方便?"

半小时之后，郎明松回了短信："东阳大酒店芙蓉厅，晚上六点钟。"

郎明松来了，携着夫人来的。

钱忠利提前一小时恭候在此。钱忠利过来的时候晴空万里，郎氏夫妇过来的时候下起了瓢泼大雨。郎氏夫妇跑进门的时候淋了一点雨，钱忠利很夸张地拿着餐巾纸给郎主任擦衣服上的水珠，嘴里一个劲儿地说："贵人出门多风雨，郎主任和嫂夫人都是贵人，这不就下雨了嘛！"中国还有一种说法："贵人来了，天也晴了。"存在就是真理，关键就是能自圆其说。钱忠利这点小马屁拍得软硬适中，让人不由得感觉舒服。郎明松哈哈大笑，感觉分外惬意。

郎主任大约五十来岁，身高一米六，身体肥胖，印堂饱满，脸上好像涂上了一层薄薄的地沟油，油光发亮。从信心爆棚的言行举止之中就知道他是一位成功人士。郎夫人身高大约一米七，鹅蛋般的脸蛋，模特般的身材，冰霜般的表情，村妇般的举止，一看就知道是成功人士的夫人。

两人走在一起，谁也想不到这是一对夫妻，一对特别恩爱的夫妻。郎主任常在科室开玩笑，他说他找这么一个漂亮老婆，并不是为了自己，主要是为下一代考虑，做一做品种改良——这也是普天之下所有男人的共同愿望。

钱忠利脸上堆着十二分的笑容，殷勤地请郎主任上座，然后请郎夫人紧邻夫君坐下，钱忠利、张铁军、小媛、小梅恭恭敬敬地依次坐下。三位新员工盯着郎主任笑，假笑之中带点傻笑。

钱忠利捧上菜谱，请郎主任夫妇点菜。郎主任点菜本来就不算手软，狗屁服务员还在一旁煽风点火。每当有冤大头买单的情况，服务员就会一个劲儿推荐龙虾、鲍鱼之类的"招牌菜"。

郎主任放机关枪一般地念着菜名，笑靥如花的服务员拿着圆珠笔刷刷地记录。那刷刷声像是划在钱忠利的心上，留下了一道道血痕。钱忠利暗暗叫苦，嘴里却硬撑道："菜不够，再点几个嘛。"

一旁陪坐的张铁军倒是很兴奋，涎水都快流出来了。钱忠利有些后悔，真不应该让张铁军三位作陪，像鲍鱼之类的东西不可能只点两份让郎氏夫妇独享。他真不明白鲍鱼有什么好吃的！硬邦邦的一块肉，咀嚼起来还特别容易塞牙缝，哪里赶得上青椒回锅肉呢？钱忠利心想，或许郎主任也是这么想的，但人就是要面子，硬撑着吃狗屁龙虾、鲍鱼。

当服务员上菜的时候，钱忠利巧妙地加入了一点马屁"佐料"：马屁龙虾，马屁鲍鱼……随即变成了一桌丰盛的马屁宴。马屁精拍马屁分三个层次：第一类拍到马腿上，让听者不高兴；第二类是拍到马屁股上，让听者特别受用；第三类是拍到了心坎上，让人不仅高兴，而且感觉遇上了知己。

钱忠利装着漫不经心的样子跟郎主任闲聊："郎主任，有个叫孙田广的人，您还记得吧？他说找您看过病。"

郎主任问道："你怎么认识他？"

钱忠利说："孙田广是我的老乡，他的儿子和我是同学，他的儿子常常在我的面前念叨您的好，说他老爸的糖尿病就是找您看的。"

郎主任得意地笑了："不错，孙田广是东阳市政府的一位处长，他的糖尿病比较严重，曾经到北京、上海等大医院治疗过，但糖尿病并发眼底改变、肾脏功能改变一直没见好转。前年孙处长从河北调到东阳之后，一直在我这儿接受治疗，病情非常稳定。"

钱忠利唯恐全世界的人听不到似的，大声说："是的，他的儿子像个大喇叭，逢人就说，东阳二院的郎主任发明了一套郎式平衡治疗法，效果神奇得很！"

钱忠利不动声色地引出了一个话题，郎主任兴致勃勃地介绍孙处长治疗前的症状、治疗经过及神奇效果。钱忠利几个人装出饶有兴致的样子听着郎主任自吹自擂，只有郎夫人埋头在喝木瓜雪蛤汤。这个狗屁故事，她已经听过无数遍了。

钱忠利拍马屁的方式属于以上哪一类呢？事实上，这类拍法并不属于以上三类。这可能是马屁领域的一种新式武器——"互动马屁学"：挑起话题之后扮成听众、装成孙子，听主角自己拍自己。钱忠利用鲍鱼做白板，用雪蛤做水笔，给新员工上了一堂生动的实践课。拍马屁拍到了这个高度，真有点挑战人类的极限了！

那钱忠利是如何掌握这些信息的呢？首先他把郎主任办公室送锦旗的人名全部抄下来，从锦旗大小、质地、悬挂的位置；送旗人的单位、级别等信息，推断郎主任对哪类送旗人更在意。然后，他想尽办法和这些送旗人联系，了解在郎主任这儿的治疗经过，以便和郎主任找到共同语言。

拍马屁并不是睁眼说瞎话，是一门正儿八经的学问。正如老师备课一样，事先把功课做足了，把材料准备充分了，这样才能保证马屁拍得有板有眼，不会露出马脚。

郎主任和钱忠利推杯换盏，马屁声声，高潮迭起。小梅和小媛对郎夫人也展开了攻势，察言观色，专拣美丽动听的话说。如此一来，郎夫人脸上的冰霜慢慢消融了，酒桌上的气氛顿时热烈起来。

酒过三巡，郎主任也装出长者的姿态，询问一下钱忠利的业务情况。钱忠利顺势就把和阿Q之间的"误会"说了出来，郎主任表现出很生气的样子，说："这阿Q也太张狂了，竟然欺负到我兄弟头上了！"

他立刻拿出手机给阿Q打电话。你想想，阿Q再有本事，在郎主任的眼中也不过是一只小蚂蚁，轻轻一按，就会让他屁滚尿流。

古人云："不战而屈人之兵，善之善者也。"打仗、治病、卖药都是相通的，《孙子兵法》是放之四海而皆准的理论。

阿Q在电话中唯唯诺诺地道歉了："改日、改日一定亲自给郎主任和钱忠利兄弟道歉，这真是大水冲了龙王庙，自家人不认识自家人。往后我要再敢捣蛋，郎主任您就把我的脑袋揪下来当球踢。"

挂掉电话，郎主任非常有成就感。钱忠利几个人自不必说是多么的感激涕零，纷纷向郎主任敬酒表示感谢。钱忠利动情地说："郎主任，您的大恩大德……啥也不说了，俺们几个小的把酒干了，您和嫂夫人随意！"

众人喝得差不多了。钱忠利结了账，扶郎主任起身。钱忠利顺便帮郎主任拎起包，不动声色地放进一个信封，说："郎主任您拿好包儿。赶往后啊，我忠利可就完全仰仗大哥您这棵大树了！"郎明松接过包，顺便一捏，心中自然有了斤两，脸上泛起了醉人的笑容："好说好说，有大哥我吃的，就有老弟你吃的。哈哈哈……"

郎明松挎着夫人走了。钱忠利他们很虔诚地盯着郎主任的背影。影子越来越小，越来越小，慢慢变成了一只苍狼，慢慢又变成了一只野狗，慢慢又变成了一只蟑螂，慢慢又变成了一个黑点。慢慢地，黑点融化了，弥漫成一张黑色的夜幕。

厕所情缘

交上了郎主任这帮朋友，钱忠利的药品生意逐渐有了起色。吃水不忘打井人，钱忠利在朋友面前还是比较豪爽的。

出外闯江湖，各路神仙都得拜，哪方小鬼都得罪不起。没等阿Q来赔礼道歉，钱忠利主动约了他。俩人在一个僻静的小酒馆里煮酒论英雄，喝了吐，吐了喝，阿Q拍着钱忠利的肩膀说："老弟啊，我服了你，别说你有郎主任这层关系，就凭你喝酒的劲头，哥也把你当兄弟了！"

钱忠利抱着阿Q的肩膀摇了几下，眼中闪着泪花，动情地说："哥呀，你就是我亲哥了！弟将来不管怎样，都忘不了哥的提携！哥你尽管放心，弟不会从哥的嘴里抢肉吃，弟只想喝点哥剩下的汤……"

阿Q自然也很感动，抢先付了账，然后爽歪歪地走了。看到阿Q一离开，钱忠利立刻擦掉眼泪，手托着腮，望着窗外一只鬼祟的猫。猫装做若无其事的样子靠近一棵树。树上挂着一只鸟笼，一只沾沾自喜的八哥正在卖弄着歌喉，全然没有发现下面的那只猫……

钱忠利渐渐有了一点钱，常常带着张铁军仨人出入酒店和娱乐场所，让他们使劲地玩儿，跳舞、唱歌、打牌、喝酒、说客套话……医药代表这个行当，不会玩就等于不会工作。谁玩得不好，钱忠利就扣谁的工资！

第一个受罚的是小梅。看到小梅委屈的眼神，钱忠利严厉地说："我不是教你学坏，是教你如何工作。你连玩儿都不会，怎么能陪好客户呢？这叫公关，懂吗？"

钱忠利不会像阿Q那样四处装孙子。孙子装大了，会让人瞧不起。钱忠利说自己是饲养员，饲养着那些医生，让他们给自己效劳。要想马儿跑，就得让它多吃草！

经过一段时间的训练和磨砺，张铁军仨人渐渐变得灵活和勇敢起来。如此一来，钱忠利就变得轻松了许多，轻松了自然会产生私心杂念。比如说，女人。

钱忠利成了小老板，父母为了他的婚事急得像热锅上的蚂蚁。有了钱，人又不算老，虽然从年龄到财产都称不上钻石王老五，至少还是很多女孩眼中炙手可热的男人。三十来岁的男人找老婆的伸缩性非常大，二十至四十岁的女人都可以成为他择偶的目标。正如选择东阳这个乌金市场一样，现在的钱忠利也算得上有眼光女人眼中的一块乌金。

在广东，女人很多，找个女人同居爽歪歪的容易，找个女人结婚却是狗屁难。事业上没有成就的男性都有一种"恐婚症"，一想到结婚，耳边就响起了一句流行语："结婚没有房，等于耍流氓！"

在外面闯世界，人若浮萍，心无所依，孤独是甩不掉的魔鬼。钱忠利漂了这些年，终于想找个暖和的窝儿歇脚。小媛、小梅长得很漂亮，性格也好，于是钱忠利就想从中选一位作为可以发展为妻子的那种女朋友。

钱忠利觉得小媛很不错，如果加上一些感情投资，应该是手到擒来的猎物。但是，说来奇怪，晚上上厕所时钱忠利总是碰到小梅。有一次小梅在卫生间蹲得时间太长了，钱忠利在外面憋得半死，后来只好跑到楼梯口解决内急。钱忠利不清楚为什么上卫生间总是碰到小梅，而不是小媛，难道这就是——传说中的缘分？要是白天，男女上厕所时碰面了，肯定不会产生感情。在这个臭烘烘的地方，哪有浪漫可言呢？

钱忠利心里有了一点小纠结——关于小梅的纠结。

当钱忠利的感情正在发芽的时候，钱忠星的感情已经含苞欲放了。钱忠星结识的男孩叫程辉同——大学时一个大班的同学。在正式认定为男朋友之前，钱忠星希望钱忠利帮忙把把关。她认为异性看对方很难看透，而同性一眼就能看透，特别是挂着两只探照灯眼睛的哥哥。

周末，钱忠星、程辉同、谢名贤、小美一起来到了东阳。钱忠利请大伙一起去唱歌，他知道钱忠星唱歌唱得很好，想让妹妹在准男友面前露一手。钱忠利、谢名贤都是五音不全，两个兄弟般地喝啤酒、讨论药品销售，偶尔也跟着吼上几句，活跃气氛。

无论好坏，大家都唱了，唯独小梅没有亮嗓子，大家鼓动小梅来一曲。小梅胆小，不敢唱。大家一起喊起了大学时期的口号："一二三四五，我们等得好辛苦！一二三四五六七，我们等得好着急！"小梅还是无动于衷，钱忠利板起了脸，瞪着小梅。小梅担心又被罚款，只好让小媛帮她点了一首费玉清演唱的《南屏晚钟》。钱忠利一听这狗屁歌名就泄气了，这是他小时候放牛时唱的儿歌。哪里适合在歌厅里唱啊！在歌厅就得讴歌浓浓的情和稠稠的爱。

小梅走到了茶几前面，面色泛红，面对大家站好，还小朋友一样深深地鞠了一个躬。钱忠利看到小梅这个幼稚的举动几乎崩溃了，他后悔强逼小梅唱歌，甚至后悔带小梅到歌厅来。他担心小梅当众出丑影响她的自尊心。他似乎比小梅更紧张，他只是低头喝水，不敢正眼瞧她。

小梅右手拿着麦克风，左手的大拇指插在裤子的口袋里，其他四个手指张开呈半月形。随着音乐的响起，小梅开始唱道："我匆匆地走入森林中，森林它一丛丛；我找不到他的行踪，只看到那树摇风……"小梅的声音清甜而富有感情。她一直面向大家，背对电视，眼睛微微地闭着，身子微微地前倾，并随着节奏轻轻晃动。钱忠利不仅在歌厅里没有见过这种造型，甚至他也没有见过哪位明星摆过这种造型。小梅完全进入了音乐中的意境，达到了忘我的状态。钱忠利也被她带进了歌中的意境，眼前呈现出洋洋淀微风掠过的芦苇。

一曲之后，小梅好像突然从一种意境中惊醒，有点难为情，红着脸跑回座位。大家都被小梅的这一曲震撼了，都站起来报以热烈的掌声。在小梅唱歌的过程中，钱忠利的两颗眼珠子一直随着小梅晃动的身子而转动。钱忠利甚至认为，费玉清也没有唱出这个味道。费玉清唱出来的是一碗鸡蛋汤，小梅唱出来的是一碗海鲜汤。虽然都是清汤类，但小梅这碗清汤的格调要高得多、味道要悠远得多。因为这一曲，钱忠利彻底地缴械投降了，他拿定主意追小梅，不顾一切地追！

感情这东西真是怪怪的，不经意的一个动作、一个微笑、一个眼神，一首诗、一首歌，会让人像中了魔咒一样，爱她没商量。正如王菲在《传奇》中唱到的："只因为在人群中多看了你一眼，再也没能忘掉你的容颜……"

对于钱忠利心中泛起的感情涟漪，鬼精灵般的钱忠星似乎看到了一朵朵小浪花。她狡黠地看着钱忠利，小声附在他耳边说："小梅太有味道了！人如其歌，依我看呀，如果你能娶她做老婆，那可是你一辈子的福气哦！"

被妹妹瞅中了心事，钱忠利有些不好意思。他对着妹妹做了个鬼脸，贴在她的耳边说："嗯，我争取争取吧！"

钱忠星更加煽情了，大声叫道："我辛辛苦苦地唱了一个晚上，赶不上小梅的一首歌。真是一句顶一万句！"小梅把头埋得更深了，脸上红一阵白一阵。

钱忠利不停地往小梅的身边挤，表面上是给小梅加茶水，以示犒赏。小梅以为钱忠利无意识靠她太近，赶紧往旁边挪了一下，给钱忠利腾出空间。没想到钱忠利边说话，边往小梅身边挤，有意无意出现身体接触。钱忠利想通过亲近和碰撞表达心中的那点意思，他认为火花都是这样撞出来的，他不太习惯用文绉绉的抒情来表达爱意。

当天晚上，钱忠利失眠了，睡不着必定会小便多。他一趟接着一趟像赶集似的跑卫生间，可一直没有碰到小梅，看来小梅没有失眠。更让钱忠利意外的是，小梅整个晚上也没有上卫生间，看来玩得太累、睡得太沉了。

随后的日子，钱忠利开始给小梅送玫瑰花，一天一支。张铁军和小媛笑话钱忠利，弄得小梅难为情。钱忠利向小梅表明了自己的那点意思，再询问小梅的意思。小梅羞涩地一笑，不置可否。但这一笑的寓意非常深刻，内涵胜过了官员作一天的政府工作报告。如果让小梅到东阳信访办去工作，再刁钻的上访户也会心甘情愿地认输。

钱忠利把手放在了小梅后面的椅子背上，神不知鬼不觉地移到了小梅的腰际，突然抱住了小梅。钱忠利的这次偷袭非常成功，虽然缺少了日本人偷袭珍珠港的波澜壮阔，但丝毫不逊色于偷袭珍珠港的传奇故事。小梅半似坐在椅子上，半似被钱忠利抱着，半似想从钱忠利的怀中挣脱出来，半似享受着被抱的感觉。这种半推半就、欲罢不能的感觉是初恋少女体会到的爱情滋味。她不能言语，只是轻叹，等到能发出言语的时候，一切为时已晚……当玫瑰花插满窗台的时候，俩人就确定了恋爱关系。不久之后，俩人搬到一起住了，另外一对青年男女也被推到了爱情的悬崖边上。张铁军睡客厅，小媛一个人住一间房。房间的隔音效果实在不敢恭维，钱忠利和小梅的房间里不时传出躁动声，豆腐渣张铁军在床上翻来覆去，感觉自己像在油锅里煎熬。

张铁军也开始给小媛送花了，他送给小媛的是盆花，一小盆一小盆的，月季花、山茶花、大碗花……轮到小梅取笑小媛了："哎哟，没想到铁军比忠利大方得多，一出手就是一盆花！"张铁军赶紧敷衍道："哪里，哪里，一点小意思嘛！"

没过几天，大伙听到楼下的大妈在骂街，钱忠利、小梅、小媛赶紧伸出脑袋去看个究竟。"哪个缺德鬼把我家的花盆偷走了！"只见大妈还在给旁观者解释："我把花搬到院子里晒晒太阳，结果每天都会少一盆！"大家回头一看，张铁军正在用棉花塞耳朵。

在骂街事件之后，小媛也缴械投降了，和张铁军住进了另外一间房。随后张铁军又把花盆搬回到楼下的院子里。他解释：不是偷花，只是租花。

事实上，张铁军更喜欢小梅，喜欢她满腹经纶，喜欢她古典的味道，只是还没吐露心声就失去了机会。在爱情的问题上，钱忠利以老板的姿态占领了爱情的制高点。如果出租屋是两室两卫，卫生间男女分开，爱情就不会错位了，都是厕所惹的祸。在爱情的问题上，永远没有"如果"。

不久，钱忠利和小梅在外面单独租了间属于自己的小房，房子不大，但被小梅收拾得干净而温馨。小梅是那种一旦投入感情，就能为对方奉献一切的女人。她掂量着钱忠利说过的每句话，认为他是可以托付终身的男人。正因为如此，她毫不犹豫地把自己给了对方。小梅把爱情想象成了童话王国，她像一个小孩子似的向往天蓝蓝、海蓝蓝的生活，在自己的城堡中编织一个个天长地久、地老天荒的爱情故事。

钱忠利刚开始也许是想找个女子相伴，往自己空荡荡的情感世界里填充一些东西。但真正和小梅在一起之后，他从心底里爱上了小梅，也懂得小梅对他好，像小梅这样纯情的女孩已经不多了。相敬如宾、举案齐眉的夫妻生活是他们共同的向往。

晚上，钱忠利和小梅漫步在东阳湖畔，小梅问钱忠利："你是什么时候爱上我的？"

钱忠利不假思索地回答："第一眼就爱上了！"

小梅听了很感动，她把头靠在他的肩上，眼中闪着泪花。很多男人把这个回答当成了标准答案，事实上，这个答案不仅是错的，而且还是假的。世界上确实有一见钟情的爱情故事，如唐玄宗遇上杨玉环就是一例，那是一种"我爱谁，谁还敢不爱我"的君王气魄。普通男女的爱情是在柴米油盐的讨论之中，在小米稀饭的煎熬之中，慢慢地酝酿出来的。大部分人的一见钟情只是相对的，是因为他的条件只能配上你，所以就对你钟情了。正如一个打工妹，绝对钟情于十万块钱的貂皮大衣，但面对现实她却只能对三百块钱的羽绒服钟情。

钱忠利不敢把实情告诉小梅，女孩子就是因为这点傻劲才让人觉得可爱。钱忠利偷偷地笑了，月亮也偷偷地笑了。

鸡毛信

爱情丰收了，市场也到了收网的时候。

钱忠利忙着到医生那儿去统计用药的数量，给医生兑付药品回扣。这个时候，他像学生到学校领取成绩单那样忐忑不安。

在医院电梯间，钱忠利听到两名医药代表模样的人在聊天：

"你拿到鸡毛信了吗？"

"拿到了。你呢？"

"没有拿到，正在想办法。"

"鸡毛信就是咱们的命根子。祝你好运！"

钱忠利听着这两个人的对话，心里感觉莫名其妙，想问问，可又觉得有点唐突。在商战中，各行各业都有自己的暗语和忌语，有些东西是不能随便打听的。他心里嘀咕："什么狗屁鸡毛信啊？神经病！"

电梯停了，两个医药代表走了出去，钱忠利也若无其事地走了出去。钱忠利感觉此时自己就像个地主，正走在收租的路上，身后还跟着小梅、小媛两个小宠物，带着张铁军这条狼狗……钱忠利忍不住嘿嘿笑了。小梅白了他一眼，说道："现在是工作时间，正经点！"

从医生那里统计的用药量非常可观，张医生说用了五十支，李医生说用了一百支，赵医生说用了一百二十支……拿到这些用药记录，比中学时考一百分还要狗屁高兴——尽管钱忠利从来没有考过一百分。钱忠利简直要飞到天上去了，他恨不得把三个宝贝员工一一拥抱！

乐极生悲，钱忠利还没有在快乐的塔尖站稳，随即就跌入了沮丧的深渊。东阳二院总共从医药公司拿了一千盒红花注射液，而钱忠利刚刚把内科用药数量统计出来，就已经超过了一千盒。钱忠利赶紧跑到药房，一查库存，红花注射液居然还剩下七百多盒。显而易见，很多医生报出的用药量都是虚假的。

白衣战士的战斗力太强了，真是兵不血刃啊！钱忠利不能跟医生去打架，即使打碎了牙齿，他也要吞进肚子里。他沉着脸揪着心，气冲冲地离开了东阳二院。

钱忠利拿着手里的单据，像赌徒一样红着眼说："狗屁假数据真是害死人！如果不想办法扼制这种虚报现象，这个药就没法做了！"

小梅沉吟了半晌，说道："你找谢名贤问问，他应该有对策。"

钱忠利给谢名贤打电话。谢名贤见怪不怪地说："在广州也有这样的情况，全中国都有这样的情况，这便是人性。做咱们这一行，啥事都能遇到，啥滋味你都能慢慢体会到的。哈哈哈……"

钱忠利哈哈不起来，骂道："你别他妈的给我抒什么狗屁情了，我都快急死了，教我一点招数吧！"

谢名贤叹了口气说："如果出现这种情况，我一般会根据每个医生的为人，以及从其他医药代表那儿打听哪些医生最有可能虚报，在规定的时间、规定的地点约医生谈话。比如，你可以对他这样说，'这个月超量超得太多了，可能是有些病人开了药没有拿，所以数据和实际用药量有些出入，希望您给我们帮帮忙……'话说到这种程度，再傻的医生也会心知肚明，他们会给自己找个台阶，'是啊，现在很多病人喜欢拿着处方到药店买药。那我就少要几盒的临床费吧！'如此这般相互留个面子，生意还可以维持下去。如果'双规'的效果不好，那只好取消给这个医生的临床费，不再和这个医生发生买卖关系，从此拉倒！"

钱忠利说："就这样？"

谢名贤说："就这样！"

钱忠利说："再没有别的好方法了？"

谢名贤苦笑着说："兄弟啊，你说还能有什么好办法呢？在钱的问题上常常是无解的。你把医生杀了？你找媒体曝光？"

医药代表与医生之间都心知肚明，你不给我推销药品，自会有别的医药代表削尖脑袋来推销，谁给的提成多，我就用谁的。医药代表哪里是什么地主啊，完全是医生手中的健身球！别人想怎么捏就怎么捏。高兴起来了，捏你两把；不高兴了，你想让他捏，他都懒得去捏啊！

谢名贤还提议："如果碰到比较贪婪霸道的科主任，你就不用公关那些普通医生了，主任独自把回扣吃掉，还会强制要求本科室的医生开药，保证你的用量。虽然用量有些局限，但集中在一个科室便于管理，不会出现虚报现象。"

放下电话，钱忠利的心里沉甸甸的，小梅的心里也是沉甸甸的。她所学的营销课都没有讲到这些关键点！药品营销是中国的国情，东阳的药品营销是东阳的市情。要想立足东阳，除了依靠谢名贤的指点，还要摸索出有东阳特色的药品营销模式。

过了一会儿，谢名贤又打来电话："忠利，我忘了告诉你，现在广州有些医院的信息系统升级了，信息科可以打印医生的用药明细，这样医生就没法虚报数据了。你看看东阳的医院有没有这样的系统。"

钱忠利提到了"鸡毛信"，谢名贤一听顿时兴奋地说："好啊！忠利，你小子现在做事越来越用心了。你很快就要成功了，鸡毛信就是用药明细。这是一句行话，你小子赶紧动动脑子去弄鸡毛信吧！"

医院有一个行政科室叫做信息科，主要是管理医院的网络系统。这个部门曾经是个清水衙门，不忙不累，待遇也不高。除了几个电脑维修工在各个科室转悠之外，主任的工作就是在办公室里喝茶、读报或望着窗外发呆。随着近几年信息系统在医院的广泛运用，医生开处方都是直接输入到电脑中，信息系统几乎与每个医务人员的工作紧密相连，即使是六十多岁的老专家也开始学习信息系统的基本操作。呼啦啦一下子，信息科就成了医院的重要科室，信息科主任像冬眠的蛇一样慢慢苏醒过来。

谁的手上有资源，谁就有钱赚。信息科掌握了医生的用药明细，从一个清水衙门一跃成了肥水衙门，比医务科、护理部之类的重要部门要肥得多。医药代表发现只要与信息科取得联系，就不用医生自己报用药明细了。

钱忠利的目光转到了信息科，每天都要到信息科门前转悠两圈。与医生门前熙熙攘攘的人群相比，信息科门前相对冷清。很多门前冷清的部门，下面却是肥水涌动的肥差；很多门前很热闹的部门往往是赚了人气、亏了财气。有些医生门前人头攒动，但不一定比信息科实惠。不管药已经做进了医院的还是正准备做进医院的，不管是用量大的还是用量小的，个个都在医生诊室前上蹿下跳。最牛的人是不显山、不露水而钱却不少赚的人。在官场上，这种人常常被赞美为"低调"，如某交通厅厅长，"低调"得每天把脑袋夹在裤裆里，拒绝一切请吃，拒绝公车接送，每天穿着工作服骑自行车上班，结果被查出贪污了几个亿。亲爱的读者，你之所以不低调，是因为你没有低调的本钱。你为了每个月几千块钱的奖金，不得不非常"高调"地东奔西跑。

国家的药品政策紧了，相关部门把药品回扣定性为商业贿赂，药品销售变得隐蔽起来。有了信息系统的支持，医药代表从"半公开"做成了"半地下"，变得羞羞答答起来。梳着小平头、打着领带、夹着小皮包、被医生吆喝的"高调"的医药代表，往往是刚入门的"菜鸟"。真正拿到了鸡毛信的医药代表像猫头鹰那样非常"低调"地潜伏起来。医生嘴里骂着"菜鸟"："你敢推销药，小心我叫保安！"心里笑道："连奶都没断，出来做啥医药代表啊？""猫头鹰"白天睡觉，晚上带着医生出来胡吃海喝、卡拉OK、桑拿按摩，外加现金回扣。白天医生给病人开"药品全套"，晚上"猫头鹰"给医生开"回扣全套"。

这些都是钱忠利用心琢磨出来的道理。平时看他风风火火，给人的感觉是东一榔头西一棒子，但真正铁下心来干一件事，他却是格外用心和执着。他正在苦练内功，希望自己成为一只"低调"的"猫头鹰"。

东阳二院信息科科长，姓袁，长得不高不矮、不胖不瘦、不黑不白，性格不温不火、不咸不淡。如果是女人，她一定是让男人过目不忘的清纯美眉。如果是男人，就成了看上去顺眼，但不会往心里去的男人。男人啥都不怕，就怕没个性。男人平庸到这个份儿上，钻到人群堆连找都找不出来，这种男人只适合去干一种职业——间谍。

袁科长属于间谍类型的男人。钱忠利对袁科长了解得不多，二院的医务人员对他也了解不多。不过，有些医药代表却从他的手里已经拿到了鸡毛信，从这个地方掏出了油水，而且绝对不是地沟油。

在中国，各行各业都有自己的鸡毛信。拿不到鸡毛信的人很难在商场上获得成功，没有鸡毛信的医药代表就会变成冤大头。有些医生的脸皮太厚了，一导弹射过去也见不到底。他没有用过一盒药，居然敢大言不惭地告诉你："我给你用了五百盒！"医药代表疑惑地盯着医生，眼睛鼓胀得像青蛙，希望这位心虚的医生会良心发现，主动缴械投降。但医生反而用更加鼓胀的眼睛盯着医药代表，眼神坦荡得像君子。青蛙碰上了牛蛙，医药代表反而心虚地低下了头。

"观音菩萨啊，你们医院总共进货也不到五百盒啊！"如果医药代表敢说出这句话，就表明他要"泡椒煮牛蛙"了。但谁又有这样的勇气呢？至少钱忠利目前还没有吃过豹子胆。

别扯淡了！拿到鸡毛信才是正事。钱忠利赶紧去找郎主任，希望郎主任出面给袁科长打个招呼。郎主任不屑地说："这家伙太平庸了，和他没交情。"

袁科长独来独往，干网络的，走的是另外一条道。

钱忠利一直徘徊在门诊部六楼，那一层只有图书室和信息科两个科室。这两个部门都是信息化要求比较高、占用办公面积比较大的科室，因此没有放在行政楼，而是放在门诊楼的顶层。

钱忠利看到行色匆匆的人在信息科出入，凭借犀利的职业眼光，一看就知道是医药代表。医药代表使用的公文包比较大，里面的宣传资料一般都是十六开。一般人都会把这么大的公文包拎在手上，唯独医药代表不是拎着，而是夹在腋下。包里放着药品资料，夹在腋下会有安全感。电影里面的特务都是这个造型，医院不可能有这么多的特务，所以只能是医药代表了。

六楼的走廊很安静，哪怕有人轻声咳嗽都会引人注意。钱忠利走来走去，装出若无其事的样子，像一只处心积虑的苍蝇，默默地寻找着鸡蛋的缝隙。他想找其他的医药代表打听虚实，可没有谁理睬他。谁会向你透露商业机密呢？商战中，最值钱的不就是狗屁机密吗？

钱忠利暗中注意到，有些医药代表经过图书室的时候，都和图书管理员打招呼，还有人直接进去和管理员嘀咕着，这让"钱苍蝇"看出了一点破绽。

图书室只有两位图书管理员。在这几天的时间里，钱忠利很少看到前来读书或借书的医务人员，这大大地出乎钱忠利的意料。他想起在大学时期大家都在图书馆抢座位的情景，他忍不住唏嘘，医院的图书室原来只是聋子的耳朵——摆设。

两位管理员几乎每天上班都迟到早退，或者一人上班、一人脱岗，轻松而惬意，真没想到天底下会有这么一份美差。趁图书室里只有一位管理员的时候，钱忠利走了进去，希望从这里找到突破口。他说在这儿等人，想翻一翻报纸。管理员热情地接待了他，因为她正闲得慌、憋得慌，况且钱忠利的长相也不让女性讨厌。两人一开口就找到了共同语言，这位大姐也姓钱，两人一下子打得火热。同一个钱字，同一个梦想。

钱大姐的老公原先是河南省人民医院的医生，没有指望提拔为主任了，就作为学术带头人引进到了东阳。现在的人才引进都是买一赠一大甩卖，老公引进了，单位必须解决老婆的工作问题。没有老公的照应，钱大姐是找不到这份闲差的。

钱大姐的老公是肿瘤科的朱主任，朱主任算得上是东阳的名医。钱忠利和朱主任也是有交往的，只是红花注射液在肿瘤科的用量极少。

肿瘤治疗是要把癌细胞包围在身体的某个部位，用化疗药或放射线实现歼灭战。活血药可能把癌细胞赶得全身乱窜，肿瘤科医生实在不敢和癌细胞打游击战。

钱忠利和钱大姐聊上了，一个装作无意地问，一个装作随意地答。钱忠利"大姐长、大姐短"亲热地叫着，并不时推波助澜地夸奖钱大姐是个实在人。钱大姐心花怒放了，一口承诺要帮弟弟去弄鸡毛信。姐姐帮弟弟的忙，那还不是手到擒来的事儿？

走出门诊楼的时候，钱忠利回头看看，原先感觉高不可攀的六楼，此时却矮了许多。一群归巢的鸟儿掠过头顶的天，天边的夕阳血一般地洒落在钱忠利的身上。看到自己的影子在身后拖着，如一条蓄势出击的四脚蛇。

大姐大

　　随后几天，钱忠利一直在等钱大姐的回音。左等右等，迟迟不见动静。钱忠利平静如水的心里泛起了大大小小的水泡儿，他思前想后，也弄不明白钱大姐的壶里装的是什么药。难度太大没办成？压根儿没去办？办成之后有意吊胃口？

　　钱忠利有些坐不住了，正准备给钱大姐打电话，手机铃声响了。钱忠利一看，正是钱大姐的电话。钱大姐说："小钱啊，是我，你大姐。前几天你托付的事情，我给你办妥了，可真是费了牛劲啊！好不容易才搞定了。你下午过来吧。"

　　钱忠利挤着眉喊道："妥了？"

　　钱大姐弄着眼回答："妥了！"

　　钱忠利乐得一蹦三尺高："好！好！钱大姐！你真是我的大姐大啊！小弟下午两点准时报到！"

　　钱忠利没有想到整天东家长、西家短的碎嘴婆子还真能把事情办成，这着实让钱忠利心里产生了一丝敬意。这个"敬"，不是尊敬，而是孝敬。钱忠利立即行动，他出门准备了一下需要进贡的礼品。改革开放、思想搞活的今天，哪有白办事情的呢？

下午两点，钱忠利准时来到东阳二院的图书室。看到钱忠利，钱大姐灿烂得像娇艳的花朵。钱忠利赶紧握着空心拳头给钱大姐捶背，一边捶一边说："姐呀，你告诉我好消息的时候，小弟都感动得哭了！"钱忠利边说边眨着眼睛，但终于没有挤出眼泪。钱忠利很无奈地抽动了几下鼻子，毕竟抽鼻子比挤眼泪要容易得多。

钱大姐嗔怪地拍了一下钱忠利的手说："得了吧，瞧你的小嘴像抹了蜜似的，话从你嘴里溜出来就是让人舒服，可你心里那几根花花肠子姐能不知道吗？少在姐面前耍乖卖巧了。不过呀，为了你的事儿，姐姐我可真差点跑断腿呢！"

说到这里，钱大姐"哧溜"一声呷了一口茶，小心地看看门外，然后咬着钱忠利的耳朵说道："你说你姐这人也笨，说话也直，直接跑去问袁科长，能不能把红花注射液的用药明细单打印一下？人家却间谍似的'嘘——'了一声，给我脸色看了，说'现在风声这么紧，你这样做是要砸我的饭碗、毁我的名声'。你不知道那架势啊，阴沉着脸就要把我往门外赶。你说气人不气人！"

钱大姐口里的热气在钱忠利耳朵里打着转儿。钱忠利耳朵里痒痒的，像小虫子在爬行。他又不好意思把耳朵缩回去，只好眯着眼、咬紧牙，强忍着小虫子恣意地调戏他的耳朵。

钱大姐"嗖"的一声又呷了一口。钱忠利看见钱大姐饮茶的水准非常高超，嘴轻轻地往杯子的边缘一碰，茶水就进口了，迅雷不及掩耳，浮在水面上的茶叶一点也没有入口，因为茶叶还没有反应过来，钱大姐的嘴旋即离开了。狗屁茶叶只好失望地离去，在水面上无聊地游荡……

钱忠利继续抽动着鼻子说："姐呀，您为小弟的事可真受委屈了，小弟真的不知道该怎么感激你呀!"

钱忠利把他的惯用的"真诚"恰到好处地表演了一次——这是他在酒桌上、KTV包间里给医生表演过无数次的营销小品,拿捏的分寸和火候非常到位。

说话间,钱忠利顺手往钱大姐的抽屉里塞进去了几张卡,有手机充值卡、购物卡、美容卡、汽油卡……钱大姐装模作样地生气了:"你这是干啥?你把姐当成什么人了?"嘴里嗔怪着,脸上却阴转晴,说:"下次可不准这样喽——"钱大姐说"喽"的时候,拖着长长的尾音,像彗星的尾巴。

钱忠利像做错事的孩子一般承诺:"好好好,弟弟下次不敢了,一定听姐姐的话!"钱忠利完全听懂了钱大姐"喽"的寓意:下次要给现金喽——,家里一大堆美容卡,凭我这张老脸下辈子也花不完喽——!两人会心地笑了,彼此听到了对方激动的心跳。

钱大姐继续邀功请赏:"袁科长虽然难拿下,但你想你姐是谁呀?我就不信搞不定他。我打听到他儿子今年考高中,想进东阳市重点中学,可惜分数差了点,就突然想起我们家的老朱有一个病号是那个学校校长的爹。这不,这两天为了你的这点事,我电话都打爆了,嗓子都说哑了,那个校长才把袁科长的儿子招了进去。然后,我就把你要的东西从袁主任那给整出来了。我这是兜了好大一个圈才办成的。你是哪世修来的福,碰到我这个大姐大!"

看到钱大姐志得意满的样子,钱忠利真的被大姐大征服了。不管怎么说,钱忠利心里还是有了一丝丝感动,为大姐大的能力所感动,为大姐大的敬业精神所感动,为"喽"的那条漂亮的长尾巴所感动……当钱大姐打开抽屉取用药明细单的时候,钱忠利发现抽屉里面还有一大叠其他医药代表的用药明细单。原来钱大姐不是钱忠利一个人的大姐，而是全体医药代表公用的大姐。

医院追求效益，医生讲求回扣，医药代表追求销量，这是一条完善、共赢的产业链。图书室这样的清水衙门，八竿子打不着的钱大姐，竟然也能挂上这条产业链，搭上了这辆快速致富的"和谐号"。

钱忠利按照每支药五毛钱的好处费，让钱大姐转交给袁科长。钱大姐看着钱忠利离去的背影，嘴里乐悠悠地哼着小曲儿，手里却又从抽屉里摸出另外一张药品明细单，在手机上翻找下一位小弟的电话号码。远远听到大姐的声音："小赵啊，是我，你大姐。前几天你托付的事情，我给你办妥了！可真是费了牛劲啊，好不容易才搞定了。"

大姐大，多少小弟成了你的俘虏！

海水是甜的

为了庆祝阶段性的胜利，钱忠利决定带大家到海滨浴场去放松一下。

正好是个周末，海滩上的人很多。大家第一次看到南方的大海，兴奋无比，感觉与曾经见到的北方的海完全不同。北方的海像北方的壮汉一样雄壮粗鲁，南方的海像南方的少女那般清纯可爱。

四个人手拉着手冲向大海，小媛还发出了一声尖叫："大海，我的母亲！"小梅瞪了小媛一眼说："别肉麻了。"钱忠利跟着叫了一声："大海，我的妹妹！"小媛一听，小嘴噘得老高，说："你还敢在我面前装大？"小媛冷不丁地向钱忠利身上拍水，钱忠利打了个寒战，开始反击。四个人都浸入到了海水之中，慢慢地适应了水温。

小梅、小媛的水性都不算太好，钱忠利借来了两个救生圈，让她们躺在上面。太阳很灿烂，海风却不小，相对瘦弱的张铁军和小梅有些扛不住了。小梅感觉冰冷的水分子勾引她身上的热量分子私奔了，一群冰冷的水分子一哄而上，全身的热量分子集体私奔，留下她这个冰美人。小梅想到沙滩上晒太阳，豆腐渣张铁军也在打退堂鼓，两人一起上岸了。钱忠利和小媛兴致不减，继续泡在海水中相互拍水、嬉闹。

钱忠利朝着海滩远远望去，看到小梅哆嗦着抱住双肩。张铁军正跪在沙滩上，用手扒着沙坑。小媛对钱忠利说："这么湛蓝的海水，铁军和小梅怎么兴奋不起来呢?"钱忠利说："他们俩都喜欢安静，属于山的性格。我们两个属于水的性格。"小媛听到这句话时，好像还有些迷惑，几秒钟之后才明白"我们"、"他们"的含义。等到钱忠利再往岸上看的时候，发现铁军和小梅早已把自己埋在沙坑里了，估计他们正在吟诗答对吧。

钱忠利牵着小媛的手，向深水区试探。经过一对对在水中相拥相抱的情侣时，钱忠利忍不住看上几眼，投去羡慕的目光。小媛手脚闲不住，嘴巴也闲不住，她向钱忠利讲述着她们大学时期的逸闻趣事，逗得钱忠利哈哈大笑。

钱忠利对小媛说："水比较深了，再不能往前走了。"正说着，一个浪花拍打过来，小媛呛了一口水。小媛在一阵剧烈咳嗽之后，居然冒出了一句诗一般的语言："海水，原来是这么的甜!"钱忠利一只手紧紧地抓住小媛的手，另一只手扶着小媛的肩，在她的背上轻轻地拍动。当钱忠利靠近小媛的时候，他感觉到她的每个细胞都在跳舞，全身弥漫着青春的气息。他从来没有离小媛这么近过，他感觉自己的身上有一种强烈的冲动——面对小梅从来没有过的冲动。

钱忠利为自己的冲动感到自责，但这种冲动又是客观存在的，他也不能欺骗自己。他很心虚地朝岸上看了一眼，寻找沙滩上的张铁军和小梅。远远地只能看到一些移动的黑点，分不清楚哪两个点是他们。

正当钱忠利寻找沙滩上黑点的时候，他看到有个黑点正在向他招手，从轮廓上看是张铁军。钱忠利不由自主地松开了小媛的手，两人一起朝张铁军游过去。张铁军告诉钱忠利，他刚才接到了医药公司的电话，说："东阳二院快断货了，让我们送药过去。"

送货的事情是一刻也不能耽误的。如果医生发现某个药断货了，他们可能很长一段时间都不会再用这个药了。钱忠利要逐一通知他们进货了，他们才慢慢习惯用这种药。这种拨乱反正的代价太大了。

钱忠利看到张铁军在海水中进入不了状态，特别想让他去送货，自己多玩一会儿。他多想无牵无挂地和大海搏击、与自然亲吻，尽兴之后，踩着斜阳回家。但他不好意思开口，更不好意思提出让小媛陪他玩。

钱忠利怀着懊恼的心情带着三个员工走出浴场，他们看见有人抓住浴场大门两边的石柱子拍打。浴场的保安冲过来对拍打的人骂道："滚开，别把柱子拍脏了。"

有人围着看热闹，钱忠利凑过去一看，原来是流浪诗人在这里撒酒疯。他指着石柱子叫道："你们这些混蛋，这么好的两个词被你们糟蹋了！"

钱忠利抬眼一看，只见大门两边的柱子上分别写着"天风海涛，金沙碧水"八个字。

保安继续推搡着流浪诗人："要饭的，滚开，你懂个屁！"

钱忠利几个人赶紧冲上去，把流浪诗人从保安手上解救出来。小梅问："你认为这句话写得不好吗？"

流浪诗人气愤地说："好端端的一个动感浴场被这八个字写得死气沉沉的！"

"你觉得应该怎么改呢？"

"应该改为'天风海涛起，金沙碧水来'，这样不就活起来了吗？"

四个人都为之一震，小梅感慨："多了'起'、'来'两个字就有了诗的意境！没有想到一个疯子有这么高的文学修养，中国真是藏龙卧虎之地。"

　　钱忠利感慨："遗憾的是龙藏在狗屁岸上，虎卧在狗屁海里了！"

　　大家在心里对流浪诗人多了一丝敬意。张铁军说："他比我们活得有意义多了。我们为生活奔波，他在为思想奔波。多大的差距啊！"

　　他们到公交车站去候车，远远地听见流浪诗人在浴场门前大声唱歌："起来，不愿做奴隶的人们……"但愿这歌声能激活浴场老板沉睡的脑细胞。

流氓软件

反药品商业贿赂的台风一年总得风风火火地刮两次。风浪之中，总要树立一个正面典型、打倒一个反面典型。在媒体的诱导下，在领导的授意下，爱憎分明的人们终于鼓起了黑白颠倒的掌声。风浪过后，依旧风和日丽，赞歌狗屁嘹亮，形势狗屁大好。

风浪期间找袁科长打印用药明细的医药代表很少了，大家非常默契地潜伏起来。风浪过后，医药代表又浮出了水面，信息科门前依旧人影晃动，图书馆依旧是医药代表的联络点。"野火烧不尽，春风吹又生"，如果白居易生在当今，一定是一名优秀的医药代表！

但这次有些例外，风浪之后找袁科长打印用药明细的医药代表依然没有浮出水面。袁科长纳闷："只要病人用药，就会有医药代表；只要有医药代表，就应该需要用药明细；需要用药明细，就应该有人来找我！"——这是他一辈子荣华富贵的逻辑。

经过一番明察暗访之后，袁科长才察出其中的缘由。原来广东安达信息公司为医院进行信息化改造时，在医院信息系统中偷偷安装了一个小插件，直接盗取了医院的用药信息。安达公司每月提供一个用药明细只收三百元的固定费用，而袁科长过去是每支药收取五毛钱。

如果某种药用了三千支，医药代表就要向袁科长提供一千五百元的好处费。五毛钱一支不是袁科长漫天要价，全国上下一盘棋，都是这个价。过去，医药代表从袁科长那儿获取信息还要偷偷摸摸，还有大姐大之类的拦路虎在肥肉上咬一口。而安达信息公司却让医药代表明明白白消费，并且还明目张胆地在医药代表中宣传他们的"包月套餐"。

辛辛苦苦三五年，一夜回到了解放前。信息科瞬间又变成了清水衙门。

"流氓软件！"袁科长端着茶杯愤愤不平地骂道。

袁科长除了像祥林嫂那样一遍又一遍地骂"流氓软件"之外，没有别的办法对付安达公司，袁科长也没有本事卸载这个小插件。小插件就像魔鬼附体一样，与整个信息系统融为一体了。

选用哪家公司的软件都是院长说了算，袁科长只是执行者。而安达信息公司的老板和院长之间的关系就像小插件和信息系统之间的关系，也是魔鬼附体的。袁科长想到这些只好无奈地摇头，不由自主地冒出一句："流氓软件！"

"流氓软件！"袁主任听到门外好像也有人骂着这句话。他原以为是自己的回音，仔细一听，才发现是图书室钱大姐的声音。

安达信息公司是成立时间很短的一家软件公司。广东有一家很有名气的安达基因公司，安达基因公司为医院提供基因技术服务，它和安达信息公司没有任何血缘关系，只是安达信息公司打了安达基因的一个"擦边球"。

打"擦边球"的安达信息公司拿到了相关部门的红头文件："鉴于信息化需要接口，便于病人跨区域就诊，便于医院之间的信息共享，便于卫生区域规划，建议各医院多使用本省软件公司的系统，例如，广东安达信息公司……"

"例如"两个字，不是举例，而是圣旨。长期泡在文件堆里的人一眼就能看明白其中的寓意。除了有"例如"这道圣旨之外，安达信息公司的老板出手很大方，很多院长都成了他的铁哥儿们。安达信息公司的软件比北京大公司的软件要卖得便宜得多，绝对是超低价。北京大公司纷纷摇头："做不了，做不了！"但安达信息公司连连点头："做得了，做得了！"于是，安达信息公司在广东市场攻城拔寨、势如破竹，业务开展得一片火红。

袁科长今天才明白为什么其他公司都做不了，安达信息公司却能做得了。安达信息公司根本不需卖软件赚钱，他们主要靠给医药代表提供用药明细来赚钱。每个老板都应该想清楚自己的赢利模式，在中国没有找到狗屁赢利模式就别开狗屁公司！

袁科长忍不住又骂了一句："全世界的流氓软件都给我死光吧！"

安达信息公司的老板却在心里发笑："老袁啊，别说气话了，你也是干间谍出身的。流氓软件是死不了的，它们比正版软件的生命力要强得多。常言道，中国有多少夜总会，就有多少流氓；有多少流氓，就有多少流氓软件。哈哈哈……"

今夜良缘

钱忠利终于和信息科说再见了。现在的工作重点是催促医院回款，加速资金回笼。从账面上看，钱忠利赚了一些钱；事实上，他比过去更缺钱——他用现款到药厂提货，用现款打通各个关节，用现款给医生回扣，用现款租房子，用现款给员工发工资，但迟迟看不到医院的回款。他感觉自己的五脏六腑都被掏空了，厚着脸皮到处借钱，严防死守着这条脆弱的资金链。

钱忠利坐在东阳二院段院长的办公桌旁，东拉西扯，拐弯抹角想把货款讨要回来。但段院长就是不上他的道儿，并不搭他的话茬子……

段时昌原先是东阳一院的医务科科长，后来调到东阳二院当院长。他原本是条江湖汉子，在社会上混迹多年，汉子混没了，只剩下这条老江湖。段院长脑袋小、身子大，不太协调。据说他年轻时身材苗条，还算得上是帅哥。后来营养好了，身子不断地膨胀，头盖骨没法同步扩大，脑袋也就显得小了。一张脸涨得满满的，乍一看以为是浮肿，细看才知道都是真金白银的膘。

眼瞅着快要下班了，段院长下了逐客令："钱经理，你还不走啊？

我都要下班了。"

钱忠利笑呵呵地说："您看药款的事情，能不能明天……"

段院长面有难色："咱们医院刚盖了住院大楼，药品回款一律顺延一年。咱们都是好兄弟，没的说。但这件事我一个说了也不算，是相关部门共同把关的。"

"相关部门"四个字是中国官员的杀手锏，"这件事你找相关部门去办吧！"老百姓听到这句话如坠五里雾中，还不如直接说："你找上帝去办吧！"

钱忠利很无奈地问段院长："那您帮我约约相关部门的科长，我请他们喝酒？"

"那也行。今天正好我们的科主任有个活动，不行你也去参加一下？"

"求之不得，今晚我买单吧！"

段院长开着车，带着钱忠利来到了今夜良缘——东阳市最有名、最豪华的夜总会。钱忠利和小梅到东阳二院跑业务的时候，每天都经过这里。今夜良缘夜总会在东阳大酒店的对面，过去是一座寺庙，是省文物保护建筑。按照文物保护要求，文物保护的建筑物以租代养，可使用、不可拆除，寺庙很滑稽地变成了夜总会。寺庙的屋檐上雕梁画栋，层层叠叠的，有交错、有镶嵌、有套入、有契合、有镂空，彼此咬得很严实。既不是直线的僵化呆板，又不因为交错而杂乱无章，而是像卷心菜一样的精巧而自然。

夜总会大厅中央摆放了一尊千手观音雕像，挡住了刺探者的视线。许多过路人都忍不住看上几眼，想象观音菩萨身后的小姐们如何普度众生。千手观音金光刺眼，观音举起的手触到了天花板，放下来的手摸到了地板。夜总会老板的这个创意太有水平了，不同的人见到千手观音都会有不同的感想：在老板的眼中，那是一千只抓钱的手；在邪念男人眼中，那是一千只抓心的手。

每次路过今夜良缘，钱忠利总喜欢探头探脑地张望一下。小梅笑着对钱忠利说："你小子敢进去干不正经的事儿，小心观音菩萨扇你的耳光。观音一抬手就是一千个耳光，效率太高了！"

钱忠利跟着段院长小心翼翼地走进今夜良缘，经过观音菩萨身边的时候，他有些心虚，害怕小梅的咒语应验了。

等到他们进来的时候，钱忠利发现东阳二院的男性科主任已经全部到场了。事实上除了妇产科主任是女性之外，其他的科主任都是男性，于是段院长大笑着说："我们医院开会的出勤率可从来没有这么高！"大伙哄堂大笑，那笑声如此震撼、如此疯狂、如此异口同声、如此有感染力，身后的观音菩萨似乎也扛不住这笑声的冲击，出现了心律不齐。

渐渐地，钱忠利看到了观音身后的另外一个世界——他从来没有体验过的世界……

大伙一直乐到了凌晨才恋恋不舍地离开。出门之前，段院长还靠在观音菩萨的大屁股上提醒大家："走出这个门，大家就忘记今晚的事儿！"大家心照不宣地笑了，爽歪歪地散去。

钱忠利一个人留在前台结账，这时他收到了段院长的一条短信：明天到财务室结清你的药款。

看到短信，钱忠利狠狠地在手机屏幕上亲了两口，好像手机屏幕就是出纳员那张满脸皱纹的脸。离开之前，他站在观音菩萨面前，饶有兴致地数数观音菩萨到底长了多少只手……钱忠利没有拦出租车回家，一步一步地走，静静地走，走得离三元里的那段记忆越来越远了，仿佛三元里的那段穷困潦倒的经历不曾有过。

转过两条街，走到一幢楼房前，突然一声尖叫划破夜空。只见一个男人连滚带爬地从楼梯上滚了下来，身后一个肥胖的女人披头散发地冲了下来，手里举着高跟鞋。钱忠利一眼就认出那个男人是东阳二院放射科的黄主任。钱忠利不敢上去劝架，躲在一丛绿叶藤下看热闹。

黄主任是个老实人，从来没敢这么晚回家，因为家里有一位管教很严的妻子。黄主任本来想十一点就回家的，但看到别的男人如此逍遥，也横下一条心——做一回男人吧！回家后，黄主任被老婆审问了两句，三下五除二就露了马脚。黄主任每天都站在 X 光机前透视别人，但在做律师的妻子面前，自己却被透视得一丝不挂了！黄主任一五一十地交代情况，简直给妻子来了一次今夜良缘的实况转播，外加慢镜头回放。

看到斗殴场面，钱忠利感觉自己今晚的钱，不是买了今夜良缘的那场戏，而是买了黄主任家的这场戏。黄主任家里发生了八级地震，地震又波及了医院，引起了其他家庭的海啸。世界上最讲理的是狗屁律师，最不讲理的也是狗屁律师。黄主任的妻子寻死觅活，扬言要把段院长告上法庭。段院长不以为然地说："男人潇洒一下，有什么大不了的，如今都什么年代了，你还不开窍。老黄是你的老公，也是我的职工。在家里你管他，但在医院得由我管。你凭什么来闹？你再撒野，我也去法院告你！"

律师老婆哭哭啼啼地回家，扬言要离婚。但最终没有离，一切又风平浪静了。像黄主任这么听话的男人，哪个女人又舍得放手呢？除非，有一种爱叫做放手。

段院长把黄主任叫过来，劈头盖脸地一顿臭骂："你还是不是男人啊？让老婆给管成这样，以后谁还敢带你出去玩啊？"黄主任嗫嚅着说不上话来，段院长挥挥手不耐烦地将他赶走了。

段院长给了黄主任最严厉的处罚——以后男人的活动他都靠边站。从此，在段院长的眼中，医院有了两位女主任，一位是妇产科主任，另一个就是放射科黄主任。

黄主任里外不是人，律师老婆和段院长都把他封杀了，你说这日子还有得混吗？黄主任站在寒风中独自泪下："做太监的日子好难受。"

段院长恶狠狠地骂道："老婆搞不定，天生太监命！"

从此，东阳二院的科主任都疯狂地爱上了钱忠利。从此，红花注射液用得飞快，回款的速度也是迅雷不及掩耳。钱忠利这段时间经营得很顺利，有那么一点狗屁幸福感了。他终于感悟到，一个人要成功，关系网比能力重要得多。钱忠利驾着生意之舟，到处去撒关系网——血缘关系、同学关系、老乡关系……

钱忠利把东阳二院的业务打理得服服帖帖，他又扬帆驶向东阳一院，但东阳二院的这张网不一定能逮住东阳一院的那条鱼。

独行侠

红花注射液、妇科消炎栓、阿奇霉素针剂等大腕级的品种结伴溜进了二院的药库，但东阳一院除了当初从小李手上买过来的红花注射液之外，其他产品都被无情地挡在了药库之外。东阳一院的业务收入是东阳二院的五倍，是东阳市卫生系统的巨无霸，但钱忠利在一院实在找不到进药的渠道。

东阳一院的院长叫唐文。唐院长是骨科专家，当院长之前，同事们就送给了他一个雅号"唐大侠"。唐院长平时少言寡语、作风正派、独来独往、无门无派。梁友光靠王勇平市长的按摩师推荐当上了卫生局局长，段时昌靠李刚副市长的理发师推荐当上了东阳二院的院长。大家深感意外的是这位无门无派的独行侠居然凭借"无党派"这一优势当上了东阳一院的霸主——原来无门无派也是一种"派"。钱忠利找了各种关系约唐院长出来吃饭，他都拒绝了，送他礼物也一律退还。

钱忠利也试探过请唐院长到今夜良缘去"潇洒"一下，但唐院长连连摇头拒绝。

钱忠利疑惑地问："为什么？"

唐院长无奈地回答："因为我的老婆是律师。"

张铁军急得上火，嘴上起了个大水泡。他愤愤不平地感叹："这么不喜欢钱，还当什么院长啊？这么一根筋，还不如出家当和尚！"

钱忠利既像安慰张铁军，也像在安慰自己。他拍着张铁军的肩说："只要是人，就会有狗屁弱点，弱点就是我们的突破点。看来，在东阳一院这片水域，渔网不管用，只能用鱼钩了。"

面对钱忠利的诚恳，唐院长表现得更加推心置腹。他真诚地对钱忠利说："钱经理，你的心意我领了。但医院的规定我不能带头违反，如果你的药品好，不用你来找，我们也会让它进医院；如果药品不好，你找谁也没有用。你也不用太客气了，这样我会有压力。"

唐院长对钱没有想法，难道我钱忠利就拿他没有办法？钱忠利经过多方调查，总算找到了适合唐院长的诱饵。唐院长爱好读书、关注学术，是大家公认的学术型领导。钱忠利相信，赞助学术活动的方式一定能打动唐院长，这也是国家政策允许的，就连国家医学科学奖也是由洋之江药厂赞助的。

钱忠利打算请北京的教授到东阳一院作员工培训，赞助医院的学术活动。钱忠利将自己的想法说给唐院长听。唐院长沉吟半晌终于同意了。回到出租屋，张铁军竖起大拇指称赞钱忠利。谢名贤也发来祝贺短信："你小子够厉害的，爱吃荤的你就喂荤菜，爱吃素的就喂素食。"

钱忠利自鸣得意地回了短信："对于你这样的货色，我得荤素搭配！"

钱忠利兴奋地在网上查找资料，比较来比较去，最终决定请 BJ 大学的熊东东教授到医院讲授"中层干部的管理科学与领导艺术"。

钱忠利下载了熊教授的资料，打印出来请唐院长过目。唐院长虽然没听说过熊教授，但从资料上看还是很满意，熊教授还是卫生部多个专家委员会的委员，给很多医院作过培训。

　　钱忠利按照网上的联系方式给熊教授打电话。熊教授事先说自己很忙，哪家医院请他讲课，哪个单位请他剪彩，时间紧啊，紧得恨不得抓一把毫毛，放在口边一吹，变成千万个熊东东！

　　钱忠利以为熊教授婉言谢绝了，正准备客气两句后挂断电话，没想到熊教授话锋一转："广东的医院理念很前卫，给这样的医院讲课，我还是可以考虑的。干到咱们这个层面了，赚钱只是微不足道的事情，关键是社会价值……不行的话，我就把其他的课推掉，为你们安排吧！"熊教授说了那么多屁话，原来都是插播广告，只有最后一句才是正题。钱忠利高兴极了，立刻跟熊教授敲定了日程。

　　钱忠利高兴地跑过去见唐院长，说熊教授如何有名，如何请不来，后来他哥哥出面，熊教授才给了这个面子。钱忠利把熊式广告片改编成钱式广告片，又在唐院长的面前播放了一遍。

　　钱忠利带着小梅去广州白云机场接熊教授。钱忠利原本打算一个人去接，但小梅执意要去。

　　小梅恳求道："我跟你一起去接吧，看看 BJ 大学的教授和洋洋淀医学院的教授有什么区别。"

　　钱忠利笑道："有什么好奇的，人不都是一张皮吗？"

　　小梅不依不饶地说："老虎皮和山羊皮肯定是有区别的。"钱忠利拗不过，只好带着小梅一起来到机场。

　　北京的航班终于到了，钱忠利高高地举起欢迎牌。欢迎牌是在广告公司制作的，喷墨彩色打印。牌上印有两排字，上面一排是 BJ 大学的标志及名称，这是他们直接从 BJ 大学网站上下载的，绝对正宗。下面一排写着"熊东东教授"五个黑体大字，像刚刚擦过的黑皮鞋一样锃亮。

小梅怀里抱着一束鲜花，对钱忠利开玩笑说："我们相处了这么久，你这个吝啬鬼每次只给我送一支花，从来没舍得给我送过一束花。等熊教授明晚离开了，你就从酒店把鲜花拿出来，转送给我！"

钱忠利笑着说："亲爱的梅妹，等咱们搞定了东阳一院，别说一束鲜花，我直接送你一个鲜花店，让你变成卖花姑娘。"

俩人你一言我一语地打趣，只见下机的旅客纷纷出来了。在钱忠利和小梅的想象中，名牌大学的教授应该是戴着深度眼镜、面部白净、温文尔雅、气度不凡的形象。正当两人在心中勾勒着熊教授形象的时候，一个表情严肃的男子站到了他们的面前。

这个男子四十多岁，肥头大耳，肚子特别大，一直从腹部延伸到胸部；胸部隆起，不是健康男人胸部肌肉的隆起，而是乳房发育的隆起。男子的脑袋也很大，估计是胸部的隆起又延伸到了头部，像连绵山脉的尾部。

胸部隆起可能是雌激素分泌过多的原因，头部隆起不知道是哪种激素在作怪，估计医学上还没有分离出这种激素。钱忠利也不关心这种激素，因为他并不想拿诺贝尔医学奖。一般而言，中国人的肥胖更多表现为苹果型肥胖——四肢瘦小，腹部隆起。熊教授更像西方人的生梨型肥胖——四肢和头部一起胖了起来，活生生地像一头北极熊。

小梅从美好的幻想一下子跌入到残酷的现实——洋洋淀医学院也找不出这等模样的宝贝啊！女人的直觉让她开始对熊教授的身份表示怀疑，她悄悄地把自己的想法告诉了钱忠利。钱忠利笑话道："女人天性就是一群爱怀疑的动物。人不可貌相，往往外表越古怪的人，越是天才！北极熊的皮同样值钱嘛。"小梅听到钱忠利的这句冷幽默之后只是苦笑。

唯一能够把这个男人和"教授"扯到一起的是他的秃头，前提条件是这个秃顶是潜心研究学问的结果。小梅的失望之情写在脸上，她怀疑是不是接错了人，钱忠厚还没有混到教授职位，就累得只剩下一把骨头了。教授每天都是冥思苦想的，一顿吃不了二两饭，怎么可能长得这么胖呢？

想归想，小梅最终还是坚信这头北极熊就是 BJ 大学的熊教授。熊教授的公文包、笔记本、信纸、信笺、T 恤上面都印有"BJ 大学"字样，浑身上下能找到"BJ 大学"字样的不下二十处。一看这行头，就知道这是长年受 BJ 大学文化熏陶的结果。这年头什么都可以造假货，她坚信"BJ 大学教授"不可能有假货。

更能证明熊教授身份的是熊教授还带了个教学秘书——BJ 大学医学部的一名本科生。钱忠利通过与这个学生交流，千真万确地认定这个学生是 BJ 大学的。这个学生是学临床专业的，对课程和老师的教学风格了如指掌，这个是装不出来的。

在去往东阳的路上，熊教授一路侃侃而谈，国际卫生政策、国内卫生政策、国务院召开的卫生工作会议、卫生部即将出台的卫生文件……熊教授如数家珍，好像这些政策都是他制定的。

熊教授说："乡村医生就是乡村医生，过去居然叫做赤脚医生，凭这个名字就知道中国的医生离国际化有多远的距离。类似问题处处可见，你说如何做到与国际接轨？"

熊教授接着又批评："社区医生居然叫全科医生！术业有专攻，什么都会等于什么都不会，不要为了节省成本，把医生都变成了万金油。"

熊教授对中国五十多年以来的卫生政策全盘否定。小梅想，过去中国就是缺少了一位像熊教授这样的精英，才会出现如此低级可笑的错误。

小梅也是学医的，但却缺少了政治敏锐性，对大政方针连想都没有想过。小梅很惭愧，为自己的无知惭愧，为自己曾经怀疑熊教授的身份而惭愧。

第二天上午，熊教授信步走进东阳一院。唐院长全程陪同，钱忠利和小梅跟在后面做服务工作。他们感到熊教授在唐院长面前收敛了很多，处处本着学习的姿态，也对医疗质量和服务提出了一点看法。说话间，熊教授的口中还不断地冒出北京大医院院长的名字，好像这些院长都是他兄弟似的，好像这些名字代表了行业最高水准似的。

下午，医院多功能厅的讲台变成了北极熊的舞台。熊教授慷慨陈词，又甩胳膊又踢腿，肥胖的四肢一刻也没有停止折腾。熊教授的演讲，艺术有余，科学不足。熊教授凭借强壮而有力的肢体语言把没有见过世面的医护人员给镇住了。

镇得了一时，镇不了一世。当天晚上，唐院长给钱忠利打电话让他过去一下。钱忠利问有什么事，唐院长说："你请过来的熊教授是假的，员工都知道了，弄得我很被动。"

"不会吧，什么都可能造假，难道教授也可能造假吗？"钱忠利挂断电话，像屁股上点了火的火箭，飞一般地冲向东阳一院……

假教授

钱忠利来到了唐院长的办公室，表现出了小羊羔失去妈妈后的悲伤与茫然。他把自己为了这次培训的台前幕后鲜为人知的艰辛故事讲了一遍。唐院长的怒火被钱忠利的真诚一点一点地浇灭了。唐院长告诉钱忠利："我昨天在 BJ 大学的网上看了，各个学院都没有这个熊东东。医院员工告诉我，有人在论坛上骂熊东东，说这个东东真不是什么好东西，是个江湖大骗子，根本不是 BJ 大学的教授。他招摇撞骗，曾经欺骗过很多医院。"

钱忠利回想了接待熊东东的一些细节：熊东东对身份证特别保护。熊东东本应该是一个非常张扬的人，但给他登记房间的时候，他却表现出谨小慎微的样子，先是不愿意出示身份证，想用学生的身份证登记了事。当服务人员执意要所有入住人员必须出示身份证时，熊东东很无奈地把身份证拿出来，直接避开钱忠利，挤到前台递给了服务员。

唐院长接着说："我和他交谈了一会，就对他的身份有些怀疑。他讲的那些东西都是从网上看来的，泛泛而谈，根本没有什么深度。他刚开始在我的面前一口一个 BJ 大学，但知道我到 BJ 大学上过两年的 EMBA 课程之后，他就尽量回避 BJ 大学的话题。"

钱忠利把这件事告诉了钱忠厚，钱忠厚对医学部的情况也不太了解，因校本部与医学部校园不在一起。他给医学部打电话，结果大大出乎意料。BJ 大学医院管理中心只是一个虚拟的机构，根本没有什么"教授"、"研究员"之类，连办公室都没有——这是钱忠利没有想到的，也是钱忠厚没有想到的。后来，钱忠厚进一步调查才发现，在外面号称 BJ 大学、QH 大学的教授很多都是假的。他们在学校的地下室、居民楼或附近小区租房子行骗，甚至在 BJ 大学租教室开沙龙，让大家对他们的身份深信不疑。事实上，只要你出钱，这些教室谁都可以租到。也就是说，丐帮也可以在这里开沙龙。熊东东只是"一张名片、一个网站、一部电话、一名接线员、一间地下室"的"五个一"教授。

　　钱忠利问哥哥："那他身上穿的、手里拿的都是 BJ 大学字样的东西。"

　　钱忠厚笑着说："如果你也对这套行头感兴趣，请从 BJ 大学西门进入，右拐弯之后左拐弯，左拐弯之后右拐弯，就能找到纪念品专卖店，里面印有 BJ 大学字样的物品一应俱全。如果你贪便宜，那就晚上到校园的地摊上购买。"

　　"熊东东还知道很多医疗改革的内幕。"

　　"医改信息从政府网站上都能看到，再从北京出租车司机那儿听一点小道消息，这就是'内幕'。如果你想听政策解读，最好是找北京的出租车司机给你讲，他们对国际国内的大政策了如指掌。"

　　"那出租车司机是怎么知道的呢？"

　　"我也不清楚。北京出租车司机都是天生的政治家。曾有一位出租车司机问我：'你知道美国总统为什么这次出国访问没有带夫人吗？'

我说：'这谁知道啊！'司机告诉我：'据内部消息透露，总统夫人这几天上火，牙痛得厉害，脸也肿了，不便于出镜！'"

"那熊东东带过来的那个学生呢？"

"那个学生倒可能是 BJ 大学的，但学生只是熊东东聘请的钟点工而已。很多学生做勤工俭学，学生是不会去核实老板身份的。熊东东正是用学生作为幌子来欺骗你们。"

钱忠利和张铁军连忙上网查找熊东东的信息。有网友披露熊东东是退伍军人，河南驻马店人，曾经在河南承包过一家乡镇卫生院，后来国家把乡镇卫生院收回去了，他就变成了无业游民、职业骗子。

这个狗屁社会，什么都可能是狗屁假的。一位 IT 行业的高管名叫唐老鸭，自称获得了西太平洋大学的计算机博士学位，结果是假的——时至当时，压根儿就没有中国人获得过该校计算机专业的博士！正如一位乡下人在北京公交车上镇定自若地掏出一张卡片说："月票！"售票员骂道："呸！北京八百年前就取消了月票！"唐老鸭在全国高校嘎嘎嘎地演讲，演讲的题目是"我的脸皮没法复制"——太搞笑了，谁说中国人没有幽默感?！

一位下岗工人，号称医学教授，竟然频频出镜。他还出版了一本狗屁书——《吃出来的病咽回去》。这位下岗工人居然设堂行医，一个号两千块钱，开出来的处方都是绿豆、茄子之类。老百姓争相挂号就诊，居然没有出现任何医疗纠纷！

在回出租屋的路上，钱忠利看见流浪诗人正敲打着白底黄龙图案的瓷碗，疯疯癫癫地朗诵着诗歌：

假和尚戴着假面具，

假清官编造假数据，
假教授发表假论文，
真货色在哪里？
诗人的灵魂，脚下的土地。

　　钱忠利不由自主地跺了跺脚，似乎想检查一下脚下的土地是真是假……

医闹

钱忠利没想到自己成了假货的受害者，他一时间恨得牙根儿痒痒的。当天晚上，钱忠利就想操富贵病菜刀找熊东东算账，给这个假教授放放血！

小梅及时拦住了钱忠利，平心静气地说："忠利，你怎么不冷静呢？你这样干倒是出了气，但你能捞着什么好处呢？这些年你啥事没遇到，怎么还这么冒失？"钱忠利慢慢冷静下来，找张铁军一起商议对策，最后商议的结果是如此这般……

第二天一早，钱忠利按原计划陪熊东东一起吃早餐，笑呵呵地陪着他出门散步。他们刚走到东阳一院门口就碰到了一名医生。这个医生突然冲上来朝着熊东东的面部就是一拳。

熊东东在毫无戒备下挨了一拳。钱忠利赶紧将熊东东拦在身后，对着医生吼道："你这位医生怎么对熊教授这么无礼啊？"

"无礼？我要打死你这个骗子！什么狗屁教授啊，也不撒泡尿照照！你别以为我不知道你的底细，你叫熊东东，无业游民、职业骗子，竟然敢到我们医院来行骗，看我今天不打死你……"说话间，这个医生又挥着拳头冲过来。

钱忠利赶紧阻拦，熊东东也恼羞成怒，指着医生骂道："你在胡说什么啊？你是不是精神有毛病？"

那位医生大叫道："我打110报警，让警察看看谁有精神病！"

医生边说边掏手机。熊东东看到这情景扭头就跑，像摆地摊的碰到了城管似的，一溜烟就没有了人影。看到那位医生还一脸的气恼，钱忠利笑着说："得了吧，铁军，没想到你小子演起戏来还挺像那么回事呢！"

张铁军脱掉身上的白大褂，依旧气咻咻地说："我讨厌骗子，让这个王八蛋一搅和，一院的业务算是彻底黄了。刚才要不是你拦着，我还真想揍死他！"

钱忠利竖起大拇指笑着说："铁军，你进入角色真快，很适合去做电影明星。这件事到此为止吧，大家出门混一口饭吃也不容易。"

钱忠利接着到酒店找熊东东去了。熊东东看上去很沮丧，难堪得不知道说什么好了。

钱忠利拍了拍他的肩膀，笑着说："误会，误会，纯属误会！我该叫你教授，还是叫你老熊呢？"

熊东东尴尬地说："叫啥狗屁都行吧。我没有什么好说的了，不过我也的确学过医院管理，还是有些经验的。"

钱忠利安慰道："我能看出来，虽然你不是教授，但你还是很有思想的，员工也学到了一些东西。但他们很不仗义，说你是狗屁骗子，没报警就算给你面子了。钱，一个子儿也不给，说完就把我轰了出来。这算什么狗屁玩意儿啊？没有功劳有苦劳嘛！老熊你放心，他们不仗义，我钱忠利不是那种人。咱们说好的费用……"

熊东东打断了钱忠利的话："千万别这样，钱总的好意我领了，一院的事情应该由他们来负责。他们这样对我，我熊某这次认栽，但我也不会让他们好过。嘿嘿，你就等着看热闹吧！"

敢在社会上坑蒙拐骗的都是些厉害角色。熊东东定了定神，又来到东阳一院转悠着。恰巧看到一位病人死了，家属正站在那里号哭。熊东东跑过去简单地问了问死因，义愤填膺地说："你们的亲人死得冤，这是典型的医疗事故。你们哭有什么用？赶紧回去把亲戚拉过来闹吧，现在的医院是大闹大赔、小闹小赔、不闹不赔！"

家属一听，顿时瞪圆了眼珠子，摩拳擦掌地冲进了医生办公室……

钱忠利接到熊东东的告别电话，推断东阳一院肯定出事了。他立刻来到东阳一院，远远看见死者家属披麻戴孝，在医院大厅设灵堂、摆花圈，哭声震天。

钱忠利和张铁军站在人群中观看。过了一会儿，唐院长出现了，他挤过去想给病人家属解释一下。家属顿时激动起来，朝着唐院长又抓又咬，看架势要把唐院长撕成碎片。

钱忠利使了个眼色，带着张铁军赶紧冲上前去。

在病人家属雨点般的拳头之下，钱忠利和张铁军冒着危险掩护唐院长。唐院长嘴唇直哆嗦，一个劲地说："岂有此理，岂有此理！"钱忠利和张铁军脸上都挂了彩，但两人像哼哈二将，终于把唐院长从病人家属手中解救出来。

唐院长很欣赏钱忠利的勇敢行为，唐大侠遇上了钱大侠，惺惺相惜。医疗纠纷解决之后，钱忠利在东阳一院的业务顺理成章地铺开了。

衣锦还乡

　　钱忠利代理的妇科消炎栓、阿奇霉素等药品列着方阵走进了东阳一院的药库，与先前到达的红花注射液胜利会师。钱忠利代理的所有药品在药库举行了场面宏大而又庄严肃穆的升旗仪式。

　　钱忠利感觉身体有些躁动，冲了个凉水澡。凉水冲在身体上冒着腾腾的热气，像刚刚煮熟的一锅肉汤。钱忠利嗷嗷大叫，感觉爽歪歪地舒服！

　　此时，钱忠星打来电话，问钱忠利回不回家过春节。

　　钱忠利粗声粗气地说："回家！怎么能不回家呢？"

　　钱忠星笑着说："你现在是老板了，爸妈见你回去，肯定会欢喜得要命！"

　　钱忠利心想，他是在钱老六的骂声中长大的，这次回家终于可以扬眉吐气了。他躺在床上高歌一曲："我站在烈烈风中，恨不能荡尽绵绵心痛。望苍天，四方云动，剑在手，问天下谁是英雄！"钱忠利想家的思绪像野草一样疯长，他将踏上故乡的土地，展现他的英雄本色。

　　多少年以来，很多人一到春运就愁眉苦脸，一票难求，恨不得长双翅膀飞回去。钱忠利倒是从来没有为回家的事发过愁。他常常是上午决定回家，下午就买一张最便宜的火车票，绿皮火车摇摇晃晃歪歪地送他回家；如果买不到火车票，就买一张站台票挤上火车。万一春运严管，不允许持站台票进站，钱忠利就从离火车站一公里以外的地方，顺着铁轨挤进站。他带一个大纸盒往车厢接头处一铺，也不比卧铺差多少。他常常暗笑有些傻瓜居然掏上几百块钱买卧铺，那个卧铺小床和这个纸盒又有多大的区别呢？刚入道的时候，经济状况不好，钱忠利还经常逃票，因为医药代表本来就是来无影、去无踪的飞天大侠。

现在毕竟是有身份的人了。钱忠利早早地给谢名贤打电话，让他帮忙订了卧铺票，俩人结伴回老家。谢名贤的老家海淀县与洋淀县相邻，两家相距不过二十多公里。

两人坐在火车上，看着窗外的风景。谢名贤笑着说道："我可不会像你当年那样，没钱还要打肿脸充胖子。你现在是大款了，需要买单的时候，你就得赶紧往前挤！"

钱忠利赶紧抱拳说："那当然。"说话间，他从售货推车上买下了十多罐啤酒及鸡腿、鸭脖子之类的小食品。

钱忠利给谢名贤敬酒，感谢他这些年给予的帮助。谢名贤笑着说："我也不清楚你当年为什么那么暴躁、那么偏执，自尊心还那么强。和你在一起，我总是小心翼翼的。"

钱忠利叹了一口气："我当时特别烦躁，觉得这个狗屁社会太不公平了。"

"现在心平气和了吧？看来你不是抱怨社会不公，而是抱怨在不公平的环境下，自己没有占据一个有利的位置。"

"也许吧。但我当时没有这种感觉，反倒认为自己是替天行道的梁山好汉。"

"忠利，你这一年变化太大了，梁山好汉也有被招安的时候。"

"名贤，这算什么狗屁话呢？钱忠利永远是硬汉子！罚你喝酒！"

情同手足的一对兄弟，拿起酒罐用力一碰，仿佛又回到了大学时期的美好时光。

钱忠利问谢名贤这一年的业绩如何，谢名贤苦笑着摇摇头说："王小二过年，一年不如一年。河北石头药业是国有的，管得很死，提成不高，很多优秀的医药代表都选择单干或被外企挖走了，连师兄万新奇也跳槽到美国公司去了。新调来的总经理是从总部直接派下来的，是董事长的表弟，HB医科大学毕业的，他现在竭力排挤洋洋淀医学院毕业的员工。公司里分成了'河派'和'洋派'。HB医科大学也不算什么好大学，但总经理居然每天笑话我们是野鸡大学毕业的。"

钱忠利拍着谢名贤的肩说："不行的话，你也到东阳来吧。咱们都是兄弟，不分你我，一起干吧！"

谢名贤笑着说："我的待遇也不低了，我担心你养不起我。你再做一年，等到东阳一院销量做上去了，我就过去给你打工！"

两人喝得爽歪歪了，躺下来睡觉。钱忠利突然觉得睡卧铺还是值得的，卧铺车厢的乘务员长得爽歪歪的耐看，比硬座车厢的乘务员漂亮十个百分点，脸上的笑容多了二十个百分点。这种比喻方式也是医药代表间的行话，开口就是"几个点"。例如，钱忠利对药厂老板说："你们要给我六十个点的空间，否则我只能喝西北风了。"

睡卧铺不仅仅是舒适，而且受人尊重；不仅仅受人尊重，更是自我心理满足。君不见，坐飞机头等舱的人总喜欢很夸张地伸胳膊抬腿，无非是想向经济舱的乘客炫耀多出的几厘米宽的空间。人生如爬山，你没有达到那个高度，就永远感受不到那处风景。你没有见到那处风景，就不知道风景的存在。钱忠利终于从硬座车厢爬到了卧铺车厢，终于看到了硬座车厢没有看到的风景。

老家的冬天滴水成冰，钱忠利过去最怕看到家乡的冬天，也最不愿意冬天回家乡。他不愿意看到憔悴的父母、枯萎的树木、干涸的小溪……这次他走下火车，却没有从前的那种沧桑感了。寒风也没有那么刺骨了，干枯的树枝在寒风下有力地摇动着，让他感受到了生命的力量与顽强。此情此景仿佛是春天的另外一种表达。这时，钱忠利突然想起了毛泽东同志的诗词："山舞银蛇，原驰蜡象，欲与天公试比高……"他很想把这首诗在心里默默地背一遍，抒发此时此景此心情，但想了半天，就只记得这一句。

钱忠利坐了两个多小时的大巴车。沿途田野空旷，偶尔也出现星星点点的蔬菜大棚，公路两边的树木向钱忠利扑面而来，好像在欢迎游子荣归故里。他在离家不远的地方下了车，左手拉着拉杆包，右手拎着手提袋，径直向家里走去。

全家人都迎了出来，侄女妞妞更像箭一样从屋子里飞了出来，因为钱忠利早已夸下了海口：给每个人一份大礼，让大家开开眼界，感受一下什么叫商品经济。

钱忠星笑着说："你看大家都跑出来欢迎你，有点高祖还乡的味道吧？"

"别说得那么肉麻了，你们不就是惦记自己的礼品吗？"钱忠利边说边从包里取东西。

他给爸爸买了一个物理治疗仪，给妈妈买了一盒保健品，给妹妹买了一套高档化妆品，给姐姐买了一部学习机。钱忠利也给本族的长辈们送了礼品，总共花了一万多块钱。

哥哥和妹妹两家人早已回家了，大学的待遇不高，人也挺清闲。六岁的妞妞正在幼儿园读大班，有人说幼儿园大班是儿童幸福的拐点，因为半年后就要上小学了，学习的重担及竞争压力将接踵而至，压在一个七岁孩子的稚嫩的肩膀上。

妞妞长得像爸爸，很精瘦也很精神，是个小精灵。她还特别有语言天赋，冷不丁地冒出一句话，有神来之笔的美，非常"雷人"。

钱忠厚的夫人庄之宁也在 BJ 大学，有一次，她带女儿妞妞到单位，其中一位女同事正在热恋中，得知男朋友和一位美女在工作上频繁交往，这个女孩子有些吃醋，在办公室急得直哭。

同事们都去安慰她："你的男朋友也是因为工作而不得已，你也别吃醋了，影响自己的心情，也影响你男朋友的工作。"

四岁的妞妞附和道："是啊，没有男孩会喜欢爱吃醋的女孩！"

同事们一听都感到震惊："现在的小孩子太早熟了吧？连妞妞都知道这个道理。"

同事们赶紧过来逗妞妞："为什么男孩不喜欢爱吃醋的女孩呢？"

妞妞一脸认真地回答："嘴巴都吃黑了，人家自然不喜欢啊！"

听到这句话，同事们笑得前仰后合。连那个哭泣的女孩也忍不住笑了。妞妞看到大家都在大笑，以为大家不相信她说的话。她一脸的委屈，一着急抛出了钱家庄农民的那句口头禅："不管你信不信，反正我是信了！"当场有两位同事笑得晕过去了。

妞妞接过叔叔手上的拉杆包，当成玩具在路上拉过来、推过去。

钱忠星过去对药品经营不太了解，现在越了解内幕，就越不认同这种违规操作了。钱忠利认为，哥哥是学文学的，妹妹是学历史的，这两个专业远离现实，因此他们不懂市场经济。在中国到处都是这样的潜规则，不能算违法，没有潜规则就没有高速发展的中国经济。哥哥和妹妹都觉得钱忠利变得太现实了，钱忠利则认为"有钱就有一切"。

大年初一，村里许多人都来到钱老六家里拜年，钱老六喜出望外，捧着花生、糖果招呼大家。看到村民那恭敬的目光，钱老六的那绺骄傲的胡子翘得老高，像迎风招展的红旗。

张铁军、小媛、小梅结伴到钱忠利家拜年，小梅不好意思单独待在钱忠利的家里。虽然钱忠利和小梅的恋爱关系家里都知道了，但在农村没有正式喝定亲酒就不能算恋人。他们待在各自的家里，相互走动并不多。

小梅的例假一直很正常，但这个月好像推迟了十来天。她忐忑不安地到医院去检查，结果发现自己怀孕了。小梅拿着检查结果又惊又喜，惊的是自己还没有名分，喜的是将为自己所爱的男人生孩子。她想把这个喜讯马上告诉钱忠利，她拿出手机给钱忠利打电话："忠利，你在家吗？"

"哦，我在外面。今天有饭局，不便和你多说了。"小梅本来想和钱忠利聊聊天，把他的情绪调动起来后再告诉他喜讯。钱忠利生冷的态度浇灭了她的热情，她郁闷地挂断了电话，这让小梅忐忑的心情突然增添了几分委屈和烦躁。

小梅等着钱忠利回电话，但钱忠利却一直没有打过来。小梅的那颗心好像被别人掏走了似的，她在屋内屋外漫无目的地走动。深夜，钱忠利的电话才回过来，小梅只简单地说："我怀孕了。"随即关掉了手机。

订亲

钱老六背搭着手，在村里溜达过来、溜达过去，不厌其烦地享受着村民对钱忠利的各种谣传和恭维。有人说钱忠利变成了洋淀县的首富，有人说钱忠利即将竞选下一任东阳市长。钱老六知道这些新闻都是假的。但是，听它千遍也不厌倦，听它的感觉像三月。

走到钱忠贵的门口，钱老六有意放慢脚步，干咳了几声。钱忠贵迎出来给钱老六敬烟。钱老六斜着眼睛说："你有啥事啊？今天咋这么客气啦？"

钱忠贵觍着脸说："大叔，忠利兄弟在外面混得不错啊！"

"刚起步，刚起步，还算不上什么大老板，在广东还排不上号。"

"大叔，您别谦虚了，一个医药公司的牌子就能值好几百万。没有社会关系，有钱也弄不到这个牌子啊！真是个金饭碗、摇钱树！过去因为点小误会，咱们两家搞得有些僵，都怪我不好，不懂事，彼此伤了感情。您是长辈，在村里德高望重，您老千万别往心里去啊！"

"我是没往心里去哟，可不知道忠利是不是还记着过去的事。孩子长大了，也长了本事，我这做爹的也不能啥事都管着，你说是吧？有些话，你自己跟他解释去……"

回到家，钱老六正想跟钱忠利说说遇见钱忠贵的事情，没想到钱忠利正垂着脑袋听钱大妈训话。钱老六不满地说："咦？这大过年的，你这死老婆子又发什么神经？儿子不回来你想他，儿子回来却又数落他。"

钱老六一问才知道小梅怀孕了，他忍不住愤愤地说："这算什么事儿嘛，简直是伤风败俗啊！要是传出去，我从今往后还有什么脸面见人啊！"

钱老六越想越气恼，脱下鞋子就朝儿子打去。一见老爹发火了，钱忠利跟小时候一样撒腿就跑。钱老六一瘸一拐地出门去捡鞋子，气咻咻地像一头刚犁完地的老牛。钱忠星走完亲戚回家，看见老爸气恼的样子，就问咋回事。钱老六也不言语，调头就进了屋。

妞妞跑出来，拉着钱忠星兴奋地叫道："姑姑，小梅阿姨怀宝宝了，天上要掉下林妹妹啦！"

"小孩子懂个啥，快进屋去！"钱忠星急忙把妞妞拉进屋里，叮嘱她别出去乱说。

看到老爸和老妈鼻子不是鼻子、脸不是脸的样子，钱忠星笑着说："这点事算啥呀！现在的年轻人都是这样。我二哥也老大不小了，别人钱华强的儿子都上初中了，他也该成个家了。"

钱老六瞪着眼睛说："这点事算啥？我要的是明媒正娶的媳妇。我说闺女，你要是敢这样，瞧我不砸断你的腿！"

钱忠星红着脸说："爸，你都说些啥呀！说我哥的事儿，咋就说到我头上了呢？我觉得小梅姐挺好的，性格温柔大方，一看就是会过日子的人，这是我们钱家的福分。"

听了闺女的话，钱老六平静了一些。他和钱大妈一合计，既然生米煮成了熟饭，目前最要紧的还是赶紧订亲。否则事情传出去，那还不让乡亲们笑掉大牙！

一家人商定好了，钱忠星就出门找钱忠利去了。

钱忠星刚出门，钱忠厚扛着铁锹从地里回来了。钱老六忍不住抱怨："叫花子也有三天年，你看整个田野里就你一个人在干农活！"钱忠厚不置可否地笑笑，他早已习惯了钱老六的抱怨。钱忠厚从小养成了劳动的习惯，上大学到现在参加了工作，每年寒暑假他都回家干农活。钱老六、钱大妈很不认同他的这种做法，但谁也改变不了他。正是这份淡定让他考取了 BJ 大学，正是这份淡定让他在田野里忙忙碌碌。

钱忠利一回到老家，心里狗屁放松。"天要下雨，娘要嫁人"一概不关他的狗屁事。他正坐在菜花家的炕头上和黑蛋玩扑克牌。菜花在灶间忙着炒花生，结果柴火添多了，花生全都炒煳了，懊恼得直跺脚。钱忠利笑呵呵地吃着炒煳的花生说："嫂子，吃点炒煳的东西，能够治拉肚子呢！"

菜花知道钱忠利是在安慰自己，她倚着门框说："大兄弟，当初如果没有你的帮助，黑蛋这孩子就不会有今天了。黑子这王八蛋大过年的也不回家，只是说要多赚钱，将来要让我们娘儿俩过上好日子，同时也要报你的恩德。唉，大兄弟，将来不管你有啥为难事儿，只要用得上我们，你就言语一声，做牛做马我们也要报答你！"

听了菜花的这番话，钱忠利的心里不是滋味。他拍着黑蛋的小脑袋说："嫂子，如果你要记恩情，就应该记住乡亲们的恩情，不要记我。谁家以后有困难，你尽量帮他们就是了。你帮了人家，别人也会记住你的。"

　　钱忠利得知，黑子上次受伤后再也没法在工地上干重体力活了，辛辛苦苦干了两年的工钱冲抵了医疗费。现在他正在一个工厂守仓库，一年赚不回几个钱。

　　腊月底的天早早地黑了，黑得像巫婆的那张脸。钱忠利从黑子家出来，经过村里的杂货店时顺便买了两条烟。他想去看看村支书钱百万。

　　看到钱忠利进门，钱百万很尴尬。他一个劲儿地让座，赶忙收拾桌上的麻将和零钞，苦笑着说："乡里几个领导刚走，我数数钱。"

　　钱忠利笑着说："大叔，那些官老爷不好伺候吧?"

　　钱百万挠挠头，叹口气说："人要脸，树要皮。在乡里开年终表彰会的时候，别村的干部趾高气扬地戴红花，咱们村没啥特色，只想把这些祖宗伺候好，尽可能地争取点政策。现在的村干部太难当了，对上得罪不起，对下也得罪不起。村干部实行了竞选，还得到处拉选票，讨好村民，你说这官当得还有意思吗?"

　　自从有了村干部竞选制度，钱百万已经没有前几年皇帝般的威风了，由皇帝变成了总统，就像飓风变成了热带风暴，威力减去了一大半。独裁者整天标榜"集中权力办大事"，只是办了自己家的"大事"，忽视了老百姓家里的"小事"。

　　钱忠利笑笑说："选不上就拉倒吧，别太认真了。这次回来也没啥好带的，顺便帮你捎了两条烟。如果有需要帮忙的地方，尽管说，好歹都是钱家庄的人。"

　　钱百万很感动，拍拍钱忠利的肩膀说："大侄子，别人不知道你，可我完全理解你。你在外面闯荡很不容易，虽然村民们把你越传越神，但我心里有数。我不会像有些人觉得你发达了，就要你捐钱捐物，总想从你那儿捞一把油水。"

钱忠利花了一天的时间从村头溜到村尾，处处享受着高祖还乡般的荣耀，仿佛他就是钱家庄的皇帝。多年的纠结像三月的白雪一样悄然融化，剩下的是心田里冒出的春芽。

正当钱忠利一边走一边想着春芽的时候，黑暗中蹿出一个人影，对着钱忠利喊道："你还有心思到处溜达？赶紧去处理自己做的好事！"

钱忠利一看，是钱忠星。这两天，钱大妈赶紧找媒人到小梅家提亲，喝过亲家酒，双方父母认定了他们的恋爱关系。准备几个月之后再领结婚证，为孩子的出生铺平道路。

春节刚过，钱忠利和小梅早早地回到了广东。业务上还没有太多的事，钱忠利也抽出更多的时间陪小梅。平时钱忠利反感小梅吃零食，现在他开始啥事都由着小梅。小梅爱吃啥，他就大包小包地买。

以前四人同租一室时，钱忠利偶尔会给大家露一手，炒上一桌可口的农家菜，吃得大家赞不绝口。大家都感叹，如果哪位姑娘嫁给了能赚钱又能做饭的钱忠利，一定是一辈子的福气。但自从小梅和钱忠利确定恋爱关系之后，家务事全部落在了小梅的肩上。"女主内、男主外，分工不一样！"这句话像家训一样时常挂在钱忠利的嘴边，钱忠利俨然像个北方的爷们。

但自从怀孕有了妊娠反应，小梅闻到油烟味就想吐。钱忠利重操旧业，走进了厨房，又大包大揽地承担起了家务活。一夜之间，钱忠利由"北方爷"变成了南方的"厨房男"。

小梅稳重大方，做事得体周到，和医生的关系相处得很融洽，业务进展很顺利。怀孕后每月小梅只到医院和医生兑一次临床费，大部分时间都在出租屋里静静地养胎。

　　小梅万万没有想到，过去每天进医院都平安无事，现在偶尔进一次医院居然发生了意想不到的事情。这件事情改变了小梅的世界观，改变了小梅的性格，改变了小梅的婚姻，也彻底地改变了小梅的命运。

飞车党

　　四月的广东狗屁闷热，房间像蒸笼一样让人喘不过气来。小梅感觉不太舒服，一个干呕接着一个干呕。

　　当月牙儿爬上树梢的时候，钱忠利带着小梅到东阳湖边透透气。他们坐在湖边的长椅上，小梅斜靠在钱忠利的肩头。钱忠利在小梅的背上轻轻地抚摸，小梅感觉气顺了许多。小梅的身上有一种纯洁的芳香、孩子的稚气、淑女的魅力。她望着天喃喃地说："此时此刻，时间不再前行，让幸福凝固起来把我们变成两尊塑像。那将是多么美妙的事情啊！"正当小梅仰着头说"此时此刻"的时候，钱忠利此时此刻在小梅的脸上亲吻了一下。恋爱中的女孩是幸福的女孩，怀小孩的女人是最最幸福的女人！

　　当月牙儿落山、太阳升起的时候，小梅艰难地从床上爬起来，撑着小阳伞，背着皮包出门了。小梅走路很小心，不像以前那样急匆匆的，生怕路上的小石子把自己绊倒，伤害了肚子里的小宝贝。她横穿东阳二院门前马路的时候，停下脚步给流浪诗人扔了两枚硬币。在钱忠利的熏陶下，小梅也养成了同样的习惯，手头的硬币都送给流浪诗人。硬币清脆的响声回荡在小梅的耳边，她感到一丝丝的惬意和满足。

眼看就到了医院门口，身后突然传来一阵刺耳的摩托车声音。小梅挎在肩头的皮包倏地被一只强有力的手抢去了。她下意识地去争夺，没想到被拽倒在地，一阵剧烈的疼痛从腹部袭来，小梅两眼一黑就失去了知觉……

等到小梅从漫长的黑暗中清醒过来的时候，看到眼前是一片刺眼的白光。她惊讶地发现自己竟然躺在病床上。钱忠利红肿着眼睛，安静地坐在床边，紧紧地握着她的手。

小梅虚弱地说："忠利，我怎么在这里？"

"小梅，你好好休息，以后再说。"钱忠利心事重重地看着她。

"我出什么事了吗？"小梅突然想起了什么，急忙摸了摸自己的小腹。以前充满生机的小东西不见了，一阵冰凉的刺疼如同冰冷的海水一样潮涌而来，从小腹蔓延到心里。小梅清楚孩子已经没有了。

小梅得知自己遇上了飞车党，被抢走了包，也夺走了她肚子里的孩子。流浪诗人背着她到了二院急诊科，帮她捡回了一条性命。这些年，飞车党在广东特别猖獗。他们打出了响亮的口号：被抢的不要哭，没有被抢的不要笑，家家户户都会被抢到！

好些天过去了，小梅仍然躺在床上伤心地流泪。钱忠利看在眼里，疼在心头。钱忠利把小梅搂在怀里，深情地望着她。

小梅怔怔地盯着钱忠利的脸，困惑地问："为什么光天化日之下也有人敢抢劫？"

钱忠利抚摸着小梅的秀发，安慰道："这世道没有什么不能理解的事情。有人骑着黑摩托，持着菜刀抢钱；有人开着公务车，举着尚方宝剑抢钱。持菜刀抢小钱的人被千刀万剐，举尚方宝剑抢大钱的人受到法律保护。"

有一天，小梅突然说肚子饿了，想吃东西。钱忠利高兴极了，赶紧下厨房炒了几个拿手菜。小梅狼吞虎咽地吃过饭，对钱忠利说："忠利，我想通了，这是天意，这个孩子跟咱们没有缘分，所以离开了我们。我要养好身体，将来一定给你生个健康活泼的孩子。"

钱忠利听到这句话非常感动，一把将小梅搂在怀里，轻轻地说："小梅，你终于想通了。你现在身体还很虚弱，我要你健健康康、平平安安的。我们都还年轻，今后的路还很长。面包会有的，孩子也会有的。"听到这里，小梅不由自主地流下了眼泪，俩人紧紧地拥抱在一起……

钱忠利又忙碌起来，经常早出晚归，因为他首先要解决面包问题。小梅虽然有些失落，但想到钱忠利为了搭建理想中的爱巢而不辞辛苦，也就不再抱怨什么了。小梅感觉孤独的时候，一个人躺在床上，靠几本世界名著打发时间。每读完一本，她都会对照现实想想，感觉现在的生活离书中的情景越来越远。她并不是幻想自己的生活诗情画意，但至少应该是平静简单。

一天晚上，钱忠利六点之前就回到了出租屋，两个人总算可以坐下来吃一顿晚餐，这也是近期钱忠利第一次回家里吃晚餐。小梅感觉生意越做越好，但感情好像越来越淡了，她想找钱忠利好好谈谈。

小梅轻声地对钱忠利说："忠利，你觉得我们未来的生活方式应该是怎样呢？"

钱忠利不明白小梅的意思，反问道："这样不是很好吗？你理想中的生活应该是怎样的？"

小梅叹息道："我觉得做医药代表不是长久之计，每天在外面打打杀杀，特别没有安全感。我真是不需要太多的钱，只想平静地和你过一辈子。"

"你认为怎样的生活算平静呢？现在不是很平静吗？"

"我们连自己的小孩都保不住，还算什么平静？和药厂吵吵闹闹、和同行钩心斗角、与医生斗智斗勇、为政策提心吊胆、为资金愁眉苦脸，甚至不敢告诉别人自己是干什么工作的。我只想平平淡淡地上班下班，一起买菜，一起做饭，钱够花就行了。"

"多少钱算够花呢？流浪诗人也不会饿死的。"

"既然这样，我们就不要给自己太大的压力啊！"

"人活着，就要得到别人的承认，说得冠冕堂皇一点，就是追求人生价值。"

"人生价值在于自己的理解，做个社区医生，给老百姓解除病痛，难道就没有价值吗？"

"你自己做药太清楚了，医生要想致富全靠回扣，小医院连病人都没有，哪有药品回扣？社区医生的收入是很低的，甚至不够生活，更不用说买房子、生小孩了。"

钱忠利不明白，原本非常开朗的小梅怎么一下子变得这么消沉了。钱忠利推测，主要原因是这些小说——这些风花雪月的小说。小梅不明白，原来很积极的钱忠利怎么变得这么冒进了，冒进的下一步可能是冒险，冒险的下一步小梅就不知道了。

小梅的身体慢慢康复了，又开始硬着头皮到医院推销药品。有一天，小梅回到家，发现所有的小说全没有了。她赶紧打电话问钱忠利，钱忠利冷冷地说："那些都是毒品，我全部卖给废品站了，以后不要再沉湎于虚幻的生活中了！"说完，就挂断了电话。

小梅万万没有想到钱忠利这么不尊重她，泪水不由自主地涌了出来。

　　钱忠利晚上回家后，也没有向小梅道歉，只说了一句："不要再看小说了，把看小说的时间花在业务上吧!"

　　说完话，钱忠利倒在床上睡觉了。不到三分钟，房间里就响起了没心没肺的呼噜声。

一瞥、二瞥、三瞥

5月12号是护士节，郎主任想借护士节之名组织内分泌科全体医护人员到郊外做一些休闲活动。

郎主任有意把这个"情报"透露给钱忠利。钱忠利心知肚明，非常爽快地提出这次郊游的费用由他来赞助，他千恩万谢郎主任给了他一次表现的"机会"。钱忠利想让小梅一起去，到郊外放松放松，跟着一起散散心。心情不好的小梅执意不去，钱忠利只好一个人去了。他租了一部大巴车，准备了矿泉水和各式各样的小食品，喜气洋洋地领着医护人员驶向郊外。

现在的人就是喜欢凑热闹，像无头的苍蝇。村里人喜欢往县城挤，县里人喜欢往省城挤，这叫与时俱进。省城的人反其道而行之，喜欢往农村挤，这叫返璞归真。不然的话，高速公路也不至于那么拥堵了。

广东的五月原本是很炎热的夏天，但昨晚的一场瓢泼大雨把天空洗刷得湛蓝湛蓝的，像一张清秀明净的脸。虽然是阴天，但光线明亮，远处起伏的群山不像矗立在地上，而像印在天边的一群大象的脊背。阵阵凉风吹得大家心旷神怡。

郊游地点在东阳郊区的扶阳村，这里是国家新农村试点村，也是国家循环生态农业试点区。这个村建立了"渔、畜、沼、果（菜）、游"五位一体的循环生态农业发展模式。种植园里养了百万只肉鸡、千亩果园及蔬菜基地。鸡粪用来肥田，植物秸秆作为沼气原料……这个生态农业区也成了城里人休闲度假的好去处。

扶阳村外的山脚下有一座水库，很多休闲的人们喜欢在这儿垂钓。水库旁边是一排排丝瓜架，瓜藤上开满了一朵朵金黄色的花。辛勤的小蜜蜂一边嗡嗡地唱着歌儿，一边采着花蜜。丝瓜棚旁边是碧绿的西瓜地，一个个拳头大的西瓜躺在瓜蔓的臂膀里，朝阳之下，像一个个正在苗壮成长的胖娃娃。

扶阳村坐落在半山腰，房屋错落有致，倚山而建。一家家房顶上升起了袅袅的炊烟，放牛儿童优雅的笛声在山谷中回荡，令人迷醉。钱忠利突然想起了小时候爷爷教他的古诗："一去二三里，烟村四五家，亭台六七座，八九十枝花。"

远处的山峰环绕着一簇簇白云，像厚厚的棉花，像缥缈的宫殿，像奔腾的野马。曾经听奶奶说，一层山水一层人。那白云深处又是怎样的山水、怎样的人呢？莫非山的那边就是达官贵人孜孜以求的"天上人间"？

钱忠利从踏入社会闯荡以来，匆匆数年如过隙之驹。医药代表有点像狗屁特务，从来不分上班下班，难得这样放松。虽然钱忠利的家乡也在农村，但他从来没有感受到家乡有什么田园美景。一则是过去没有这份心情，二则自己的家乡的确没有广东这么美。他越看越不明白：都是农村，差距咋这么大呢？钱忠利以主人翁般的心态吮吸着田野的清新空气，欣赏着乡村恬静而美丽的晨景。

平时身心疲惫的医护人员的全身细胞也都活跃起来了。郎主任把大家分成四个小组，每组七个人。大伙在水库的旁边一字摆开，进行钓鱼比赛。郎主任、钱忠利、点点、方大姐、范莉、范医生、魏医生分到了一个组。

钱忠利平时负责东阳一院的业务，对东阳二院的医务人员不是太熟悉。他仔细打量着小组的每一位成员。

护士方大姐，一位四十多岁的女性，方面大耳，体态丰满，一看就是一位饱含感情的成熟女人。她面部表情丰富，连那红肿的下眼袋里似乎都荡漾着感情的潮水。哪个护士姐妹受了委屈，哪位病人遭受不幸，相信方大姐都不会吝啬自己取之不尽的热泪。

护士点点，听到这个名字，会让人联想到一位娇小玲珑的女孩。事实上，点点长得人高马大、膀阔腰圆，说话粗声粗气的。给女儿取这么一个渺小的名字，可以想象点点的爸爸是何等的低调。名字与外形放到一起，有点小马拉大车的味道。点点奇丑、奇黑，一看就知道是雄性激素分泌过多的那种女孩。点点也是天使——只要是护士，就是天使，天使不可貌相。

范医生应该是三十好几的人了，在科室工作了十多年，一看就是惹不起的主儿。他一脸横肉，横肉中夹杂着星星点点的雀斑。一米六的身高，矮而墩胖，从头到脚，结实得像一块块铁疙瘩焊接成的铁柱子。听说他的老爸曾经担任潮汕地区的公安局局长。或许从小受老爸的影响，范医生喜欢健身与户外冒险活动。范医生的另一个爱好就是一开口满嘴的脏话——或许也是爸爸熏陶的结果。范医生剪着小板寸，但后脑勺的头发却留得很长，像个鸭尾巴。刚分配来科室的时候，郎主任曾经劝说范医生把后面的尾巴剪掉。范医生却瞪着眼说："我一出生就留有这个鸭尾巴，没有谁敢剪这个尾巴，除非把我的头砍掉！"范医生与鸭尾巴共存亡的精神，让小学老师、中学老师、大学老师、再到郎主任，全都知难而退了。钱忠利相信，这个鸭尾巴也一定吓退过不少病人。

沉默寡言的那位是魏明医生。他出生于湖南西部的大山里，一个有名的出土匪的地方。魏医生很小的时候母亲就去世了，父亲一手把兄弟三人拉扯大，家庭情况可以与黑子家门当户对。他在衡阳医学院读完大学后回到县人民医院工作，待遇低得实在对不住亲爱的读者。他以狗急跳墙的精神考取了中山大学临床医学研究生。钱忠利纳闷，中山大学研究生毕业不用说到珠三角工作，即使混得再差，至少也可以到东阳一院工作啊。大家热热闹闹的时候，魏医生总是默默地站在一边，连水里的鱼儿也懒得搭理他。

尽管大家都不停地吆喝着张美女、李美女，但内分泌科真正称得上美女的，就数本小组的范莉了。范莉皮肤白净得像天边的朵朵白云，婀娜的身段像水库边随风飘摇的柳枝。这种尤物，属于看了第一眼，你就不由自主地想看第二眼的那种。钱忠利喜欢看美女，但他不会像某些男人，火辣辣地盯着美女，像穷酒鬼碰到了免费的茅台酒，恨不得一口就吞到肚子里去。钱忠利欣赏美女，有点像西方人品葡萄酒，喜欢分割成几个时间段，一瞥、二瞥、三瞥。钱忠利的心情不在钓鱼上而在钓人上。他盯着湖面，眼睛的余光却瞥在范莉身上、落在郎主任身上、扫在那一张张熟悉和不熟悉的脸上。钱忠利觉察到不仅他在范莉的身上一瞥、二瞥、三瞥，郎主任、范医生等男人也正在一瞥、二瞥、三瞥，而且次数丝毫不比钱忠利少。钱忠利在心里犯嘀咕，难道你们在科室还没有瞥够吗？还在这儿和我抢生意，简直太不像男人了！

当钱忠利准备鬼鬼祟祟地实施第四瞥的时候，范莉对着钱忠利一噘嘴，引起了钱忠利的无限遐想：因为我看她，她不高兴了？因为我看她，她害羞了？她对我也有那么一点意思了？经过考察，以上三个答案都不对。当时一只苍蝇在范莉的嘴上叮了一口，范莉用噘嘴的方式把苍蝇赶跑了。这只图谋不轨的流氓苍蝇，目前正在动物法庭接受审判。

从小在湖边长大的钱忠利一边熟练地操持着，一边笑呵呵地跟范莉开玩笑："我们的名字中都有一个'lì'字，看来我们很有缘分，你说是不是啊？"钱忠利说这句话的时候，漫不经心地看了范莉一眼，像微风扫过湖面一样。

范莉笨手笨脚地学着钱忠利撒鱼窝，嘴里笑着回答："发音都是'lì'，区别可大啦。你的'利'是利益的利，我的'莉'是茉莉花的莉，根本就是两回事嘛！"

钱忠利继续套近乎说："虽然字不一样，但本质都是一样的。你的'莉'就是多了一个草字头，就好比现在，你害怕晒太阳，比我多戴了一顶太阳帽而已。"

这句话不仅把范莉逗乐了，在场的人也都笑了。钱忠利没有想到自己这么有灵感，看来女人的漂亮能激发男人的灵感。趁大家眯着眼笑个不停的时候，钱忠利又忍不住向范莉瞥了一眼，脸上立刻布满了大男孩的乐呵呵的笑容……听郎主任介绍说，范莉是满族人，她的身上有着皇家血统，她的祖父是显赫的南下干部，只是到了她爸爸这一代有些没落了，没有给她营造一个更好的生活环境。"如果没有朝代更迭，小范目前应该是公主、格格之类的大家闺秀啊！"郎主任打趣道。

范莉用手扶了扶太阳帽，似乎想用太阳帽挡住脸。她淡淡地说了一声："嗨，哪儿呀!"

范莉声音不高，显得异常平和，听上去让人感觉到她谦虚得十分得体。

女孩子是一种奇怪的动物，她们像水库里的鱼。那些漂在水面的鱼，一个浮动的小鱼饵一下子把它们吸引过去了。比如不远处的那群叽叽喳喳的小护士，有个风吹草动就跑过去凑热闹。有些女孩子却像深水鱼，深得让你永远看不清她的面目，无论你用什么鱼饵她也不上钩，只有用网才能把她拉起来。

范莉算得上一条深水鱼，医院有很多医生都在追求她。听说在东阳二院公开亮剑追范莉的就有八位，号称"二院八怪"。他们使出了浑身解数，但招数使尽，范莉就是不接招，左右逢迎对谁也不冷不热，惹得"八怪"既要穷追不舍，还要捉对厮杀，已经被折磨得不像人样了。

范医生不属于"八怪"之列，但与范莉走得很近，那种只可意会、不可言传的关系。范医生不仅嘴巴上说是她的大哥，还常常以大哥的姿态把追求范莉的人拒之门外。科室的人都称赞范医生这个大哥当得好，是范莉的护花使者。但每位医护人员又心知肚明，这位护花使者其实对这朵鲜花也早已虎视眈眈，只是因为自己的年龄、外表、身高等硬指标与范莉相差太远，他知道凭他那几颗丑陋的牙齿无法啃动范莉的美貌，因此，他只能暂时保持克制，远远地吞着冰冷的涎水。否则，"二院八怪"早就变成"二院九怪"了。

为了活跃气氛，作为科室负责人的郎主任不断地挑起话题："小钱，你有女朋友吧?"

钱忠利瞟了范莉一眼，然后苦笑着说："我在外面飘荡着，哪里会有女孩子喜欢上我啊？郎主任手下美女如云，我这不正等着您来拯救我嘛！"

钱忠利不清楚自己为什么会说出这样的话来，或许因为本小组有一位漂亮的范莉。男人喜欢在漂亮女人面前有意无意地把自己说成单身。

方大姐饱含热情地说："钱老板长得这么帅，又有钱，看中了哪个美女就尽管告诉我。我给你做红娘，也好蹭一杯喜酒喝喝！"

钱忠利漫不经心地说："我倒是瞄准了一个……"

方大姐迫不及待地问："哪个？说出来吧！"

正说着，水面上的鱼漂晃动了，看来有鱼在吃饵了。钱忠利屏气凝神，一双深邃的眼睛紧盯着水面，用力一拉，钓起来一条两斤多重的鲤鱼。钱忠利随口说："就是这条美人鱼。"

正当钱忠利把大家逗得哈哈大笑的时候，鱼塘对面有人叫喊："点点，把鱼饵送一点给我吧。"

点点应声答道："好滴！"

点点这段时间和这个"滴"字干上了，开口闭口就是一个"滴"。本来是在女大学生口中传播的一个时尚字，落到点点口中就变味了。正在上钩的鱼听到"好滴"声也有些反胃，赶紧吐出鱼饵，丢盔弃甲，逃之夭夭。郎主任失望地松开了紧握鱼竿的双手。

——美女撒娇，男人倾倒；丑女撒娇，鱼儿晕倒。

郎主任放下鱼竿说："忠利啊，找女朋友时，不要以为找到优秀女孩就可以高枕无忧了。事实上，找到合适的人仅仅是万里长征的第一步。长征途中，少不了爬雪山、过草地、吃树叶、啃树皮，马虎不得的，任何闪失都可能导致前功尽弃，全军覆没！"

大伙哈哈大笑，有人起哄道："看来郎主任这辈子是经历过'长征'了。"

郎主任笑哈哈地说："当然啊！找到一个适合自己的女人，就等于请到了一位'终身家教'。学生的成就，在于家教的教育、引导和提升。优秀的家教就是把一位平庸的学生培养成优等生，毕竟世界上无师自通的天才太少了。一位优秀的家教不仅是婚姻的基石，更是事业的导师。有些学生过于贪心，同时请了几位家教，因教法不同，让自己消化不良。有些学生嫌终身家教过于枯燥，在外面参加了兴趣班。尽管社会对兴趣班深恶痛绝，但这种现象还是屡禁不止。"

有人跟着起哄："郎主任，您说得一套一套的，看来您家里一定有一位优秀的家教喽！"

大伙你一言我一语地斗起嘴来，整个水库荡起了欢乐的浪花。

但在这闹哄哄的场面背后，钱忠利却不显山不露水地又钓起了一尾金色的大鲤鱼。大家鼓着掌说："没想到钱经理是钓鱼的高手。"

钱忠利笑着应了一句："哪里，哪里，今天只是超水平发挥！"

丑女有难

因为郎主任对范莉关心有加，所以范莉在内分泌科很有优越感——这就是美女的资本。凡是领导关心的，一定是大家尊重的；凡是领导重视的，一定是大家礼让的。一般人都明白"两个凡是"的道理，因此，大家都亲切地称呼范莉为"范大小姐"。

内分泌科也有不明事理的人，这个人就是点点。凭点点的形象能够到医院工作，肯定是有后台的。有什么后台、多大的后台、谁是后台，除了段院长，谁也不清楚。

当郎主任和护士长第一次见到点点时，心中打了个寒战，嘴里抽了一口凉气。他们不愿意接纳她到内分泌科工作。郎主任含蓄地说："这个女孩看上去很粗心，担心影响咱们科室的医疗质量。"郎主任这个借口找得有些勉强，不能认为长得粗的人就一定粗心。

段院长耐心地解释："没有无能的士兵，只有无能的将军，关键看你们怎么带她了。"

郎主任笑着点点头，不再吱声了。护士长还以为段院长不开窍，着急地嚷道："段院长，这个女孩的形象太差了，有点对不住病人啊！我担心她值夜班时，把病人给吓坏了。"

段院长顿时发了火："这像一个护士长说的话吗？你平时的业务素质都跑到哪里去了？因为一个人的形象问题，你就推三阻四的。难道你不能学学郎主任的大局观吗？"

郎主任站在一旁坏笑，护士长也苦笑着点头。如此一来，点点就被安排到了内分泌科。

医务人员觉得和点点相处比和范莉相处更困难。美女发脾气无非是撒娇、任性之类，只要掌握了美女的这些特性，一般都能够和她相安无事。但点点这类丑女，发脾气不按常规出牌，摆出一副"我是丑女我怕谁"的架势，突然爆发起来，你根本摸不准她的哪根神经出了毛病。亲爱的读者，您终于明白了"无产阶级革命最彻底"的原因吧？

有一天，范莉值白班，点点前来接夜班，引发了一场美女与丑女之间的较量。

范莉下班前向点点交班："五床病人张大伯还需要给肾上腺素。今天白天实在太忙了，收了五个新病人，我还没有顾及过来。我晚上有点事，提前走会儿，你代劳一下吧。"

实习护士小黄赶紧搭腔："范姐，你走吧，我帮你干。"

点点关切地问："怎么？又要约会了，赶紧去吧。没问题！"

范莉娇嗔道："哪里啊，就是普通朋友吃个饭嘛。"说话间，范莉扭动着腰肢，消失在楼道口。

点点正在看交班记录，值夜班的范医生过来对点点说："急诊科转来了一个糖尿病重症病人，你赶紧做好收治病人的准备。"

一刻钟后，点点刚刚做完收治病人的准备工作，就听到了五床的呼叫铃声响了。她赶紧跑过去，张大伯喘着气说："小黄刚刚给我打了针，我突然感到心慌、头晕。"

点点赶紧查看病历，原来医生的医嘱是给张大伯用雾化器吸入肾上腺素，治疗他的哮喘病，实习生小黄连医嘱都没看清楚，就直接从静脉输入了肾上腺素。张大伯把事情反映给院方，护理部要求内分泌科写一份说明材料，并追究当事人的责任。

第二天中午，张大伯的儿子来到了医院。他得知用药不良反应之后，像英雄似的冲进了医生办公室，抓住正在值中班的魏明医生的衣领就是两耳光。可怜的魏医生平时赚的几个钱都寄回湖南老家去了，严重的营养不良，哪里扛得住这两耳光啊。魏明被打得两眼冒金光，满嘴都是血，连躲闪的力气都没有了。张大伯听见动静，急忙蹒跚地走过来，阻止了儿子的放肆行为。

张大伯的儿子之所以敢这么放肆，是因为他清楚打医生是不需要负法律责任的。他这么做，并不是孝敬老爸，而是因为刚刚打麻将输了钱，实在找不到可以发泄的地方。小医生，人见人欺的小角色。

半小时后，魏医生挨打的半边脸肿了，一个人躲在值班室里流眼泪。好事轮不到他，坏事躲都躲不过。郎主任以"规范用药"为幌子，鲸吞了魏医生的那份药品回扣，但对范医生这样的钉子户，郎主任却不敢惹。魏医生恨不得辞职不干了，到山里去种红薯！

魏明学医的背后是有故事的。娘患重病没钱医治，死了。后来爹又患了慢性肠炎，一天拉十几次。村医室只有土霉素，他大把大把地吃药但没有效果，最后拉出来的都是一粒一粒的土霉素。村医说："我没辙了，你到大医院去吧。"但魏医生的爹死活不同意，他对儿子说："你娘生病欠下的钱，我们还没有还清！"魏明便给村医磕头，磕得额头流血。村医怜悯他们，便捧着一本破旧的草药图谱到山里去采药，硬是把他爹的命从死神的手中拽了回来。爹让他学医，就是要让他做村医那样的好医生。

魏明当医生之前就告诫自己，要开良心处方，对得起爹娘，对得起那位善良的村医。但医院要求每个科室完成一定的业务量，郎主任把任务分摊到每个医生的头上，还用"临床路径"规定了哪类病人就得做哪些检查、用哪类药。魏医生感觉自己变成了一个木偶，一个只会写病历的机器人。魏明只能无奈地自我安慰：虽然我开出来的不一定是良心处方，但我的行为还是对得起我的良心。

下午，郎主任看到魏医生的脸肿得老高，一气之下就打了110电话。警察问了几句就离开了，临走的时候丢下一句话："医患纠纷，我们管不了。"郎主任无奈地拍拍魏医生的肩膀，无声无息地走了。

在护士站，护士长找范莉和点点调查事件的经过。

点点如驴咬萝卜一般干脆地说："都是范大小姐给实习生小黄交代的，是她们俩之间的事情，根本不关我的事。"

范莉反驳道："当时我是交代给你的，交班记录写得很清楚了，白纸黑字。在你的班上发生的问题，你就得承担责任。"

"那谁还敢做好事啊，两个班之间的工作谁说得清楚啊？"

"你班上出的事，你就要承担！"

"你交代得不清楚，你得负责任！"

"你凭什么说是我交代不清，拿出证据来！"

范医生听到吵闹声，跑到护士站假装取病历，过来探个虚实。范医生表面上制止范莉不要吵了，让范莉少说两句，但在语气上却明显袒护范莉。如此一来，点点有些接受不了，她不知道哪根神经出了毛病，突然指着范莉骂道："你这个无赖！"

范莉讥讽道："谁是无赖呀？你也不对着镜子照照自己的模样！"

点点冷笑着说："我的形象差，可没有你那么肮脏。别人当面恭维你'范大小姐'，背后谁不说你是个专门卖情放骚、勾引男人的狐狸精呢！"

点点此话一出，一群护士都捂着嘴偷笑起来，有两位憋不住笑的护士只好钻进了卫生间，尽情地"排泄"她们的笑……

范莉顿时脸色煞白，骄傲公主哪里受得了这般奚落，哇——的一声哭了，然后捂着脸跌跌撞撞地跑出了护士站……

过了好半天，范莉从郎主任的办公室走了出来。脸颊绯红，头发有些乱，呼吸不太均匀。但从范莉那欲掩半遮的神色来看，至少得到了倾诉与安抚。

范医生一直坐在护士站，想等范莉回来后安慰她一下。看到她以这种形象从郎主任办公室走出来，他只好悻悻地离开了护士站。范医生对郎主任在范莉身上动手动脚的龌龊行为极为不满，但又无可奈何。这年头，撑死胆大的，饿死胆小的。撑死有权的，饿死没钱的。

范莉走进护士站的时候，护士长的手机就响了。

"郎主任您好，是我。嗯——嗯——"护士长听完电话之后坚定地说："好的，我知道了，我会按照您的意思办。您放心吧！"

一周之后，护理部的文件发到了科室，内容如下："护士点点对实习生指导不够，致使实习生在工作中出现了严重错误。经护理部研究决定，扣除点点一个月的奖金，并给予全院通报批评。"

坚强的点点，终于流出了委屈的眼泪。

美女有难，英雄们抢着去救；丑女有难，只能开展自救了。

钓到郎君提前撤退

整个下午，钱忠利一直张罗着。他将邀请段院长和部分员工去金柜KTV唱歌。金柜KTV门前的两个金色美女雕像活灵活现，向过路人眉目传情，比KTV里的服务员还要勾魂。

当夜幕降临的时候，受邀的员工陆续来到了金柜KTV，男性基本上是科主任，女性基本上是能歌善舞的美女护士。郎主任和范莉自然也在受邀之列。钱忠利把气氛调动得恰到好处，他和在场的医护人员逐一交流，建立感情。钱忠利坐到范莉旁边，怔怔地看了她老半天。当范莉感觉不好意思的时候，钱忠利叹息一声说："范莉，说句真心话，像你这么高的素养、这么强的能力、这么好的外表，做护理工作实在太屈才了。"

听了钱忠利的这番话，范莉不置可否，只是苦笑着发出了一声叹息。这叹息声的音量把握得极好，仅仅让坐在她身边的钱忠利听到了，其他人都没有觉察到。这叹息声与钱忠利的叹息声搅和在一起，缠缠绵绵。钱忠利想，世上怎么会有这么动听的叹息声呢？这一招是小梅永远也学不会的，小梅只会唱土气十足的《南屏晚钟》。

在钱忠利同情的目光里，范莉不由得大倒苦水："干护士这一行，每天换水、拔针、加药，重复几十遍；枯燥工作、倒班生活、不被患者尊重的失落、付出与收入不相称，让我感到做护士是世界上最没有前途的工作。不是我没有爱心，任何人干这行时间长了都不会有爱心，都变得面无表情、声音生硬、感情冷漠，甚至面目可憎了。"

钱忠利问："你们为病人服务，看到病人康复，难道没有成就感吗？"

范莉习惯性地噘了噘嘴说："医生扮演着拯救生命的'超人'，而护士呢？却只是医嘱的执行者，是患者的服侍者。在医生眼里，他们是脑力劳动者，我们是体力劳动者；在领导眼里，医生是医院发展的核心，我们不过是漂亮的包装；对患者来说，他们尊重技术精湛的医生而不会尊重端茶送水的护士。"

钱忠利点点头说："那你认为护士的价值是什么呢？"

范莉继续吐苦水："其实在我身边有很多护理技术娴熟、素质良好、有爱心、有进取心的护士，她们同样为病人的健康作出了贡献。俗话说"三分治疗，七分护理"。可是在实际收入方面，医生的回扣却是我们工资的许多倍，这简直太不合理了！"

钱忠利笑着安慰范莉说："这个我清楚。你们年轻时多一些努力，资历高了不就可以轻松了吗？"

范莉哼了一声："那确实轻松了，背着行李回家了，能不轻松吗？医生是越老越值钱，而护士老了就没人要了。每个人在年轻时都憧憬着美好的未来，都渴望美好的生活，希望活得有意义，希望自己被关注。但护士在人们眼里只是吃青春饭的行业，护士老了就只能改行了。"

"其实在我看来，护士和医生是一样的。随着年龄的增长，护士的社会阅历、工作经验、处事技巧都会得到积累。对医院来说，也是一笔很大的财富呀！"

"话是这样讲，但现实却不是这样的。如果有一天不用再给护士评南丁格尔奖了，那就证明护士的地位提高了。一年树一个南丁格尔式的典型，丝毫改变不了中国护士的现状。"

说着，范莉就给钱忠利念了一首在护士间流传的小诗：

满腔热情技术学会，走上岗位受苦受罪；

医嘱要求三查七对，医生张嘴咱跑断腿；

深更半夜医生去睡，护士夜班不敢离位；

非典、流感提前到位，上班下班终日疲惫；

一日三餐时间不对，从早到晚比牛还累；

口头重视编制不给，工资不高还得纳税；

钓到郎君提前撤退，死守岗位后果狼狈！

钱忠利听得哈哈大笑，特别是最后一句，更是让他心猿意马。他不由自主地往范莉的身边挤了一下，心想郎君就在你面前，不用你钓，他就投案自首了！

在昏暗的灯光下，"一瞥、二瞥、三瞥"纯属多此一举，钱忠利放肆地直勾勾地盯着范莉，发出了很夸张的感慨："你太有才了！让你做护理工作，无异于让美国总统去做仓库保管员！"

范莉感觉碰到了钱忠利这样一个知己，真是太幸福了。在钱忠利哈巴狗一般的笑容面前，范莉又吐出了一桶苦水："我们的护理工作压力很大。社会对我们护士的要求特别高，可是在待遇上却又非常差，特别是值夜班，坐上一宿，两天都回不过神来。刚刚调整好精神，结果又轮到了下一个夜班。唉，真是好郁闷啊！"

在段院长深情的鬼哭狼嚎的掩护下，钱忠利继续对范莉说："你可以跟段院长说说，调到医院做行政管理，这样工作会相对清闲一些，而且不用值夜班了。"

范莉无望地摇摇头说："哪个护士不想去行政岗呢？但所有的人都盯着那几个岗位，没有特别厉害的关系是不可能调到行政岗的。你看看，工会的张姐是雷副市长的太太，人事科的吴科长是卫生局长的太太。医院的行政人员基本上都是女士，大都是官太太，有的过去也是做护理的，但一个个都脱离了护理岗位，大家都把医院行政楼叫做'太太楼'了。"

一桶桶苦水像迷魂汤，灌得钱忠利分不清东西南北，灌得钱忠利不知道今宵是何年。这是一个舒心的夜晚，一个花钱不心痛的夜晚。

美女就是十全大补丸

昨天晚上，钱忠利对范莉真的很有好感，并且希望和范莉之间发生一点故事。今天上午，钱忠利买了一本时尚杂志送给范莉。范莉接受了，是红着脸接过去的。

一周之内，钱忠利再也没有和范莉联系，他知道心急吃不了热豆腐，追得太紧，可能让女孩本能地逃跑。第二周，钱忠利原创了一条特别的短信发给了范莉："和漂亮的女孩交往养眼，和聪明的女孩交往养脑，和快乐的女孩交往养心。和你交往，嘿嘿，十全大补丸！"范莉马上回了短信："呵呵呵！"亲爱的读者，你别以为这三个字是空洞的笑声。如果你真是这样理解，作者将对你无比失望，你实在愧对了你的"情场老手"的称号。

钱忠利这段时间的业务特别忙，本能地把范莉淡忘了。一个月之后的某个晚上，钱忠利到病房给医生兑临床费，经过护士站的时候，他看见范莉在值夜班。晚上病房的事情很少，范莉低头在护士站看杂志。白皙的范莉穿着一件崭新的白大褂，像一朵盛开的白莲花。美丽的范莉真是要人命，狗屁钱忠利实在有些扛不住了。他退出病房，到楼下杂货铺买了一点零食，来到护士站。

范莉看见钱忠利来了，赶紧站起来打招呼，安顿钱忠利坐下。俩人一边吃零食，一边漫无边际地聊天。

说来也巧，小梅这天晚上也过来兑临床费，看见钱忠利与范莉在护士站有说有笑，醋意油然而生。她听不清楚他们在谈什么，但从他们的表情看，谈得很投机、很愉快。

小梅在医院实习的时候就很清楚，陪护士值夜班的男性，一般都是她们的男朋友。在基层医院也是默许的。护士三班倒，天昏地暗，不允许男朋友到医院来，护士只能变成老尼姑了。

钱忠利晚上回到出租屋，小梅装出若无其事的样子问："晚上你到哪里去了？"

钱忠利一边换衣服一边说："兑了几个科室的临床费。"

"都和医生在一起吗？"小梅本想试探一下钱忠利是否会撒谎，但单纯的她一开口就露馅了。

钱忠利赶紧补充道："顺便和科室护士聊了一会儿。"

"兑临床费还要找护士吗？"

钱忠利笑着说："这有啥呀，干咱们这行，各种人都要打交道。咱们多和护士交流一下，平时多联络联络，也能深入了解科室的情况。"

小梅酸溜溜地说："我看你坐在内分泌科护士站，跟别人聊得眉飞色舞的，我还担心你找不到回出租屋的路了呢！"

钱忠利一听，顿时声音也提高了："小梅，你这话是啥意思？除了你，我难道就不能和别人聊聊天吗？你要这么小心眼就没法做业务了！"

看见钱忠利这种态度，小梅生气了。她冷冷地说："我没见过像你这样看见美女就拔不动腿的男人，黏糊着人家磨磨唧唧的。你看见橱窗里的塑料美女眼睛都发直，你说我拿你还有什么办法？"

俩人随即陷入了冷战，钱忠利清楚自己不可能和小梅分手，小梅的身上有很多优点，是能够胜任妻子角色的那种女人。钱忠利在心里掂量着这两个女人：小梅是纯洁之美，是贤妻良母型的女人；范莉是妖艳之美，天生就是做情人的料。范莉有那么多的追求者，三分是因为漂亮，七分是有招蜂引蝶的本事。钱忠利的本意只是想和范莉玩一下逢场作戏的游戏。

　　一个星期之后，小梅和钱忠利的冷战渐趋缓和，小梅的嗔怪化做了窗外的绵绵春雨。但小梅把钱忠利看管得更严了。钱忠利在小梅的管教之下有些躁动不安——女人把男人管教得太严，男人就像野兔一样躁动不安；女人把男人管教得不严，男人就像野狗一样跑得无影无踪。唉，做女人真难！

　　钱忠利近一段时间心里痒痒的——想吃的果子，没咬到一口，总是贼心不死。他给范莉发了一条短信，邀请范莉去看一部好莱坞大片。范莉欣然接受了。

　　好莱坞就是好莱坞，电影的情节很好，男女主人公的事迹很感人，爱情甜美、热烈而真挚。不像国产片《山楂树之恋》的那种纯情：男女主人公在嘴巴碰到一起的瞬间，马上闪开了，好像对方嘴上涂了敌敌畏似的。观众差点被这狗屁纯情给噎死！

　　从电影院出来，他们沿着东阳湖畔散步，已经是晚上十点多了。钱忠利担心小梅打电话过来影响心情，索性把手机关掉。两人走得若即若离，偶尔身体还出现有意无意的碰撞——亲爱的读者，不怪作者没有创作新意，只怪钱忠利没有求爱新招，他的所有爱情都是这么"撞"出来的。在迈上一个台阶时，钱忠利主动伸出手拉范莉。范莉迟疑了一下，把手伸了过去。范莉的小手湿润、柔软，仿佛要溶化在钱忠利宽大的掌心里……钱忠利明白，只要范莉愿意伸手，剧情肯定会有下集。

钱忠利把范莉送到了医院宿舍楼附近，感情的潮水冲击着钱忠利理性的大堤。钱忠利情不自禁地抱住了范莉。猝不及防的范莉噘起了小嘴，钱忠利的嘴唇也在微微地颤抖。正当钱忠利准备用颤抖的嘴巴采取进一步行动的时候，范莉却推开了钱忠利，慌乱而羞涩地道了声"晚安"，一溜烟地跑进了宿舍楼。他们居然上演了一出《山楂树之恋》式的模仿秀。

男人要赢得女人的芳心，首先要为女人立功。几天后，钱忠利约段院长到月朦胧咖啡厅聊天。聊到尽兴时，钱忠利试探性地说："段院长，上次我陪内分泌科的医护人员出去春游，小范护士性格开朗，我看她的交往能力很强，让她做护士，稍稍有点屈才了。"

段院长笑道："你小子是不是对她有想法，如果真是这样，我就成人之美吧。"

钱忠利很苍白地敷衍道："只是普通朋友而已。如果段院长能帮忙，我代表她感谢您。"

段院长爽快地说："这个女孩我也了解，无论外在形象还是业务素质都不错。办公室现在正想加一个编制岗位，可以考虑让她做一些外事接待工作吧。"

钱忠利知趣地送上了三万块钱的感谢费。段院长离开咖啡厅，钱忠利马上给范莉打电话，说有紧急的事情让她马上过来。

范莉急匆匆地跑进来，问："什么事情这么急啊，像军令状似的，说来就得马上来。"

"你调动岗位的事情搞定了，段院长已经答应你到医院办公室工作了。"

范莉一听，高兴得跳了起来，兴奋地把钱忠利拥抱了一下，说："太好了！我真是太谢谢你了！前些日子路边算卦的就说我会遇到贵人，没想到还真灵验。你说吧，要我怎样感谢你呢？"

　　钱忠利盯着范莉性感的嘴唇，想说一句肉麻的话，但话到舌头尖上却拐了个弯："说啥感谢不感谢的，咱们俩还分谁和谁呀？"钱忠利的这句话表面上是说不必客气了，但却很巧妙地告诉了她应该怎样去感谢他。范莉心领神会地挽着钱忠利的胳膊，将脑袋靠在他的肩膀上。

　　正当两人热烈地满足对方饥渴的嘴唇时，小梅正急匆匆地赶往月朦胧咖啡厅，因为有一位医生约小梅到这里来兑临床费。虽然咖啡厅的人比较多，小梅一进门，眼神轻轻一瞟，就捕捉到了钱忠利的身影。钱忠利的那对探照灯眼睛完全聚焦到范莉脸上了，根本没有注意到小梅进来。钱忠利与范莉的嬉笑声刺破了小梅的耳鼓。

　　小梅躲在一株巴西木后面观察，她压着满腔的怒火给钱忠利发了一条短信："你在哪里啊？"

　　钱忠利移开了颤抖的嘴唇，草草地给小梅回了短信："在外面兑临床费，晚点回！"

　　看到钱忠利短信上的那个感叹号，小梅心口发痛。它像一把冰冷的匕首，直接刺入了小梅的心窝。小梅怒不可遏地冲过去，抄起桌上的酒杯，泼向范莉的脸。小梅为自己失控的行为感到惊讶——这既不是小梅的风格，又正是小梅的风格！

　　在范莉的尖叫声中，所有人的眼光都被吸引过来了。钱忠利脸上挂不住了，大声吼叫着让小梅回去。小梅顺手将桌上的东西都扒拉到地上，嘴里骂范莉是不要脸的东西。钱忠利的情绪有些失控，他抢起巴掌狠狠地扇到了小梅的脸上。

曲终人散

　　当小梅捂着脸哭着跑出咖啡厅的时候，钱忠利有些后悔了。他本想追出去，但当看到身边范莉像一只受惊的小白兔的时候，钱忠利忍不住坐下来安抚她。钱忠利有点左右为难，不用说钱忠利，哪怕研究了一辈子危机处理的男人遇到这种情况，同样也会狗屁头痛。

　　钱忠利送走范莉之后，醉醺醺地回家。小梅不在出租屋——没有小梅的家，就变成了冷冰冰的出租屋。她给他留下了一张纸条："钱忠利，感谢你带我到广东，感谢你带给我一段难忘的人生经历。我知道，我不适合你，就像我不适合做医药代表一样。我们的缘分到了尽头，我知道你的另一扇感情之门已经开启。祝福你，珍重！"

　　钱忠利没有想到小梅居然会不辞而别，他也没有做好分手的准备，即使提出分手也是他钱忠利的事啊，你狗屁小梅有什么资格提出分手呢？小梅的离去让钱忠利觉得太没有面子。他知道目前他和范莉之间只是一种本能的冲动，逢场作戏罢了，远远没有达到谈婚论嫁的地步。他狠狠地撕碎了纸条，把碎纸片扔出窗外，碎片在风中飘飘晃晃，像一群狗屁醉汉在跳舞。钱忠利的痛苦是爆发式的，愤怒的火花像礼炮一样射向天空，发出刺眼的光芒，散落到地上的丝丝灰烬是愤怒和耻辱。

钱忠利在房间来回走动，像一只刚刚被小松鼠扇过耳光的狮子。他突然看到桌子上还反扣着一张东阳二院的处方笺，钱忠利拿起来一看，原来是小梅写的一首小诗《爱过》：

> 爱情，
> 在心里慢慢褪去，
> 它不会再去打扰你，
> 不必因爱而彼此折磨。
> 爱过——
> 怀着羞涩，感受惬意，
> 曾经真诚，曾经温柔地爱过。
> 愿上帝保佑，
> 另一个人像我一样，
> 爱你。

钱忠利准备把这张便笺撕得粉碎。他犹豫了一下，没有撕，又把它扔回到桌上。钱忠利觉得，人生就是一场战斗，生活是残酷的，是远离诗歌的。他反感小梅的附庸风雅。

钱忠利仰面躺在床上，傻呆呆地盯着天花板。想着几天前，小梅还钻在他的被窝里，胳膊像蛇一样地缠绕着他，娇喘的热气从他的脸上飘过，痒痒的。那时他还想，如果他抛弃了小梅，她将没法在广东立足。他担心她租不起房子，担心她将精神崩溃。但没想到几天之后，小梅竟然说离开就离开了，丝毫没有商量的余地。哪个男人受得了这种羞辱？女人啊，你们是这么多变而难以捉摸，特别是那些爱写诗的女人。

他违心地认为，小梅根本不稀罕他，她与他同居无非是对他的一种利用。她的离开是早有预谋的，并不是因为范莉的介入所引起的。可能在第一次同居的时候，小梅就把这次恋爱经历当成了漫漫人生道路上的一出肥皂剧，她在表演肥皂剧的过程中，一直在追寻着另一出大戏的上演。他相信她已经有了另外的男人，并和那个男人至少在半年前就已经眉来眼去了。她的生活圈就是医院，他在记忆中搜寻着每一张脸——院长、医生，甚至病人，揣摩哪张脸和小梅最有夫妻相。

小梅消失了，钱忠利糊涂了。所有的推测，都是钱忠利的自作多情，小梅离开没有带走任何东西，包括她的化妆品和衣物，更不用说天边的狗屁云彩了。小梅离开他，就像把身上的灰尘轻轻抖落一样。钱忠利打了一场没有准备的仗，他还没有拿起武器就稀里哗啦地败下阵来。

钱忠利不稀罕她，他相信凭他现在的条件，一定能找回一百个这样的女人，干吗非要往她的怀里躺？胸部比她酥软的、皮肤比她细腻的、身材比她苗条的女人满大街都是。远的不用说，就说楼下加油站的那个女孩，他曾经动情地想，这么清纯漂亮的女孩怎么会选择这样一份油腻腻的工作呢？他相信石油一定会毁坏她的皮肤，他恨不得明天上午就去找加油站的女孩。更让他难忘的是医院门前炸油条的女孩。那个女孩的屁股大而且圆，还高高地翘起，曾吸引了多少男医生的目光。他和翘屁股女孩有过多次的目光对视，他相信她一定对他有深刻的印象。那翘屁股不是练瑜伽练出来的，也不是练健美操练出来。那个美啊，纯属偶然。那个女孩炸油条时需要居高临下，坐着一个很高的凳子。时间一长，高高挂起的屁股就翘起来了。翘翘的屁股，像两面性感的旗帜，在他的脑海里高高飘扬。他又想到了小媛，他知道他们的性格是很相配的，小媛的阳光让他感到浑身温暖，但朋友之妻不可欺。钱忠利想到这儿，觉得自己有点走火入魔了，赶紧打了自己两耳光。

钱忠利不明白，既然小梅不稀罕他，为什么还要和他在一起生活这么长的时间呢？钱忠利没机会问了，也不想再问了，他不是个什么事都必须搞清楚的人。如果他是一个想把什么事都弄明白的人，也不至于只考取洋洋淀医学院了。他也相信一知半解的人会取得更大的成就，因为这类人的思想永远不会钻进死胡同。但有一点他是明白的，想装糊涂都不行：小梅离开了他，永远也不可能回来了，甚至他们这辈子可能不会再见面了。钱忠利不会去打听小梅的下落，也不会找臆想中的那个情敌决斗。

钱忠利认了，但认了并不意味着心平气和，相反，他的心底刮起了旋风。当他想到小梅正和另一个男人睡在一起的时候，当他想到她正向另一个男人讲述药品黑幕的时候，他的愤怒，就像旋风一样越刮越猛，飞沙走石，横冲直撞——男人天生就是一群只准自己放火、不准女人点灯的自私动物。

钱忠利一个人来到小餐馆喝闷酒，醉醺醺地到酒店开了房。他看到客房墙壁上挂着蒙娜·丽莎的画像，从轮廓上看倒有点像蒙娜·丽莎，但色泽、神态却相去甚远。听人说，不管从哪个角度欣赏这幅名画，你都会发现蒙娜·丽莎在对你微笑。钱忠利围着画转了一圈，也没有找到蒙娜·丽莎嘴角上的那狗屁微笑。墙上的蒙娜·丽莎像是从聊斋中走出来的妖精，让人禁不住毛骨悚然。钱忠利取下画框，顺手扔到了床铺下。

钱忠利冲了个热水澡，足足冲了一个多小时。出租屋的热水没有酒店充足，更何况这里的热水也不用他另外付钱，这个便宜一定要占够——他的经济实力还处在爱占小便宜的初级阶段。他在热水中泡着，让热水抽去了身上的所有能量，然后拖着疲惫的身躯直接钻进了被窝……

一个噩梦接着一个噩梦，他梦见自己被公安局抓走了，梦见小梅把他的钱偷走了，又梦见小梅卡住了他的脖子，让他喘不过气来。床铺下的蒙娜·丽莎突然钻了出来，指着钱忠利的鼻子说："你们的狗屁缘分已经尽了，粗鲁的钱忠利配不上细腻的小梅，平庸的小梅配不上开放的钱忠利！"说完，蒙娜·丽莎拂袖而去，从窗口消失了。

钱忠利从梦中惊醒，吓出了一身冷汗。他万万没有想到狗屁蒙娜·丽莎也爱讲狗屁脏话。他赶紧开灯，发现床下的画框还在。他拿起画框扔到门外，把门反锁好。

第二天，钱忠利害怕那个狗屁蒙娜·丽莎再来骚扰。他换了一间房，又在酒店住了三天。他要让小梅的气味消除干净后再回去——不仅是房子，还有心情。

钱忠利从东阳大酒店走出来的时候，天凉飕飕的，他禁不住打了个寒战。流浪诗人正巧站在酒店门口，他对钱忠利说："天凉了，你要注意加衣服。"——毋庸置疑，流浪诗人是第一个感受到冬天来临的人。这句关切的问候从钱忠利脚下的涌泉穴一直温暖到头上的百会穴，钱忠利脱下身上的外套披到了流浪诗人的身上，对他说："你也要保重！"

　　流浪诗人正要推辞，钱忠利拍着他的肩说："别推辞了，我家里还有衣服。"

　　钱忠利转身离开，流浪诗人的眼中闪着晶莹的泪花……

投桃报李

广东的冬天就那么几天，冷空气的狗屁还没有放利索，春风就劈头盖脸地吹了过来。

范莉被调到院长办公室工作，搬进了"太太楼"，由"花领"变成了"白领"。投桃报李——范莉投入了钱忠利的怀抱，钱忠利抱着美女回家了。范莉从情人变成了爱人，在情人与爱人的问题上，男人往往把控不住，引出了很多跌宕起伏的情感故事。

钱忠利的手机响了一下，他拿出来翻看短信："忠利，你到广州来进货时带着小梅一起过来，咱们两家人好好聚聚，小美很想小梅。"短信是谢名贤发过来的。

钱忠利回复了两个字："吹了！"

"失恋了？别想不开，你到广州来，我请你喝酒！"

"没有失恋，又谈了一位。"

"你小子太不地道了，小梅多好的姑娘，你把人家甩了？"

"说反了，是她甩了我。"

谢名贤无语，良久回过来一个字："哦……"

钱忠利很快又变得春风得意了，他从一份恋情切换到另一份恋情是不需要过渡的。他对爱情创伤不是修复，像小梅这样的小女人不值得他动用烦琐的修复程序，而是像重新安装电脑一样把过去的东西统统格式化，不留痕迹，不留伤疤。

钱忠利和范莉确定恋爱关系之后，范莉很快搬出了护士楼，搬进了钱忠利的出租屋。钱忠利对她也有了进一步的了解。范莉并不是他所想象的文弱女孩，她是一位有思想、有抱负的女人。她很快就成了钱忠利的人生导师，正如辣妹包装贝克汉姆一样，全面规划他的人生。

在一次朋友聚会上，钱忠利向朋友吹嘘他的哥哥在 BJ 大学工作，朋友们马上端起酒杯祝贺："钱家兄弟个个都是好样的！"

钱忠利听了很受用，马上豪爽地连干几杯。范莉夺过钱忠利的酒杯，拖着有些醉意的钱忠利回家。

钱忠利斜躺在沙发上看电视。范莉一边给钱忠利倒开水醒酒，一边对他说："亲爱的，我对你有一个小小的建议。"

"什么建议？"

"我希望你以后不要在别人面前总提到你哥哥，你没有看到你吹嘘你哥哥的时候，你的狐朋狗友都在暗笑你呢！他们在想，钱忠利没本事，还想拿哥哥撑门面。男人有种，就自己做出成绩来！"

这句话让他有些清醒了，也刺伤了他的自尊心。他辩解道："哥哥有成就，做弟弟的自然会荣耀啊！"

"算了吧，他又不是你爹，你又不是富二代，也不是官二代，有什么值得炫耀的？"

"范莉，你不能这样挑拨我们的兄弟感情。"

"什么兄弟感情啊，现在大家都有了自己的家，各人的日子各人过，实实在在把自己的日子过好就行了。你把你哥哥捧上了天，我看他根本没有把你放在眼里。你哥哥每次打电话都像命令你似的，吩咐这，安排那。如果活在他的阴影下，你永远也不会做出成就的。"

虽然钱忠利嘴上还替哥哥辩解，但他从内心完全接受了范莉的观点。他不能总做围着钱忠厚转动的卫星，他需要建立自己的星球体系。从此之后，钱忠利再也没有在朋友面前提过钱忠厚了。

一个周末，钱忠利和范莉坐在出租屋的阳台上聊天。钱忠利对范莉说："我们很快要买房了，再也不用像流浪汉一样住出租屋了。明年你给我生小孩，咱们就这样安稳地过日子吧。"这种日子是小梅企盼的，如果他把这番话说给小梅听，她一定会流出幸福的眼泪。

范莉无动于衷，只是淡淡地回答："如果我想过安稳日子，我也不会找你钱忠利了。医院里有那么多医生追求我，找哪个都会更安稳。"

"那你想要怎样的生活呢？"

"你现在也不可能像钱忠厚那样到 BJ 大学去工作了，现在能证明你的就是钱。一个穷书生待在学校里，又有什么了不起的呢？你现在开始努力，我想你这辈子资产一定能做到二百个亿。我研究过成功企业家的发家经历，赚一百万很难，但从一百万赚到一千万很容易；从一千万赚到一亿很难，但从一个亿赚到二百亿并不难。咱们现在处于一千万到一个亿的最后一个困难期，经过了这个创业过程，我们前面将有光明的前景。"

"一个女人什么事都想争第一，哪个男人吃得消？"

范莉笑着说："你有一个适应的过程，终究有一天，你能把我的话吃进去消化了，你就变得强大了。"

钱忠利听到这句话，凑过去把范莉的耳朵轻轻地咬了一口，说："今晚我就把你吃掉！"

范莉在钱忠利的脸上回吻了一下，继续给他打气："用成功证明自己，那才算男人！"

钱忠利问："你今天好像一直在说梦话？"

"我真的说一段梦话给你听吧。忠利，你知道我为什么会选择你吗？你的工作不算稳定，社会地位也不算高，从现状来看，你还赶不上'二院八怪'。但我曾经做了一个梦，梦见自己一个人在野外爬山，看见一只巨龙趴在山坡上睡觉。我吓得拼命地呼叫，结果野外连个人影都没有。我的叫声惊醒了巨龙，巨龙翻了个身，我定眼一看，巨龙变成了你。因此，我相信你肯定与众不同。"

钱忠利装出生气的样子说："原来你不是看中了我，而是看中了那条狗屁龙？"

范莉拧了一下钱忠利的鼻子说："别酸溜溜的，好不好？你就是龙，龙就是你。我相信你在四十岁之前就会完成这个目标，我们先做药品代理，随后建药厂、做实业。将来我们的孩子继承我们的家业，做成中国的福特、洛克菲勒之类的百年老店。你的哥哥走到哪里都会说，我有一个怎样怎样的弟弟。那时，你一天的收入抵得上他一辈子的，你说谁活得更有意义？别以为 BJ 大学有什么了不起的，其实在那里捡垃圾的人多得是！"

这席话让钱忠利的眼前一亮。他没有想到一个文弱的女人会有这样的雄才大略。阳台上不经意的聊天确定了他一辈子的人生计划，这次谈话足以与那个狗屁"隆中对"相媲美。钱忠利又想起郎主任说过的话，娶了个老婆就是找了个终身家教。

女人创造了男人，女人激活了男人，女人磨砺了男人，女人让男人变成了一个有故事的男人……

热水袋

张铁军跟着钱忠利做了这么多年的医药代表，经济上确实有了一定的保障，但回首往事，他发现自己除了钱，竟然什么都没有。

有一次，张铁军、小媛和几位老乡一起吃饭，老乡问他做什么工作的。张铁军含含糊糊地回答："做销售的。"

过去，张铁军在朋友面前都是这么说的，大家也就不追问了。这次碰到了一位较真儿的老乡，非要问清楚是"销售什么的？"

张铁军吞吞吐吐了半天，最后只好无奈地摊牌："做药品销售的。"

对方大声笑起来："不就是医药代表吗？就直说嘛，何必弄得文绉绉的。"

笑者无心，听者有意，张铁军受到了深深的伤害。小媛却不这么认为，她说任何行业都有营销，有什么不好意思的呢？

又有一次，有两位医药代表在公交车上讨论他们给了医生多少回扣的事情，车上的人都用异样的目光看着他们。张铁军说他没有这个勇气。

夏日的某一天，小媛到郎主任办公室给他结算临床费。郎主任贼溜溜的眼珠子在小媛的身上打转，他突然一把抱住了她，嘴里暧昧地说:"陪陪我吧,这个月的临床费就免了。"郎主任说话间把小媛按倒在沙发上。小媛清楚,郎主任是她得罪不起的主,除非她不想在东阳做医药代表了。小媛一边反抗,一边打圆场:"郎主任,估计您是太热了,我这就去给您买雪糕吧。"还没有等郎主任反应过来,小媛就脱身溜走了。

小媛没有把这件事告诉张铁军,但郎主任这边的业务,小媛尽量让张铁军跟进。这年冬天,张铁军的妈妈患了重病,他匆匆忙忙回老家去了。没办法,小媛只得硬着头皮独自找郎主任兑临床费。

小媛推门进去,郎主任的脸色很难看,冷言冷语地问:"怎么这么长的时间不见了?我还以为你辞职了呢!"

小媛赶紧赔着小心说:"是老板把我调到其他市场去了,我刚调回来就跑过来看您了!"

听小媛这么说,郎主任的脸上立刻多云转晴了,可晴天没有两分钟又转成了沙尘暴。他凑上去拉着小媛的手说:"你知道这段时间我多么想你吗?嘿嘿,我想你想得都魂不守舍了。"郎主任一边说一边抱起小媛,把她按到沙发上。

小媛挣扎着说:"郎主任,您别这样。"

郎主任淫邪地盯着小媛坏笑,嘴里说:"没别的意思,今天太冷,我想抱着你取取暖。"

小媛强打着笑说:"郎主任,我又不是热水袋,怎么让您取暖啊?不如我去帮您买个热水袋吧!"

郎主任厚颜无耻地说:"超市的热水袋只能暖手,没法暖心。在我的心目中,你才是举世无双的超级热水袋!"

看来买东西这一招已经不灵了。郎主任早已锁好了门,准备强行脱掉小媛的衣服。小媛奋力反抗，试图用力掰开郎主任的手，但还是无济于事。

郎主任恼羞成怒地说："多少女人想给我，我还不要呢，你别不识抬举！"

郎主任随即从口袋里掏出了一沓钱，在小媛面前晃动："别给我装正经了，不就是钱吗？陪我一次，一千块！"

小媛被彻底激怒了，不顾一切地咬住了郎主任的手。郎主任闷闷地哼了一声，无奈地松开了小媛。小媛一边整理衣服，一边凛然不可侵犯地骂道："你这个老色狼，你给我等着，我要找你的院长！"说话间，双手捂着胸部的衣服往外逃。

小媛听到郎主任在后面骂她："小骚货！有本事你就去告吧！"

小媛哭着跑回出租屋，把实情告诉了钱忠利。钱忠利跺着脚骂道："郎明松真不是个东西！我要找人打断他的腿！"

小媛赶紧拉着钱忠利哭道："我们得罪不起啊！你做到今天很不容易了，和他闹翻，东阳二院的业务将会死去一大半。"

钱忠利扶着小媛的肩，在她的背上轻轻地拍动。小媛因为他受了委屈，还这么替他着想，让他很感动。他感觉小媛的气息通过他的双臂传遍了全身，他感觉他们之间形成了一个气息循环。

钱忠利情不自禁地搂住了小媛，小媛轻轻地推开钱忠利说："忠利，你要清醒一点。"

钱忠利很艰难地把自己的双手从小媛的肩上拿下来，走到窗边盯着出租屋对面的东阳二院。他不停地摇头，不停地吸烟，感慨道："这个药真的没法做下去了。"

小媛听到这句话，心上也是一阵阵刺痛，但却坚定地说："这个药还是要坚决地做下去!"

晚上,小嫒打电话把实情告诉了张铁军,张铁军接到电话后很恼火。两天后,张铁军从老家赶回东阳,要求马上辞职离开。在辞职的问题上,小嫒和张铁军出现了分歧。小嫒说:"有药品就应该有医药代表,做医药代表有什么不好的?正是因为有医药代表的推广,医生才明白新药的功效,才不会有鲁迅先生描写的用人血馒头治病的愚昧。"

张铁军认为:"药品是特殊商品,应该由国家统一采购生产。没有医药代表会减少中间环节。"

小嫒反驳道:"如果连医生都不知道药品的研究进展,病人就医还有保障吗?正如大家都在骂医生缺德,但谁又少得了医生呢?只要有产品,就应该有营销。"

钱忠利说:"淮南为橘,淮北为枳,好端端的营销到中国就变味了。我的观点介于你们俩之间,如果国家全部管起来,肯定效率低、质量差;如果关键环节没有控制好,又会出现不规范的竞争。我认为医药代表必须有,而且应该公开有,医药代表可以像律师一样,规范行为持证上岗,提供药品信息和物流管理,利润赚在明处。"

一直没有吱声的范莉笑着说:"两会上讨论看病贵的问题总是浮于表面的客套话。如果有你们这个深度,问题早就解决了。"

钱忠利说:"可惜我们不是两会代表,只是医药代表。"大家听了都笑了。

张铁军下决心远离药品销售,但小嫒却想不通,她想明明白白地给医生讲药品功效,自己赚得劳务费。张铁军和小嫒争执的结果是各行其道——张铁军离开了，小媛却留了下来。

钱忠利从中协调："你们同时离开，生活保障也会有问题。先让铁军尝试其他行业，打下基础之后小媛再离开也不迟，也给我留下招聘员工的缓冲时间。"

得罪不起的恩人

郎主任是钱忠利的恩人。恩人很生气，后果很严重。

一连几天，钱忠利给郎主任打手机，郎主任都是直接挂断电话。钱忠利只好找到了内分泌科病房，他远远地看见郎主任进进出出。钱忠利一直守候在楼梯的拐角处，一站就是一整天。他想趁下班的时候，拉着郎主任一起去吃饭，赔个不是。

下午五点多钟，内分泌科的医生和护士纷纷下班了，楼梯口人影晃动。钱忠利看到魏明医生走过来，赶紧跑过去打招呼，了解郎主任的行踪。魏明说，郎主任今天估计很晚才能下班，我看到他叫了一份外卖快餐。

钱忠利又等了一个多小时，等到医护人员下班之后，他才走进内分泌病房，直接敲开了郎主任的办公室。郎主任用手扶着门，冷冷地问了一句："有事吗?"语气冷得像冰疙瘩，好像他不认识钱忠利似的。广东人就像广东的天，说变就变。

钱忠利没有得到邀请，嘻嘻一笑就闪了进去，顺手扣上门。做医药代表，脸皮不厚一点，业务是没法做的。郎主任坐回到办公桌后面的椅子上，钱忠利赶紧给郎主任的杯子里加水。表面上看，钱忠利反客为主了；事实上，医药代表从来不敢拿自己当客人，总是把自己当仆人。

钱忠利看到郎主任的右手臂上还贴着两张创可贴，他猜测这是小媛前天留下的杰作。钱忠利忍不住笑了，随着笑声从嘴角漏出来一句话："大哥啊，您这么晚了还在工作，要注意身体啊！现在时间不早了，咱们一起出去吃晚饭吧。"

郎主任冷冷地说："我已经吃过了。"

钱忠利继续打着哈哈说："您劳累一天了，怪辛苦的。既然大哥吃过了，那咱们出去休闲一下？我这几天也忙得没顾得上看看大哥，今晚咱哥儿俩找个地方好好放松放松！"

郎主任不置可否，钱忠利心里顿时有了数，一把拉起郎主任就往外走。钱忠利开着车，郎主任坐在旁边，一起驶向让男人心驰神往的那个地方。

针对和郎主任之间的"误会"，钱忠利动用了烦琐的感情修复程序，他要把每一根情感的神经都要对接得天衣无缝。他动情地对郎主任说："我在东阳举目无亲，是大哥您把我当兄弟，才有了我的今天。"

郎主任紧绷的脸并没有放松，冷冷地说道："别讲客套话了，我也没帮你什么！"

郎主任不硬不软的防守让钱忠利感到有些棘手。

钱忠利再次动情地说："您上次给阿Q一个电话，就让我在东阳站稳了脚跟。现在医药行业都知道您是我大哥，别人照顾我的生意，不是别人给我面子，而是别人给您面子啊！"

郎主任还是挂着一张正人君子似的脸，一本正经地说："你也别乱打我的旗号，我是很注意个人影响的。"

钱忠利一不留意又给自己挖了另一个陷阱，他感到郎主任真是一块难啃的骨头。他唯唯诺诺地说："那当然，我做点小本生意算不了什么，大哥您在东阳可是德高望重的，小弟绝对不敢在您的脸上抹黑！"

　　郎主任漫不经心地说："你每天大哥长、大哥短的，嘴巴倒是叫得很甜，对我却没有任何帮助。我也不直接管病人，也没拿到什么好处。你看别人默生财药业、即兑现药业、心中有药业……虽然嘴上什么都不说，但别人做出来的事都是纯爷们！"

　　钱忠利心中暗暗叫苦，看来今天不放血是很难抚平郎大人心头的伤口了。钱忠利赶紧接过话茬儿："小弟也是知恩图报的人，只是苦于找不到报答的方式。您看这样行不行，凡是在内分泌科使用的红花注射液，我给您每支药单独再提一块钱。"

　　听到这句话，郎主任绷紧的脸终于放松了，但嘴上却假模假样地表现出顾虑重重："小弟太客气了，这样不太合适吧？"

　　"您对我的恩情不是用金钱能够衡量的，这只是一点心意而已。如果您再推辞，就没有把我当兄弟了！"

　　"那你就看着办吧。"

　　郎主任心头的纠结终于解开了。钱忠利猛踏油门，小车驶进了今夜良缘夜总会的停车场。

　　郎主任很爽快地拿自己开涮："也好，天气冷，找个热水袋抱抱！"

　　钱忠利跟着附和道："是啊，这里的热水袋个个都很精彩，个个都有特色，个个都是举世无双的超级热水袋！"

　　两个男人心照不宣地笑了。

　　钱忠利看到今夜良缘夜总会周围搭起了脚手架，工人用石灰水泥涂外墙，外檐上雕梁画栋的线条消失了，变得有些臃肿粗糙了。这样做文物保护，犹如一个粗俗的暴发户娶回了一个天生丽质、格调高雅、感情细腻的女人做老婆，表面上给了她荣华富贵，事实上叫践踏。

钱忠利想到"践踏"两个字，心中有一种爽歪歪的快感，赶紧拉着郎主任消失在观音菩萨的身后⋯⋯

和谐只是假面具

几年的光阴一晃而过，转眼又到了年底。钱忠利在范莉的协助下，生意做得顺风顺水，而且还当了爸爸。范莉给他生了个胖小子，取名号号，小日子过得狗屁滋润。

腊月二十四，钱忠利和范莉带着号号一起回老家。他们买了从广州到石家庄的软卧火车票，一家人是上下两个铺。范莉把下铺清理好之后，把号号放到了床上，又去清理上铺。她先仔细地检查床单，然后又用枕巾在床单上拍打，最后又把几根没有拍打下来的长头发一根一根地捡起来，头也不回地往下扔。对面下铺的一个男人正低着头清理物品，范莉扔下来的长头发全部掉到了男人的毛衣上，不知道这个可怜的男人回家之后如何向妻子自圆其说长头发的出处。范莉把床单清理干净之后，仍然没有善罢甘休，又拿出自己的床单和被套，铺到了床上……

如今火车提速了，绿皮火车都改装成了红皮火车。十几个小时就到了石家庄，同学开车到车站接他们回老家，钱忠厚、钱忠星两家人也早已回到了老家。

钱老六家里人丁兴旺——钱忠厚、妻子庄之宁及女儿妞妞，钱忠利、妻子范莉及三岁的儿子号号，钱忠星、丈夫程辉同及三岁的儿子壮壮。

一家人团聚，除了快乐之外，就是不和谐了。和谐原本是一件何等美好而又遥不可及的幻想啊！一群原本毫无关联的陌生人走到一起，让他们心心相通，让他们亲如一家，除非他们是佛是仙。

和谐只是一个假面具，撕掉面具，露出了不和谐的真面目。不和谐表现在各个方面。往小处说，是衣食住行；往大处说，就是价值观。例如，住宿方面，他们家是三间平房，在北方农村，中间一间是大厅，两侧是厢房。右边的厢房是一大间，装修很好，里面还配有空调，平时老两口住在这一间。左边的厢房用一堵墙分隔成了两小间，平时闲置着。只有春节子女们回家了，才清理出来。

三家人在一起，谁家住大间，谁家住小间，便是一个敏感的问题。自家人都好说，需要协调的是媳妇、女婿和孙子。妞妞已经十一岁，比较懂事了，庄之宁也是一位深明大理而又善良的女性，他们一家人很好协调。女婿程辉同是东北人，性情豪爽，也不会有问题。最让钱大妈揪心的是壮壮、号号和范莉三位嘉宾。两位老人权衡再三，决定把右边的厢房让给钱忠利一家人。钱忠厚和钱忠星两家人住在左边厢房。

团聚的第一个晚上，大家在右边大房间看电视、聊天、吃零食。到了晚上睡觉的时候，壮壮得知自己要到左边寒冷而黑暗的小房间睡觉，顿时又哭又闹："凭什么号号睡大房，我睡小房？我不干！"

看到小孩闹哄哄的，范莉为难地跟钱忠利嘀咕："不如我们一家明天住宾馆，把大房间让给壮壮一家。听说宾馆里装的是暖气片，我也担心号号被空调吹病了。"范莉的话表面上显示了自己的度量，暗地里却炫耀自己不差钱——你们争着要，咱们还瞧不上呢！

听了范莉的话，钱大妈表示不同意："那像什么话呢？回到家还要住宾馆。若是传出去，还不让村里人笑掉大牙？"

女婿程辉同赶紧出面打圆场说："二哥、二嫂，你们安心住着就行了，我和忠星都是北方人，我们家百分之百的北方血统，壮壮抗冻肯定不会有问题！"

就这样，一家人好不容易才把壮壮哄去睡觉了。

范莉从她的特大号箱子里拿出了床上用品，在已经套着被套的被子上又加了一层被套，在床单上面又垫了一层床单，在枕套上面又加了一层枕套。钱大妈皱了皱眉头，赶紧解释："床上用品都是我刚刚洗过的，没有人用过，你们放心用吧。"

范莉"哦"了一声，停顿片刻，继续把自己的床上用品套上去。钱忠利打着哈欠说："别折腾了，赶紧睡吧！"

夜晚很安静，天上的星星稀疏可见，偶尔传来狗叫声，更加衬托出乡村夜晚的宁静。在范莉的眼中，宁静就是沉闷。她翻来覆去睡不着，心中留下了不愉快的阴影。

钱忠星平时和范莉见面很多，和庄之宁见面很少。但她和范莉之间还是客客气气的，好像中间隔了一层东西；她和庄之宁却是一见如故，总有说不完的话。钱忠星有时也想和范莉亲热一些，范莉也想和这个小姑子搞好关系，但美好的愿望不等于美好的现实。钱忠星清楚，不管她多么努力，她和范莉之间的关系永远不可能像她和庄之宁那样亲密。范莉的笑容像北方冬天的太阳，看上去很灿烂，事实上却让人感受不到温暖。

钱忠利在家里仅仅过了两天就耐不住了。他在回家之前就一直在和县城的洋洋淀药厂联系，准备将自己代理的药品拿到县城药厂加工。

七年前的春节，钱忠利在家乡招兵买马。今年的春节，钱忠利准备在家乡安营扎寨。

钱忠利从同学那儿借了一部车，带着范莉、号号一起来到了县城。晚上，钱忠利给家里打来电话说，为了谈生意方便，他们一家人就住在县城宾馆了。事实上，从县城到家里，不到三十公里，开车回家只需要半小时的时间。

在接下来的几天里，钱忠利一家都住在县城，钱老六敲着旱烟杆骂人："这帮混蛋，大过年的不回家，这和待在东阳有什么区别呢？早知这样，还不如让他们别回来！"

庄之宁、钱忠星带着妞妞、壮壮在炕上打牌、讲笑话，疯得有些为所欲为了。钱忠厚或扛着铁锹到地里劳动，或悠闲地躺在炕上看书。范莉不在家，大伙突然感觉轻松自在了。

洋洋淀药厂

　　钱忠利一家三口开车来到了洋洋淀药厂。钱忠利一走进药厂大门，心都凉了半截。

　　残垣断壁的围墙圈了十多亩地，围墙角落有两排红砖平房——这便是药厂的全部资产。广场上杂草丛生，任凭季节打理它们的荣枯。一群麻雀在草丛里毫无顾虑地跳来跳去，误以为自己是这里的国王。墙体并不是干干净净的红砖，外墙打上了岁月的污垢，内墙打上了药液的污迹，斑驳得像一张张花猫的脸。

　　黄厂长满脸堆笑地迎了上来，这张笑脸让钱忠利不由自主地想到了一种化学物质——三聚氰胺。两栋房子，一栋算做办公区，一栋算做工厂。很多房间连门都没有，门楣上的砖也掉了许多，严格地说，这不能叫做"门"，只能叫做"洞"。窗户是用塑料薄膜钉着的。房间里杂乱地堆放着一些生锈的、疑似机器的废铁。寒风吹过，发出瑟瑟的响声，仿佛诉说着它的沧桑。在号号的眼里这里便是人间天堂，他兴奋地在草丛中穿来穿去，发出快乐的尖叫声。

　　厂区内晃动着十几号人影，这就是药厂的全部人力资源。她们都是本地的中老年妇女。在这儿干一天挣十多块钱，今天有活就叫你来，明天没活了，就没有你的事。厂区堆满了花花绿绿的包装盒，药盒上印着现代化的药厂，和眼前的实景形成极大的反差。

钱忠利不想和黄厂长谈合作，他想尽快离开这狗屁地方。范莉拉着钱忠利小声说："既然来了，谈一谈有什么坏处呢？至少让我们了解一下药品生产工艺嘛。"她很清楚，便宜的地方不会有好条件。

范莉拿出了一盒妇科消炎栓，问黄厂长能不能加工这类外用药。

黄厂长带着蔑视的神情瞟了一眼，说："这算啥啊，我们现在生产的口服剂技术含量要比这种药高得多，我们的产品质量不会比大药厂差。"

钱忠利不敢把红花注射液拿过来加工，外用药好坏也差不多，至少不会闹出人命。这种妇科外用药国家定价是每盒二十五块钱，黄厂长开出的代理加工费是每盒三块钱。

范莉表现出惊讶的样子："怎么可能呢？你们有多大的成本啊？不就是几个农民，一个月几千块钱就打发掉了。如果你想长期合作，就不能赚得太狠了。"

黄厂长急得直跺脚："三块钱还算高吗？哪里还有什么利润啊？只是大家老乡一场，想和你们交个朋友而已。"

范莉并不着急，平静地说："我们还有很多其他品种，一年给你的业务量将会超过一个亿。我只能出一盒一块钱的加工费。你掂量掂量吧。"

黄厂长又开始了太监般的尖叫："一块钱实在没法做，一瓶矿泉水也要三块钱啊，更何况是药哩！"

其实黄厂长说三块钱的时候，钱忠利完全能够接受，因为他们从正规厂家拿货每盒是六元。当范莉还价到一元时，钱忠利站在旁边都有些不好意思了。

范莉冷冷地说："如果你们有困难，我们就找其他药厂加工。周边几家药厂都在找我们呢，海淀县药厂已经和我们约好了明天见面。"

范莉说话间就站起身来，一手拉着号号，一手拉住了门把手，等着黄厂长的反应。黄厂长一下子就软了下去，赶紧挡着范莉说："最低一块五毛钱吧，留给我们五毛钱的喝茶钱吧，再低我们就亏本了。"

范莉装出一脸的无奈："我对药厂的生产非常熟悉，亏本只能说明你的成本控制有问题。我们卖药也不容易，我们还等着这五毛钱吃饭呢！"

黄厂长露出了三聚氰胺式的笑脸："有话好说，有话好说，你们别急着走啊。来了一趟，至少也交个朋友嘛！"

范莉松开了扶着门把手的那只手，笑着说道："你好好想想吧，是你们喝茶重要，还是我们吃饭重要。"

在范莉伶牙俐齿的交锋中，黄厂长最终让步接受了范莉提出的条件。回家的路上，一家人欢天喜地，这样的加工成本，意味着他们的产品在东阳市场将所向披靡。金钱这个恶魔，把钱忠利初进药厂时充满良知和正义感的眼睛挖掉了，换上了一双布满血丝的贪婪的探照灯。

钱忠利笑着说："你也太牛了，连五毛钱的狗屁喝茶钱都不留给人家。"

范莉洋洋自得地说："你今天领教到我的商业天赋了吧。你应该明白，找了范莉做老婆，二百亿的人生目标实在太低了！"

钱忠利长叹一声："哎，你今天让我明白什么叫做'拉门营销'

了，你一开门要走，黄厂长就紧张得狗急跳墙了。"

"是啊，我五分钟就能看透黄厂长的心思，知道了他的底牌，这叫做营销心理学。"

伴着欢笑声，破车在乡间小路上爽歪歪地奔跑……

天在下雪，人在读书

虽然钱忠利忙着谈药品代理加工，居然还忙中偷闲找到了小梅的家里。钱忠利对小梅已经没有怨恨了。一个人的成就越大，胸怀就越宽广。如果你当上了美国总统，心中就能装下太平洋。钱忠利想见见小梅，一方面可以解开当年心里的疑惑，另一方面经过多年的打拼，自己也算功成名就了，拜访小梅，满足一下自己的虚荣。

钱忠利买了一份礼品，敲开了小梅的家门。小梅一个人在家，天在下雪，人在读书，一切都在平静之中。小梅的父母在镇上的杂货铺忙碌着，临近春节，各家各户都在准备年货，杂货铺的生意特别红火。

小梅对钱忠利的来访感到意外，"钱忠利"三个字蹦到了嘴边，她又把它咽了回去。小梅只是淡淡地说了一句："你怎么来了？"小梅也为过去的冲动离去表示道歉，毕竟大家都曾经年轻过。事实上，小梅对钱忠利的发展了如指掌，毕竟小梅和小媛联系很多，但钱忠利对小梅的情况却一无所知。

小梅的书桌上摆着一本翻开的书，钱忠利拿过来一看，是世界名著《悲惨世界》。钱忠利没有读过这本书，他爱看武侠小说，觉得打打杀杀来得更直接、更痛快。

钱忠利讥讽道："像你这个年龄的女孩，看《悲惨世界》有些不正常吧？"

"有什么不正常的呢？"

"一个生活如意的女孩子，会看风花雪月的爱情小说。看到这样一个不能让人高兴的书名，她就懒得去翻了。"

"是的，一个生活如意的女孩会看言情小说；一个生活非常如意的女孩才会看《悲惨世界》，因为这里面有大爱。不信的话，送给你看看？"

钱忠利连忙摇头："不用了，不用了。现在我的生活状况还没有达到非常如意的境界，虚不受补啊！等到有那一天的时候，再来找你借书吧。"钱忠利想，不知他当初卖给收废品的有没有《悲惨世界》这部书。

得知小梅还是孑然一身的时候，钱忠利问："像你这样漂亮、有品位的女性还是单身，我真不明白。"

"你是恭维我，还是讽刺我？是同情我，还是在我的面前炫耀呢？"

"我也不清楚，或许都有吧。"

"如果是前三者，我都能接受。如果是第四点，我不能接受，因为我离开你从来没有后悔过，我坚信这是我人生走得最正确的一步棋。我不会羡慕范莉傍上了大款，更不会认为你找了范莉会有什么幸福。"

钱忠利看到小梅有些较真，赶紧岔开了话题："你还准备到广东去吗？"

"难道你想做面试官？"

"难道你不想来咱们公司上班吗？"

"不会的，上次离开是我辞职，而不是你辞退我。"

"虽然这个公司的名字仍然叫'钱忠利'，但却是完全不同的公司。东阳一院的业务彻底打开了，不可同日而语了。"

"我知道业绩提升了，钱老板有钱了，但骨子里的东西没有变。我上次离开就是因为骨子里的那些东西，而不是因为经营业绩。"

钱忠利脸上的笑容一下子凝固了、结冰了，冰上还有一层薄薄的雾，让小梅看不透眼前的这个人。

小梅认为，她是独居女人，但不是独身女人，因为她心中早已有了另一半。她相信自己的另一半正在某个地方苦苦地寻找她。她甚至在心里安慰他，慢慢赶吧，别太心急了，反正我是你的人，反正我在这儿等着你，不会被别人抢走的。

从小梅家里出来，钱忠利在村里没有碰到几个人。外出打工的人回家过春节的并不多了，一则是与家人电话、网络沟通很方便，真正实现了"天涯若比邻"；二则节省了交通费；三则省去了旅途的劳顿。古人云"小人怀土，君子怀德"，现在的年轻人，既不怀土，也看不出怀德，长辈们弄不懂他们怀中究竟揣着什么东西。

在这大雪纷飞的时候，留守老家的老人和小孩，除了吃饭、上厕所之外，整天都趴在炕上。村里很安静，一只狗低着头默默地从钱忠利的身边走过，不知道是懒惰，还是友善，连狗屁都没有放一个。

钱忠利这次见小梅，原以为可以解开心中的疑惑，没想到疑惑没有解开，还增加了更多的疑惑。

有人说，女人是水做的。但有些女人像茶，或浓或涩，总有一番滋味；有些女人像白开水，入口没有味道，却一天也少不了；有些女人像果汁，色彩鲜艳，营养丰富；有些女人像酒，喝多了醉人，喝少了怡人，不喝放着又惹人。范莉属于烈酒型的，英雄饮烈酒、骑烈马，这就是钱忠利的选择。小媛更像一杯果汁——没有添加防腐剂的纯天然果汁；小梅是哪一类女人呢？端在手中像茶，喝在口里像酒，粗略喝一口像水，回味的时候，感觉有点果汁的甜味。

哎！小梅呀，小梅……

山寨药不是假药？

钱忠利回到了县城宾馆，范莉忍不住盘问一番："你一大早跑到哪儿去了？"

"去看一个朋友。"

"为什么不带我们一起去呢？"

"早上看你们睡得很香，不好意思打搅你们。"

范莉心中有些不快，她隐隐约约地担心钱忠利和小媛之间会产生感情，但万万没有料到钱忠利使出了"明修栈道，暗度陈仓"的怪招。

大年三十的中午，钱忠利一家三口才回到钱家庄。两位老人心里肯定不高兴，眼巴巴地盼着一家人团聚，结果他们却住到了县城。钱大妈抱着号号亲了又亲，用对孙子的过度热情来掩饰对范莉的不满。钱老六坐在门边，不停地抽旱烟，不停地咳嗽，不停地敲打烟杆。家里人完全能读懂钱老六的敲打声，单调的敲打声好像在说：忠利，混蛋；忠利，混蛋。

老人明白，留在县城并不是儿子的主意，儿子也无可奈何。中国的儿子娶了媳妇，一类变成了暴君，一类变成了傀儡。钱老六也不清楚儿子属于哪一类。

范莉嘴上不停地抱怨钱忠利："你要做生意，也不能总拉着我们。好不容易和家人团聚，一天到晚谈什么生意啊？"在范莉的带领下，一家人集中火力攻击钱忠利。钱老六终于骂出声来："忠利，真他妈的混蛋，也没看你做出多大的事儿，一天到晚比总理还忙！"钱忠利盯着范莉，心中暗暗叫苦。

钱忠星拉着号号逗乐："小耗子（小号子），几天不见，我还以为你被猫吃了呢！"一句玩笑话把大家都逗得笑了起来，为一顿祥和的团圆年饭定了个基调。

除夕晚上，一家人围着电视机看中央电视台的春节联欢晚会。年年批评春晚节目办得糟，可大家年年还是看春晚，春晚渐渐变成了春节的文化元素。正如月饼难吃，大家中秋节还是要买月饼。文化有时候会变成精神枷锁。钱大妈没有太多的心思看电视，时不时地为大家准备零食，时不时地准备夜宵，时不时地逗孙子孙女开心。在她的眼中，一家人坐在一起，就是一台最精彩的春晚。

号号、壮壮熬不到新年的钟声就睡着了，也省去了争大房间的烦恼。

正月初一，除了带三个小孩放鞭炮，大家就是讨论钱忠利的生意问题。当得知钱忠利准备在洋洋淀药厂加工药品的时候，钱忠厚、钱忠星都表示反对，大家都投资了，也就有了话语权。

钱忠厚直奔主题表述自己的观点："药品是人命关天的事，做假药不道德。"

钱忠利辩解道："我生产的不是假药，这叫山寨药。你看看，现在哪个行业没有山寨玩意儿呢？我们这样做没有伤害别人的健康，只不过没有到国家药监局申报，省去一些费用而已。申报费用交上去，也是被那些贪官贪污了，老百姓也得不到实惠。"

"县城药厂的条件能和大药厂相比吗？我虽然不懂药品生产，但这些基本常识人人都懂。"

钱忠星也赞同钱忠厚的观点："咱们家里世世代代都是本分农民，不能做违法乱纪的事情。山寨药就是假药，我们没必要自欺欺人了。"

看到妹妹出面帮腔，钱忠利心里有些不高兴。不仅今天是这样，在他们很小的时候就是这样，每次两个哥哥之间发生争执，妹妹总是毫不犹豫地站在钱忠厚一边。钱忠利不耐烦地对钱忠星说："你每天待在学校又懂什么？现在哪里都讲究潜规则，除非我不做生意了。"

钱忠厚听到这句话也有些不高兴了，质问道："难道全中国的生意人都是在违法经营吗？"

钱大妈赶紧出面圆场："隔行如隔山，你们任命忠利当总经理了，还是由他作决定吧。"

虽然钱忠厚极力反对，但钱忠利依然我行我素地和洋洋淀药厂签订了代理加工药品的合同。钱忠利明白，自己的生意发展遇到了瓶颈，要上大台阶，必须放手一搏。洋洋淀药厂只是做来料加工，但贴哪个厂的标签，那是钱忠利自己的事。药厂不想承担法律责任。钱忠利把药品运到东阳之后，重新再做小包装，贴假标签。

这次南下东阳的时候，钱忠利还带去了几位村民做医药代表，包括黑子、菜花夫妇和钱忠华、钱忠荣等人，其中还有已经卸任的村支书钱百万。

几年的经验告诉钱忠利，在外面招聘大学生，大事做不来，小事又不做，实在难伺候。医学生做医药代表，不仅没有优势，反而变成了劣势。有些医生是吃荤不吃素，谁还愿意和你谈什么临床疗效，太老土了。直接一点吧，喝酒、唱歌、桑拿、旅游、购物，五选一或五项全能。这五项正好是进城先富起来的农民工的强项。有些农民工之所以高考名落孙山，主要原因就是把别人学习的时间花到这五项活动上了。山不转水转，终于派上了用场。

钱忠华、钱忠荣都是村医钱忠贵家的兄弟，大家不计前嫌，为了共同的事业走到了一起。

钱忠荣是家里的老大，身高一米五五，是兄弟四个中最矮小的，但家里大大小小的事情都由他拍板定夺。这么一个大家庭，如果没有这样一个舵手，在当地很难赢得一席之地。村民感慨，钱忠荣之所以长得矮小，原因是他一门心思地长心眼去了。因此大伙都叫他"智多星"。

钱忠华在兄弟四人中排行老二，身高一米八五，一双大手像两把芭蕉扇，伸出来能遮住钱家庄的半边天。在当时的年代，粗茶淡饭，长到这个高度已经很了不得了，在村里被大家称为"小巨人"。钱忠华不仅高大，而且结实，抗摔打能力非常强，绝对不是那个一碰就骨折的小巨人。陌生人永远也不会相信钱忠荣、钱忠华是一个娘生出来的。钱忠利招聘钱忠华过去，是作为特殊人才引进的。不仅做药，另外一个职责是给自己当保镖，他的底薪比其他人高出30%。

正月初五，钱忠利、范莉带着这批村民来到了东阳市。钱忠厚、钱忠星两家人也纷纷离开了老家，留下了钱老六、钱大妈两位孤独的老人。

寂寞的冬天渐渐远去，一个躁动的春天即将来临。

晨光医药公司

钱忠利和范莉途经广州拜访了谢名贤和小美。两人已经结婚，结出了一个大硕果——胖儿子。

钱忠利希望谢名贤也到东阳去和他一起创业。钱忠利知道谢名贤近期和广东省经理的关系闹得很僵，省经理站稳脚跟之后，逐渐用自己的亲信取代了万新奇的师弟师妹。

当钱忠利来敲门的时候，谢名贤正在出租屋里一筹莫展，因为省经理给他定了不可能完成的目标，间接逼他离开。钱忠利信心满满地说："我现在完全可以给你高薪了，放心跟我走吧。"钱忠利把在家乡代理加工药品的决定告诉了谢名贤，保证他们在一起能够赚大钱。

谢名贤爽歪歪地同意了。他们租了一部货车，连同谢名贤、小美的衣物、锅碗瓢盆全部装了进去。床铺和桌子卖给收废品的，换了两百块钱。

以后有谢名贤这样一个铁哥儿们给他全盘管理公司，钱忠利彻底放心了。钱忠利任命谢名贤做总经理，钱百万做总经理助理。奋斗了这么多年，也算搭起了一个公司的组织框架。他开始到处物色医药公司，药监局不允许注册新的医药公司，只能把经营不好的公司买过来。

他们很快买到了一家公司——晨光医药公司。

在儿女离家之后，钱老六和钱大妈心里空荡荡的。听钱忠厚说钱忠利干违法的事情，两位老人的心也提到了嗓子眼儿上。在钱家的家谱上，世世代代都是良民，从来没有出过犯罪分子。钱老六对钱忠利放心不下，他抽掉了最后一袋旱烟，自言自语地骂了一句："一辈子让我闹心的混蛋！"

钱老六跟在钱大妈的后面来到了火车站，他们准备到东阳去看个究竟。站台上的人稀稀疏疏，找到了事儿的进城农民工，正月初就离家了；没有找到事情的农民工，一般要正月底才离家，因此，这几天正好是春运旺季中的一个间歇期。

北方的冬天，一个寒潮接着一个寒潮。钱老六、钱大妈穿着大棉袄、大棉裤，蜷缩在站台的角落里。他们习惯把一只手伸到另一只手的袖口里，手臂在胸前形成一个圆。钱老六突然想起了一首诗："碧玉妆成一树高，万条垂下绿丝绦。不知细叶谁裁出，二月春风似剪刀。"

钱老六感慨道："二月春风似剪刀。这是什么剪刀啊？这寒风像砍刀一样，直接砍到人的骨头缝里去了！"

钱大妈特别担心钱老六讥讽她没文化，赶紧附和道："是啊，这个诗人也太没文化了，简直是胡说八道。"

"话也不能这么说，只能说明诗人不是北方人，不知者不为过啊！"

"那他也不能这么写啊，他应该写清楚，南方的春风似剪刀，北方的春风似砍刀啊。"

正当两位老人在讨论剪刀与砍刀的问题时，火车缓缓地驶进了洋洋淀站。钱老六和钱大妈也随着人流被卷进了火车——一辆最慢最便宜的绿皮火车。第一次出远门的老人一直盯着窗外的风景，讨论沿途的村庄与自己家乡的区别。经过几十个小时的旅途，他们终于来到了广州。一走下火车，两位老人才发现，广州已经是夏天了，还来不及脱掉棉衣，就热出了一身汗。

钱大妈一脸疑惑地问："春天在哪里？"

钱老六不屑地瞧了钱大妈一眼，忍不住又要抒情了："这就叫做时代的列车，一下子从冬天来到了夏天，这就是年轻人说的'穿越'。你懂吗？"

钱大妈有些不高兴了，反讥道："这个谁不懂啊，不就是妞妞说的那种吗？你坐公交车时，突然发现前排坐着秦始皇，后排坐着诸葛亮。"

两位老人一出站就看到了前来迎接的钱忠利。远远望去，钱忠利像一座黑塔矗立在火车站出口。母亲最容易从一群人中识别出自己的儿子，更何况自己的儿子长得又这么有特点。钱大妈背着他大学时期的行李包，花白的头发在脑后盘了一个大大的髻。钱老六背着一个蛇皮袋，腰间还系着一根麻绳，脚上穿着钱忠利的一双破运动鞋。这位钱家庄自命不凡的老才子，到了广州街头，一眼就能被城里人认出来——不过是一个地地道道的农民。

钱忠利是自己开车来接父母的。为了送货及接待方便，他买了一部丰田皇冠车，是在二手车市场买来的，花了十多万块钱。用买桑塔纳的钱买回了一部六成新的皇冠，觉得很合算。平时一向晕车的钱大妈这次突然不晕车了，坐上自家车，感觉神清气爽，两位老人饶有兴趣地欣赏南国的风景，南方的树木高大，树叶也大，从植物形状就可以看到南方改革开放的胸怀。

钱忠利兴奋地告诉父母："业务发展非常快，春节一过，每个月的利润突破了十万，等于一年一个百万富翁。"

父母看到儿子的成就自然也是兴奋无比——成功冲淡了两位老人在家里的那种担忧。钱老六发话说："越是做得好，就越要稳健，路遥才能知马力啊！"

两位老人到了东阳，钱百万、钱忠华、钱忠荣、黑子、菜花、小媛等人夹道欢迎。谢名贤在小酒馆里定了一桌菜，准备隆重地欢迎两位老人。谢名贤和老人也很熟悉，在上大学的时候，他和钱忠利就经常相互串门。

钱大妈第一眼居然没有认出菜花。不是钱大妈老眼昏花，而是菜花太花哨了。眉毛描得漆黑漆黑，嘴巴涂得血红血红，头发烫得蓬松蓬松。爆炸式的头发迎风招展，像一棵实至名归的菜花。家乡这帮男人都穿着西服，皱巴巴的西服像他们饱经风霜的脸，这身打扮正好表明了他们的处境与心态。钱大妈的目光在小媛的脸上足足停留了两分钟，又忍不住看了看范莉，好像要把两个年轻女子作个比较似的。

大伙走到酒店门口，看到流浪诗人正在那儿乞讨。钱忠利把他拉进了酒店，让他和大家一起吃饭。

谢名贤主持酒会，他端起酒杯首先发话："这杯酒有两层含义，一方面对远道而来的伯父、伯母表示欢迎；另一方面对忠利带我们发财致富表示感谢……"

钱忠利赶紧制止谢名贤："你都说到哪儿去了，都是不分你我的好兄弟，这样说就见外了。没有你的帮助，哪有我钱忠利的今天呢？"大家一起喝彩，端起酒杯一饮而尽。

钱忠荣斟满酒站起来，用舌头舔了舔嘴角说："我也敬大家一杯。我钱忠荣之所以有今天，感谢钱家的前辈和兄弟。"大家又稀稀拉拉地站起来，一饮而尽。

流浪诗人喝得满脸通红，指着酒瓶子大叫道："蓝色大曲酒厂应该请我做策划总监！"

钱忠利疑惑地问："为什么？"

"你看这是多么差劲的创意啊！这个酒厂到处做浪漫广告，但这个酒名又多么缺乏浪漫劲儿！'海之蓝'，一个让诗人倒胃口的名字。"

钱忠利知道流浪诗人又要发表高见了，赶紧问他应该如何改。

"应该改为'海蓝蓝'，有重叠音才会有韵味啊。"流浪诗人把话锋一转，露出清高的神情说："即使他们请我，我也不会去，因为他们根本没有资格聘请李太白！"

钱忠利眼前浮现出了蓝色大曲酒厂的广告画，一位穿蓝裙子的女子把一瓶酒藏在长裙子后面，吊男人的胃口。"爆炒走山鸡喽！"服务员的吆喝声打断了钱忠利的思绪。流浪诗人指着这盘鸡说道："走山鸡，多好的名字，好就好在一个'走'字上了。不仅动感，而且性感！但我到周边的山上看过了，除了我在那里走动，根本没有见到一只走动的鸡。名不副实才是商家的本事！"

黑子看到这个乞丐穿着破旧的衣服，蓬头垢面，胡言乱语，同情地说："这疯子太可怜了。"

"你才可怜呢！我是世界上最快乐的人！"

"凭什么你认为你比我快乐呢？"

"因为有个天才每天陪着我，和我讨论诗歌！"

"谁啊？"

"这个天才就是我呀！"

菜花赶紧拉了黑子一把，小声对黑子说："你不要和这个疯子讲话了，小心他发酒疯打你！"

钱大妈走到钱忠利身边小声说："你把这个讨饭的赶走吧，他坐在这里，大家怎么吃饭啊！"

钱忠利给流浪诗人夹了一点菜，打发他离开。流浪诗人拿着一个酒瓶子，爽歪歪地从这群农民的耻笑声中消失了。

菜花端起酒杯正准备敬酒，黑子赶紧把菜花按到了座位上，对着菜花说："大老爷们的事，你掺和啥？"又转头对大家说："我不会说客套话，在座的各位都是我的恩人，我先干为敬了。"大家还没有反应过来，黑子的酒已经下肚了——他一辈子就是喜欢打没有准备的仗。

大家在相互敬酒的时候，小媛和钱大妈一直在一旁嘀咕着，她们用方言聊天，不时发出会心的笑。范莉坐在旁边，一句也听不懂，也插不上话。范莉心里很不舒服，她找个借口提前离开了。

小媛也想站起来敬酒，钱忠利抓住她的手把她按到椅子上。他对大家说："这又不是国宴，别弄得这么别扭吧。你们还是拿出在钱家庄喝酒时的那股拼劲，随意地喝，敞开肚子喝！"钱忠利的一句话让这群农民回归了自然，紧张的喉咙一下子松开了三个公分，咕咕声此起彼伏。

酒足饭饱之后，大伙陪两位老人一起到钱忠利的出租屋去。钱忠利一家在高档小区里租了一套三居室。从外面看，房子很漂亮；走进一看，里面却像个狗窝。除扔着的衣物、垃圾之外，到处都是药品。这套出租屋也是药品加工厂，从老家运过来的药品在这儿贴标签、做包装。

老人也不好意思抱怨儿媳妇，毕竟创业阶段大家都很忙。菜花最大的优点是有主人翁精神，最大的缺点就是主人翁精神有点过火——

从来不拿自己当外人。平时大家在这儿做包装时，范莉总是把卧室门锁着，这次总算开门了，好奇的菜花一头扎进了卧室，又是整理衣柜，又是清理床铺。范莉皱着眉、噘着嘴，对菜花说道："菜花姐，别麻烦你了，我自己来吧。"热心的菜花没有读懂范莉脸上的不快。因为在很多农村人的眼中根本没有"隐私"这个概念，到别人卧室乱窜，甚至随意躺在别人的床上小睡一会都是家常便饭的事。

北方有个药厂的营销做得好，业绩也很好，老板形容自己药厂的业绩时说："早晨开出去一辆桑塔纳，晚上开回来一部奥迪。"钱忠利形容自己的业绩："早晨推出去一辆自行车，晚上骑回来一辆摩托车。"

菜花原本是带过来帮忙做饭的，黑子是过来打杂的。"蜀中无大将，廖化当先锋"，黑子和菜花夫妇被推上了药品销售的前线。钱忠利万万没有想到，夫妇俩像两部黑色的推土机，只要他们碾过的地方，没有摆不平的。夫妻俩大大咧咧、性格豪爽，只要是赚钱的事啥都愿意干，无论赚多赚少，每天都乐不可支，嘴边常挂着一句话："再差也比种地强！"

在公司年终总结会上，菜花获得"巾帼英雄"、"三八红旗手"的光荣称号，黑子被评为"感动医生十大人物"、"最有价值的医药代表"。在业务拓展上，夫妻俩你追我赶，比翼双飞。

包装加工就是在客厅里摆了几张长条桌，在药盒上贴上标签，再装进小包装盒中，一百盒一件，装进大纸箱。出租屋里到处都堆着药，连厕所里都放得满满的。钱老六看到之后，皱了皱眉头，心中掠过了一丝不快。

钱家庄的这群农民很快就适应了广东潮湿的气候，也习惯了这种赚钱模式，只有钱老六是个例外。他一个人坐在阳台上，眼睛盯着远方，不经意地用旱烟杆敲打着栏杆。到广东之后，钱老六没有旱烟了，只好改抽过滤嘴香烟。这根旱烟杆就像婴儿嘴里的安慰奶嘴，钱老六一直把它紧紧地攥在手里。虽然香烟赶不上旱烟有劲，但有总比没有强。远离了家乡，日子就凑合着过吧。

钱老六对钱忠利的制假行为非常不认同，但也不能像在老家那样张口就骂钱忠利。一则钱忠利也是有老婆的人了，二则他还要指望钱忠利给他买过滤嘴香烟。抽了别人的嘴软，没办法。

钱忠利也给父母解释："药品是密封的，不会受外面环境的影响，绝对没有问题。"钱忠利信誓旦旦的表态让钱老六稍稍得到了一点安慰，哪怕这点可怜的安慰是自欺欺人的。天底下有哪个做假药的会承认自己是昧了良心呢？

钱忠利每月从家乡拉过来一车散药，今天出货两箱，明天出货三箱。看到一箱箱药出去了，钱大妈很有成就感。她的时间也排得满满当当，一辈子没有这样充实过。说也奇怪，过去在老家没有做太多的事，反而还腰酸背痛，现在一忙活起来，腰不酸了，背不疼了，腿也不抽筋了。她早上起床后做早餐，接着送号号上幼儿园，回头帮忙贴标签，还要负责出入库登记。

时间充裕的时候，钱忠利和范莉也送号号上幼儿园。这天早晨，他们带着号号上幼儿园，看到流浪诗人远远地跟着他们。范莉对钱忠利说："那个乞丐好像在跟踪我们，为了号号的安全，你以后要离他远一点。"

范莉的这句话倒是提醒了钱忠利。他突然感觉到流浪诗人好像总是有意无意在他常去的地方出现，一有机会就凑上来和他搭讪。但他相信流浪诗人的意识是清楚的，本质是善良的。他安慰范莉道："放心吧，我们很多年前就认识了，这个人不是一般的乞丐，是个怀才不遇的好人。"

"我不清楚你和这种人来往有什么好处，那天聚餐你居然把他也叫过去了，真让人倒胃口！你以为他是你哥啊？"

"这种小事你就别管了，每个人都应该有一点活动空间吧。"

业务员白天都在这儿贴标签或者给医药公司送货，晚上就到医院去推销药品或给医生兑临床费。钱老六偶尔也参与一些工作，但在主动性方面就差远了。钱大妈忍不住抱怨钱老六："孩子们这么忙，你也得帮帮手吧，不要整天坐在阳台上发呆啊！"

自从在洋洋淀药厂代理加工以来，钱忠利的生意做得有声有色。过去从药厂拿货的时候，成本占了20％，现在代理加工成本只占8％。别小看这12％，在靠回扣营销的时代，哪怕多1％的回扣也会对医生产生巨大的效应。

美国的一只蝴蝶偶尔扇动了几下翅膀，阿富汗就刮起了一场龙卷风——这就是蝴蝶效应。钱忠利深信这个理论，也尝到了蝴蝶效应的甜头。当利益的蝴蝶不停地扇动翅膀，一场龙卷风也在蓄势待发……

客大欺店

　　钱忠利代理的妇科消炎栓由过去的每月三百盒上升到了三千盒，占领了东阳大部分妇科外用药市场。钱忠利从正规厂家拿货量还是保持在原来的三百盒，增加部分是他在洋洋淀药厂加工的山寨药。他必须保留着妇科消炎栓的代理权，才能鱼目混珠地把自己的假药掺进去。

　　他给医生的回扣从原来的20％提高到40％。医生们疯狂地爱上了妇科消炎栓，他们提起笔先写这个药，然后再考虑其他药——即使病人带的钱不够，要反悔也只是去掉后面的药。妇科消炎栓一下子变成了包治百病的灵丹妙药。有一次，一位粗心的医生写顺了手，居然给一位男病人也开了一盒妇科消炎栓。

　　小媛已经被提拔为主管了，她不用直接和医生打交道，只是对这帮农民医药代表做一些基本医学知识的培训。小媛很不认同钱忠利加工假药的行为，私下找他谈过很多次。她认为做药如做人，要堂堂正正。

　　钱忠利也认为小媛说得对，做人做事要长久一些，不能急功近利。钱忠利回家和范莉一说，范莉警觉地问："是谁给你出的馊主意啊？"

　　钱忠利心虚地说："我自己想出来的。"

范莉说："应该是小媛告诉你的吧？这个女孩子表面装出一脸的天真无邪，心里的鬼点子特别多。"

钱忠利无言以对。他不清楚范莉为什么一眼就能看透他。撒谎是钱忠利的强项，想象力又是他的短板。他常常在范莉面前深一句浅一句，爽歪歪地编造着蹩脚的谎言。他感觉自己在范莉和小媛之间摇摆不定，完全没有了自己的主见。在摇摆和跌撞之中，爽歪歪地积累着财富。

妇科消炎栓是广西柳沟制药厂生产的产品。柳沟制药厂是个国企，经营业绩不好，管理散漫。他们凭借政策优势申报了几个比较有竞争力的新药，找一些经销商做代理。每个省派上两个商务经理负责药品招商及市场管理。

商务经理注意到医生不停地开妇科消炎栓，但就是不见销量提升。由于中药外用药的技术门槛并不高，不仅是钱忠利，而是所有的经销商都在私自加工妇科消炎栓。药厂只要有效扼制这种私自加工行为，销量肯定能够像孙悟空翻跟斗一样，翻番、翻番、再翻番。药厂领导经过周密布置，重新制定了《药品代理管理办法》，准备邀请经销商到广西开会，用这套制度来制约经销商的行为。

春节刚过，柳沟制药厂给经销商们发出了烫金的邀请函。为了让经销商积极参会，他们把会议地点定在桂林风景区，还承担经销商的交通、食宿费用。经销商踊跃报名参会，钱忠利和范莉也应邀参会了。

上午，药厂的金总描绘了公司的美好前景，希望经销商和厂家同舟共济，共创辉煌。金总在台上讲得热血沸腾，经销商在台下鼾声如雷。随后，主持人公布了"全国十佳经销商"，由金总颁发奖杯和荣誉证书。全国销售冠军熊大麻子月销售达到了两千多盒。

熊大麻子作为经销商代表上台发表获奖感言，他深情地说："尊敬的柳沟市领导、药厂领导、各位经销商朋友：我首先代表全国经销商同仁对药厂给我们提供的事业平台表示感谢，在代理妇科消炎栓之前，我只是一个普通农民……"

范莉问钱忠利："农村还有'不普通'的农民吗？"

钱忠利说："有一个，那家伙叫做赵本山。"

熊大麻子继续在台上热情洋溢："我在代理柳沟药厂的药品之前，脸朝黄土背朝天，一年收入只有几千块钱，生活都过不下去。自从代理了消炎栓之后，年收入突破了十万块钱……千言万语汇成一句话，柳沟药厂是我的再生父母！"说到这里，熊大麻子热泪盈眶。脸上的麻子一闪一闪的，像眨眼的星星。

范莉小声对钱忠利说："如果我们不私自加工，上台发表获奖感言的就应该是你了。"

钱忠利笑道："山外有山。不用说两千盒，在座的经销商绝对有完成五万盒的，只是大家没有从药厂拿货而已。"

钱忠利实在扛不住这肉麻的获奖感言了，溜出去用香烟熏掉身上的鸡皮疙瘩。

中午，药厂安排了盛大的酒会。柳沟市政协副主席专程赶到桂林致祝酒词。经销商都感到纳闷："酒会一般是安排在晚宴上，为什么要把酒会安排在中午呢？"接待方解释："副主席晚上还要参加另外一家公司的剪彩。"查一查中国白酒的销量，就知道这片土地上有多少"副主席"、"副主任"、"副会长"……为了"高半级"的荣耀，为了主席台上的一把椅子，为了一杯酒的陶醉，浑浑噩噩地活着，活得都不知道自己是谁。

经销商想，有酒就喝吧，喝免费的酒肯定错不了。在药厂雇用的一批酒仙的带领下，酒会从一个高潮升级到了另一个高潮。经销商喝得醺醺大醉。喝酒的场面要比上午开会的场面热烈得多。

下午，销售经理宣布《药品代理管理办法》，拿货价提高了，还要交市场保证金，对于私自加工药品的经销商要进行处罚。打瞌睡的经销商一下子清醒过来，台下的嘈杂声盖过了台上的宣读声。金总走上台去，让大家静一静。金总特别希望上午获奖的"十佳"站出来作正面舆论导向。但熊大麻子一直坐在那儿，一个劲地埋头抽烟，好像要用香烟熏掉身上的鸡皮疙瘩似的。

经销商们纷纷表示这是一个不平等条约，不能在"卖经销商条约"上签字，谁签字谁就是"卖经销商贼"。金总没有想到会出现这种局面，只好让大家再考虑一下，明天上午再签字也不迟。金总想用晚上的时间再找几个大经销商谈谈，让他们带头破解这个僵局。

晚餐没有了醉人的酒，甚至没有安排桌餐，仅仅安排了简单的自助餐。会务人员解释："考虑到大家开了一天会，比较累，让大家简单吃一点，早点休息。"

吃过这顿垃圾一般的自助餐，经销商的火气不打一处来。钱忠利回到房间，接到了熊大麻子的电话："忠利兄弟，这个合同不能签啊，咱们都是利益共同体，不能单独和厂家签订合同。我们要联合到一起和他们谈判。没有我们，他们的药厂早就关门了。忠利，我们要成立经销商工会，维护自己的权益，我这里起草了一个《联合声明》……"

钱忠利按照熊大麻子的建议，赶紧跑到他的房间去签字。经销商纷纷在那份《联合声明》上签字。《联合声明》要求厂家降低供货价、提前垫货，减轻经销商的资金周转压力。

局势完全没有像药厂预定的那样发展。药厂领导与经销商工会代表沟通之后，无奈地接受了经销商的要求。药厂花了几个月精心制定的《药品代理管理办法》并没有套住经销商，反而被经销商工会的《联合声明》套住了。结果就是这么一出喜剧，柳沟药厂摆了个鸿门宴，经销商唱了一曲"杯酒释兵权"。常言道：没有那金刚钻，就别揽瓷器活。

正当钱忠利把人生的辛酸苦辣统统交给桂林山水的时候，南方的风儿又捎来了新的烦恼。钱百万打来电话："忠利啊，蛤蟆集团要停止给我们供应红花注射液了，东阳二院断货了。你赶紧回来吧！"

店大欺客

钱忠利和范莉急匆匆跳离游船，订了两张飞机票赶回东阳。

钱忠利回到办公室，看到了蛤蟆集团发过来的传真："鉴于其他市场的红花注射液的销量以火箭的速度增长，而东阳市场的销量以蜗牛的速度爬行，本集团决定：如果下月拿货量不能提高 30％，我们只能让贵公司代理东阳一院和二院，其他医院将重新招商……"钱忠利赶紧打电话到蛤蟆集团协调，但对方说没有协调的余地，制度是针对全国市场的。蛤蟆集团是国内响当当的制药集团，不可能像柳沟制药厂那样任人摆布。

钱忠利得知阿Q近期又代理了一种新的改善微循环药——葛根注射液。看来阿Q想把这类中成药做透，形成垄断。阿Q利用丹参注射液做低端市场，再用葛根注射液做高端市场。葛根注射液价格昂贵，给医生的回扣也高。对于有钱的病人，医生就诱导他用葛根注射液——一瓶液体能赚上二十多块钱的回扣。没有钱的病人，榨不出油水，就直接用便宜的丹参注射液。医生摸透了病人的心理，阿Q摸透了医生的心理。

红花注射液两脚都踏空了，红花变成了枯叶——陪衬阿Q的一片枯叶。蛤蟆集团又发来最后通牒：如果三个月之内销量上不去，将取消钱忠利在东阳的代理权。

范莉着急地问钱忠利："我们把红花注射液也拿到洋洋淀药厂去加工吧？这样总的成本下降了，我们把医生的回扣提高一些，红花注射液就会高端、低端市场通吃，阿Q哪里是我们的对手呢？虽然我们在妇科外用药方面打败了阿Q，但我们是捡了芝麻、丢了西瓜。"

钱忠利表示反对："那怎么行？你也看过了洋洋淀药厂的情况，那么简陋的条件能做静脉药吗？"

"我知道有风险，但哪个暴发户的第一桶金能见阳光呢？如果我们失去了红花注射液的代理权，我们连房租、工资、医生回扣都付不起，就只能退出药品市场了。"

"但这个风险也太大了！"

"我给黄厂长打个电话问问吧。"

范莉拨通了黄厂长的电话，询问是否能加工静脉药。

黄老板得意地说："范美女啊，你们的妇科消炎栓救活了我们厂子。现在条件改善了很多，院子里的草除去了，门窗也安装好了。欢迎你们回来检查工作呀！"

"我问你能不能加工红花注射液？"

"能不能？当然能啊！不就是一味中药的提取物嘛，我们厂过去生产过类似的中药针剂，放心吧！"

"闹出人命可不是好玩的，质量就是生命。"

"咱们真是谈到一起了，难道你没有看到我的办公室墙上挂着'质量就是生命'的口号吗？这句话就是我们的厂训啊。为了让你放心，第一批药我就给自己注射，我老黄以身试药还不行吗？"

挂断电话，范莉对钱忠利说："应该不会有问题。只要我们做上两年，那我们就有了抗风险的能力，我们的实力就是现在的十倍。我们将用两年的时间走完阿Q十年的路，不找捷径，就不会有突破。事到临头需放胆！"

钱忠利正在犹豫，范莉已经打电话谈价格了。很快谈妥了每支两块钱的加工费，而这个药从蛤蟆集团是每支十块钱拿货的。利益让钱忠利下决心做委托加工了。他知道，从多出来的八块钱中拿出四块钱给医生，销量可能是现在的二十倍了。还用得着在这儿苦苦挣扎吗？

钱忠利仿佛看到了一只蝴蝶在他的眼前扇动翅膀。范莉安慰道："你放心吧，至于质量问题，我会常常提醒黄厂长的。"

钱忠利还是有些不放心，他拨通了黄厂长的电话："黄厂长，我郑重地提醒你，做药就要做狗屁良心药，红花注射液不能出半点纰漏！"

"钱总您说得太对了，和我想到一起去了，做药就要做良心药！我正想把这句话写出来，挂在我们厂区，作为药厂的经营理念呢！"

两位老人坐在房间里听着儿子、儿媳在阳台上谈话，都为他们捏了一把汗。钱老六在房间里不停地敲着旱烟杆，几次想出去劝劝儿子，也想暗示一下范莉，不能太怂恿自己的儿子冒险。钱大妈拉住钱老六说："你一大把年纪了，又懂什么呢？年轻人的事我们少插手。现在是他们的时代了，我们不能用老观念去影响他们。"

钱忠利信心倍增，站在阳台上不断地挥舞拳头，仿佛自己变成了范莉梦中的那条狗屁巨龙。每到关键时候，都是范莉一锤定音。他甚至认为，上帝派她来，就是专门帮助他成就大业的。如果自己是巨龙，范莉就是舞龙人。

钱忠利第一批私自加工的红花注射液刚刚进入医院不久，中药注射液就出事了。北京市药监局公布了两例因鱼腥草注射液致死的病例，武汉市出现了七名注射鱼腥草致死的病例。中药注射液一下子变成了人人喊打的过街老鼠。

鱼腥草事件在钱忠利的头上浇了一盆凉水，他一个人坐在东阳湖边的亭子里沉思。他经过一番思想斗争之后，终于下决心停止假药的生产销售，打算收回各医院的假药，到公安机关去自首，这种英雄主义气概才是血性钱忠利的本色。正当他在热血沸腾的时候，他听到了远处有小孩的哭叫声，这时他又想到了号号。为了号号，他一定要作出成就，给孩子一个光明的未来。中国家长都是同一个狗屁德性，再苦、再累、再委屈、再赴汤蹈火、再行尸走肉，为了孩子，也得好好地赌上一把。想到这些，钱忠利不由得打消了一闪而过的收回假药的念头。

事实上，社会就是一个大赌场。上帝派你来到这个赌场，你只能扮演三种角色：庄家、赌徒和旁观者。庄家是最后的胜利者，他不需要有能力，但一定要有平台，并且心狠手辣。很多庄家只会打哈欠、挖鼻子、念稿子，除此之外，就是不厌其烦地数钱。旁观者只能甘拜下风，老老实实地做个顺民，在暗淡无光之中苟延残喘。如果你不能做庄家，又不甘心做旁观者，那就只能赌上一把。赌徒80％的可能会输，20％的可能会赢，赢了也别沾沾自喜，今天是20％的赢家，明天可能就成了输家。赌徒一定要保持头脑清醒，不要一时性起，误以为自己是庄家。如果你连这三类人都不想做了，那只能告诉上帝："我宁可进入十八层地狱，也不想来到这狗屁人间。"

正当钱忠利在胡思乱想的时候，一位七十多岁的老人走进了亭子，坐在对面石凳上剧烈地咳嗽，不停地喘气。从老人虚弱的身体就可以判断他的人生旅途不会久远了。钱忠利忍不住问了一句："老大爷，咳嗽这么厉害，怎么不到医院去看病啊？"老大爷喘着气答道："看过了，还输过液体呢，但就是不见好转。"钱忠利不敢问老大爷用了什么药，因为红花注射液主要针对老年人，他担心自己的假药没有疗效，让自己的良心受到谴责。老大爷感慨道："人生就这么几十年，差不多就行了。"他相信老人的话是他一辈子的人生感悟，值得钱忠利借鉴。是啊，人生就是几十年，何苦为了那二百亿的人生目标折磨自己呢？达到二百个亿又能怎样呢？也不同样是一张床、三顿饭吗？钱忠利觉得老人就是一部哲学书。

钱忠利回到灯火通明的家，也随之回到了现实。他觉得他还需要拼搏，为自己加油，为家族争光，不能因为老人的一句话让自己也变得老朽了。在笑贫不笑娼的现实社会，他必须用钱证明自己，现在他还没有懈怠的资本，没有读哲学书的资格。

邪恶的钱忠利和正义的钱忠利不断地在歼灭与被歼灭之间进行着拉锯战。

鱼腥草的警钟

两会期间，二十多位法律界、医疗界委员向大会提交了《应当对中药制剂实行上市后再评价》的提案——一条多么鲜活的提案！

在国家药监局的一次专家讨论会上，某位教授一针见血地指出："我坚决要求禁用类似鱼腥草注射液这样的中药提取针剂。目前国内市场的抗菌药至少有三百多种，鱼腥草注射液完全可以被替代。鱼腥草被广泛应用就是因为背后的利益链。"

五一长假，钱忠厚买了火车票，借着两会的春风奔向广东。他知道红花注射液和鱼腥草注射液一样，也是中药提取物。在家乡洋洋淀药厂加工将有很大的安全隐患。

五一的阳光是明媚的，火车上是一张张热情洋溢的脸。但钱忠厚的脸拉得长长的，春风吹不散脸上的愁云。钱忠厚清楚，按照资产评估，他的股份可以折合一百万元以上，但他没有一点高兴。他心里很不踏实，一则为弟弟担心，二则担心牵扯到他和妹妹，更主要的是心理上过不了良心关。

钱忠厚来到了 ZS 大学，想听听钱忠星的意见。钱忠厚担心自己的偏见影响了钱忠利的事业发展。结果钱忠星也赞同钱忠厚的观点，甚至比钱忠厚更激进，说如果钱忠利执迷不悟，她就准备撤出自己的股份。

五月三号，钱忠厚和钱忠星一起坐大巴车来到了东阳市。范莉很热情，哥哥长、哥哥短，热情得让钱忠厚的心里有些发毛。

兄妹三人出现了激烈的争吵，钱忠利铁了心要做假药——聪明人钻进了死胡同，九头牛也拉不回来，因为有些聪明人不仅自信，而且自负与自私。钱老六坐在一旁抽闷烟，一声不吭。他肚子里的那些古诗根本派不上用场，因为古诗文没有描述过鱼腥草注射液致死的事例。钱老六不插话的另一个原因是他自己的思想也在进行激烈斗争。他心知肚明钱忠厚的观点是对的，但在现代社会中，钱忠利的行为是符合生存法则的。

从规范意义上说，他们三人的争论是股东决策上的分歧。理论上应该采纳钱忠厚与钱忠星的意见，因为他们是大股东，但很多家族企业都是情大于法。

五月四号，一家人吃过早餐又开始讨论药品经营问题。经过一个晚上的思考，每个人都有了自己的定论，现在是摊牌的时候了。

钱忠利对这种药品代理加工的违法行为不以为然："大家做药都是这样的。你不做，别人也会做，不会因为你不做，假药问题就能解决的。"

钱忠星斩钉截铁地说："别人制售假药那是别人的问题。别人抢银行，那我们也去抢银行吗？我完全不赞同这种强盗逻辑。"

"正规批号的药厂同样在制假，国产的口服药和进口口服药的疗效是天壤之别，不是技术问题，而是诚信问题。"

"对我们来说，至少正规批号药有法律保障。如果你不从正规药厂买药，我声明退股。"

一个问题又引出了另一个更大的问题：因为合资经营了这些年，没有分过红。生意做得大、战线长，需要的资金更多，目前无法进行资产评价。况且所有的资金全部压到医药公司那里了，根本不可能有现金让他们退股。

范莉听到钱忠星的这句话，脸涨得通红，胸部剧烈起伏，好像安装了两颗随时可能引爆的手雷。她认为所有的利润都是他们带来的，所有的风险也是他们承担的，提到股份，她没法接受。她突然站起身，走进卧室，重重地摔上房门。随着关门声，股东们不得不休会。

整个夜晚，钱忠利的心里就没有坦荡过。他不是不知道自己这样做太缺德了，但如果按股份给兄妹分红，他确实有些困难——要把自己口袋的钱拿给别人，的确比登天还要困难。他感觉两个钱忠利又在打仗了——邪恶的钱忠利残害他的思想，正义的钱忠利给他疗伤。自残一会儿，疗伤一会儿，一直折磨到天明。

早晨，范莉看到钱忠利红肿的眼睛，推断出他的心理矛盾。她抛出了一句话："是他们先不仁，我们才不义的。没有什么难过的！"

这句话帮助邪恶的钱忠利一拳打倒了正义的钱忠利。

酸菜瓶里的猪头

经过一个晚上的调整，那扇紧闭的房门缓缓开启，范莉若无其事地招呼兄妹吃早餐。当钱大妈还在厨房收拾碗筷的时候，大家不由自主地讨论药品加工了。

范莉说："事实上，当初的五十万是不够运作的，连买这个市场都不够，都是我从娘家借钱来运作的。如果分股份，那我的娘家应该算第一大股东。"

话说到了这个份儿上，火药味一下子又蹿起来了。这时，钱老六也从远眺之中收回了目光，呆滞的目光变得有些活络了。他从阳台上走回客厅，坐在钱大妈旁边。

钱忠厚反驳道："你们娘家什么时候占了股份，不应该今天才说，应该在参股时得到其他股东的认同啊！"

钱忠星冷笑着说："当初我们兄妹凑钱开公司的时候，大家还不认识你呢！"

范莉转过头问钱忠利："你们兄妹三人当时的股份情况签过股东协议吗？"

这个问题事实上是说给钱忠厚和钱忠星听的。听到这句话，钱老六开始了剧烈的咳嗽。钱大妈悄悄地掐了老头子一下，钱老六才止住了咳嗽。

看来范莉昨天晚上就想过钱忠星会提出这个问题，早已准备了杀手锏。她的反手一击，让钱忠星毫无还手之力。范莉清楚兄妹三人的股份只是口头协议，没有文字证据是不足为凭的。

钱忠星昨晚却没有想过这个问题，她没有想到范莉会耍无赖。话说到这个份上就没有亲情可言了。

在钱忠星与范莉交锋的时候，钱忠利一直默默地坐在一旁抽闷烟，他朝钱老六递过一支烟，钱老六摇摇手，没有接过去。

钱忠厚对钱忠利说："你说个解决方案吧。话讲到这个份儿上，再搅和就没有意思了，我也要求退股。"

钱忠利看了钱忠厚一眼，没有回答。因为他认为不用回答了，范莉说得很清楚了。

钱忠厚拍着桌子站了起来，紧逼着问："钱忠利，如何退股，你给个说法吧！"

钱忠利装出很无奈的样子说："当初你们投资的钱是用来买市场的，前期的钱就是买了这两家医院的市场费用，不行的话，我把当初买的代理权还给你们？"钱忠利明白哥哥妹妹不会来做药品生意的，即使他们想做也做不了，因为关系牢牢控制在他自己的手上。

钱忠星问："能不能把近几年运作的账目拿出来清理一下？"

"没有账，给对方红包、回扣，能做账吗？是赚是亏，我们也不清楚，钱全部投到市场上了！"范莉一口回绝，没有给钱忠星留下任何回旋的余地。

钱忠厚听到这句话，指着范莉吼道："你们太无耻了，太不尊重人了！三岁的小孩也应该知道合作的基本原则！"

钱忠星知道大哥为人刚正不阿，担心事态扩大，赶紧拉钱忠厚坐下。

"你们太张狂了，居然找到我家里来骂人！"范莉摔碎了手里的玻璃杯。玻璃砸在瓷砖上发出清脆的响声。在座的人都感到意外，钱老六也是火爆脾气，但从来也没摔过东西。这一举动开创了钱家吵架史上的先河！范莉气冲冲地跑了出去。

钱忠星对钱忠利说："你真是娶了个活宝，我们钱家都被她搅乱了！"

钱忠厚对着钱忠星说："你也不能怪别人家的人，自己家的也不是好东西。夫唱妇随，一丘之貉！"

在钱忠厚、钱忠星到东阳之前，钱大妈就一直提醒钱老六要装聋作哑，她警告道："手心手背都是肉，我们什么都不要说。"现在钱老六实在憋不住了，对着钱忠利骂道："你太混蛋了！你当时缺钱，哥哥妹妹帮你，你竟然过河拆桥了！"

钱忠利反驳道："他们都有体面的单位，我呢？我只能用钱证明自己，我不会让步，哪个发家的第一桶金是狗屁干净的？"

钱忠利说得理直气壮，狗屁声音撞击到天花板上，发出了微微的震动。这狗屁世道，道高只有一尺，魔高却是一丈。

窗外树枝上的一群麻雀也在叽叽喳喳地争论着什么，一只麻雀从这个枝头跳到那个枝头，理了理羽毛，摇了摇头，昂起脑袋又跳了回来。不知道这只麻雀跳去跳回，表达了怎样的情绪。这时，范莉从屋外跳了进来。她用目光把所有的人都扫了一遍，但又好像谁也没看见似的，目光飘浮在半空之中。

钱忠利铁了心要在洋洋淀药厂加工红花注射液，他心里明白，不在家乡加工药品，他的生意将会一落千丈，甚至血本无归。他知道这是谈判的底线，二百亿人生目标的底线。

钱老六看见范莉走了进来，又对大家进行了规劝工作。他用异常平静而又不乏温情的语气说："我赞同忠厚和忠星的观点，我们还是从正规药厂拿药，不要私自加工了。这样你们也不用退股，你们退股，忠利资金紧张，也不可能有现金给你们，希望你们兄妹多一分理解。"这句话表面上是让钱忠厚和钱忠星理解钱忠利的难处，事实上是哀求钱忠利和范莉不要鲸吞了兄妹的财产。做家长的总是倡导和谐，管它是和稀泥，还是揉面粉。

钱忠利和范莉的表现让钱忠厚感到意外，他没有想到，在金钱面前，兄妹情义如豆腐渣工程一样，一溃千里。钱忠厚愤怒地抛出狠话："即使从厂家拿药，我也不想参与了。我不想和一个没有人性的畜生搅和在一起！"

范莉这次倒没有发飙，她把头放在餐桌上，双手托着下颌，一张俊俏的脸透过餐桌上的酸菜玻璃瓶折射出来，像一只猪头。钱老六用旱烟杆敲打着桌子，猪头在玻璃瓶里晃动。钱忠星没有想到，一个玻璃瓶原来就是一面照妖镜。范莉口里又透出了酸菜味："我们手头没有现金，既然我的娘家能够借钱给我们做药，你们兄妹也能资助钱忠利。你们前期的投入就算借给我们的，我再从娘家借三十万块钱，归还你们的本金吧！"

钱忠厚冷笑着说："听你的口气，你们娘家好像是开银行的！"

钱忠星感慨道："尊敬的嫂子，你今天让我大开眼界了，从来没有想到世界上会有你这种人。如果你想赖账，我们只能是你砧板上的一块肉了。"

范莉仍然摆出猪头不怕开水烫的架势，冲着钱忠星吼道："话说到这个份上，还有什么意思呢？是你们要退出，不是我们逼你们退出的。国家风声这么紧，我们的钱放在里面也可能血本无归啊！"

钱忠厚说："如果按照现在的资产评估，公司目前应收账款至少五百万，我和钱忠星差不多要分三百万。你们认这账，可以分期付款，这是股份制的基本原则。如果只退本金，我就放弃我的投资，我的二十万就算是买断了兄弟情义。"

眼泪一直在钱大妈的眼睛里打着转儿，她咬着牙，一言不发，她知道只要一开口，放松了牙关这道闸门，眼泪肯定会奔流而出。钱老六一如既往地用旱烟杆敲打桌子——好像是这张桌子赖账似的。

经过几个小时的激烈交火，范莉这个猪头总算被炖得半生不熟。她终于同意加倍补偿，给钱忠厚四十万、钱忠星二十万补偿金。钱忠厚表明他放弃补偿金，他说："赚和亏必须按照股份评估，我不需要你们的施舍。我需要钱，更需要道义和良知。"

钱忠星的态度则不同，她说："对付流氓就应该采取流氓的手段，你们先把我的二十万给我吧！"

结局就是这样，不想妥协也得妥协了，钱大妈那张忧郁的脸打消了钱忠厚、钱忠星拿起法律武器的念头。钱忠星拿走了二十万元的补偿金，钱忠厚放弃了。范莉习惯性地噘起了嘴，似乎想吹响一下胜利的号角，但终于没有吹响。噘起的嘴巴在空中停顿了十秒钟，面部肌肉慢慢放松，嘴巴像龟头一样缓缓地缩了回去。

当股份的事情尘埃落定之后，钱忠厚和钱忠星无语了，范莉却有语了——细语如细雨。她"哥哥长、哥哥短"地屋里屋外跑动。如果时间是胶卷，把这两天的胶卷剪下来，扔进大粪池，把两天前的"哥哥长、哥哥短"与今天的"哥哥长、哥哥短"连接起来，范莉将是一位多么洁白无瑕的完美女性啊！小梅的纯洁、加上小媛的阳光、加上钱忠星的乐观，也赶不上一个狗屁范莉！

钱忠星害怕被范莉的热情烤焦，赶紧从钱忠利家里逃了出来。她忍不住给小媛打了个电话。她和小媛一直有来往，常常一起去唱卡拉OK，算得上歌友。两人在月朦胧咖啡厅见面了，钱忠星看到小媛一脸的疲惫，也没好意思把范莉的丑态告诉她，反倒关切地问问小媛的近况。原来张铁军到东莞打工之后，他们之间的感情越来越淡，越来越淡，淡到后来就断了。昨天张铁军已经明确提出了分手，给小媛不小的打击。钱忠星劝了劝小媛，赶紧往广州赶。她虽然没有得到应有的回报，心中有些不爽，但很快又露出了灿烂的笑容——至少比炒股强，至少解套了。她在六千点高位套住的股票，听说要在一百年之后外星人统治地球时才可能解套！

钱老六对钱忠利的表现很失望，但钱大妈骨子里却支持钱忠利，打心眼里喜欢范莉。范莉去年曾给她买了一件高档衣服，今年又给她买了一双鞋子。凭这两点，钱大妈就认为范莉是个好人。钱大妈人前人后夸范莉："又漂亮、又能干、又孝顺，我也不知道这辈子从哪里修来的这份福气！"钱大妈把范莉两天前摔玻璃杯的事情忘得一干二净。看来健忘也不一定是坏事。

一件新衣服，代表了一个农民的世界观。

一号难求

家庭风波让钱大妈习惯性头晕的毛病又犯了。经过多年调养，头晕的毛病本来好了很多，这次卷土重来，真是晕得够呛！这个病是生钱忠利坐月子时落下的。有人说，坐月子落下的病，只要再次坐月子调理得当，保证月子期间不复发，这个病就好了。为了这个美丽的传说，钱大妈才决定生第三个小孩。钱忠星这个"药引子"并没有治好钱大妈的病，很遗憾只是一个"假药引子"。

钱大妈现在年纪大了，反而越来越怕死了。她担心久病不愈会变成瘤子。钱忠利建议钱忠厚带钱大妈到北京检查一下。钱大妈有些犯难，广东离北京那么远，一个人去心里有些不踏实。如果和钱老六一起去，又担心费用太高。钱忠利说："您从来没坐过飞机，不是总想这辈子要坐一次飞机吗？这次就算旅游吧。您二老往返都坐飞机，费用由我承担。"

钱忠星也在一旁怂恿："您有一个大款儿子，也应该享受一下了。过去吧！"

子女让两位老人看病，与其说是健康投资，倒不如说是感情投资。钱忠厚带着两位老人来到北京，马上预约 XW 医院的专家号。钱忠厚在北京这么多年，从来没有到这些大医院找大专家看过病，一则表明没有生过什么大病，二则一想到进大医院看病，就像倒栽葱跳悬崖，心里实在发虚。

钱忠厚听说找这些热门专家看病是需要预约的。他在 XW 医院网站上找到了预约电话号码。电话打过去，没人应答；再打过去，还是没人接听。当遭遇一百次无人应答之后，书呆子总算开窍了：预约挂号只是一个上有政策、下有对策的谎言。

钱忠厚又在网上找到了一个挂号中介——好康公司，电话一拨就通。接电话的女声甜美有加，听筒里好像会滴下二两蜂蜜似的。女声要求他留下一大串个人信息之后，同意替他预约三个月之后的专家号，但事先要支付三百元的"挂号咨询费"。专家门诊只收十块钱，"挂号咨询"却是三百块钱，这就是"国情"之下的"院情"。

在如此严峻的形势下，钱忠厚只好孕妇走独木桥——挺身而出了。像春节买火车票一样，钱忠厚拿着一个小凳子去医院排队。面对困境，中国人民的最后一招，也是最狠的一招——搏命。

钱忠厚五点半赶到了医院，却还是赶了个"晚集"。医院挂号处的景象令人惊叹，那哪里是排队，分明是在下"人肉饺子"，黑压压的一片。从此，钱忠厚再也不觉得春运火车站有什么可怕的了。一位病友告诉钱忠厚："排在最前面的伸长脖子的那家伙是昨晚来排队的。"钱忠厚顺着病友指点的方向看过去，那家伙的脖子真是够长的，像个长颈鹿。长脖子的眼圈发黑，熬成了熊猫眼。长脖子的情绪高昂，他占住挂号窗口下的那块宝地，满脸的优越感，好像在北京二环边买了一套别墅似的。

长脖子伸了一下脖子，后面的人也跟着伸了一下脖子。长脖子站起来，后面的人也不由自主地站起来。长脖子坐下去，一撮一撮的人又缓缓地坐下去——真不清楚大伙为什么都听从长脖子的摆布，好像都是他的孙子似的！

七点钟，长脖子又弹跳起来，后面的人像吃了兴奋剂似的跟着弹跳起来。挂号窗口真切地打开了。长脖子挂到了第一个号，兴高采烈地离开了。长脖子无意识地扭了扭脖子，脖子一下子短了下去。

麦克风中传出挂号员洪亮的询问声，夹杂着嘈杂的脚步声、叹息声、抱怨声，各种声音组成了"求医交响曲"。

钱忠厚沿着蛇形队伍缓缓前移，花了两个多小时总算轮到了他。

钱忠厚弯着腰、偏着头，用嘴对着猫眼一样的小窗口喊道："我想挂个神经内科。"

"专家号还是普通号？"

"专家号。"

"挂哪位专家的？"

"李玉和。"

"没有了。"

"李铁梅。"

"没有了。"

钱忠厚差点把"鸠山"的名字喊出来。

正犹豫时，钱忠厚听见身后有人吆喝："喂！老兄，你的《红灯记》演完了没有？不挂号就别挡在前面碍事！"

钱忠厚赶快对挂号员说："我母亲犯头晕，您看应当挂哪位专家就给我一个号吧！"

钱忠厚没有挂到事先在网上查到的专家号，心里有些不爽，好像购物没有买到心仪的品牌，随便买了个牌子充数。钱忠厚把头往左边一摆，忽然高兴起来：我选的专家都是紧俏专家，表明我慧眼识珠。钱忠厚把头往右边一摆，忽然又得到了安慰：可能手上的这个专家比紧俏专家的技术更好呢！老百姓选专家不就是看那专家栏上的几行介绍吗？谁写得中看就选谁。有朋友说："最牛的专家就像武侠高手一样，他们不喜欢张扬，是隐士。"

　　——但愿今天碰到了这样的隐士医生！

求医记

神经内科在医院门诊二楼，楼道两侧座椅上已经坐满了人，更多没有占到座位的人只能在走廊上站着。诊室的门关着，门前坐着一个护士，负责安排病人排队。有人在诊室门口张望，有人三三两两聊天，有人倚着墙闭目养神，有人在走廊上来回走动……大家用无聊的方式打发这无聊的时间。

钱忠厚买了一份报纸，在候诊区无聊地翻看着，他听着旁边的两位老人在聊天。

"唉，我来了三次才挂上号。"

"可不是嘛，这专家一周才出两次诊，我上周也没挂上号。大家都往大医院跑，可不就看病难了。"

"都说大医院技术好，我看也不是个个都好。我侄女三十岁了，准备要孩子。夫妻俩说，现在只生一个，不能让孩子输在起跑线上，就跑到妇产医院做体检，又是抽血，又是B超，做了好些检查，最后说是宫颈糜烂要治疗。我侄女吓坏了，赶紧接受治疗。过了几个月，回医院复查，医生说还要巩固疗效，继续吃药、做理疗。夫妻俩不踏实，换了家医院。医生说不过是轻度炎症，不影响要孩子，压根儿就不需要治疗！都是北京顶呱呱的医院，信谁啊？"

"前段时间，我老头觉得胸闷、胸口疼，怀疑是心脏出问题了，我们去了一家心脏专科医院。医生建议住院做全面检查。我想老头有医保，看门诊报销不了，住院还能报一部分，那就住院吧。这下可好了，医院每天要给病人抽上几管子血。问医生为啥每天要验血，医生说这是动态监测。一星期后结果出来了，没啥大问题。我老头说，'没大问题就赶紧撤吧，像这样抽下去，太平洋也让他们抽干了！'你说这医院的规矩怪不怪？"

"怪？怪事多了！你听说没有，前些天报纸上说有个老头住了一个多月的院，医院给老头输了一吨多液体，你说这人还不给灌成个水袋子？"

庄之宁带着两位老人过来了，与苦苦等待的钱忠厚胜利会师。终于轮到钱大妈了，她走进诊室，医生连头都没抬，对着病历问："哪里不舒服？"

"我三十年前就开始头晕，大夫您看这是怎么回事？"钱大妈有些胆怯。

医生不回答，埋头写化验单，又对着病历说："先去验血和照CT。"

钱忠厚站在一旁，心中燃着无名的怒火。心想这是给人看病，还是在给病历看病啊？

医生总共开了五张验血单、一张CT检查单。钱大妈用商量的口吻问道："这些检查我都做过很多遍了，CT检查也是上个月刚刚照过的，检查结果都带来了，您能不能……"一边说一边从口袋里掏单子。

"不行，我们只认自己医院的检查结果，其他医院的都不算数！"

钱大妈始终不明白，同样是国家的医院，同样是国家认可的设备，为什么这家医院的检查到另外一家医院就不算数了呢？

同样一项验血，钱大妈从县医院做到了省医院，又从省医院做到了广东，再从广东做到了北京。钱大妈不明白是什么魔法驱使医生热衷于开检查单。但钱大妈清楚，驱使医生疯狂开药的是回扣那个魔鬼。

钱忠厚疑惑地看了看这堆检查单，问道："医生，我妈妈的病也是老毛病，不是太严重，只是想了解一下病因。能不能……"

"没有检查结果，我拿什么和你说？"

原来医生看病全凭那哑巴机器说了算，医生只是机器的形象代言人。想想好不容易抽出时间看病，就彻底检查一下吧。

当钱大妈拿着检查单走出诊室的时候，已经是下午一点钟了。钱忠厚从凌晨出门到现在，足足花了八个小时，而医生只用了不到五分钟就把钱大妈打发走了。钱忠厚下午还要给学生上课，赶紧在医院门口买了两个烧饼匆匆赶往学校。庄之宁陪老人继续看病。

下午两点半，他们到 CT 检查室预约窗口排队，CT 检查在地下室，里面阴森得像太平间。庄之宁把 CT 单递进去，医务人员用圆珠笔在检查单上勾了一下说："你们做检查的时间安排在下周五晚上九点。"

钱大妈有些不高兴："我看了一辈子病，从来没有听说做个检查还要等十多天！"

医生对钱大妈的"不爽"感到"不爽"，脸一下子就挂起来了，不耐烦地顶了一句："那是因为你没有到北京看过病！"

庄之宁厚着脸皮又问了一句："能不能排在白天，老人晚上过来有些不方便。"

"我们都不怕麻烦，你们还嫌麻烦?"工作人员向庄之宁挥手，示意她让开。

"下一位!"

庄之宁从医院走出来，面部一直是滚烫的，平时心地善良的她从来没有被别人这样训斥过，她感觉进了一趟医院连做人的尊严都没有了。

抽血——取结果——预约 CT——CT 检查——取结果……前后折腾了半个月，终于完成了医生布置的"作业"。钱忠厚再也没有勇气去排队挂号了，花了三百块钱在黄牛手上买了个号。钱忠厚心想，还是钱好；钱大妈心想，还是关系好。在东阳看病的时候，钱忠利给院长打了个招呼就搞定了。大儿子死读书，社会关系太少，综合能力还赶不上二儿子。

钱大妈终于再次见到了那位专家，很虔诚地坐在那里，忐忑不安，像一位重刑犯等着最后的宣判结果。医生的眼睛仍然盯着病历，张开了金口:"脑血管硬化，供血不足。"

这句话，钱大妈的耳朵几乎听出了老茧，村医钱忠贵没有通过任何仪器检查，张口就说出了这句话。钱大妈决定下次回老家，一定给钱忠贵送一面"扁鹊再世"的锦旗。

钱大妈试探性地问:"除了这个原因，还有其他……"

"你还想要点什么其他的?"医生反问道。

钱大妈听到这句话很不高兴，这不是诅咒人吗?

"为什么我的头晕得这么厉害呢?"

"供血不足能不晕吗?"

246

"您这儿有什么特效药吗?"

医生大笔一挥:"红花注射液,半个月。"

"红花注射液?!"

——晕,从来没有过的晕!

谁是故事大王?

按照事先安排，两位老人看完病之后就返回东阳。但钱老六发自内心不想去了，一想到钱忠利家里的那股药味就觉得憋得慌。

钱老六说出了自己的想法。钱大妈说："那怎么行呢？儿子儿媳都那么忙，再说，我一个人待在那儿不憋死才怪！"

"我真的不想去了，不行我们就回老家，让他们请保姆吧。"

"他们把回广州的机票都订好了，你个死老头子不是害人吗？趁我们还能走动，也应该帮帮儿女。"

钱老六又发火了："他们做的是什么生意啊！骗病人、骗家人，即使赚再多的钱，我钱老六也不稀罕！我宁可到老家去啃咸菜萝卜！"

后来，钱老六真的没有去东阳，留在北京，钱大妈独自去了东阳。她说，钱家就这个独孙子，那是她的命根子！虽然钱忠厚没有问钱老六不去的原因，也没有劝钱老六过去，但他也清楚其中的缘由。钱老六在钱忠厚的家里住上一段时间，再回老家住上一段时间。从北京回钱家庄，乘火车只要三个小时，钱老六往返于北京和钱家庄之间，小日子过得很滋润。

钱老六又开始改抽旱烟了，借着旱烟的那股劲儿，钱老六的精神也好了很多，再也不坐在阳台上发呆了。五月的北京，真是难得的好季节，阳光照在身上暖洋洋的。北方的大爷都是"侃爷"，钱老六和小区里的一群老汉一下子就混熟了。北方人就是见面熟，不像在广东语言不通，交不到朋友。钱老六和楼下的杨大爷一下子成了知己。杨大爷的京胡拉得很好，钱老六拿着《论语》唱京剧，杨大爷拉胡琴伴奏，两位老人自得其乐。

杨大爷对广东特别好奇，问钱老六："听说那边的人都很有钱，你为什么不留在那里发财啊？"

"都是因为北京有你这个知音啊！"钱老六说，"广东人是有钱，但文化底蕴太差了，像我们这样的文化人是待不下去的。"

虽然钱老六脸上洋溢着笑容，但心里却隐隐地痛，一则是因为子女反目成仇，二则是担心钱忠利在邪道上越走越远。

了断与钱忠利的纠葛之后，钱忠厚突然感觉轻松起来了。过去他总认为自己是家里的长子，什么事都要操心，替大家考虑。现在大家都不用他管了，他也没有了这份责任。再说，人家翅膀硬了，也不服从你的管理了。如果再去过问人家的事，那就有"干涉内政"的嫌疑。

一个周五的晚上，一家人吃过晚饭一起看电视。钱老六手机响了，他赶紧跑到屋外听电话，半小时之后才回来。第二天早晨，钱老六来到了钱忠厚的书房。钱忠厚看到钱老六眼睑浮肿，双眼布满血丝。

钱忠厚警觉地问："爸爸，您怎么了？"

钱老六说："我昨晚接到了忠利的电话，他在北京参加药品交易会，他希望和你谈谈。如果你不愿意见他，我就带妞妞一起过去吃个饭。"

钱忠厚把手中的书往桌上一扔，对钱老六说："爸爸，您以后再也不要在我面前提到'钱忠利'三个字了，因为我根本不认识这个人。您也不用带妞妞出去了，她的学习任务很重，我也不想让妞妞从小接受这些不良刺激。"

钱老六默默地退出了书房。钱忠厚整个上午都在看书，但他感觉自己什么都没有看进去，目光游离于书本之上，思绪飘浮于书本之外。

下午，钱老六从外面回来了，脸色铁青，径直走进房间睡觉去了。吃晚饭的时候，妞妞跑到房间叫爷爷吃饭，钱老六说他不想吃。

晚上，等妞妞睡着之后，庄之宁和钱忠厚躺在床上聊天。庄之宁说："估计今天爸爸和忠利谈得很不愉快，多半又吵架了。"

"那还用说吗？我也多次劝爸爸，以后别再想钱忠利那档子事了，眼不见心不烦。"

"那怎么可能呢？毕竟是他儿子。你以后也要情绪稳定一些，不能爸爸一提到钱忠利你就发火，弄得老人的压力很大。爸爸爱怎么说就让他说吧，你听着不就行了吗？"

"我很难做到这样。只要有人提到他，我就会发疯！"

"既然你已经把他当成陌生人了，那就当是别人家的事吧。看来你修炼得还不够。"

"是的，有一本书叫做《爱你所恨的人》，我达不到那个境界。我也不想达到那个境界，一个人活上几十年，就要活得明明白白、爱憎分明。别提这些烦心事了，明天陪爸爸到公园转转，让他消消气。"

星期天早上，一家人来到了颐和园。颐和园在离家不远的地方，一家人顺着昆玉河步行半小时就到了。他们在颐和园买了年票，每年都要去上十多次。每次到颐和园，钱忠厚总是忍不住说上一句："我们现在过着皇帝般的日子。"

当钱忠厚说这句话的时候，妞妞总是提醒："皇帝爸爸，您上次已经说过了。"

一家人在公园的一角铺上了床单，摆上一些零食，一边吃一边聊天。钱忠厚提议："我们每人讲一个故事，让爷爷做评委，看谁讲的故事最精彩。"

妞妞赶紧鼓掌："好主意，好主意！我们在学校也做过这种游戏——'谁是故事大王'。今天看看谁是我们家的故事大王。"

庄之宁问："内容有规定吗？"

钱忠厚说："没有规定，道听途说的、自编的，或者自己经历过的事情都可以。"

庄之宁说："小孩优先，妞妞先讲吧。"

妞妞自豪地说："我还是放在后面压轴吧！"

钱忠厚举手示意："我第一个讲吧。我讲我上研究生时经历的一件事。当时咱们家很穷，只能靠学校的那点助学金维持生活。有一天上午，导师看见我在办公室用功读书，走进来送给我一包麦片。这是我这辈子第一次喝麦片。我把麦片放到茶杯里，倒上满满的一杯水，一口气就喝完了，太好喝了。请注意，我只是喝掉了水，不舍得吃掉杯子里的麦片。又冲了第二杯水，一口气又喝掉了。请注意，我只是喝掉了水，麦片还存在杯子里。又冲了第三杯、第四杯水，等到喝第五杯水的时候，发现麦片水和白开水是一个味道了，只好绝望地喝了水，吃掉了像碎纸片一样乏味的麦片。之后，又加了半杯水，把残留在杯子边沿的麦片荡干净，一仰头全部——全部倒进了嘴里。我拿起开水瓶摇了一下，一瓶开水全空了，胃里却满满的。那天中午也没有吃午饭，整个下午嘴里一直在冒水泡……"哈哈哈！大家都大笑了。只见钱老六笑的时候眼里噙着泪水。

轮到庄之宁了，她说道："我的故事题目叫做'吝啬鬼钱忠厚的故事'。妞妞三岁的时候，大热天，我买回来一个小西瓜，切开后正准备吃。钱忠厚却要求只吃一半，留一半明天吃。我不同意，'这一点小西瓜，我一个人都能吃完，留什么呢?'钱忠厚赌气地说，'今天咱们都不吃了，让你一个人吃掉这个西瓜吧!'结果我吃了一半，实在吃不进去了，在那儿硬撑。钱忠厚躺在床上气鼓鼓地说，'在这个世界上，饿的饿死，撑的撑死!'"钱忠厚赶紧解释："因为当时买房子首付不够，正在攒钱，所以我们把裤带勒了又勒。"

轮到妞妞讲故事，她眉飞色舞，还伴着动作："我的故事题目是'小白兔钓鱼'。在很久很久以前，一只小白兔到河边钓鱼，钓了一天，也没有钓到一条鱼;第二天又来钓鱼，又是一整天，还是没有钓到一条鱼;第三天又来钓鱼，钓到了下午，还是没有钓到鱼。正当小白兔失望地收拾鱼竿准备回家的时候，一条鱼跳出了水面，对小白兔说了一句话。你们猜猜，鱼对小白兔说什么了?"

钱忠厚想了想说："估计鱼儿会说，'你别烦我了，好不好啊?'"

庄之宁猜道："小白兔，我不会上你的当!"

妞妞对爷爷说："爷爷也猜猜吧。"

爷爷为难地说："我猜不着，你告诉我们答案吧。"

妞妞撒娇道："不行，爷爷一定要猜。"

爷爷想了想说："鱼儿会说，'为什么你总是想陷害我呢? 难道我们不能做好朋友、好邻居吗?'"

妞妞兴奋地说："你们都猜错了，鱼儿对小白兔说，'傻蛋，如果你明天再敢拿胡萝卜做鱼饵，小心老子扁死你!'"

大家听完后，笑得前仰后合，钱老六终于笑出了快乐的眼泪。

最后，钱老六作总结性发言："我的孙女妞妞同学获得'故事大王'的称号，爸爸妈妈的故事都是生活小事，表达的意思相近，有相互抄袭的嫌疑。为了奖励我的孙女，今天我请你吃麦当劳！"

讲完故事之后，妞妞围着湖岸奔跑，庄之宁陪着她捉迷藏去了。钱忠厚陪着钱老六坐在床单上。钱老六的眼睛一直盯着远方的天空，半晌，憋出一句话："忠利从小就没有让我省心过，难道他不能做点正经生意，从厂家拿货就真的做不下去吗？"

钱忠厚今天听到"钱忠利"三个字倒没有发火，看来庄之宁昨晚的开导还是有作用的。钱忠厚硬着头皮对父亲说了一句不痛不痒的话："您老也别总是惦记这件事。人各有志，让他自己发展吧，现在任何人也改变不了他。"

"我有一点不明白，我感觉你的性格一直没有改变，但忠利的性格变化太大了，变得我都快认不出他了。"

"每个人的社会经历不同，性格也会发生变化，说到底，还是社会改变了大家。钱忠利刚到广东时吃了很多苦，他急于发财证明自己。这些年我在细心观察，10％的人取得了成功，90％的人平淡地生活着。成功人士中有一半是为社会作贡献，同时获得社会回报，这类人通过努力实现了自己的理想；一半的人则是坑蒙拐骗获取了财富，这类人的贪婪是没有穷尽的，他们的贪欲让他们的内脏都腐烂了。从他们的身边走过，能闻到一股死尸味。理想与贪婪表面上看都是一种追求，事实上是背道而驰的两条道。"

"爷爷，爸爸，你们过来吧。"妞妞的叫喊声打断的父子俩的谈话，他们赶紧起身参与到妞妞的游戏之中。

副市长李刚

范莉从小胡同里走了出来，一只野狗嗅到了一股死尸味，兴奋地跟了过来。范莉惊恐地跺了几下脚，赶走了那只贪婪的野狗。

范莉听说东阳市要成立药品招标委员会，通过招标委员会和药厂议价，确定本地区医院用药目录。嗅觉灵敏的范莉决定到卫生局去打探招标信息。

理论上讲，这使医药代表看到了药品营销的春天，他们再也不用和每家医院谈判了，省去了医院的各个进药程序和费用。比如，妇科消炎栓进东阳二院的时候，找妇科主任写用药申请花了一千元，这叫"需求费"；恳求药剂科长在药事会上把报告单拿出来花了一千元，这叫"抬手费"；找分管院长发表个人意见花了三千元，这叫"定调费"；找段院长在药事会上"一锤定音"花了八千元，这叫"破门费"；找采购员到医药公司去拿药花了五百元，这叫"运输费"；找信息科出医生用药流向每盒药五角，这叫"咨询费"；最后医生还要按照药价的20%～40%提取好处费，这才是俗称的"回扣"。这只是一个普通药品的常规费用。如果是抗肿瘤药、大输液、抗生素等用量大、利润高的药品，公关费用就会几倍、十几倍甚至指数倍地增加。

事实上，对于医药代表来说，多了一个招标委员会意味着雪上加霜。虽然招标委员会确定了本地区可以进这种药，但并不代表医院一定会进这种药。医院那一方的公关费用一个子儿也不能少，进入药品目录的同类品种多着呢！在钱忠利看来，药品招标管理只是又增加了一群领导、一群专家、一群电脑管理员、一群资料整理员……这几群人同样分为大熊猫、大白兔、大灰狼。各个岗位都有大熊猫、大白兔、大灰狼等人把关，医药代表经过每个关口都得留下买路钱。

钱忠利跳着脚骂道："狗屁招标委员会只是个雁过拔毛的皮包公司！"

范莉安慰道："你别着急，对于我们来说，或许这是一件好事。有了招标委员会这个关口，我们的竞争对手或许会少很多。分管副市长李刚是招标委员会主任，如果能把他公关下来，我们的药品就会垄断东阳市场。"

分管文教卫的官员过去一直是两袖清风，但随着医改、教改的深入，"噜、噜、噜"的油水挡都挡不住。东阳分管卫生的副市长叫李刚。钱忠利对他并不陌生，在东阳电视节目中常常能看到他的身影，那张白净的书生脸足以成为东阳的一张名片。李副市长常常到贫困山区向农民嘘寒问暖（别以为广东人个个都是富得流油，中国最穷的人也是生活在广东），听到伤心处，李副市长一定会陪出眼泪。眼泪是应声而出的，与农民的诉苦声配合得非常和谐，有点像音乐喷泉。何时出水、何时收水，何时出水多、何时出水少，完全根据农民的音调和内容而定。李副市长也去看望失学儿童，给他们送上一个小小的红包，鼓励他们返校。临行的时候，还嘱咐小孩："有什么困难尽管给我写信！"——多好的同志，多好的干部！

钱忠利想通过一位老乡黄老板约李副市长出来吃饭。黄老板在东阳开了一家装修公司，曾经给李副市长家里做过装修，后来李副市长家的大修小补还是由他免费提供，一来二去，黄老板居然和李副市长一家人混熟了。

　　黄老板每次提到李副市长时都是无比荣耀，好像给市长家装修了一次房子，自己就变成了市长。在这片土地上，当官是一件多么至高无上的美差啊！小学生的理想是千人一面做科学家，大学生的梦想是高呼万岁考公务员。多活了十几年却越来越蜕化，照这副德性活到两百岁，一个人很可能变成了一只纯种的猴子！

　　在预约了五次之后，黄老板总算约到了李副市长。本来范莉想陪钱忠利一起去见李副市长，钱忠利犹豫一下之后拒绝了，第一次见面人越少越好。

　　钱忠利和黄老板早早地坐进了包间，每次有人推门进来，两个人像弹簧一样从椅子上弹起来——进来的却是服务员，马上又像泄气的皮球一样瘪了下去。经过无数次的弹起与瘪下之后，总算目睹到了李副市长的尊容。

　　这是钱忠利有生以来接触到的最大的官，过去他所见过的大官是乡镇的副镇长和派出所副所长。他非常虔诚地观察并欣赏着李副市长的一举一动，他发现这位大官走路时并不是像常人那样双手前后摆动，而是双肩左右晃动。脊柱有些僵硬，远远望去，不像人，更像木偶。

　　听人说，李副市长是一位地地道道的粗人，从村长干到了乡长、镇长、县长，再到东阳副市长。李副市长在官场顺风顺水，得益于娶了一位有政治背景的太太。在官场有这样的定律，在乡镇谋得一官半职，一定能顺藤摸瓜找出他在县上有"自己人"；在县城当官，一定能找出他在省里有"自己人";在省城当官,一定在玉皇大帝那儿有"自己人"。李副市长能娶到这位高贵的太太,得益于他那让贝克汉姆自愧不如的外表。当上副市长之后,他仅仅花了一个晚上就变得相当的"雅",常常诗兴大发。席间,钱忠利谈到自己喜欢古体诗,随口背出了《离骚》里的几句:"吾令凤鸟飞腾兮,继之以日夜。飘风屯其相离兮,帅云霓而来御。纷总总其离合兮,斑陆离其上下。"这些都是钱忠利事先掌握的情报,也是他今天的公关突破点。

李副市长吟诗很有讲究,一般不吟现代诗,特别在该诗人还健在的情况下——这样容易降低自己的身份,让人觉得你这么大的官怎么会是一个穷诗人的粉丝呢?太掉价了!李副市长一般选择吟古体诗,古诗的作者一定要伟大,体现出自己与大诗人有同病而共吟。例如,《诗经》里的诗、屈原的诗,底线也是苏轼的诗词,比苏轼更年轻的诗人万万使不得。选择的诗句一定不能太有名。如果连卖菜的老太婆都会吟的诗,当官的再吟,显得自己很粗俗。如屈原的"吾将上下而求索"是万万使不得的。

钱忠利还装模作样地请教了几个不理解的字,最后又非要向李副市长讨个墨宝。李副市长题写了:"吾令凤鸟飞腾兮,继之以日夜。"钱忠利赶紧竖起大拇指啧啧称赞:"太有意境了!我一定要把它裱好,挂在办公室,或许几年之后还能拍出一个天价呢!但话又说回来,再高的价格我也舍不得拍出去,我要把这墨宝作为我们家世世代代的镇宅之宝!"——钱忠利不仅代表自己,而且代表自己的子孙万代表了一个决心。钱忠利说话间顺势送上了两万元的"润笔费"。

钱忠利没有提到药品招标的事情,哪怕让李副市长对他有一丝印象,这两万块钱花得就值得了。

招标的日子越来越近，有实力的药厂或代理商找委员们一一打点。钱忠利想通过李副市长批条子，让他所代理的药品朝着《基本药品目录》鱼贯而入。钱忠利思忖，如果能把李副市长写给他的那几个狗屁字变成进药的条子，无异于把一块鹅卵石变成了夜明珠！

钱忠利的想法并没有实现，他想再通过黄老板约李副市长就没那么容易了，李副市长敷衍着不愿意再见面了。钱忠利骂道："这条鱼太狡猾了，吃掉了鱼饵就再也不上钩了！"他把李副市长写给他的那张纸撕成了碎片，扔出窗外，碎片像"凤鸟"一样"飞腾兮"，散落在马路边的牛粪堆上……

钱忠利呀钱忠利，你还是嫩了点吧！如果官员能听你摆弄，那他还是官吗？但钱忠利想一嫩到底，他想打打悲情牌来感动李副市长。他找到了政府大院门前，夹杂在上访的人群里。他想碰碰李副市长，结果还真碰到了一次。钱忠利满脸堆笑地迎上去打招呼，李副市长把头一扭，连一个面部表情都没给他。

钱忠利纳闷，在电视上看到李副市长抱着农民的儿子——脏得像个泥娃娃，又是亲又是啃的，但一从电视里走出来，怎么会这么冷若冰霜呢？

范莉也很难过，她认识卫生系统的很多领导，大到局长，小到各家医院的院长，也算得上是卫生系统的交际花。但面对李副市长，她同样一筹莫展。

柳暗花明

当钱忠利在李刚副市长身上做无用功的时候，阿 Q 的公关活动却是热火朝天。

阿 Q 在东阳地区各家医院都有业务，他通过明察暗访终于弄到了全体招标委员的名单，都是东阳地区各家医院的院长、分管副院长、药剂科长、科室主任。阿 Q 安排医药代表到每位委员家去逐一拜访、逐一打点，这是最笨的办法，也是最有效的办法。他把代理的药品告诉招标委员们，只要费用到位了，投票是肯定可以通过的——医学界这点收钱举手的职业精神还是有的。

功夫不负有心人。第一季度的招标结果出来了，阿 Q 的主要产品都中标了，与阿 Q 直接竞争的钱忠利的产品却所剩无几。钱忠利所代理的抗生素死掉了，妇科药死掉了，高血压药死掉了，普药在泥潭中垂死挣扎……唯一岿然不动的是红花注射液——这点也证明了钱忠利当初选择代理中成药是何等英明的决策。因为红花注射液算独家新药，所以生存下来了。

中成药要做成新药比较容易，不像西药看化学成分、看分子式。中药的组方让人看得眼花缭乱——你的麻黄是 10 克，我改成了 12 克，就变成了新药；你的配方中有一味生地，我把生地放到铁锅里炒一下，变成了熟地，又变成了新药。祖国医学就是这么神奇，多少满腹经纶的外国人到中国学中医，结果被折腾得晕头转向，只好打道回府。常常听到中医界的有识之士叫嚷："西方已经中医热啦!"——捏着鼻子哄眼睛，无非是给自己壮胆罢了。

钱忠利打喷嚏，洋洋淀药厂跟着患感冒——药厂开始裁员了。如果下个季度招标没有大的起色，钱忠利也扛不住了，只能裁减医药代表。

药品中标与落选没有什么明确的标准，如果有标准，也就犯不着投票了，招标委员们也就没有油水了。还是中央电视台主持人李咏说得经典："《非常6＋1》没有标准。你们的选择，就是我们的标准。"同样的阿奇霉素，都是仿制国外的。在给这个阿奇霉素打勾的时候，评委们会说这个厂的名气大、这个厂的理念先进、这个厂的老板有良心，最后就把它给勾上了，于是这个阿奇霉素一下子就变成了"超女"。下个季度想勾那个药厂的阿奇霉素时，评委们会说那个药厂历史悠久、那个药厂硬件条件好、那个药厂的老板讲道德，最后把它给勾上了。那个阿奇霉素一下子就变成了"超男"。自然而然，代理这个药品的医药代表就变成了"超人"。这世道，黑就是白，白就是黑，瞎子才是最权威的评委!

桌面上的原则千条万条，桌面下的小动作千丝万缕。正如魔术师在台面上手舞足蹈让人眼花缭乱，而盖在红布下面的永远就是那点小勾当。

除了保证阿 Q 这样的大药商的阿奇霉素中标之外，其他几十个阿奇霉素会轮流坐庄——委员们吃了东家吃西家。流水才能不腐，适度才会不败。这样一来，招标委员们变成了阎王殿的判官，掌握了药厂的生杀大权。

天黑了，夜睡了，人无眠。钱忠利独自坐在东阳湖边的台阶上，狠狠地吸烟，一支接着一支抽。湖对岸的光点若隐若现，他不知道对岸的光点是星星，是灯光，还是一个像他这样狠狠地吸烟的忧愁人？

湖水在脚上轻轻拍打，钱忠利感觉这药品招标如湖水一样，一波接着一波，不知道何时是尽头。

"招标招标，越招越高；招标招标，越招越糟；招标招标，让人心焦……"黑暗中传来了一个声音。钱忠利警觉地抬起头，原来是流浪诗人。

钱忠利笑着说道："你是我的知己！"钱忠利赶紧从口袋里掏出十块钱塞给流浪诗人。流浪诗人给钱忠利回馈了一个拥抱，转身离开时口中继续胡言乱语："招标招标，见招拆招。招标招标，机会来到……"

正当钱忠利一筹莫展的时候，机会来了！

全市卫生工作会议被安排在东阳二院召开，李副市长出席会议，院长安排范莉做会务工作。

这是范莉第一次见到李副市长。范莉对李副市长的感觉就像钱忠利第一次见到范莉的感觉。范莉见过无数的英俊男人，也不乏英俊男人追求过她。但能与李副市长媲美的至今还没有。范莉不好意思直勾勾地盯着李副市长，只好一瞥、二瞥、三瞥。李副市长高高的身材，匀称的体魄，明亮的眼睛，白净的皮肤，儒雅的神态，这潘安一般的外表足以征服所有东方美女。钱忠利曾给她讲过很多关于李副市长的故事，唯独没有告诉她李副市长的帅气，不是钱忠利有意隐瞒，而是钱忠利压根儿没有觉得他帅气——男人和丑女根本欣赏不到男人的帅气。

李副市长讲着一套一套的假话，参会者装模作样地听着。参会者时而会心一笑表示理解，时而点头表示赞许。在官场混上三年，脑细胞变成了制假工厂，舌头变成了制假生产线，一张脸变成了假面具，活生生的一个人变成了"假人"……会后，这群"假人"去共进晚餐，范莉有幸参加了。

酒桌上李副市长向卫生局梁友光局长问道："这个女孩是你们卫生局的？"

范莉接过话："我在二院上班，也算是您的兵。"

李副市长想不到范莉这么大方，赶紧说："算的，算的，业务上我管梁局长，梁局长管段院长，段院长管你。"

范莉说："将军不认识兵，兵总是认识将军的。"

李副市长没有想到范莉口才这么好，又问了问范莉的工作情况。

范莉说："段院长把我从护士岗位上调到院办公室，工作比较多、比较杂，但很快乐。"

一位年轻的院长接过范莉的话："小孩子干什么事都会感到快乐。"

范莉噘着小嘴巴说："你比人家也大不了几岁啊。"

"论辈分，你得叫我叔叔。"

"那你可有点亏哦，不如就叫大哥好了！"

一向好讲黄段子的梁局长凑趣道："那可不好，还是叫叔叔安全一些。"

李副市长笑道："不要以小人之心，度君子之腹！"

李副市长兴致很高，这兴致并不是来自梁局长的幽默，而是范莉让李副市长养眼。李副市长每次碰到了尤物，总是充满兴致。

梁局长看到李副市长正在兴头上，接着说道："英雄难过美人关，如果谁说自己过了美人关，只能说明他不是英雄。"

"那当然，喝不了一斤白酒的人一律不算英雄。来，喝酒！"

范莉没有想到这些人在会场正襟危坐，在他们的小圈子里是这么放松放纵。这种无所顾忌的表现，一则表明李副市长是亲民的；二则表明他们的关系很不一般；三则表明白酒能把一个"假人"打回原形，变成了真人。

范莉的公关能力本来就很强，今天更是百年一遇的超水平发挥。范莉时而拉着夜莺般的声调陪各位打趣，时而迈着燕子般的舞步给大家敬酒。酒过三巡之前，李副市长是唯一的大领导，是众星捧月的对象。酒过三巡之后，唯一的女士范莉倒成了大家的月亮，令人心醉——用美女调出来的鸡尾酒的确令人心醉。

有些醉意的几位院长放声大笑起来。段院长拍拍范莉的柳肩，竖起大拇指夸奖道："丫头，你这几位叔叔，在东阳可都是风云人物，以后要向他们好好学习哦！"

他指着身边的梁局长说："比如你二叔，不仅精通国家的卫生政策，而且还是个灯谜专家，不但擅长猜谜，更能制谜。你们女孩儿都喜欢猜谜，以后可以请教二叔，让他设计几个谜语，在医院的文艺晚会上活跃一下气氛。"

范莉懂事地冲梁局长笑了笑说："小时候我就喜欢猜谜玩，以后一定要向二叔多请教。"

别看范莉在和院长们逗乐，她的心思一直没有离开李副市长。别看李副市长低头喝酒，他的眼神一直没有离开范莉。他们同时心领神悟，又同时心猿意马。才子配佳人——52岁的成功男人配25岁的美女，叫"般配"；82岁的成功男人配28岁的美女，叫"绝配"。牛郎配织女——放牛娃一厢情愿的异想天开！

李副市长几杯酒下肚，立即发生了化学反应。他诗意大发，现场挥毫作诗一首——《化学之歌》："化学是你，化学是我，你我是父母化学的结晶……"

段院长拿起这首诗惊呼："太美了！意境太好了！这简直就是现代版的《离骚》！我建议您找人谱上曲，一定会成为千古传唱的名曲！"

阳春三月，《东阳日报》刊登了《化学之歌》的词曲及评论。官场称赞《化学之歌》是新时代的《离骚》，老百姓把《化学之歌》称为《李骚》。随后，东阳各单位开展了《化学之歌》的合唱比赛，官场涌现出了一大批"发骚友"。大合唱像野火一样愈烧愈烈，各单位根据这个"离骚体"填写了新歌词。卫生局的歌词是："医学是你，医学是我，你我是父母医学的结晶……"教育局的歌词是："教育是你，教育是我，你我是父母教育的结晶……"

火辣七月，王勇平市长发表了《重要讲话》："十年的时间，把东阳打造成国际化大都市。"王市长的灵感来源于美容院门前几个染黄头发的年轻人。中国有两百多个地级市，据说，目前有一百八十六个地级市提出要建立"国际化大都市"——都是美容院惹的祸！大合唱野火随即转成了学《重要讲话》的野火。各单位组织了丰富多彩的学习形式：培训班、座谈会、演讲比赛、知识竞赛、心得体会……一夜之间，"发骚友"统统变成了"话痨"。

校友会

在一群广东校友的张罗下，洋洋淀医学院决定在广东组织一次校友会。

钱忠利开着车，带着小媛去参加。他在心里盘算，小梅会不会去参加活动呢？听朋友说，小梅又来到了广东，在东莞市一家社区卫生服务中心工作，结婚生了小孩，日子过得平平安安。

小媛第一次看到钱忠利穿西装，抿着嘴笑着说："钱总，你穿西服好帅啊！看来要见老情人确实不一样啊！"

钱忠利也回敬了一句："我这次主要是想见我朝思暮想的铁军兄弟啊！"

校友会安排在一家酒店，医学院的钱院长也专程赶了过来。参加聚会的有三百多位校友，在酒店大厅里摆了几十桌，大家在现场蹿动，在人群中寻找着自己熟悉的脸。

钱忠利走到前台和钱院长坐在一张桌子上，他入座后朝四周张望，发现张铁军和小梅都来了，小媛也和他们坐在一起。张铁军远远地向钱忠利挥手。

钱忠利是这次活动的组织者之一，没有各年级的成功人士张罗，这种活动是做不起来的。小梅不活跃，只是坐在桌子边安静地看着手上的《读者》杂志，从《悲惨世界》转而看《读者》，这算是小梅的进步。

钱忠利对小梅的出现有些意外，他原以为一向爱静的小梅不会来参加活动的。钱忠利走过去，四个人坐下来回忆当年做药的时光。张铁军说："那次一起去海滩，我和小梅冷得直打哆嗦，你和小媛却一点也不怕冷。"

小梅简单介绍了一下社区卫生服务中心的情况。钱忠利开玩笑地说："到时候我要到你们的社区服务站卖药，还得请你们多关照啊！"

小梅笑道："你的目光都是大医院，怎么会把我们社区站放在眼里啊！"

钱忠利对着张铁军问了一句："怎么不带夫人一起来参加？"

张铁军指了指身边的小梅说："哦，大家都是熟人，忘了给你们介绍了，这一位就是我夫人。"

钱忠利和小媛都惊呆了，没想到张铁军和小梅结婚了！

张铁军解释道："我到东莞找了很多工作都不适合，后来应聘到了一家社区卫生服务中心，上班之后才发现小梅也在这儿上班，后来就……"

为了打破这个尴尬的局面，钱忠利频频举杯祝贺，其他三位也跟着举起了酒杯。沧海桑田，感慨万千，借助桌上的几盘凉菜，他们喝掉了半瓶白酒。桌上的其他同学像看怪物似的盯着他们四位。

小梅问小媛："你们可好？"

小媛笑着说："不能说'你们'，我和钱总是划清界限的，钱总在春风得意之中感受着烦恼，我在平平淡淡之中享受着快乐。"

坐在前面的几位组织者不停地招呼钱忠利坐到前面去，但钱忠利在酒宴开始之前一直留在小媛的旁边。他知道，他一离开，小媛和张铁军夫妇坐在一起会更尴尬了。张铁军夫妇也不停地提到他们的宝贝儿子，有意转换一下话题，把氛围弄得轻松一些。

同学聚会的场面是冰火两重天。每个人的心境不同，表现自然不一样。有些人忙得热火朝天，有些人在酒会进行到一半就悄然离场了。大学时期威风凛凛的班长，像吃了瘦肉精的猪，躲在角落里昏昏欲睡；昔日狗屁不如的钱忠利像吃了兴奋剂的长跑运动员，不知疲倦地往返于各酒桌之间，容光焕发，妙语连珠。

钱忠利喝得很尽兴，小媛开着车载着酒醉的钱忠利回东阳。

一路上，钱忠利的酒话很多，问小媛："为什么我们就不能称为'我们'呢？"

小媛做了个鬼脸，对钱忠利说："张铁军和小梅是夫妻，咱们是老板与打工妹的关系，怎么能说'我们'呢？"

钱忠利迷迷糊糊地说："当时的搭配本来就是错位的，修正错误没什么不好的。难道我们之间就没有机会了吗？只是我已结婚生子，配不上你了。"

听到这句话，小媛的脸上滚烫滚烫的，她当他是说酒话，也不往心里想。小媛想，需要修正的不仅仅是婚姻，更重要的是不能再做假药了。

小媛还是忍不住想一个问题：张铁军是离开她之后再找的小梅，还是因为小梅，张铁军才提出的分手。

小媛知道这个问题永远没有答案，事实上答案也并不重要。

激情 1818

钱忠利在为同学聚会奔走的时候，范莉却在为药品招标奔走。

范莉在焦虑中失眠了，上午她鼓起勇气给李副市长发了一条短信，想单独约李副市长喝咖啡。李副市长很爽快地同意了。范莉坐在咖啡厅小包间等着李副市长，李副市长准时赴约了，看来鱼不上钩只能说明你的鱼饵不够诱人。李副市长没有一丁点官架子，对范莉表现得体贴入微，甚至达到了谦卑的境界。他详细地询问了范莉的工作情况，问生活中有没有困难，有没有需要帮忙的地方。

范莉感到了大哥般的温暖，也放开了胆子。她半开玩笑半诉苦地说："我现在还是流浪女，连房子都买不起。医院行政人员的待遇太差了。"

李副市长安慰道："你也可以做点小生意补贴一下嘛。"

范莉接过话茬："是啊，我的朋友刚给了我几个药品的代理权，但就是没有门路进医院，特别希望您帮个忙。"

范莉顺势拿出了药品资料，请李副市长在招标的时候帮帮忙。李副市长表现得面有难色地说："我是个外行，这些都是专家投票表决的。我只是药品招标的组织者，倒还没有投票权。"

范莉明白李副市长故意卖关子，撒娇道："我叫您叔叔还不行吗？"

在优雅的背景音乐之下，在如此帅气的男人面前，范莉低着头，温顺得像一只情窦初开的小绵羊——原来天下的女人和男人同等好色！

李副市长的口气一下子缓和了："美女的事情就是我的事情，天大的难事我也要帮你想办法。"

范莉红着脸站在李副市长的身边。李副市长顺势一拉，把她抱到了腿上。范莉假装没有想到他会这么"坏"，表现出了意料之中的那点"意外"。

范莉结结巴巴地说："别——别——别这样嘛。人家不好意思嘛。"

范莉的突发性口吃大大地激活了李副市长的雄性激素。李副市长紧紧地抱住范莉，附在她的耳边说："明天下午两点，我们在阳光大酒店 1818 房讨论药品招标。"

"为——为——为什么不在办公室讨论啊？"范莉继续口吃地问。

"办——办——办公室实在不是讨论的地方。"李副市长也装模作样地口吃了——口吃原来是一种传染病。

"那——那——那……"看来范莉今天口吃的毛病铁定好不了。

两人紧紧地抱在一起，李副市长脸色红润得像地沟油一样发亮，范莉脸色红润得像注水猪肉一样娇嫩无比。影帝遇上了影后，只能以笑收场。范莉不置可否地笑，李副市长心领神会地笑。李副市长松开了范莉，他知道这里不是阵地，没法开展纵深进攻。范莉起身出门，她用手握着门把手的时候回眸一笑——这是范莉第二次表演"拉门营销"的绝活。范莉用肢体语言把"倚门回首，却把青梅嗅"这一千古名句表演得淋漓尽致。李副市长的魂被勾走了，内脏被掏空了，脑髓被吸干了，他目瞪口呆坐在那里，完全变成了解剖实验室的一副骨头架子。

范莉的温情牌比钱忠利的悲情牌管用得多，官员在美女的石榴裙下彻底投降了，美女在官员的怀抱里彻底臣服了。有些谈判总是谈僵的原因，肯定是某一方没有诚意。如果双方都有诚意，谈判一定不会有困难。李副市长与范莉的谈判如此顺畅，几乎看不出谁在出手、谁在接招。

两人约定好第二天下午在阳光大酒店 1818 房见面，继续研究药品招标问题。但两人心知肚明将会如何研究这个问题，也知道研究的过程和结果。

1818 房——酒店老板给李副市长留下专用的。自从李副市长上任之后，1818 房就再也没有接待过其他客人，并且更换了密码锁，甚至整个 18 层的客人都需要严格审查。每个服务员都知道，整个 18 层都不提供给广东省的客人使用，避免李副市长在这儿碰到熟人。

整个上午，范莉总是盯着窗外马路，汽车的喇叭声让她有些躁动。当初她给李副市长发短信时就考虑到会是这种结局，也是她所期望的结局。但结局真要出现的时候，她也要给自己一个说法，找出一点理论依据。谁叫你钱忠利搞不定招标的事情啊，可不是我范莉愿意抛头露面的，是你钱忠利把自己的老婆当诱饵放出去的，能怪谁呢？一个护士和一个医药代表要想在东阳立足就需要李副市长这棵大树。

公关不外乎"三种勾兑"：餐桌上的"酒精勾兑"，台面下的"钱权勾兑"，床上的"肉体勾兑"。一想到即将到来的"勾兑大餐"，兴奋的范莉假惺惺地流出了"辛酸泪"——没有坏人认为自己坏，个个都认为自己很无奈！

中午下班之后，李副市长到政府食堂草草地吃了午餐，不到一点钟就到了 1818 房。他斜躺在床上看电视，焦急地等待范莉，眼前浮现出范莉优美的身段和白皙的皮肤，排练着怎样把这个尤物"生吞活剥"……亲爱的读者，从这个欲言又止的省略号中，你应该完全理解李刚此时此刻的心驰神往而又难以启齿的种种幻想。

当李副市长急不可待的时候，范莉却慢腾腾地在值班室里化妆（范莉没有回家化妆，担心钱忠利影响她的情绪，从中也可以窥见范莉的用情专一）。不管你李刚是多大的官，只要纳入了男女关系的时候，你就只是一个普通的男人了，女人就必须表现出应有的矜持。

下午两点，敲门声与远处寺庙的钟声同时响起，李副市长迫不及待地打开门。娇艳靓丽的范莉闪了进来，李副市长随手关上门。虽然李副市长知道她漂亮，但他没想到眼前的她是如此美丽，漂亮得让李副市长感到意外。范莉的眼睛大而明亮，白皙的脸蛋上泛着微微的红润。常常有蹩脚的文人用"白里透红的苹果"来形容这种脸蛋，世界上最美的苹果与范莉的脸蛋相比，少了一分色泽，少了一份明净，少了全部的精气神……她上身穿着一件乳白色的罩衣，下身穿一件黑色的紧身裤，一松一紧，一明一暗，勾画出了迷人的身段。光彩照人，照得李刚有些眩晕。猴急的李副市长已经等不及上床了，把范莉按在门的背后，狼吞虎咽地亲吻起来。酒桌上吟诗的优雅风范荡然无存——诗性把控不住，容易转化为兽性。

缓解燃眉之急的嘴馋之后，李副市长很有风度地捧上一大束玫瑰花，送到范莉的面前。当范莉兴奋地捧起玫瑰花的时候，李副市长轻轻地捧起了她的脸。他把她抱到了浴室，帮她脱去了衣服。事实上，范莉刚刚洗过澡了，她只是想陪李副市长一起去洗澡；事实上，李副市长也是刚刚洗过澡，他只想陪范莉洗澡。不管是他陪她，还是她陪他，结果并不重要，重要的是过程，这是在洗精神浴和感情浴。

范莉明白，淋浴花洒中流出来的水就是自己人生的分水岭——一边是钱忠利，一边是李副市长。范莉还明白，不是所有的漂亮女人都能进得了这间房、上得了这张床。那个加油站的女孩比她漂亮得多，但手上只能拿着加油枪，而不是这个高贵的花洒。要把漂亮变成资本是需要经营的。她从浴缸走出来，像一轮明净的月亮冉冉升起。李副市长的脑海里一片空白，一根筋地想着即将到来的美女大餐。他们在1818 房足足温存了三个小时，上演了各式各样、让人眼花缭乱的节目。害羞的观音菩萨实在看不过眼了，赶紧撕下一块白云扔到他们的身上，给他们遮羞……贞洁的你对白云下的那点勾当肯定不感兴趣，这样也节省了作者的一点笔墨。

虽然李副市长的年龄比钱忠利大了二十岁，但在这方面，李副市长完全可以给钱忠利当老师。李副市长有私人保健医生，春天补西洋参，夏天补灵芝，秋天补紫河车，冬天补冬虫夏草。除了食疗食补，李副市长还坚持锻炼身体。春天练五禽戏，万物复苏之时需要舒经活络；夏天练养生功，天气炎热需要守住体内的真气；秋天练太极拳，暑去寒来之际需要调和阴阳；冬天练硬气功铁布衫，强筋健骨抵御风寒。无论酷暑严寒，李副市长的身体内永远像一台恒温箱，健身保养达到了天人合一的最高境界。李副市长特别注意保养身体的原因是他坚信医学克隆技术即将出现重大突破，将来哪个脏器损坏了，就直接克隆一个换上，到那时一个人活上五千年、五万年都不是梦想。关键是在"身体复印机"出现之前，他必须保留好这份"原件"。

在进 1818 房之前，范莉只是为了一点点利益；从 1818 房走出来的时候，范莉发自内心地无怨无悔。李副市长是一位名副其实的集成熟男人、成功男人、强悍男人于一体的"三好男人"。范莉相信，凭李刚的外貌、地位和身体状况，足以"整死"任何美女。

李副市长对自己的表现相当满意，就像一位超一流选手出现了百年一遇的超水平发挥。但他还是忍不住问一问范莉的感受。范莉不好意思直接回答，反问了一句："你还要当记者采访我?"

"那当然，平时都是记者采访我，今天让我当一回记者吧，我想知道你的感受。"

"哪个记者会提这样的问题呀!"

"记者最感兴趣的就是这个问题。别卖关子了，赶紧说吧!"

范莉沉默片刻，回答道："你爽我也爽，大家爽才是真的爽。"

李副市长被范莉的这句话逗乐了，捧着范莉的脸笑着说："你太有才了! 如果你从政，一定会青云直上!"

"跟着感觉走，紧抓住梦的手，脚步越来越近，越来越温柔……"李副市长随口哼出的小调，哼到了范莉的心里。李副市长开车送范莉到医院，在医院附近的一个僻静处停下。下车之前，范莉给了李副市长一个深情的凝视，让李副市长的形象在她的眼中聚焦、定格……

婆媳关系

钱忠利买了一套复式楼，一家人其乐融融地搬了进去。在号号的软磨硬泡之下，钱忠利终于同意买回两条小狗，分别取名叫"强强"和"花花"，这可把号号给高兴坏了，抱抱这个，亲亲那个，那热乎劲儿简直要把两条小狗当成自己的弟弟妹妹。此时的钱忠利爽歪歪地躺在沙发上，看着范莉和儿子一起逗弄小狗开心的样子，他长长地舒了一口气，在外漂泊多年，恰如无根浮萍，现如今终于有了家的感觉。

按照老家的习俗，钱忠利还买了两挂鞭炮放了放。范莉揶揄道："要不要再烧点香、磕几个响头，正儿八经地拜一拜各路神仙？"

钱忠利一拍脑袋说："对啊，你说得太对了！"他赶紧朝四方作揖鞠躬，嘴里念念有词："一拜东方的东海龙王，保佑药厂不要断货；二拜西方的如来佛祖，保佑招标弹无虚发；三拜南方的齐天大圣，保佑销量年年翻番；四拜北方的观音菩萨，保佑医院及时回款……"

范莉笑着说："得了吧，我们的救世主就是我们自己！"

钱大妈炒了一桌家乡菜，想庆祝一下乔迁之喜。她对钱忠利说："你一年到头难得在家吃上几顿饭，来，赶紧趁热尝尝吧！"

钱大妈一边说，一边不停地给钱忠利夹菜；钱忠利一边沐浴着母爱，一边大口大口地咀嚼。他无意中发现范莉正沉着脸，好像有些不高兴。他赶紧帮范莉夹菜，笑嘻嘻地说："尝尝妈做菜的手艺，比你做的好吃呢！"

范莉看到钱大妈一个劲地给儿子夹菜而忽视了她，心里本来就酸溜溜的，钱忠利的这句话更是火上浇油，她不阴不阳地说："这是你妈做给你吃的，做媳妇的哪有这个福分啊！我可不敢多吃，吃下去也消化不了！"

钱忠利听出了怪怪的味道，急忙在桌子底下踢范莉的腿。范莉回踢了一脚，狠狠地白了钱忠利一眼说："你踢我做什么？嘴长在我身上，还不让我说话了？"

钱大妈尴尬极了，她强装笑脸说："唉，都怪我，都怪我，俗话说，手心手背都是肉，儿子儿媳我都亲，哪能偏心啊？莉莉呀，你尝尝妈做的回锅肉，味道可鲜呢！"说话间钱大妈也给范莉夹了菜。

号号在一旁叫嚷着："还有我呢！奶奶您怎么不亲我呀？"

钱大妈赶紧凑过去在号号的小脸蛋上亲了一口，高兴地说："亲、亲，奶奶都亲，你是奶奶的心头肉啊，即使别人都不亲，奶奶也要亲小孙子哟！来，你也尝尝奶奶做的回锅肉……"

范莉吃了一口钱大妈夹过来的菜，脸色稍稍缓和了一些。为了调节紧张的气氛，钱大妈赶忙岔开话题，她对钱忠利说："对了，黑蛋从老家过来了，你要是有时间的话，就请他们一家人吃个饭吧。"

钱忠利答道："嗯，菜花姐告诉我了，只是这几天招标的事情比较忙，我还没来得及去看黑蛋。对了，黑蛋应该长得很高了吧？"

钱大妈点头说："是啊，乡下长大的孩子结实，喝凉水也长个，黑蛋现在和你差不多高了，长成大小伙子了，听说现在读高一了，这几天小媛一直帮黑蛋辅导功课。我看小媛这个姑娘还是挺会教育孩子的，黑蛋刚来的时候还怕见生人，让小媛带了几天，性格就开朗多了，见谁都说话打招呼了。我想让小媛也教教号号。"

听到钱大妈提到小媛，范莉的气就不打一处来，她生硬地顶了一句说："难道我们的儿子，我们自己不会教吗？怎么还要请外人教育呢？"范莉反感钱大妈整天唠叨钱家庄的人和事，更反感钱大妈提到小媛，因为小媛是范莉心目中假想的情敌——男人喜欢用假想的情人折磨自己，女人喜欢用假想的情敌折磨自己。

钱大妈没有想到躲开了一个雷区，却踩进了一个更大的雷区。她意识到自己说话不得体，又惹范莉不高兴了，她赶紧向儿媳妇解释："我不是担心你们不会教育小孩，只是觉得你们太忙，没时间顾及孩子。号号每天跟着我这个农村老婆子，真担心把他教傻了。"

范莉没好气地说："您能把儿子培养到 BJ 大学，怎么就担心教不好孙子呢？"

钱大妈被顶撞得哑口无言，她伸出去的筷子像被速冻了一样，僵硬地停在半空中，老半天不知道该伸出去夹菜，还是该收回来扒饭。她想不明白，以前范莉对她很尊重，整天妈妈长、妈妈短的。但自从兄妹分股之后，范莉对钱大妈的态度急转直下，变得越来越差了，就像他们生产的假药一样，掺假的成分越来越多。在分股的问题上，她宁肯把大儿子和小女儿都得罪了，也是坚定不移地站在范莉一边，但她做梦也没想到，"大义灭亲"却换来"恩将仇报"。从分股到现在，范莉再也没有给她买过新衣服了，虽然她不在乎新衣服，可自己又是帮她带孩子，又是帮她做家务，还要每天小心翼翼地伺候她，却难得见到她的一个好脸色。钱大妈觉得和小媛在一起无拘无束，就像和自己的闺女在一起那样放松，但在范莉面前她总是有些不自在。她越紧张，就越说错话。

钱忠利看到老妈难堪的样子，他只是重重地叫了一声"范莉！"他用简单的两个字向她传递了非常复杂的信息：恳求、威胁、制止……

范莉就是担心钱忠利不搭腔，找不到发泄的地方。她根本不去理会他的暗号，气冲冲地说："我告诉你钱忠利，公司的事在公司解决，以后别在家里讨论，别整天小媛长、小媛短地挂在嘴上。如果你喜欢她，就和她一起住吧！"

钱忠利感觉在妈妈面前被老婆这么数落很没有面子，也提高嗓门说道："你怎么越说越狗屁离谱了？我跟小媛怎么了？我和她之间有什么呀？你是不是更年期提前了？"

范莉听到"更年期"三个字，感觉自己受到了莫大的侮辱，她认为自己正处于含苞欲放的花季年华，怎么可能和"更年期"扯到一起呢？她突然从凳子上跳起来，指着钱忠利叫道："你和小媛成天眉来眼去的，别以为我不知道，我告诉你姓钱的，你别以为自己有多大的本事，你想想你的成绩靠的是谁？"

钱大妈感觉一颗心怦怦地跳得厉害，她赶忙打圆场说："看看，都怪我老婆子多嘴多舌了。忠利你给我老实点，莉莉你也坐下吧。让邻居听到了，多没有面子啊！"

范莉有些急不择言地说："您养的好儿子，成天在外面吃喝嫖赌，连里子都没有了，还讲什么面子啊？"

范莉的每句话都像无情的鞭子，抽打着善良母亲的脸，撕裂了脆弱母亲的心。钱大妈的眼泪在眼睛里打转，满腹委屈涌上心头，她突然感觉眼前发黑，胸口发堵，赶紧放下碗筷，踉踉跄跄地回到自己的房间。号号看到奶奶不高兴，当即把碗筷扔到了地上，张着嘴大哭起来："妈妈真坏，你把奶奶气哭了！"

号号从小是奶奶带大的，在他的眼中奶奶就是伟大的母亲，因此他毫不含糊地站在奶奶一边。范莉把号号从椅子上一把拖下来，照着他的屁股狠狠地打了两巴掌。号号毫不示弱地和范莉撕扯起来。钱大妈哭着从房间里跑了出来，一把将号号抱进房间。

家里乱成一锅粥，钱忠利看看妈妈紧闭的房门，又看看气势汹汹的范莉，夹在中间的他左右为难。钱忠利的嘴中轻轻地嘀咕了一句，范莉听不清他在说什么，但从嘴巴一翘和一个爆破的口形判断，知道他又说了一声"狗屁"。

钱忠利重重地摔下碗筷，推门走了出去。夜幕中弥漫着南国潮湿的空气，一只体形庞大的黑鸟从树丛中飞了出去，尖叫声划破了夜空，钱忠利隐隐地感觉到这次买房不是一个好兆头。

药之华模式

　　小小的风浪不足以掀翻婚姻之舟，钱忠利和范莉的婚姻暂时还是稳定的，他们共同的理想就是把晨光医药公司做大做强。"到什么山上唱什么歌"，范莉走出家门的时候，全身心地陷入了李刚的情网；回家的时候，她也是揣着一颗心回来的。

　　范莉从李副市长那儿打听到钱忠利招标惨败的原因，除了对招标评委们沟通打点不够之外，钱忠利最大的失败是选错了代理招标的医药公司。康泰是当地最大的医药公司，为了增大招标的胜算，钱忠利把晨光公司的药品都委托给康泰公司投标。钱忠利一到东阳就认识了康泰医药公司的老板郑泰。郑泰是本地人，也是改革开放第一批发财致富的本地人，郑泰为人厚道，医药代表都亲切地称呼他为"泰哥"。

　　《东阳晚报》公布了招标结果：本地药品龙头老大康泰公司是唯一一个中标药品超过 200 大关的医药公司，共计中标 201 个；中标排在第二位的是名不见经传的药之华医药公司，中标药品是 199 个。

　　表面上看，康泰夺了状元，但康泰是 3 000 多个产品参加竞标，药之华却只有 500 多种药品参加投标。201 比 199，这美妙的比分后面暗藏着多大的玄机。没有中标的药品不能在东阳销售了，泰哥公司的业务一落千丈，不用说办公室费用、人员费用，仅仅配备的送货车也得由原来的 30 部减少到 10 部。

大家都在议论药之华公司凭什么一夜成名。公众和记者达成共识：药之华聘请了药学专家作为咨询团队，在筛选投标药品方面更胜一筹；药之华公司聘用了年轻人，开拓精神强；药之华公司的管理不用说在东阳，就是在全国也是一流的……广东报纸把药之华的崛起称为"药之华现象"，省城有关部门派人做现场调研，总结为"药之华模式"。

针对药之华医药公司的成功，某教授还申报了自然基金项目。这位教授带着一群研究生深入实地调查药之华的外部环境、内部环境、制度文化、员工激励机制……最后总结出了药之华成功的数学模型——像牛顿看到苹果从树上掉下来总结出万有引力定律一样。

菜花在《东阳晚报》上看到狗屁教授的研究成果之后都笑得抽风了，她挥动手中的报纸对大家说道："这位教授花了几个月的时间写了几十万字的调查报告，居然还不清楚药之华的老板华仔是梁局长的儿子。"

钱忠利说道："菜花姐，你以为狗屁教授真的不知道吗？聪明人装糊涂装得不被人识破，那才算高明。如果他把这句话写出来，他的数学模型还有意义吗？他还能把几十万元的科研经费骗走吗？"

范莉断言："下一次招标就变成了药之华公司的天下，因为医药代表知道药之华的中标率高，自然把药品转到药之华去代理投标。"

钱忠利懊恼地说："我的信息怎么总是比市场晚了半拍呢？我过去连想都没想过这个问题。"

"是啊，阿 Q 的产品就是通过药之华公司投标的。如果大家都转到了药之华，各个代理商等于又回到了同一起跑线，下次招标比拼的就是评委的关系了。"

"这么说，泰哥在处方药市场是彻底没戏了？"

"那当然，凭梁局长目前的势头，他至少还可以当十年八年的局长，康泰不用说支撑十年八年，估计撑一年都很困难。"

"泰哥过去给咱们也帮了不少忙，很多药品信息、医院用药信息都是泰哥给咱们提供的，看来我得请他出来喝喝茶，开导开导他。"钱忠利边说边掏手机，准备给泰哥打电话。

范莉按住钱忠利拨号的手说："你怎么这么缺乏政治敏感性啊？泰哥和华仔现在是剑拔弩张，你还敢给泰哥打电话，难道你不想做药了吗？听说今天工商、税务都在泰哥那边稽查呢！"

范莉掏出手机拨了一个电话："是梁董事长吗？我是梁局的部下小范啊。哦，是的——是的——不知您今晚有没有时间，我和我先生请您喝茶。好的——好的，不见不散，当面向您汇报。"

范莉挂断电话后告诉钱忠利："我刚才已经约好了华仔，我们请他到月朦胧去喝咖啡吧。"

晚上，范莉简单地化了妆，带着钱忠利出了门。钱忠利跟在后面有些心虚，小时候就怕见官。没想到人越大胆越小，现在连官员的家属也怕了。钱忠利小时候调皮，钱老六喊上一句："小心派出所的警察把你抓走！"他就变得老实了。在他幼小的心灵里，警察就是官，官就是爷。

他们走进咖啡馆的包厢，见到了恭候已久的华仔。原来华仔只是一个二十多岁的毛头小伙子。一入眼，钱忠利就知道他是广东的"土著居民"——面色棕红、眼眶大而深陷、鼻梁低而扁平、颧骨高耸、身材不高、四肢短小，这副尊容让他想起了科幻书上的一个头像——

外星人。他臆断第一个设计外星人的科学家可能就是以狗屁华仔做模特画出来的。

正当钱忠利毕恭毕敬地上前找"外星人"握手的时候，"外星人"却毕恭毕敬地迎上去和范莉握手，两双手在空中打了个时间差。等到范莉向梁董事长介绍钱忠利的时候，"外星人"只是蜻蜓点水地和钱忠利握了一下手，好像钱忠利是另外一个星球上的怪物似的。

落座之后，范莉开腔了："您爸爸是我的领导，对我关心特别多，我特别感谢他。我们做了一点药，以后还得请您多关照。"听到范莉提到梁局长，钱忠利突然觉得"外星人"的长相特别像他爸——那个老"外星人"。

"外星人"连连摇手："不敢当，不敢当，我爸爸早就对我提到过范姐聪明漂亮，只要有用得着我华仔的地方尽管开口，华仔一定效犬马之劳。"

范莉以商量的口吻说："我们的代理药品过去是通过其他医药公司投标的，效果不是特别好，我想转到您的公司。"

"外星人"抱拳做激动状："只要范姐肯赏脸，华仔自然愿意效劳！"别看"外星人"这么年轻，没想到在社交场合是如此老道。龙生龙、凤生凤，不仅仅是基因的缘故，不仅仅是熏陶的结果，更是一种底气与实力。

范莉又试探性地问："你们那边收几个点的配送费？"

"外星人"眼中闪着蓝光，说道："范姐太见外了！范姐这边我是不收配送费的，您从药厂多少钱进到药之华，药之华再按中标价帮您进到医院，中间的差价全部是您的。"

范莉连连摆手说："梁董事长，您这样我们可受用不起，做生意还是要讲究原则。您运进来、送出去、仓库保存都是有成本的。行内都是八个点的配送费，我们也按照八个点给您吧？只是我们的药品您多关照，给各医院说清楚，保证供货的畅通。"

"这个您放心，我肯定会和医院讲清楚的。另外，配送费最多只能收您四个点，如果您要给我八个点，我就不敢接您的货了！"

"那太谢谢了。我给伯母带了一套首饰，麻烦你转交一下。"钱忠利赶紧呈上礼品袋。

"外星人"连连摇手："不敢，不敢，您太客气了。如果没有其他事，我就离开了。"钱忠利盯着"外星人"的脸，但"外星人"眼中的蓝光一直射向范莉，并没有和钱氏探照灯的白光形成交流。

范莉一把抓住"外星人"，笑着说："又不是送给你的，女人之间的事，你们男人不懂。"礼品硬是塞了过去，"外星人"难为情地接收了，一个劲地表示感谢。

从走进咖啡厅一直到回到家里，钱忠利一声不吭，真是有些心不在焉，因为他满脑子翻滚着儿童时期看过的外星人的科幻故事。谈判的结果让他很满意，但过程让他很难受。

钱忠利没有想到范莉的影响力这么大，也不敢想象范莉的影响力为什么会这么大。他感觉，眼前的范莉离他越来越远、越来越陌生了。

假洋鬼子教授

医疗改革的动作越来越大了，原因是八位美籍华人教授。中国人一旦变成了假洋鬼子，突然感觉身价倍增。

八位假洋鬼子教授摆出了八国联军的姿态，给中国政府写信叫嚣："医疗不能按照市场规律运行，应该加强国家的监管力度。"

假洋鬼子教授说话真的很管用，中国人就是迷信出口转内销。这封信由政府转给卫生部，卫生部高层官员在不同的场合表态赞同这一观点："医疗是没有市场（经济）的。""医疗是国家干预的行业，市场是失灵的。"

东阳市卫生局转发了相关部门的文件，并组织各家医院的院长一起学习，讨论如何贯彻落实医疗改革政策。会议由梁局长主持。

梁局长发言后，有些基层医院的院长表示赞同国家政策。轮到了段院长表态，段院长狡黠地一笑，打了几个空哈哈："国家的精神我们要贯彻，局长的指示我们要执行。局长指向哪里，东阳二院就打向哪里！"这句话是段院长的口头禅，几个空哈哈让段院长在东阳游刃有余。

作为当地最大医院的院长，唐文应该是第一个表态的，但他一直选择沉默。局长点名问他有什么想法。唐院长说:"我们东阳一院肯定支持国家医改政策。如果让我谈一点真实的想法,我只能说我对某些政策还不是太理解。卫生官员很多也是医学专业出身的,有些人还曾经当过院长,即使他们不搞调研,也应该知道某些政策的可行性是有问题的。为老百姓办实事就应该落到实处,要看到效果,不要总挂在嘴上。"

梁局长赶紧圆场,为自己找台阶。他干咳两声,假笑着说:"咱们是内部讨论会,各抒己见,没关系的。"

唐院长没有受到干咳声的影响,继续说:"我只举一个例子,医院现在给重症患者的特级护理是每天收费 15 元,包括给病人喂饭、扶病人上厕所、给病人洗脸梳头之类的服务,一个月就是 450 元。如果政府能够专门建立一支护工队伍,让他们乐意接受每月 450 元的报酬,那么这个问题就解决了,否则就是扭曲了市场规律,在实际工作中肯定行不通。如果想执行这个政策,只有两种可能性:第一,像北京地铁那样享受国家补贴;第二,像中国石油那样不停地涨价。两种可能性都行不通,这个院长就没法当了。"

有些小医院日子本来就过得不好,听到唐院长发言,原本有些拘谨的院长也跟着打开了话匣子:

"国家迎合公众,却又把包袱丢给了医院,人为激化了医患矛盾。"

"如果国家不按市场规律办事,甚至把医疗当成了公共福利,国家就应该买单,用纳税人的钱为纳税人服务。有些领导自己当好人,让院长当恶人。"

"每次政策出台,百姓掌声一片,媒体好评如潮。退潮之后,留下的却是烂摊子。"

唐院长的点炮让梁局长很不高兴。唐院长平时与梁局长没有任何私交。唐院长是一个老实人，甚至还有些学究气，说出这样的话，梁局长也拿他没办法。

梁局长脸上实在挂不住了，严厉地说："这是解决问题的讨论会，不是发牢骚的会。如果你们当不下去了，可以不干，自然有人愿意干。"

其他医院的院长一下子安静下来了，唐院长忍不住又顶了一句："我们每天学这些脱离实际的文件，却没有真正为老百姓解决实际问题。"

"你是在替党说话，还是在替老百姓说话？"梁局长拍着桌子站了起来。

唐院长惊愕地看着梁局长，嘴巴一张一合，但没有发出声音。

段院长赶紧出面打圆场："大家都消消气吧，心情都是相同的，办法总比困难多。"

唐院长不再发言了，顺手从公文包里拿出了本子，写起了他的文章。卫生系统的人都清楚，唐院长爱好文学，出版过诗集和散文集。如果他把今天的会议情景写成诗，不知道该是怎样的诗、抒发怎样的情。

梁局长盯着唐院长看着，会议室的空气有些凝固了。梁局长终于发话了："我们是开工作讨论会，不是文学爱好者的笔友会。请把与会议无关的东西收起来！"

唐院长收起了本子说："当一天院长就得在我的权力范围、能力范围内对得起病人。话又说回来，局里作出的所有决策东阳一院一定会认真执行，但我保留个人意见。"

梁局长和唐院长都表明了态度，现在轮到大家表态站队了：

"医疗市场放开之后，很多民营医院违法经营，给公众造成了不好的印象，国家确实应该收紧政策了。"

"国家加强管理是应该的，相信医院经过阵痛之后会走上健康的轨道。"

基层院长的态度瞬间发生了180度的大拐弯。段院长并不表态站队，他只是说了一句与主题无关的话："听说姚明的老婆叶莉怀孕了，我推测肯定是个儿子，而且这儿子的球技将来肯定比姚明强！"

这句话让梁局长紧绷的脸缓和了，梁局长是个篮球迷，但他假装板着脸骂道："姓段的，我请你来是讨论医改政策的，不是讨论美职篮的。"

段院长赶紧赔着笑说："该死，该死！"

梁局长却笑着说："火箭昨天对湖人，姚明真是好样的，打得湖人队中锋奥尼尔一点脾气都没有。"

于是一群男人开始津津乐道地谈起了篮球，因为局长爱好看美职篮，所以每位院长的皮包里都有一个专门记录美职篮新闻八卦的笔记本。东阳卫生系统掀起了史无前例的美职篮热潮，不是因为姚明，而是因为梁局长。

紧张的气氛因美职篮而彻底缓和——这就是东阳卫生系统流行的"篮球外交"。

唐文院长是一位学究气很浓的人，他是骨科方面的专家，也是广东省骨科专业委员会副主任委员。五年前，他的一项课题获得了广东省科技进步一等奖，加上他又是无党派人士，因此，作为组织重点培养对象，他被推到了院长的位置。

唐院长独来独往的性格导致他在官场没有广泛的人脉关系。官场讲究抱团：同学抱团、老乡抱团、牌友抱团、酒友抱团、红颜知己抱团……唐院长只知道抓医疗质量和服务质量，业余时间做做科研、写写小诗。他只会左手抱着右肩，右手抱着左肩，和自己抱团。这种只知埋头拉车、不知抬头看路的人肯定不会有好果子吃的！

唐院长当面顶撞梁局长，这件事让梁局长一直难以释怀。梁局长向李副市长反映："作为东阳市最大的医院，不仅要自己干好，还要对基层医院给予支持，起到领头羊的作用。但唐院长不讲政治，没有大局观，可能会耽误东阳医疗改革的大计。"

李副市长在全市的工作会议上不点名地批评了唐院长。他只是想敲打一下唐院长，让他懂点规矩，并不想把唐院长撤职。他知道唐院长把一院治理得井然有序，让他省了不少心。让人意外的是，几个月之后，唐院长主动提交了辞职报告，哼着归去来兮，做了一名普通医生。

唐文还在辞职那天写了一篇博客文章——《医改两年回头望，眼前一片雾茫茫》：

　　官员油了——

　　上级要求地方一把手签订"医改责任状"。只要你让我签，什么我都敢签，不就是做做文字游戏嘛！签订"医改责任状"之后，抽调出几位敢说假话的医务人员，写个"实施方案"交上去了事。然后又争先恐后地抛出"医改模式"：A省模式，B市模式，C医院模式……模式一片大好。笑死人了！

　　医院蒙了——

有一次我问一个官员："医改咋改？你给我透露一点信息吧！"官员反问我："你是院长，医改的落脚点应该在医院。你都不知道，我怎么知道呢？"春江水暖鸭先知，现在轮到"鸭"向"鸡"讨教春江的水温了。鸭啊，这只可怜的鸭！

药厂烦了——

一个季度一次招标。这次招标结果刚刚公布，下一轮招标马上启动。"标标相连，环环紧扣"，很多药厂的老板被折磨得半死，几乎靠"嗑药"来维持生命了。

············

黑子回到办公室，告诉大家唐文已经辞去了院长职务。

谢名贤高兴地从总经理办公室跳了出来，叫嚷道："好消息！好消息！只要唐院长下台，我们的药品在东阳一院肯定会翻番！"

钱忠利好像不是特别兴奋，只是淡淡地说："平心而论，唐文是个好人。"

谢名贤说："好人不一定都要去当官吧？这对唐文是一种解脱，对我们也是好消息，你看你年初给我定的目标那么高，东阳一院上不了量，我哪里能完成呢？这下不就好了吗？"

辞去院长职务之后，唐文并没有像陶渊明那样过上逍遥自在的生活。他一手带出来的骨科冯主任不愿意接纳他，冯主任找到了新上任的欧阳院长，无奈地说："你看这个主任我怎么当呢？唐文做普通医生我怎么管他呢？实在不行就让唐文当骨科主任好了。"

欧阳院长笑道："你让他当科主任，我也没法管他啊！何况唐文也不会同意再当科主任了。"

冯主任出了个主意，附在欧阳院长的耳边小声说："实在不行就让他做门诊医生，也不属于哪个科室。让他一个人单干吧。"

欧阳院长想了想说："看来只能这样了，我找唐文谈谈吧。"

对唐文的安置成了医院老大难的问题。欧阳院长找到唐文，把他的想法说出来。唐文当场就摔茶杯，气愤地说："你们不让我进病房，不让我进实验室，给我一间诊室，骨科专家每天在门诊看感冒发烧，不就是宣判了我职业生涯的死刑吗？"

欧阳院长沉默了一会，说："你也当过院长，也知道当院长的难处，希望你多一份理解。"

唐文从欧阳院长办公室出来，再进病房时发现自己变成了一粒飘浮在空中的尘埃，变成了名副其实的大侠。骨科已经没有他分管的床位，也没有人邀请他去查房或参加病案讨论了。

不到两个月，东阳市班子换届，唐文不再是市政协副主席了。不到三个月，唐文又接到通知，他不再是广东省骨科分会的副主委了。他不在乎这些华丽的外衣，他过去也曾想拒绝这些名分，但人家不高兴了，认为他不给面子，硬要往他身上套。现在这些外衣被别人扒掉了，也没有什么不好的，唯一感到别扭的是脱得太快了。哗！几个月之内，十几件外服全脱了，被扒得精光，赤裸裸地站在公众的目光下。犹如一位高血压病人，血压太高，头涨得痛；突然降压减得太过了，感觉有些头晕。

医院内外到处都是唐文的新闻，他一下子成了卫生系统臭名昭著的坏蛋。

在医院体检科，钱忠利听到人们在悄悄议论：

"唐文因为与某护士关系暧昧，被别人抓住了，被迫辞去了院长职务。"

"他的情人就是前几天辞职的那个护士。"

"啊？真是！那个护士真有些姿色。我还纳闷呢，这么漂亮的女孩子总是不谈男朋友，原来是有原因的。"

"是啊！现在的女孩也太势利了。唐文一下台，就不见她的踪影了，不知她又傍上哪位领导了。"

"也别怪女孩，都不是什么好鸟！"

在心内科病房，钱忠利也听到有人在议论：

"你看到市纪检的几位干部来我们医院了吗？"

"没看见，医院出了什么事吗？"

"听说唐文拿回扣超过一千万了，正在接受调查呢！"

"难怪好端端的院长他不干了——捞饱了，想溜。"

"平时还装得一本正经的，天天整治药品回扣，我们都被他给整死了。表面上看，我们的待遇比二院高，但二院的回扣是我们的好几倍！"

"如果他再不下台，我就准备跳槽到二院去！这些年跟着他干得好辛苦。"

在骨科，唐文发家的地方，也有人在议论：

"你知道广东省骨科学会为什么免去唐文的副主委吗？"

"应该是他不当院长了，专业委员会认为他没有利用价值了吧？"

"这只是表面现象。听说唐文拿的那个科技进步奖有问题，数据全部是瞎编的，根本没有可重复性。"

"不会吧？"

"怎么不会啊？我前天看见省科技厅领导在咱们医院呢，听说就是来调查这件事的。"

"妈啊，看他每天晚上待在实验室，还以为他在做什么高深研究呢，原来在瞎编数据！"

谣言满天飞，哪个是真的，哪个是假的，都无从考证。但后来传出了一条可靠的消息，唐文住进了省精神病医院。大伙有点同情他了，但同情心没有维持半个月，第二波谣言又蜂拥而至。究竟是什么原因让唐文患上精神病的呢？是那护士，是纪检委，还是科技厅……

"哼，别装聋卖傻了！把精神病院当成了避风港。"

总之，唐文再也没有回东阳一院上班了，大家也慢慢地把他淡忘了。

蓝天净土医院

半年之后的一天晚上,钱忠利顺便买了一份《东阳晚报》回家。

钱忠利每次看完体育新闻之后就把报纸扔掉了,其他狗屁内容真的没什么好看的。那些狗屁内容无非就是东阳领导日理万机、东阳人民安居乐业、世界人民水深火热之类的东西。钱忠利正翻动报纸寻找体育新闻的时候,一排非常显眼的大字"蓝天净土医院招聘"吸引了他的目光。他从来没有见过这么怪怪的医院名字。招聘广告很有特色:"招聘各类医务人员和管理人员。这里或许会让你失望,因为医务人员不会有红包回扣;这里或许会让你欣喜,因为你装进口袋的每一分钱都能体现你的价值,为你赢得尊严。走到一起来吧!还病人一片蓝天,给医生一方净土……"

这家医院的地址在市区,钱忠利经常经过那里,那座建筑过去是一家酒店,几个月来一直关门装修,原来改造成了医院。看完这则广告,钱忠利没有兴趣继续往后面找体育新闻了。他用报纸盖着脸,口中喃喃自语地念叨:"蓝天净土,多好的词儿!"

几天之后,钱忠利经过蓝天净土医院时看到这家医院已经开业了。钱忠利好奇地走了进去,迎面大厅写着那句广告词:"还病人一片蓝天，给医生一方净土"。里面的导诊小姐礼貌有加，打完招呼之后，任凭钱忠利在里面参观。并不像某些民营医院那样过度热情：见到有个人影在门前一晃动，导诊小姐就会冲上去死死抓住，过路人好不容易逃离了医院，一直还心有余悸，半个月都回不过神来。找个巫师一问，原来过路人的魂还掐在导诊小姐的手上……

钱忠利看到整个天花板都绘着淡蓝色的云彩，墙壁地板均是乳白色，朴实而整洁。一楼的大厅不大，安排得紧凑有序，除了导诊、挂号及取药处之外，一楼的拐角处还有一个便民药店，药店上面还挂了一个"世外桃源药店"的招牌。钱忠利简单地看了一下橱窗中的药品，都是一些常用的普药，价格确实很便宜，和他们从厂家拿的进货价差不多。

钱忠利再看看医生介绍栏，简直把他吓了一跳。蓝天净土医院的院长竟然是唐文，而且很多医生都是东阳一院和东阳二院的医生，魏明、张铁军、小梅的名字赫然在列。

医院的病人很少，门诊大厅显得空荡荡的。钱忠利经过一个诊室门前的时候，看到唐文正坐在专家诊室里。唐文看到钱忠利从门前经过，赶紧站起身来打招呼。钱忠利感觉唐文的气色比过去好得多。钱忠利跑进来紧紧地握住唐文的手，也不知道该对唐文说些什么，从一个大型三甲医院的院长跑到这个小民营医院当院长，不知道应该祝贺还是应该安慰。倒是唐文先开口，他笑着对钱忠利说："我们这儿是蓝天净土医院，不可能再有药品回扣了，你在这儿探头探脑也没有作用了。"说着请钱忠利坐了下来。

钱忠利屁股还没有坐稳就急切地问："您这儿为什么叫蓝天净土医院呢？好怪的名字！"

"说得直接一点，我们开这家医院的目的就是反感公立医院的回扣问题，我们有共同的志向，不拿回扣。我们把一部分利润返还给病人，另一部分作为员工的奖金，让大家拿得踏实，拿得光荣。"

"您又是如何理解'还病人一片蓝天'？难道东阳一院就没有给病人一片蓝天吗？"

"我已经离开了东阳一院，不想作太多评价。作为骨科专家，我只想从我的学科分析一个现象，骨科医生都拼命挤进骨关节科，都不愿意到手外科去。给病人置换两个关节，材料费不低于两万块钱，医生的回扣差不多有六千块钱，一台手术只要一个多小时就完成了。手外科没有材料费，在显微镜下工作三五个小时，累死累活，就那一点点工资，你说谁愿意干啊？医院里面有几个骨科，本来学科可以细分，这样对医生的技术提升有帮助，也能让病人得到更专业的服务，但阻力太大了。因为谁也不肯干手外科，没办法，很多医院只好规定，急诊科给三个骨科按次序轮流收住院病人，一碰到置换关节的病人收进来了，医生喜上眉梢；碰上手外科的病人来了，只好自认倒霉了。如果一名医生满脑子都是回扣，还能'以病人为中心'吗？"

"照您的意思，置换关节是油水最丰厚的地方了？"

"脊柱手术也不差，做脊椎固定的四颗钉子、两个螺帽的价格一般都在三万块钱以上！干手外科叫'苦力活'，干关节科叫'体力活'，干脊柱才算'技术活'……"

"蓝天净土医院真的能杜绝回扣吗？"

"如果不能杜绝，还有资格叫'蓝天净土'吗？我们买进同等药品、耗材的费用不到公立医院的一半，我们会根据每个科室的劳动强度、风险程度给医生明明白白地提高待遇。我们在骨科细分的时候，医生都争着去手外科，那里的精细活可以训练骨科医生的基本功。"

唐文停顿了一下，继续说："可怕的还不是病人蒙受经济损失，而是过度医疗对病人身体造成的损害。有些医生大笔一挥就开了一张"加强 CT 检查"，这项检查给病人带来的放射线损害相当于胸片的 500 倍！这一代医生还明白自己在做错事，下一代医生可能都不知道自己在做错事了，因为他们的上级医生都是这么教他们的。"

钱忠利不清楚汽车公司为什么不改行生产骨科的螺钉、螺帽，那样利润将会亿万倍地增加。他不敢多想，每想一次就是一次自残，自残之后，还得自我疗伤。

他从唐院长的办公室走出来，又碰上了张铁军。张铁军比以前结实了许多，面色黯淡，眼角的鱼尾纹叠起。广东这片天把他那张稚嫩的脸打造成了一道江南凉菜——酱板鸭。

钱忠利拍着张铁军的肩头问："你小子怎么混到这里来了？怎么晒得这么黑了？"

"这里是热血青年眼中的延安！"

"这个医院是谁投资的？"

"唐院长从东阳一院辞职后找海外的一个慈善基金会捐款建立的。他说他要建立一个医疗行业的乌托邦，来实现他的人生理想。他还说，医生在公立医院拿回扣是体制问题，在'蓝天净土'拿回扣就是道德问题。我就是在招聘会上听到这句话才到这儿来的。"

"小梅也来了？"

"是啊，我们夫妻俩一起过来的。"

"我走了，就不惊动小梅了。祝福你们，延安同志！"

离开之前，钱忠利给了张铁军一个有力的拥抱。

温情 1818

　　钱忠利从蓝天净土医院回来，躺在自家的阳台上闭目养神，眼前浮现出钱忠厚和唐文两个人的形象。两个人影渐渐走近，四只手握到了一起，随即像久别重逢的朋友拥抱到一起，两个人影慢慢融合了，最后变成了一个人，这个人的脸庞慢慢清晰了——国际主义战士白求恩。钱忠利的耳边响起了毛泽东同志的那句话："一个高尚的人，一个纯粹的人，一个有道德的人，一个脱离了低级趣味的人。"

　　钱忠利尊重这种人，崇拜这种人，但他做不了这种人。他认为企业家和政治家都做不了这种人。因为企业家和政治家需要讲究谋略，谋略中不免有阴谋，阴谋中不免有肮脏。俗话说：人在江湖，身不由己。除非你想做钱忠厚那样的学者或唐文那样的大侠。

　　从此以后，钱忠利再也没有勇气走进蓝天净土医院的大门，他也没有勇气把他的假药扛进这片蓝天净土。每天早上经过这家医院的时候，他都是绕到马路对面去，还不由自主地隔着马路看几眼。他也不明白自己在期盼什么，难道他是想见到小梅吗？他感觉自己和小梅是不同道上的两部车，已经没有见面的意义了。

　　李副市长和范莉打得火热，钱忠利不知道是真的不知道，还是装着不知道。或许钱忠利对他们的暧昧关系压根儿不感兴趣，他只关心范莉给他树立的二百亿的人生目标。导师的信念重于泰山，导师的肉体轻于鸿毛。

回首过去，他甚至认为结婚无非是向中国的传统观念屈服而已，中国人讲究传宗接代，给长辈一个交代。社会上流传"十个男人九个花，还有一个没钱花"。中国之大，不可能亏了我钱忠利一个人。钱忠利身边除了范莉之外，从来没有缺少过女人。

上层公关是范莉的强项，说得直白一点，李副市长的公关是范莉的强项。医院这边的公关是钱忠利的强项，他带着院长旅游、唱歌、桑拿，哪个又不是钱忠利的强项呢？今夜良缘夜总会，过去是一个陌生的地方，现在钱忠利、段院长、科主任们几乎是这里的常客，钱忠利带着大伙隔三差五往这里跑。钱忠利发自内心感谢今夜良缘，没有今夜良缘就不可能有他今天骄人的业绩。

范莉与李副市长忙得不亦乐乎，对钱忠利的管教也少了。钱忠利像一名逃学的学生一下子飞入了天堂，整天难见到他的踪影。他经常夜不归宿，总是告诉钱大妈："陪院长出去旅游了！"游到哪里，不得而知。

范莉在医院上班，每天都要打考勤，让她行动起来很不方便。李副市长到东阳二院检查工作，段院长陪他吃饭，李副市长对段院长说："招标委员会是一个没有实际编制的机构，但工作量特别大，这个委员会完全是为医院服务的，希望医院在人力方面多一些支持。"

段院长爽快地说："您看怎么支持都行，领导指向哪里，我就打到哪里！"

"借调一位行政人员过来协助工作吧。"

"我们医院可以抽调出来的只有两位：一位是刘红，但她两个月之后就要读在职研究生了，估计经常要请假；另一位是范莉，人很灵活，协调能力强，我认为她是最合适的人选。"

"好吧，你比我更了解你的员工，如果你认为小范合适，就让她过来吧。"

一段心照不宣的对白，就解决了李副市长的后顾之忧。什么叫做优秀下属，急领导之所急，不动声色地把上级的困难解决了。

于是，范莉被顺水推舟地"推"到了招标委员会，"推"到了1818房。

范莉的借调可以说是"四赢"的局面：医院赢了，多了一个与市领导沟通的渠道；范莉赢了，再也不用每天守时上班了，可以精心排练1818房的节目；钱忠利赢了，他常常夜不归宿地住进了今夜良缘；李副市长赢了，只要不开会，就待在1818房，享受人间天堂般的生活。

范莉为了给李副市长营造出"天堂"的仙境，她每天都在琢磨着男人的喜好，她把书店里关于男人的书全部买回来研究：《走进男人的内心》《男人钟爱的十八种女人》《男人星座与性格》《男人不回家的50个借口》……范莉像调酒师一样，她要把自己调制成他钟爱的那款鸡尾酒。

范莉用淡绿色装点1818房。天花板上绕满了葡萄藤，窗台上放着一排吊兰，吊兰藤垂到了地上，君子兰点缀于吊兰之间。一般的新房会选择红色作为主色调，代表新婚的喜庆，她知道眼睛里布满了血丝的李副市长不需要喜庆，喜事偷着乐就够了。她要用淡绿色让他轻松宁静，宁静之中再调动他的激情。她用当时照顾号号的那份细心来呵护他。他喝的温水的温度控制在 35～37 度，这是人体的温度；给他吃的食物她都事先要尝尝口味；他躺在床上休息的时候，她总是默默地坐在旁边给他轻轻地按摩……

范莉除了对李副市长百般殷勤之外，还不断地提升自己的魅力。例如，范莉昨天是前翻两周钻进了李副市长的怀抱，今天是转身翻腾两周半屈体钻进了李副市长的怀抱。一夜之间，难度系数提高了一大截。李副市长常常被范莉感动得热泪盈眶，陷入到她编织的情网之中不能自拔。书上说过："倜傥的男人肯定风流，风流的男人肯定浪漫，自己懒得浪漫的男人肯定喜欢女人的浪漫。如果男人不喜欢女人的浪漫，只能说明他不爱这个女人了。"范莉买了一个漂亮的布娃娃放在床上，他们把这个布娃娃当成他们的孩子，两人一起搂着布娃娃感受小家庭的温情与浪漫……

血的回报

钱忠利付出了血的代价，自然对招标的结果提出了更高的要求。不仅仅是自己的产品要顺利中标、高价中标，而且还要保证主要竞争对手不要中标，给对手灭顶之灾的打击。起初让钱忠利头痛的招标鬼门关，突然成了钱忠利事业上的凯旋门。自从东阳实施药品招标政策以来，钱忠利的业绩几乎是原来的十倍，每个月的毛利润都在千万左右。

李副市长一挥手，钱忠利代理的几十种药品全部中标，再牛的外资药厂、合资药厂也没有钱忠利这么厉害。三十年河东，三十年河西。阿Q的中标产品所剩无几。春风得意的阿Q一下子就蔫了下去，比桃花凋谢得还要快。

晨光医药公司从出租屋搬进了写字楼。钱忠利每天陪院长吃喝玩乐、花天酒地的日子丝毫不比李副市长逊色。只要需要花钱的时候，卫生战线的同志们不约而同地想起了钱忠利这个财神爷。钱忠利大把大把地花钱，他明白只有把规模做起来了，晨光医药公司有了名气，就可以不用委托药之华公司投标了。

招标会是一个季度开一次，各个药厂和医药代表疲于奔命，叫苦连天，花了那么多的公关费用，好不容易进了药，下一轮招标稍不留神，又给废掉了。其他医药代表叫苦不迭，犹如在大海里挣扎；钱忠利却如此惬意，像躺在海滩上沐浴阳光。

正当钱忠利春风得意的时候，《东阳晚报》突然报道了一则新闻：某记者在公交车上捡到了一个本子，上面记有医生使用红花注射液的明细和医生收取回扣的金额。

卫生局受到媒体的压力，马上表态一定督查此事，给公众一个说法。老百姓一片叫好，大家都认为记者有良知，有正义感；卫生局雷厉风行，为老百姓办实事！

小本子上提到的名字是东阳一院的医生，这几个医生是黑子负责的，用药信息是如何落到记者手上的呢？钱忠利把黑子叫过来一顿臭骂。但钱忠利知道黑子不可能把用药信息记到本子上，因为他压根儿就不会写字。

黑子坐下来和钱忠利一起回忆，他突然想起了小王。小王原来是钱忠利手下的医药代表，上个月跳槽到阿Q那边了。小王曾经和黑子出去喝酒，问黑子的业务，问哪些医生够朋友。喝酒性起的时候，黑子就把这几个医生的用药情况告诉了小王……黑子敢肯定，是小王捣的鬼，因为涉及医生个人用药的信息，连菜花都不知道，甚至钱忠利都不知道，所有这些都是一对一的单线联系。小王现在是阿Q的人，在东阳只有阿Q和钱忠利是直接的竞争对手，所以……

黑子马上给小王打电话："小王啊，你走了这么长时间，大哥很想你，我今晚在金柜KTV西施厅喝啤酒，请你过来凑个兴吧。"

小王是个酒鬼，看到空酒瓶子喉咙就冒烟，一辈子有奶就是他的娘，有酒就是他的爹。小王不问青红皂白，撒腿就往西施厅跑，迎接他的不是西施小姐，而是凶神恶煞的钱家兄弟。

钱忠华冲上去抓住小王的头发骂道："狗杂种，你知道我们会怎样收拾你吗？"

小王赶紧向钱忠利求救："钱总，您怎么啦？虽然我跳槽了，但没有任何对不起您的地方啊！"

钱忠利拧着小王的衣领，把他拖过来，让他跪在面前，骂道："狗杂种，你别给我装了。你写给记者的用药明细我已经拿到了，你还想狡辩？"

钱忠利这一招真把小王给唬住了。小王赶紧求饶："对不起，这都是阿Q的主意，我打工混一口饭吃也不容易。以后再也不敢了。"

钱忠华又冲上来一顿拳脚，钱百万拉开钱忠华，说道："算了吧，还是留下他一条小命，让他去给阿Q报信。"

第三天，李副市长给报社打电话："你们的记者随便捡了一张纸就作新闻报道，新闻还有严肃性吗？"李副市长又给卫生局梁局长打电话："你们调查了真实性吗？现在是稳定压倒一切，你们是如何做好群众稳定工作的？"

第二天，《东阳晚报》在相同的位置又登出两条新闻。第一条是记者的道歉公告："本人没有经过充分调查就不负责任地报道医生收取回扣的新闻，结果证明这则新闻是不真实的，这个错误完全是本人好大喜功的结果，是本人没有加强政治学习的结果。本人对受到伤害的医生、药厂及其他相关人员表示道歉。"第二条新闻是卫生局的严正声明："医生并没有拿回扣，是少数别有用心的人制造不稳定的因素所致。虽然医生拿回扣的事情子虚乌有，但我们要防患于未然，组织卫生系统加强医德医风教育，切实解决老百姓看病难、看病贵的问题……"

　　东阳人民再一次爽歪歪地喝彩：记者有良知，知错就改；卫生局雷厉风行，为老百姓办实事！亲爱的读者，前面已经提到过东阳人的心态，只要衣食无忧，就会有狗屁幸福感，就会爽歪歪地扭秧歌屁股去了。王勇平市长喜闻且乐见的是东阳人民把脑袋当屁股去扭秧歌，讴歌这歌舞升平的太平盛世。

黑子救星

　　秋风起，天渐凉，关于范莉和李刚的风言风语也多了起来。菜花是个心直口快的人，其他人都可以装聋作哑，但菜花做不到。她直接找钱忠利谈话："大兄弟啊，别人议论弟媳的事，我听到之后脊梁都是凉的啊！钱家庄这么多人都在晨光公司工作，传回老家多没面子啊！"

　　钱忠利抽着闷烟，良久才说了一句："谢谢大姐，这段时间你们谁也别给我提这件事，大家把所有的力量都用到业务上。个人问题我会妥善处理的。"

　　随后的日子，钱忠利就把所有的怨气都发泄到了业务上，他的目标是垄断整个东阳市场。他知道他现在的对手是阿Q而不是李刚，相反李刚是他最大的盟友。为了二百亿的人生目标，男人就应该拿出一点胸怀，做业务总得和人打交道，和异性打交道难免会有风言风语。他突然想起了一位哲学家说过的话："两棵树离近了也会有蜘蛛网。"哲学家的这句屁话让钱忠利吃了一颗子虚乌有的定心丸，他牵强附会地相信范莉和李刚之间就是普通的友谊——农民们无法理解的高尚纯洁的友谊。钱忠利还克制自己不要去想"为什么我花了两万块钱也没有和李刚建立这种友谊呢？"

新一轮药品招标开始了，各个代理商又开始忙碌起来，纷纷使出看家本领。当钱忠利躺在阳台上悠闲抽烟的时候，阿Q像一只勤劳的小蜜蜂，每天在各个招标委员的身边嗡嗡地叫唤着，各个关口一一打点，他有十足的把握志在必得。但最后的结果还是让阿Q很失望，只要与钱忠利直接竞争的产品，阿Q都是死伤惨重。收过阿Q好处费的评委解释："你代理的那个药品名气不够大，或者前期出现过输液反应，或者是招标评委都投票了，最后还是让李副市长一锤定音，把它给'定'死了。"

上次小王被打的事件让阿Q很没面子，这次招标更是让阿Q颜面无存。他知道是钱忠利在背后捣鬼，他决定给钱忠利一点颜色看看。这天下午，阿Q的弟兄们从广东其他地区齐聚东阳，他们要对东阳的问题召开现场办公会。这一天，钱大妈带着号号到东阳湖边散步去了。钱忠利一个人躺在阳台上，足足躺了一天。他像一只发情的猫，千万遍地叫唤着他的中标药品名。这些毫无意义的、拗口的药名简直比唐诗宋词还要美！

咚咚咚，外面急促的敲门声打断了钱忠利的兴致，他对着门吼道："谁呀？"

外面有人应了一声："查水表的。"

钱忠利赶紧去开门。阿Q冲了进来，指着钱忠利说："就是他！"

几个硬汉一哄而上，把钱忠利摁倒在地，乱踢一通，五六个彪形大汉围着钱忠利拳脚相加。钱忠利毫无还手之力，双手捂着头蜷缩在地上。钱忠利感觉到皮鞋踢到身上，只听到咚咚的响声，但已经没有了疼痛的感觉，浑身上下都是麻木的，嘴里渗透着咸咸的唾液，钱忠利往地上吐了一口唾沫，全部是红红的鲜血。他不知道这阵乱打何时是个尽头，甚至预感到自己这次就要死在阿Q手上了。

阿Q斜靠在沙发上，点上一支烟，享受着过程。

正当钱忠利感到命悬一线的时候，大门被撞开了。黑子提着一根木棍冲了进来，对着几位彪形大汉一阵乱打，两位大汉的头上顿时鲜血直流。刚才这几位大汉打钱忠利的时候没有遇到反抗，有些枯燥乏味，看到黑子抵抗，反而兴奋起来。几位壮汉拿出事先准备的铁棒，把黑子逼到了墙角。

正当阿Q得意洋洋地捻着小胡子的时候，躺在地上的钱忠利突然跳了起来，冲进厨房抄起一把砍刀，对着大家吼道："给你们三秒钟，谁敢动，我就砍死谁！"

阿Q知道再动就要出人命了，这才罢手，悻悻地退了出去。

晚上，钱忠利躺在床上，范莉给他输液。菜花用冰袋敷黑子头上的血肿。钱家庄的一群人围在床边，商量下一步的对策。

钱忠利感慨："如果今天没有黑子冲进来，我可能会被他们打死，这帮恶棍完全没有住手的意思。"

钱忠华不断地摩拳擦掌，一则为自己的失职感到自责，二则没有参与这场斗殴，没有体会到打架的快感，手心都是痒痒的。他说："我们也可以打到阿Q家里去，把他往死里打，让他再也不敢惹我们！"

谢名贤不同意这种做法，认为以恶制恶，何时是个尽头呢？曾经的村支书钱百万还想通过组织的力量来解决矛盾。

范莉炫耀她和上流社会不同寻常的关系："那就直接报案吧，我和市公安局局长的关系好，直接把他们抓起来！"

钱忠利不耐烦地说："别提你的那些狐朋狗友了，你就别掺和了。"

钱忠利对着范莉发泄心中的无名之火，大家都觉得太敏感了，连呆头呆脑的菜花也听懂了弦外之音，大家都默默地坐在那里。

钱忠利给大家分析："在阿 Q 面前服软了，我们就只能退出东阳市场，多少医药代表也是这样被阿 Q 踢出去的。但硬碰硬我们又不是他的对手，他的市场覆盖了整个广东，员工比我们多得多，没法和他抗衡。我倒是想起了一个人——'眼镜蛇'。只要眼镜蛇愿意出手，狗屁阿 Q 肯定会乖乖地退出东阳市场。"

大伙都不明白钱忠利在说什么，瞪大眼睛盯着钱忠利的脸，好像从他的脸上会爬出一条眼镜蛇似的。

眼镜蛇出洞

眼镜蛇是东阳黑社会组织的老大，钱忠利和眼镜蛇曾经在一个浪漫的地方相识相知。

两年前，几个外地人在今夜良缘夜总会里闹事，经理一个电话，眼镜蛇亲自"出洞"，他手下几个文着身、光着膀子的壮汉手持砍刀将外地人砍得鲜血直流，伤势最轻的也得在医院住上半年。外地人只知道东阳的爱有多深，不知道东阳的水有多深。没有红黑两道，哪个狗屁老板敢开夜总会呢？

眼镜蛇看着几个跪地求饶的外地人，对身边的壮汉说："打个120，给他们扔点钱，别闹大了，留他们一条小命。"

在一旁目睹整个战斗过程的钱忠利主动迎上去和眼镜蛇打招呼："兄弟很仗义，咱们交个朋友吧！"并顺势给眼镜蛇塞上了一万块钱，用来摆平这件事。

突然碰上个烧钱的主，眼镜蛇自然欢喜。两人找了个酒吧，一起喝了几杯，并结拜为兄弟。眼镜蛇拍着钱忠利的背说："老哥，在东阳的地盘上，有用得着我的地方尽管开口！"

钱忠利平时只是给眼镜蛇打个电话问候一下，偶尔发条黄色短信同乐，没有太多的交往。钱忠利按照名片上的地址找到了眼镜蛇，向他诉说了自己的遭遇。眼镜蛇顿时火冒三丈，拍着桌子骂道："竟然敢在我的地盘上撒野，看我不整死他！"

钱忠利和眼镜蛇嘀咕了一会儿，商量复仇的细节。钱忠利露出一丝微笑，他似乎已经看到了阿Q那张痛苦扭曲的脸。

再说阿Q实施报复行动之后，领着那帮兄弟到今夜良缘去体会那爱情的滋味。阿Q对今夜良缘的小姐比对自己的手指还要熟悉。每次阿Q过来总是对老板叫喊："你们太缺少创意了！你们这里几张小姐的臭脸我都看腻了。"不过，这次老板笑脸相迎："这几天我有了创意。"说着，老板带来一位阿Q没有见过的美女圆圆。圆圆极尽妖艳的舞姿让阿Q全身的肌肉跟着抽搐。当他的那帮小兄弟喝得找不着北的时候，阿Q眯着迷醉的双眼被圆圆带进了一间小屋……

当阿Q再一次睁开双眼时，他已经被脱光衣服绑在一张椅子上。阿Q一下子清醒了，面前站着几个壮汉，个个面目狰狞，为首的头领虽然有些瘦小，但是目光里闪着杀气，这股杀气像刀子一样逼近阿Q的胸口。

一看这个首领的模样，阿Q就知道他就是大名鼎鼎的眼镜蛇。他知道东阳很多缺胳膊少腿都是眼镜蛇的杰作。

"阿Q，你干了一件蠢事，你知道你得罪谁了吗？你他妈的吃了豹子胆了，竟然把我大哥钱忠利的女朋友当成了小姐。你看看为你准备的礼物，看看哪个更有创意？随便挑吧！"

阿Q这才发现屋子里堆满了刑具：皮鞭、铁锁、火钳、警棍、火枪等等，一件件都是寒彻入骨。他没想到钱忠利竟然与传说中的眼镜蛇也有勾搭，没想到一辈子闯荡江湖，今天会死在黑道的手上，也后悔自己在东阳地盘上居然忘了拜见眼镜蛇。好汉不吃眼前亏，阿 Q 赶紧求饶："大哥，是我不好，是我头脑发昏，你要小弟怎么做，小弟一定办到。"

"我要你的命！"眼镜蛇放了一句话。

"大哥，求你放过我吧，我家上有老、下有小，您就可怜可怜我吧！我再也不敢了。"阿 Q 的声音颤抖得如秋风中的残叶。

"能不能放你，我说了不算，要我大哥说了算。"

钱忠利此刻从里屋走了出来，一股以牙还牙的快感流淌在钱忠利的血脉。

"老朋友，咱们又见面了，怎么变成这副狗屁德性啦？以前不是挺横的吗？"钱忠利冷笑着说。钱忠利的话音没落，钱忠华冲上去就是一拳。拳头打在阿 Q 脸上的疤痕上。阿 Q 两眼冒金花，口中有咸咸的味道，吐出来满口的血。钱忠华又是一脚，踢在阿 Q 的裤裆上，随即顺着裤筒流下了一摊水。钱忠华笑道："咋这么不经打呢？轻轻一碰就屁滚尿流的。"

阿 Q 连连求饶："大哥饶命，这位兄弟的拳头太硬了，再打一拳我就没命了。我以前是有眼不识泰山啊，得罪您了，您大人不记小人过啊！您看有啥事咱们好好商量吧。"

钱忠华笑着说道："你别抬举我了，鲁智深还是三拳打死镇关西的，我两拳肯定不可能打死你。"说话间，钱忠华又是一拳，原本被打得右偏的脸又偏向了左边，左右摇摆有点像中国卫生政策的风向标。阿 Q 歪着嘴号叫着："大哥，再打真的要出人命了，您想怎样都行，我服了。"

钱忠利恶狠狠地说："三天之内从东阳消失。如果我在东阳再见到你这个狗屁玩意，你就没命了。"

"好好，我保证马上消失，永远不再踏进东阳半步。"

钱忠利和眼镜蛇走出了房间，留下一批马仔继续羞辱阿 Q。

两天之后，狗屁阿 Q 带着自己的队伍灰头土脸地撤出了东阳。

"大哥，我们为什么要走啊？那个钱忠利真有那么厉害吗？咱们人多，用不着怕他。"一个青头马仔幼稚地问。

"你懂个屁，东阳这个破市场有什么值得留恋的，我们还是把精力放到珠三角去吧。"阿 Q 从小就爱做脑筋急转弯。

钱忠利不想让范莉用下流的方式解决问题，但他却用一种更下流的方式把阿 Q 解决了。

姬别霸王

　　钱忠利对范莉日渐冷淡，正如范莉对钱忠利日渐冷淡一样。他并不在乎她和谁相好，但他在意钱家庄人的评价。

　　晚上回来的时候，钱忠利看到小区前面的大树下有两个人影，显然是一对情侣。情侣借助树荫的庇护热情地拥抱，拥抱表演得流畅自然，楚楚动人——这种表演本来就不是供别人观赏的，没有观众的时候自然更显得楚楚动人了。钱忠利不想充当惹人心烦的观众，远远地收住了脚步，绕道来到了小区的电梯间。一刻钟之后，男的开着车离开了，女的径直走了进来。

　　钱忠利定睛一看，女主角是他不敢想又不得不面对的人——范莉。钱忠利脸色铁青，一进家门，他就劈头盖脸地冒出一句话："你们在酒店还没抱够吗？跑到这儿来丢人现眼！示威吗？"

　　范莉平静地说："你都看到了，你想怎样就怎样吧！"

　　钱忠利说："结果你清楚，你不能让我在乡亲们面前戴这顶绿帽子吧？"

　　范莉知道女人的美好时光就那么几年，美好的几年没有稳定下来，一辈子也不可能稳定了。她知道钱忠利对她没有兴趣了，他无非是想利用她的关系做药品生意而已。想到这里，范莉流出了"辛酸泪"，哽咽着说："走到这一步也都是为了你，你一个医药代表，我一个普通护士，谁会把我们当人啊？你每天让我去公关，你想想，别人又凭什么买我的账呢？"

听到范莉的哭腔，钱忠利的心里酸酸的，感到做个狗屁人都是狗屁不容易，但他还是咬着牙对范莉说："可我没有让你上床公关啊！"

真正涉足药品销售的风风雨雨之后，纸上谈兵的范莉感到要把钱忠利打造成拥有二百个亿的商界巨龙并不像喝豆腐脑那么容易。卫生政策千变万化，今天的巨龙明天可能就变成了草蛇。范莉明白，李副市长才是风雨不动的靠山。如果她和李副市长之间的感情没有实际的结果，李副市长慢慢也会对她失去兴趣。她知道她不是1818房的第一位女主人，也不是最后一位。

事实上，范莉也早已盘算着自己的未来，她用李副市长和钱忠利给她的钱买好了房。本来这算一套"合资房"，出资人李刚陪着范莉一起去买的，另一位出资人钱忠利却蒙在鼓里。范莉已经盘算和李副市长结婚的事情了，甚至设计好了"结婚路线图"。因为李副市长在仕途上还有一次冲击市长的机会，他说，不管冲击的结果如何，冲击之后就和范莉结婚。作为一般女人，自己的男人能当个副市长早已心满意足了，关键是男人对她好就行了。但范莉认为副市长是个不伦不类的官，只有市长才配得上她的美色。

范莉突然感到李刚和她在门前接吻是有预谋的，是他有意让钱忠利看到的，用这种方式迫使她离婚。男人在爱情的问题上耍点小花招，不会让女人反感，反而觉得他可爱。破碎的感情已经没有维系的价值了，一个医药代表没有什么值得她留恋的，躺在钱忠利的怀里还没有躲在李刚的影子里温暖呢！她要在李刚面前表现出姿态，她直截了当地向钱忠利提出离婚。

钱忠利清楚范莉离婚的企图，顿时觉得她可怜、可笑、可耻。事实上，离婚对于钱忠利更是一种解脱，他好像捡到了从天上掉下的大馅饼，口头上一再表示"好失望、好痛苦、好好留恋"，内心却早已心花怒放。钱忠利完全变成了一部赚钱的机器，亲情和爱情只是这部机器上的螺丝钉，只要他认为这个螺丝钉影响了这部机器的运行，他会毫不犹豫地把它扔掉。两人的谈判很快达成了一致的意见：范莉继续在招标的问题上帮助钱忠利，钱忠利承诺以后每年给范莉五十万元现金，算做范莉的年薪，保证招标顺利进行。

一周之内，他们办完了离婚手续。分别的前夜，他们似乎有些恋恋不舍了。那一夜，有朦胧的月光；那一夜，范莉极其温存；那一夜，范莉感动得大哭；范莉第一次在钱忠利面前拿出了 1818 房的那种劲头，表演了结婚以来最完美、最震撼的情感大片——姬别霸王。

次日早晨，两只小狗的感情好像也出现了裂痕。

花花对强强说："你昨天晚上打呼噜，让我一宿没睡。"

强强用鼻子哼了一声："你讨厌我就直说，别拿呼噜说事！"显然，强强对花花昨天和邻居家的公狗眉来眼去的事儿还耿耿于怀。

花花一听，一蹦三尺高，呜咽地哭道："难道我不能有个异性朋友吗？"

强强没好气地说："异性朋友？！你们在外面还没抱够吗？跑到小区里丢人现眼！示威吗？"

花花平静地说："你都看到了，你想怎样就怎样吧！"

强强用前爪拍着地板叫道："结果你清楚，你不能让我在那群狐朋狗友面前戴这顶绿帽子吧?"

这时范莉走过来抱起了花花，说道："别吵了，咱们走吧，这里不属于我们。"

木偶1818

李副市长走向阳光大酒店的1818房。在去往1818房的路上，脚步少了当初的那份猴急，多了一份蜗牛般的沉重。1818房的剧情仍然在上演，只是由最初的激情剧变成了温情剧，最后慢慢变成了木偶剧。

李副市长一走进房间，浓浓的香水味让他连打了几个喷嚏。李副市长对自己感到很奇怪，有时对香水过敏，有时对香水不过敏，范莉过去一直抹这种香水，李副市长从来没有因为香水而打喷嚏。看来男人对香水过敏，不是香水种类的原因，而是要看抹香水的女人是谁。

李副市长担心婚姻上的波动影响自己的仕途，他压根儿不想和范莉结婚。每次范莉提到想和他结婚的时候，他只是面上敷衍一下。不用说一个范莉，就是七仙女下凡，李副市长也是不会离婚的，因为男人的事业就是他们的生命。李副市长偶尔叫上一句："你嫁给我吧！"那完全是在情爱之前调动一下情绪，正如拳击运动员在比赛之前干吼两声一样，只有傻瓜女和痴情女才会把这种话当真。

李副市长一进门，范莉迫不及待地告诉李副市长自己离婚的喜讯，想到李副市长闻讯之后会激动万分，正如一位爱国将士收复失地之后的那种喜悦。但没有想到这条喜讯在李副市长那儿变成了噩耗，李副市长差点气得晕过去了。

李副市长心想，钱忠利这家伙太损了，你别以为我李刚是个收垃圾的。他大发雷霆，训斥范莉"把问题搞糟了，搞被动了"！

时代发展到今天，婚姻应该是个人隐私，理论上与仕途无关。但李副市长清楚，婚姻问题可能成为仕途上的一盏红灯。

范莉几乎以命令的口吻说："你要表现出真诚和坚决，你应该拿出一个女人都能拿出来的勇气。"

李副市长反驳道："不是事先和你约定好的吗？你怎么能这样自作主张呢？"

范莉动情地说："为了你，我什么都舍弃了。我现在已经变成了无家可归的流浪女，等着你收留。"

正当两人一硬一软地打太极的时候，李副市长的手机响了。在这个关键时候，李副市长也不敢关机。干公务员的，没有当老板的那么自由。为了五斗米，不得不让手机二十四小时折腰。

李副市长看了一眼来电显示，这是个不得不接的电话。李副市长有两个不得不接的电话，一个是市长打来的，一个是老婆打来的。

电话里响起了老婆急促的声音："儿子在外面和别人打架受伤了，正躺在家里，你赶紧回来送他到医院吧。"

李副市长简单地给范莉解释了两句，急匆匆往外跑，丢下了正在哭泣的范莉。李副市长冲进电梯，发现在里面给他开电梯的正是他的老婆，他什么都明白了。

李副市长知道事情败露了，但还在装蒜："儿子怎么样？伤得重不重？"

"别演戏了，我的大影帝，他的爸爸是李刚，谁敢打他啊？"

李副市长沉默了。

他们谁也没有说话，夫人还是坐上了李副市长的车。小车在颠簸中前行，两人一起回家。上楼梯的时候，夫人还一脸笑容地给楼梯里的熟人打招呼，好像夫妻俩刚刚欣赏了一场音乐会，还沉浸在乐曲的浪漫之中。

李副市长的夫人姓蒋，算得上名门闺秀。李副市长从大山里走出来，费了九牛二虎之力才追到了这位贵夫人。李副市长能走到今天，也多亏夫人家的政治背景。李夫人是东阳市检察院的检察长，在东阳也是响当当的人物，政治影响力丝毫不逊色于夫君。

蒋检察长关上门，第一句话就是："你想如何了结？私了还是公了？"

李副市长叹了口气："随便吧，我已经无所谓了。"

蒋检察长吃惊地看着李副市长。他们相识、相知、相爱到现在已经三十多年了，李副市长从来没有这样顶撞过她，也从来没有用这种口吻对她讲过话。尤其是在她郁闷的时候，这太让她意外了。李副市长为什么突然变得这么叛逆了呢？五十多岁的人了，早已过了叛逆的年龄啊。

"那就公开了结吧，我明天找王市长反映一下情况，我给省纪检委的信都写好了。"

李副市长没有回答，独自走进了书房。他清楚，夫人可以易如反掌地结束他的政治生命。他的老丈人曾经是省里的主要领导，虽然已经退居二线，但仍然死而不僵。只要"僵尸"一哆嗦，"李副市长"瞬间就变成了"农民李刚"。他呆坐在书房里，一身疲倦，像刚刚跑完了马拉松比赛似的。跑马拉松也不过四十多公里，他们却足足跑了近四十年，终点不是幸福，而是一条被范莉断了后路的死胡同。

蒋检察长关上灯，一个人坐在客厅里，她不知道应该如何打发这个夜晚，好像这个黑暗永远没有尽头一样。外面淅淅沥沥下起了雨，雨水打在窗户的玻璃上。她一个人出门了，在雨中漫无边际地走着。流浪诗人在路边店铺门前睡得很熟、很安详，安详得像整个地球都是他家的。她突发奇想：或许给这流浪诗人做老婆会比做市长夫人更幸福，因为她很久以来没有像流浪诗人这样睡个安稳觉了。

平时蒋检察长对自己的脸是百般呵护，买化妆品时对自己百般纵容，但脸蛋还是挡不住一场暴风雨的冲击。她任凭风雨在脸上抽打，头发凌乱地贴在苍白的脸上，她感觉自己一下子老了二十年。正如一位艺术大师用毕生的精力雕琢了一件艺术品，一个蛮汉一锤子就把它砸成了碎片。

这个蛮汉不是暴风雨，而是心情。

脆苹果与甜苹果

　　蒋检察长终究是理性的。经过几天的调整之后，她也慢慢地平静下来了，混到了这个年龄和级别，不可能再意气用事了。蒋检察长主动选择了私了，她约范莉见面了。

　　范莉不得不承认，蒋检察长的脸蛋还是有很多可圈可点的地方。五十多岁了，脸上没有多少皱纹，鼻子没有下钩，眼睑没有下垂。做女人要达到这种境界需要一辈子的修炼。她没有少在自己脸上下工夫，她知道这是女人的本钱，女人的脸就如男人的地位一样，没有了这个，一文不值。范莉不得不承认，蒋检察长也是一位不让人讨厌的女人，至少不是李副市长之前向她描述的老巫婆形象。有些男人也太损了，为了讨新欢的欢心，往往喜欢把旧欢当成反面典型。范莉不得不承认，自己能够击败面前的这个女人，凭借的是年龄上的绝对优势。然而，蒋检察长不是范莉想象的那种女人，能够把一个农民的儿子培养成副市长的女人，绝对不可能是平凡女人。面对困难，蒋检察长既不是咬着被子角哭泣的弱女子，也不是轻易动粗的女强人。

　　范莉与蒋检察长的区别无非是一个脆苹果与一个甜苹果的区别。脆苹果是青的、涩的、酸的，甚至还有些令人回味；甜苹果是软的、香的、甜的，甚至还有些耐人寻味。奉劝天下女人，在你决定和某个男人结婚之前，记得买这样两个苹果给他尝尝，看这个男人爱吃哪类苹果，你再评价自己是不是那类苹果。但这个试验也不是完全灵验，因为有些男人既爱吃脆苹果，也爱吃甜苹果；有些男人吃了一个脆苹果，却还想吃其他的脆苹果，吃了一箩筐脆苹果也不解馋，女人就拿他没辙了。还有一类前辈子馋苹果给馋死了的男人，吃了脆苹果和甜苹果之后，居然还想去尝尝烂苹果⋯⋯

　　蒋检察长开口说话了："小范，知道你是一位特别优秀的女孩，在医院你的工作很出色，也非常讨同事喜欢。李刚让你受委屈了，我向你道歉。"

　　范莉原想到蒋检察长会骂她，她所准备的全部是对骂的材料，这时全部派不上用场。范莉无言以对，正如一个学生复习备考没有找对方向，现在不得不交白卷了。

　　蒋检察长又用商量的口吻说："你看怎样对你更有利，你就怎样选择吧。你还年轻，不能影响你一辈子的幸福啊。"

　　这根本不是兴师问罪，不像情敌之间的谈判，更像一位母亲为自己的女儿在作人生规划。范莉不可能把对付李副市长的那套话直接说出来。

　　范莉只是轻声说了一句："对不起。"

　　蒋检察长表现出忧愁的样子说："我儿子大学还没毕业，和你是同龄人。他本来就很叛逆，担心这件事让他接受不了。"

　　范莉又轻声说了一声："对不起。"

　　蒋检察长语重心长地说："如果你在工作和生活中有什么困难需要

我帮忙的，尽管说。人活在世界上就几十年，我们能够认识也是一种缘分。做人真不容易，堂堂正正地做人更不容易。"

范莉无言以对。

蒋检察长有意岔开话题，问了一下医院小张、小李的工作表现。

在离别之前，蒋检察长哽咽着，好像咽喉中卡着了一枚硬币。随着几个回合的艰难吞咽，蒋检察长的眼泪终于涌了出来。这种眼泪不是对范莉的哀求，而是自我的情感表达。眼泪圆润而清澈，从蒋检察长的脸上滑下，落到了范莉的心里。

蒋检察长的眼泪感染了范莉，好像女人的泪腺是相通的，一个女人的眼睛里流泪，其他女人的眼睛也会跟着冒水泡。范莉也流泪了，她的泪是无助的泪。

女人为男人流泪的原因有千万种：男人的绝情与多情，男人的冷淡与热情，男人的粗暴与细心，男人的天才与愚昧……有理由与没有理由的。如果哪个男人用宽大的手掌捧起女人的眼泪，放在嘴边亲吻一下，这个男人便是男人中的极品。哪怕这个家伙是个流浪汉，甚至还不会写诗，女人也愿意嫁给他。

蒋检察长饱含热泪说："李刚干到这一步真不容易，在官场上有任何风言风语，就等于在仕途上判了死刑。更何况他又分管卫生，卫生这几年又是多事之秋，药品回扣之类的问题各地都在频频曝光。"

范莉的心里一片迷茫，在她的一生中，她从来没有输得这么惨痛过。范莉没有作任何抵抗就中盘认输，因为双方不需要较量。正如两位拳击手把肌肉拿出来秀一眼，就知道不是一个重量级的。对方是检察长，是专门审问犯人的，能这样给她范莉面子，她又能说什么呢？范莉一直认为自己是厉害角色，今天才发现自己见识浅短。自己的厉害不过是与护士点点一起抓头发、掐大腿的低级游戏，这种斗争根本上不了台面。

蒋检察长离开后，范莉委屈地给李副市长打了电话。李副市长轻轻地说："咱们的事到此为止吧。"随即就挂断了电话。等到范莉再打过去的时候，李副市长的电话就无法接通了。范莉又发了多条短信还是没有回音。范莉坚信李副市长不理她无非是想避避风头而已，她想：哎！这个可爱的男人真是满脑子的智慧哟！

范莉搬进了自己的房子，在一个高档小区。她抱着花花躺在客厅的沙发上，哪怕在睡觉的时候也眯着眼盯着门，幻想李副市长突然进来，跪在她的面前痛哭流涕，一定请她出山做市长夫人。在经过几个小时的哭诉与痛骂之后，在李副市长的苦苦哀求之下，她终于原谅了他，他们一起搬进了市委大院。后来李副市长飞黄腾达了，她变成了东阳市第一夫人。她幻想以垂帘听政的形式参加市常委会，她相信她有政治天赋——李刚亲口告诉过她的。她相信她的美色在市委大院是一流的，她能让市委大院的所有女人自惭形秽，让市委大院的所有男人垂涎欲滴。她相信她的外表和内涵都具备第一夫人的特质，上帝派她到人间的使命就是当第一夫人的。

一个多月过去了，仍然没有李副市长的音讯。连花花都开始想念强强了，没有了强强的呼噜声，花花觉得这个世界变得如此沉闷。在小区花园里，范莉和花花一前一后，耷拉着耳朵默默行走，各自想着自己的心思。花花曾多次想离开范莉，回去找强强，花花决定痛改前非，和强强好好过日子。但几次逃跑都被范莉抓了回来。范莉明白花花的逃跑企图之后，她把花花看管得更严了。范莉指着花花的鼻子骂道："你这个不知羞耻的东西！"

范莉一个人孤单地看电视。过去钱忠利爱看球赛、号号爱看动画片、她爱看电视剧，三个人抢遥控器让她很难受。现在没有人和她抢遥控器，她感觉每个频道都是那么乏味。花花用前爪在遥控器上抓着，范莉没好气地说："你抓什么抓？给你一个《动物世界》你也看不懂！"花花突然停止了抓动，竖起耳朵表现出很警觉的样子。它"嗖"的一声从沙发上跳到了地板上，飞也似的跑到客厅的落地玻璃前，把脸贴在落地玻璃上，紧紧地贴着，一张脸挤成了一个平面。花花对着园子撕心裂肺地狂叫，范莉顺着它的叫声看过去，她看到钱忠利抱着号号，带着强强在园子里张望。范莉一脚踢开花花，赶紧拉上窗帘。她把对李副市长的思念转化成了对钱忠利的仇恨，她永远也不会回到钱忠利的身边了，哪怕他的手上有号号这个筹码。在李副市长出现之前，钱忠利还算一个有男人味的高大黑塔。等到真正的白马王子一出场，钱忠利在范莉的眼中不过是乡村里一头拱着篱笆的土猪，一只到处找屎吃的野狗，一条用尾巴扫着苍蝇的黑牛。

"被狮子吃掉总比被野狗吃掉要荣耀！"范莉在几近绝望的时候仍然固执地想。李副市长一直不接听范莉的电话，范莉只好重新办了一个手机号，用这个新号码给李副市长打电话，李副市长"喂"了一下，一听到范莉的声音，马上挂断了。过了几天，范莉再打过去的时候，听到一个提示音："对不起，这个号码已经停用。"随后是无休止的忙音。

有多少爱可以胡来？有多少人愿意等待？当爱情变成了沧海桑田，李刚已经没有勇气去爱。范莉对李副市长的迷恋就像一张绷紧的弦，突然被蒋检察长划断了。那种断裂没有咔嚓声，悄悄地、若无其事地断了，这种断裂的方式更彻底。

跳楼

　　范莉调整了一个星期，终于回过神来。她准备干一件大事情。她把钱忠利送给她的一百万全部转存到父母的银行卡上，她知道这些钱，足够两位老人晚年的生活费。

　　她给有关部门写了举报信，把钱忠利加工假药、李刚受贿、招标过程中的腐败、药品回扣……表述得清清楚楚。她还慎重地写下了自己的名字和电话号码。她希望上级部门来找她协助调查，把李刚、钱忠利和她一起关进大牢，让两个男人陪她度过余生。钱忠利真是冤枉，他没有什么对不起范莉的，结果范莉一生气，居然想拿他给李刚做殉葬品。

　　三个月过去了，范莉还是没有收到接受调查的传讯，她每天的工作就是修改自己的遗嘱。她认为这份遗嘱是她这辈子写得最好的一篇文章，足以作为遗嘱的范文。很长一段时间过去了，仍然没有任何动静。范莉这才发现自己想坐牢也是一种自作多情的奢望——这样的信件太多了，有关部门一天收到一麻袋，直接扔到村头厕所里去了。

　　小区内的住户很少，稀稀疏疏入住的这几户人家都弄得神神秘秘的，门窗关得严严实实，生怕别人不知道他的口袋里还有几个狗屁钱。

临近冬天，小区内的花草树木仍然郁郁葱葱，看不出任何凋谢的迹象。水池里的水清澈见底，工人们每个周末把水抽干换上新鲜水。几乎没有人在园子里散步、欣赏美景。偌大的园区显得空荡荡的，连花草也感到很孤独。范莉带着花花在花园里游荡，忧伤的一对谁也不搭理谁，连那点同病相怜的情感也荡然无存。多么残酷的现实啊！花花的食量越来越小，后来彻底绝食了。范莉愤然把宠物盒往地上一摔，骂道："你去死吧！"

范莉觉得自己已经没有任何挂念了，也没有任何人牵挂她。她感觉自己只是一个游动的躯壳，有时真希望谁来骚扰她一下，哪怕是那只刚刚刑满释放的流氓苍蝇。无聊的时候，她把遗嘱拿出来读一遍，欣赏那优美的文字。

夕阳无限好，只是近黄昏。天渐渐地暗下来，凉风扫地而过，有了一点秋的味道。她百无聊赖地打开电视，新闻又在播报富士康公司的员工跳楼自杀事件："这已经是第十跳了，谁也不知道未来会发生什么，谁也不知道后面还会有多少跳。"某省卫视台的播音员报道得非常煽情，好像富士康公司给她开了一份薪水，让她每天清点跳楼的人数似的。

范莉在阳台上走动，嘴里还在自言自语："不知道后面还有多少跳，不知道后面还有多少跳，不知道他们把我的这一跳算进去没有？不要因为我不是富士康的员工就不关注我。"

随后，范莉的脑海里死一般的空白，面色死一般苍白。她突然看到客厅里挤满了一群模糊的人影，她不禁打了个寒战。李刚曾经告诉过她，这儿曾经是一块墓地。这句话压根儿就没有往她心里去，一个人成功的时候浑身都是胆，失败的时候满眼都是鬼。她看到这些影子一个接着一个从阳台上跳了下去，她跟着这群魔鬼影子轻轻一跃跳了下来，飞一般的感觉。虽然她的神志有些恍惚，但她坚信她的精神完全正常，她也希望相关部门不要把这种行为全部归纳为"精神障碍"这顶大帽子，这顶大帽子只是个大幌子。

范莉为自己的"勇敢"行为感到意外。"勇敢"两个字加了引号——只是范莉心中的勇敢。范莉隐隐约约听见了人们的叫喊声、喧哗声，接着又恢复了死一般的寂静。

等到范莉醒过来的时候，她已经躺在东阳一院的病床上。在下落过程中，她被树枝挡了一下，除了腿部有一处骨折之外，并无大碍。李副市长并没有用殉情来回应范莉的殉情。东阳卫生系统明白应该对这件事低调处理，东阳相关部门做了极好的保密工作。

医院请了两位护工轮流照顾范莉，病房进行了特级安全防护，也禁止任何人员探视。范莉住了二十多天的医院就渐渐康复了。她的心情似乎也很好，和护士有说有笑，好像什么事情都没有发生似的。护士姐妹们甚至推测她摔成了脑震荡，失去了对以前事情的记忆能力。还有护士说："范莉的性格好阳光，我真的不相信在她身上会发生这样的事情。"

医护人员看到范莉的精神面貌很好，也放松了对她的安全防范。上午输完液之后，护工陪着她到病区园子里散步，她和护工有说有笑。她对护工说："下面的阳光很好，你帮我到病房把午餐端到园子里来，我们在这儿一边吃午餐，一边晒太阳吧！"等到护工端着午餐下楼，再也找不到范莉了。

医院多方寻找也没有范莉的下落，从此以后，东阳地区再也没有任何关于她的消息。

在范莉失踪两年之后，东阳二院组织优秀护士到广东西阳市旅游。途经一个尼姑庵，一名护士在庵里看到了一位眉清目秀的尼姑，觉得她长得特别像范莉。护士激动地上前拉着尼姑的手问："你是范莉吧?"尼姑说："你认错人了!"这位护士疑惑地跑出去叫其他护士。等到大家一窝蜂跑进去时，那尼姑早已不见踪影。这段故事在医院流传了几个月，甚至医院有好事者，还专程跑到西阳市打探，但终究没有再看到那个尼姑的身影。

关于范莉的版本还有很多。有人说，范莉以劳工的形式到新加坡做护士了，并且和一位有钱的华侨结婚了。有人说，范莉当天离开医院时，就有人看到了李副市长的车从医院门前经过，李副市长把她接到了另一座城市，金屋藏娇了。有人说，范莉手上有一大笔钱，她跑到北方开了一家大公司，只不过她到公安局更换了名字……各个版本最后形成了"范莉说"的八大流派，掌门人分别是当初追求过范莉的"二院八怪"。

三年过去了，争论还是没有结果。除了"二院八怪"精神抖擞地捉对厮杀之外，大家都觉得无趣无味。慢慢地，关于范莉的话题越来越少，大家也渐渐地淡忘了。

母校演讲

没有了范莉带来的尴尬，钱忠利更加大胆地拓展业务，个人欲望从物质层面膨胀到了精神层面。很多人发财发得并不光彩，但发财之后，马上就做一些个人名气的炒作，满足自己的虚荣心，还堂而皇之地说是"价值体现"、"回馈社会"、"报效家乡"。既然有这样一颗赤子之心，为什么当初不少干一点坑蒙拐骗的勾当呢？

钱忠利也没有脱俗，上次参加了广东校友会之后，洋洋淀医学院的钱院长多次邀请钱忠利到母校"指导工作"。钱忠利终于带着钱忠华一起回到了母校。他也不明白需要指导什么工作，他能指导什么工作。钱院长亲自接待，陪钱忠利参观了他过去的宿舍、教室、图书馆，钱忠利见到了大学时期的辅导员。十多年的光阴，校园和老师都没有太大的变化，只是多了几道岁月的痕迹。

晚上，医学院礼堂灯火通明，学生们将在这里聆听成功校友钱忠利同学讲授他的成功之路。钱院长陪钱忠利走进礼堂的时候，里面黑压压的一片，能容纳五百多人的会场座无虚席。钱忠利一走进会场，台下掀起了蓄谋已久的人浪。这架势只有在足球场出现过，学校用这种方式替代了欢迎国家元首的三军仪仗队。

钱院长做了一个简短的开场白之后，钱忠利走上了讲台。这也是钱忠利第一次面对这么多人讲话。面对黑压压的人群，钱忠利有过几秒钟的紧张，但他很快就镇定了，信心来源于腰间硬邦邦的钱袋子。他用那探照灯似的眼睛环顾台下，学生们都用眼巴巴的目光注视着台上，像无数盏小探照灯。他再看看坐在第一排的钱院长，院长直勾勾地盯着钱忠利。院长的鼻梁上架着一副深度眼镜，上眼睑有些下垂，下眼睑上挂着两个巨大的眼袋，眼睛也像探照灯——一盏即将报废的探照灯。无数盏探照灯同时聚焦，让钱忠利热血沸腾，头上也渗出了汗珠。

　　钱忠利演讲的题目是"我的成功可以复制"，他把自己如何为中国医药事业作贡献、如何在广东医药界呼风唤雨的"事迹"添油加醋地吹嘘了一遍。他还对自己未来的蓝图进行了"规划"，这些"规划"都是张口就来的胡言乱语。

　　他说："我准备建立中国第一个健康卫视频道，让中国人懂得更多的养生方法，让中华民族强壮起来……"一些梦想做主持人的女生都瞪大了眼睛。

　　"我准备在未来几年由药品销售发展到药品生产和研发领域，我已经和 BJ 大学达成了初步协议，建立一个新药研究中心，专攻中药治疗肿瘤的研发工作。目前西药治疗肿瘤已进入了死胡同，我相信一流企业加上一流大学，一定会在中药治疗肿瘤方面取得突破。"

　　"不为良相，即为良医；不为良医，即为良药。近期我会在河北圈地做药厂，把药品的研发、生产、销售做成一条龙的产业链，做成中国药企的航母……"中国人开口闭口喜欢谈航母，特别是企业家更是航母不离口——制药航母、地产航母、机电航母、IT 航母……好像用纸折了一只小船，往臭水沟里一扔就能变成航母。

最后，钱忠利饱含激情地说："我所有的成就都是母校悉心培养的结果，母校不仅教育了我做人，还给我传授了许多医学知识，这些知识为我今天的成功打下了坚实的基础，也希望大家珍惜这宝贵的学习机会。"钱忠利感觉这一段话说得狗屁违心，他觉得自己一辈子从来没有说过这么肉麻的话。这是他上场后即兴发挥的，事先没有作任何准备，他也奇怪为什么从自己嘴里能冒出这样的假话。难怪有些领导在台上讲假话不脸红，不能怪领导，只怪那狗屁舞台。

演讲结束后，同学们报以无耻的热烈的掌声，钱院长再次发表了无耻的热烈的总结。钱忠利心头一热，掏出了腰间的那个硬邦邦的钱袋子，现场给学校捐赠了二十万元——这是今天晚上的重头戏。按照钱忠利的意思，用这笔钱设立"钱忠利基金会"，对发表论文的老师和学生颁发"钱忠利优秀论文奖"。钱忠利事前还担心钱院长不会同意用他的名字命名。没有想到钱院长不假思索地同意了。钱院长想："只要你能把钱留下，哪怕命名为'钱忠利爷爷奖学金'，我也会同意的。"钱院长的表态让钱忠利有些始料不及，太顺利了反倒让他有些不畅快。他感觉这个狗屁命名好像不太严肃，含金量不高。

钱院长现场给钱忠利颁发了聘书，聘请钱忠利为该校的特聘教授，还聘任钱忠利为学院药品研究所的名誉所长。会后，还有很多学生找"钱所长"签名，过来讨签名的大部分是狗屁女生。因为男生都把自己当爷，心中自然没有了偶像。

从校园走出来，钱忠利爽歪歪地飘起来了。他花二十万让自己好好地风光了一把，还得到了两个头衔。他感觉一点也不吃亏，将来给别人递名片的时候，会理直气壮多了。人活着，不就是为了得到别人的承认吗？

从校园出来，钱院长爽歪歪地飞起来了。他用两个空头衔，赚来了二十万。不用说两个，如果你想要，给你二十个空头衔又有何妨？

亲爱的读者，你终于明白了什么叫"大学无形资产"吧？你何须对 QH 大学的冠名大楼指指点点呢？管他冠名为真伪丝，还是假伪丝！

收购药厂

钱忠利躺在宾馆的席梦思上，内心像大海里的波涛一样，久久不能平静。十年前给他一百种选择，他也不会想到他会有今天！

他把自己的演讲情景一遍一遍地回放，突然感觉刚才的演讲也不是胡吹乱侃，也是可以变成现实的。他认为自己是大力水手，母校是菠菜，今天吃到了母校这根菠菜之后，便力大无穷，变成了超人。

第二天一早，钱忠利退掉回广州的机票，直接回洋淀县去了。这时，钱家庄突然传出了爆炸性新闻：钱忠利将投资建造中国的第一艘航母！听说这艘航母的首航将被安排在洋洋淀。钱忠利知道谣言起源于文盲钱忠华，钱忠华在东阳待了五年，跟着东阳人学会了欧洲人的耸肩，居然还没学会写自己的名字。

钱忠利任凭谣言在风中舞动，陶醉的心也在风中爽歪歪地摇摆。后来又听说钱忠利将投资发射一颗通信卫星，以后《新闻联播》之后就直接转播《钱家庄新闻》。钱家庄的阿猫即将成为明星，阿狗将成为政坛要员。当少数村民露出怀疑的目光时，钱忠华抛出了钱家庄人民的杀手锏："不管你信不信，反正我是信了！"就这样全村人民彻底地相信了，全村人民疯狂地爱上了钱忠利。总之，钱忠利的人气指数每天都是涨停板，呼声远远盖过了钱忠厚。钱忠利终于成了家长教育子女的楷模，刚刚习惯了左撇子的儿童又开始苦练右手握筷子了。

洋洋淀药厂的黄厂长热情地接待了自己的恩人。现在，药厂已经有了一百多名工人，墙上还张贴着一些药品加工流程和操作规范，看上去有点像药厂了，至少从院子里能飘出一丝药味了。钱忠利的代理加工业务让药厂有了生机。

黄厂长得知钱忠利想收购药厂的意图之后，马上帮忙联系县招商局周局长。周局长同意出席钱忠利的饭局，周局长一出现，钱忠利就认为他是个当官的坯子。国字脸，天庭饱满，不轻易开口说话，四平八稳地坐在那儿，只要开口就是字正腔圆。周局长的脸上有一块胎记，占据了左脸的一半。黑色的，略微高出皮肤，上面还长着几根长毛。因胎记处于头与脸的交界处，无法判断这上面生长的东西是头发还是胡子。因此，我们只能给它一个模糊的概念——毛。有人说，痣上的毛不能轻易剪掉，这种长毛能让人发财，让人长寿。看到周局长脸上的那几根长毛，就知道他也听说过这个美丽的传说。周局长喝酒没有底，兵来将挡，酒来口掩。只要你敬酒，他就张开大口，直接倒进了食管，连咕咚声都没有，好像食管直接通到了下水道。

酒过三十巡之后，周局长转入正题："我们县招商是有门槛的，如果三年内投资累计达到三千万元，一百多亩的土地将以超低价卖给你。如果你在三年内没有达到预计的投资金额，政府有权收回这块土地。"

钱忠利问道："多少钱一亩？"

"如果你达不到三千万元这个门槛，土地每亩是一百五十万元；如果你达到了这个门槛，每亩只需要三万元，相当于办理过户手续所需要的费用。"

钱忠利认为要建造一个像模像样的药厂，没有三千万也是不行的。何况从他目前经营的情况看，三年筹集这个数也不会有太大的难度。

　　钱忠利用手指敲打了一下桌子，好像拍卖行的槌子落地成交一样。他坚决地说："没问题，只要政府能在税收、配套政策等方面给予支持，三千万元不是问题。更何况为家乡建设，为家乡作贡献是每个洋淀人的应尽之职。"

　　钱忠利自从在母校做过演讲之后，说假话特顺溜，根本不往心里过。看来多演讲还是有好处的，男人需要一些经历才会变得成熟。

　　钱忠利很快与县政府签订了合同，第一批资金一千万到账了。洋洋淀药厂办理了过户手续，从此改姓"钱"。钱家庄人又掀起了一场谣言的巨浪。

　　新厂房建设拉开了序幕。钱忠利要顾及东阳的药品销售，也要顾及新厂的建设，常常穿梭于广东和河北的航班上。他让黄厂长全面负责药厂的建设，让自己的表弟负责采购。他想到让自己家的亲属掌管财物，放心一些。

　　表弟是他中学时期的同学，因是表兄弟关系，钱忠利从小也没有少关照他。平时有同学欺负表弟的时候，都是钱忠利站出来大打出手。这位表弟从小胆小怕事，一声闷雷也能让他吓出一裤子屎尿。钱忠利拉着表弟的手说："你办事，我放心！"

　　钱忠利万万没有想到，这位表弟今非昔比，已经不是他中学时期的那个表弟了。表弟真是个"直人"，没有拐弯就直接把药厂的建筑材料拉到自己家去了。药厂的地基还没有建好，表弟家的三层小洋房已经封顶了。

　　钱忠利回到洋淀县之后，差点气疯了。他站在凛冽寒风之中，对着天吼道:"人,这个狗屁玩意儿,还是需要修理的!"钱忠利找派出所的朋友把表弟抓过来,一阵痛打,直到表弟的妈妈——钱忠利的姑姑过来求情,才放人了事。钱忠利逼着表弟赔钱,表弟大义凛然地说:"要钱没有,要命一条。"钱忠利只好把表弟刚刚建起来的洋楼拆了,把建筑材料拖回到药厂。

这狗屁世道,钱忠利还敢相信谁呢?他在厂区安装了几十个监视摄影头,老鼠的窜动都让他吓出一身冷汗。春去冬来,钱忠利常常像铁塔一样矗立在药厂的广场上,用他那探照灯般的眼睛环顾四周。这样当老板,不失眠才怪!

一张牌

国家医改政策出台了,在全国人民眼巴巴的等待中爽歪歪地走了出来。

钱忠利买了一份《东阳晚报》,仔细阅读医改新闻,不是一般地读,而是用鼻子嗅,从中嗅出了一些药味。医改之前,以地区为单位组织药品招标。新医改文件出台之后,招标权限收回到省里,由各省统一组织招标,地区招标办公室从此宣布解散。钱忠利不明白卫生政策为什么总是变来变去的。每个政策出台时有 N 个理由,每个政策被取消时有 N+1 个理由。

药品招标一统天下,权力营销瞬间抬头。S 省疫苗被北京华华公司垄断。华华公司把别人生产的疫苗标签撕下来,贴上自己的标签之后就畅通无阻地销售了。正如螃蟹销售一样,全中国都在卖阳澄湖螃蟹,阳澄湖到底年产几斤蟹呢?

医药新闻天天有,条条都不是新鲜事。《东阳晚报》登出了一条药品价格虚高的"旧闻":"芦笋片出厂价是 15.5 元,药物通过各个环节,在湘雅二院卖到患者手上的时候,药品利润竟然达到了 1 300%。"

这样的新闻在钱忠利的眼中不叫新闻,但在记者和公众眼中,好像哥伦布发现了新大陆似的,一时间炒得沸沸扬扬。在哈医二院的天价药之后,湘雅二院又被推到了风口浪尖。二院如二奶,为什么出事的总是你?

钱忠利清楚,湘雅二院只是魔术师手上的一张牌。牌是道具,是用来障眼的,真正的推手还是魔术师。因为整个湖南省的芦笋片都是这个价,都是招标委员会确定的价格,关湘雅二院狗屁事?

据说,湘雅二院"被"出名的原因,是某记者到湘雅二院调研时,没有被安排喝茅台酒,没有被安排洗桑拿。冲冠一怒为茅台!更有甚者,一名吃了豹子胆的科主任当面顶撞:"我们希望媒体好好调查一下,把整个利益链条全部揭开,看药品的暴利到底被谁拿走了!""在我们看来,振湘公司就是代表政府部门在为我们采购药品,至于这家公司到底有何背景,我们也不清楚。"

全国药品都是这个现状,全国物价也是这个现状。从房价到菜价,从绿豆到大蒜,本质都是相同的:生产商没有赚到钱,消费者为高价叫苦不迭,真正的利润被少数人拿走了。

钱忠利敢肯定——只要神志清楚的人都敢肯定:振湘公司是有背景的公司。从"振湘"两个字就知道这个公司功底深厚。推而广之,还有"振鄂"、"振川"、"振闽"……个个都是振振有词!

钱忠利看着报纸上的评论慢慢睡着了,梦见自己变成了魔术师……

钱忠利从梦中惊醒,又翻着报纸寻找体育新闻,只有在那里才能看到一些真东西。报纸上有几个版面都是民营医院的广告,唯独没有见到蓝天净土医院的广告。但几个月下来,蓝天净土医院的病人一天比一天多起来,几乎超过了所有的民营医院。唐文胜利了,这是医疗领域乌托邦的胜利。

　　全省统一招标，省城医药公司的威力大增，过去地方割据局面受到了挑战。东阳二院与药之华医药公司有着千丝万缕的联系，段院长、梁局长、李副市长组成了药品流通过程中的同盟。省城医药公司带来口信，暗示几家公立大医院必须到省城进药，否则给你们好看的。东阳二院没有理会省城公司，段院长想到有李副市长做后台不会有问题。段院长万万没有想到的是，有人举报了东阳二院进药过程中有商业贿赂行为，省纪检部门来查了。领导清楚，谁的屁股上都有屎，关键是想扒掉谁的裤子，关键是敢扒掉谁的裤子。首当其冲的倒霉蛋是药剂科主任，他很快被传讯协助调查。药剂科主任的裤子被扒了，满屁股都是屎！

　　魔术师李副市长很快扔掉了段院长这张牌，段院长也被传讯了。段院长一直以为他和李副市长是拴在一根绳上的两只蚂蚱，没想到他只是李副市长拎在手中的蚂蚱，李副市长把手一松，段院长就掉到水里挣扎了；李副市长把手一提，段院长得到了一息喘气的机会。凭段院长的级别，他只能算是李副市长的孙子，而不是兄弟。段院长仅仅入了这个行，还没有入这个流。

　　段院长这厮，喜滋滋地以为自己高枕无忧的时候，审判结果出来了，不算长也不算短——八年。这厮，一辈子的好命——手机号是八，车牌号是八，办公室楼层是八，房间号是八，坐牢也整了个吉利数字。

　　钱忠利还是很够朋友的。他经常到监狱去探视，用对讲机和段院长吹牛，给他解闷。钱忠利听"过来人"说，坐牢的第一个月叫做"监狱蜜月期"，常常表现出面色潮红、心跳加快、情绪急躁、失眠多梦的症状。钱忠利空闲的时候就买上几条香烟找段院长聊天，陪他度过"蜜月躁动期"。段院长在狱中不停地挥动着拳头："我出狱后要建造中国最大的民营医院！"

"蜜月期"过去了，新奇感没有了，段院长安静了。他说特想读书，嘱托钱忠利帮他买了中国的四大名著。又过了两个月，段院长脸上的膘慢慢消退了，很吃力地笑着，双颊下面挤出了像酒窝一样的两个凹陷，假酒窝中装满了一堆皱纹。

钱忠利又给段院长送去一尊开过光的汉白玉观音，段院长虔诚地捧在手上，对着观音菩萨说："弟子与师傅相见恨晚。"

——监狱，修行的好去处。

情感的火药桶

自从离开范莉之后，钱忠利还真的痛苦过几天，还一度想原谅范莉——他看在号号的份上想和她重归于好。毕竟夜总会只是肉体上的归宿，无法成为情感上的归宿。

半个月之后，钱忠利打消了这种念头。经过这段时间的冷静思考，范莉的轮廓在他的脑海里越来越清晰了——这个女人不仅很坏，而且很脏，比假药还要脏。钱忠利对上帝颇有微词，为什么在一个洁白如玉的躯壳里草率地安装了一个如此肮脏的灵魂？他曾突发奇想：如果上帝把范莉、菜花和他扔到一个荒岛上，他只能选择其中一位女性做他的妻子，共度余生，把另外一位扔进大海喂鱼，他经过痛苦的抉择之后会留下菜花，扔掉范莉。因为他更喜欢菜花圣洁的灵魂，大鲨鱼更喜欢咀嚼范莉的细皮嫩肉。钱忠利承认社会这个大染缸让自己也变得很坏，但自己还没有坏到肮脏的境界。"坏"让人觉得很讨厌，"脏"让人感到很恶心。关于"坏"与"脏"的区别，每个人的心中都有一杆秤。

在离开范莉的日子里，谢名贤和小媛一直默默地扶持着钱忠利。钱大妈独自带着号号，家里有什么事，钱大妈都是直接打电话找小媛帮忙。有一次，号号晚上发高烧，钱忠利在外面接待客户。钱忠利本来是想让黑子和菜花送号号到医院，但钱大妈执意让小媛陪她一起去，理由是小媛学过医，便于照顾号号。在钱大妈的心里，小媛就是未来的儿媳妇、号号的后妈。

公司的事情也是钱忠利、谢名贤和小媛三个人商量决定。每天中午，他们仨人在一家餐馆吃午饭，顺便把工作中的重大事情商议确定下来。但关于在洋洋淀药厂加工药品的问题，三个人一直没有达成一致意见。谢名贤支持私自加工药品，小媛坚决反对，钱忠利在这个问题表现出了罕见的优柔寡断。在没有和范莉分手的时候，钱忠利更多地偏向于谢名贤的观点；但范莉离开之后，钱忠利开始偏向于小媛的观点。

谢名贤分析说："现在不仅是药品在制假，各行各业都在制假。别人制假，你不制假就等于死路一条。如果在这个阶段没有完成原始积累，国家规范药品经营之后，我们就没有机会了。"

小媛不能接受谢名贤的观点："晨光公司应该成为药品销售行业的第一缕晨光。我们可以把利润公开让给医院，让医院保证我们的销售量。这样既不用制假贩假，也不必用回扣保证销量。"

谢名贤反驳道："药厂的老板不会比你傻，用药的权力不在院长手上，而在医生手上。"

小媛问："除了回扣，就没有其他方式来推动药品营销了吗？唐文成功创造了医疗行业的乌托邦，难道我们就不能探索药品行业的乌托邦吗？"

谢名贤笑着摇摇头："在这片土地上，善良的人没有智慧是活不下去的。"

离开范莉一年了，钱忠利才慢慢淡化了二百亿的人生目标，好像高烧的病人开始退烧了，尽管如此，但他一直没有拿出决心与假药一刀两断。这几天谢名贤回洋淀县督促洋洋淀药厂的施工进度，只有钱忠利和小媛一起在小包厢里吃午餐，两颗心好像也离得更近了。钱忠利感觉自己的情感出现了微妙的变化，感觉对小媛的那份爱恋慢慢地浮出了水面，甚至感觉这些年小媛一直是他的依托，但他又不知道应该怎样表白。他和小媛太熟悉了，反而失去了那种莽撞的勇气。他小心翼翼地试探小媛的态度，装出不经意的样子对她说："没想到铁军和小梅结婚了，还过得很幸福。"

小媛默默地喝水，停顿了一会儿说："你很羡慕他们吧！"

"是的。通过和小梅、范莉的感情波折之后，我觉得找一个性情相投的人很难。"

"有目标了吗？"

"有了，就坐在我的面前。"

小媛赶紧低下头，脸色绯红。

钱忠利接着说："上次参加广州校友会回来的时候，我就对你说过了，我们当初的选择是一种错位，铁军和小梅已经提前修正了，现在只剩下你表态了。"

小媛笑而不答，沉默了良久说："我当你在说酒话。"

钱忠利真诚地说："确实是酒话。如果不喝酒，我还不好意思说出来。"

小媛摇摇头说："我们在婚姻上都输不起了。在加工药品的问题上，我们的分歧就这么大，你凭什么认为我们情投意合呢？"

钱忠利又使出了他的爱情杀手锏，他用前臂在小媛的后臂上撞了一下，说道："你的意思是我不在洋洋淀药厂加工假药，你就接纳我？"

小媛对钱忠利突如其来的撞击没有思想准备，难为情地说："不清楚，但这至少是个必要条件。"

钱忠利一把抓住小媛的手，激动地说："还有哪些条件，全部告诉我吧！"

小媛抽回了手，笑着说："一个一个解决吧，一次说得太多了，怕你消化不了。"

钱忠利盯着小媛，近距离地打量她。小媛平时的那一脸阳光依旧那么妩媚，让钱忠利感到了春天般的温暖。

小媛被钱忠利看得不好意思了，她站起身来说："如果没有什么事了，我们就回办公室吧。"

钱忠利跟着起身，从后面搂住了小媛，附在她的耳边小声说："你知道吗？那次一起到海滨浴场去游泳，我就感觉到我爱的是你，也感觉铁军和小梅在一起很般配，但朋友之妻不可欺，所以我一直不敢表露。这份感情在我的心里压抑了近十年。"

小媛推开钱忠利，轻声说："我们认识这么多年了，你都没有急过，怎么一下这么急了呢？"

钱忠利笑了笑，说了声"对不起"，松开了小媛。俩人回到办公室，员工们都盯着他们，目光好像有些异样。钱忠利每天中午都是和小媛一起吃饭，但大家从来没有这样盯着他们，今天他稍稍采取了一点行动，大家怎么就有感觉了呢？难道群众的眼睛真是雪亮的？在大家异样目光之下，小媛阳光的脸上飞出了一道彩霞。

经过一个下午的冷静思考之后，钱忠利现在完全接受了小媛的观点。他不知不觉从范莉版的"隆中对"转换成了小媛版的"隆中对"，他下决心与假药说再见。他清楚再做假药，出事只是迟早的问题。他担心时间长了自己会反悔，准备趁热打铁明天就向员工宣布这个决定。他觉得一个人最难战胜的就是自我，他真切地感觉到灵魂深处的两个钱忠利经过殊死搏斗，正义的钱忠利把邪恶的钱忠利斩于马下，并碎尸万段。

这么重大的决策，他必须事先通报谢名贤。从上大学到现在，谢名贤时时刻刻都在帮他，时时刻刻都谦让他，他从心里感谢这位患难兄弟。钱忠利拨通了谢名贤的电话，谢名贤得知钱忠利的决定之后，对钱忠利说道："我很认同你的观点，我也希望以后正大光明地做药品销售。但从目前的情况分析，我们至少还要做一年的假药，保证洋洋淀药厂的顺利完工。如果你从正规药厂买药，公司经营将会一落千丈，很可能会出现资金链断裂。"

"即使破产我也要从正规药厂买药了。名贤，希望你能理解我，我这些年一直在这个痛苦中煎熬着，我必须和过去的钱忠利做个了断。"

"忠利，我知道我不能改变你。我们这么多年的朋友，我从来没有改变过你。但我也不能再担任晨光医药公司的总经理了，我无法承担这个风险和压力。我也不用再回东阳了，直接回老家看儿子去了。这些年我也很累了，想歇息一下。"

钱忠利本想再劝说几句，但谢名贤却挂断了电话。钱忠利没有急于再给谢名贤电话，让他回去和儿子团聚一下也未尝不可。他坚信谢名贤一定会想通的，只是需要给他一点调整的时间。

钱忠利打开办公室的门，大厅里黑黢黢的一片，员工早已下班了。平时小媛在下班前总是过来问一声："钱总，如果没有什么事，我就走了。"但今天是个例外，小媛居然没有和他打招呼就悄悄地溜走了。小媛担心情绪激动的钱忠利缠着她，小媛的担心完全是有必要的。钱忠利的的确确是这样想的："如果小媛没有离开办公室的话，哼！我肯定不会轻易放过她……"小媛今晚失去了听钱忠利当面表白的机会，却成了她这辈子无法弥补的损失和遗憾。

钱忠利给小媛打电话："小媛，我准备明天早晨向员工宣布不再私自加工假药了。"

钱忠利在电话中叫"小媛"的时候，有意把"小"字叫得很轻，"媛"字叫得很重，为日后直接叫"媛"打个基础。粗鲁的男人只要心中有了爱，就变得相当细腻了。

小媛清楚这个决定会给钱忠利带来多大的损失，知道这不仅是钱忠利思想的转变，更是一份爱的奉献。听到一声"媛"字，小媛忍不住流下了热泪。小媛一晃也是三十多岁了。小时候，父母都叫她"媛媛"；和张铁军相处时，他一直叫她"小媛"。活了三十年，她才知道自己还有一个名字叫做"媛"！

钱忠利邀请她明晚八点到月朦胧咖啡厅 VIP 包厢见面，说要给她一个意外的惊喜。钱忠利喃喃地说了很多，听起来有些语无伦次，但写出来肯定是一篇优美缠绵的爱情散文。电话那端，小媛总是一个字："嗯……嗯……嗯……"她知道她说什么都是多余的，她期待着那个激动人心的时刻早点到来，但她又害怕那个时刻的到来。

钱忠利感到很轻松，难得的轻松。他来到珠宝店，浏览各个系列的钻戒。销售员先给他推荐了"惹火"系列，钱忠利笑着说："我不想惹火烧身。"销售员又给他推荐"未来"系列，钱忠利觉得这个寓意不错，从现在开始，一定会重新打造一个崭新的未来。他从"未来"系列中挑选了一枚造型简单、线条活泼的钻戒。他想象小媛带上这枚戒指，一定会变成一个活泼的小精灵。

钱忠利手里握着钻戒，脚下漫无目的地走着，脑子里漫无目的地想着。他感觉他的内心早已有了一个巨大的火药桶，他和小媛之间的每一次交往、每一个眼神都相当于往火药桶里加了一点火药。到现在，火药桶终于装得满满当当的，一触即发。这枚钻戒将是一条精美的引线，明晚的那点烛光火星将会点燃那爱情的焰火⋯⋯

正当他经过蓝天净土医院门前的时候，手机响了。东阳二院药剂科主任打来电话，说红花注射液出现了严重的药物不良反应，希望他马上赶到急诊科协助处理。

钱忠利放松的心情突然收紧，不禁打了一个寒战，直奔东阳二院⋯⋯

做个狗屁人，狗屁不容易

钱忠利心中的烛光没有引爆爱情的焰火，却引爆了病人家属的怒火。

东阳二院急诊科，多例注射红花注射液的老人出现了休克症状。医院组织了全院的技术骨干参与抢救。病人家属都在门诊楼门前哭闹，情绪失控的家属砸碎了急诊科窗户上的玻璃。

钱忠利躲在树丛中观察局势的变化，愤怒的家属抓住了院长，扭打在一起。

"你们这些没有良心的家伙，一针打下去，我爸爸就不省人事了。"

"你们在哪儿买的假药啊？"

"把医院点火烧掉！"

警察也赶到了现场，维持秩序。

这时，钱忠利接到了黑子的电话："东阳一院也出现了药品不良反应，听说有一位老人因注射红花注射液死亡了。"

钱忠利对黑子说道："你不要在医院露面了，赶紧回家照顾号号和我妈吧。"

钱忠利又给钱百万打电话："我到外面去避避风，你明天赶紧把回款催回来，不要因为红花注射液事件，医院冻结了我们的资金。你要稳定员工的情绪，告诉他们不用害怕。我是老板，他们都是打工的，没有多大的责任。"

钱忠利关掉手机，开着车向郊区飞驰而去。车子在郊区的一个农家院门前停下，钱忠利住进了农家乐小酒店。他知道这个时候露面，不用说法律制裁，患者家属也要把他剁成肉酱。

当晚，东阳电视台发出紧急通知，要求东阳市各家医院停止使用红花注射液。钱忠利躺在农家院的房间里盯着电视，新闻报道已经有两例注射红花注射液的老人死亡，几十例患者还在抢救之中。

第二天，电视里滚动播出贩卖假药的新闻，钱忠利正准备关掉电视，这时电视上播出了假药调查的最新进展："据调查，假药是由晨光医药公司加工的，法人代表钱忠利去向不明。如果有人知道他的线索，请尽快和警方联系。"

钱忠利走出农家院，看到农民三三两两地坐在树荫下议论红花注射液事件。钱忠利不敢靠近，一个人走到远处的湖边坐着，盯着湖水发呆。湖水死一般的寂静，静得让他有些心慌。

树枝上的几只麻雀无声无息地跳来跳去。钱忠利看到麻雀就心烦，骂道："跳，你跳什么跳？难道你不能学大人物踱踱方步吗？"

钱忠利踱着方步慢腾腾地回到了农家院。房东老太太也刚刚从外面回来，兴致勃勃地拉着钱忠利问："你知道红花注射液的事儿吗？什么医药代表啊！简直是丧尽天良！"

钱忠利自言自语地说："医药代表也有他们的难处，他们也活得狗屁不容易。"

老太太像看怪物似的盯着钱忠利："你怎么同情这些坏人呢？"

钱忠利答非所问："您觉得国家会怎么处理这件事呢?"

老太太愤怒地说："把这些卖假药的千刀万剐也不过分!"

"现在到处都是卖假货的，也不光是假药。"

"卖别的假货是图财，卖假药是害命呀!"

钱忠利打开手机看看，上面都是钱家庄那些农民医药代表发过来的短信："公司被查封了。""公安机关正在通缉你。""钱总，我回老家了。你自己的事情自己承担吧，别扯到我头上来了。""我们的工资怎么办啊?"……

这时，小媛的电话打过来了，语音略带伤感但很轻柔："忠利，我知道情况比较严重，但我们还是可以共渡难关的。哪怕我们一无所有了，哪怕你坐牢了，但我们也会好起来的……"

这是钱忠利第一次听到小媛叫他"忠利"，第一次感到小媛离他这么近。他十分感动，他让小媛照顾好号号和钱大妈，关注事态发展。

小媛在电话里又补充了一句："请记住，不是我，是我们……"

钱忠利正准备挂断电话，谢名贤的电话打了进来："忠利，我已经到了东阳，协助处理善后事宜。你暂时不要露面，等风头过后再说。"

钱忠利闷声闷气地问："你不是说不再回东阳了吗?"

"是的。如果不出事，我是不会回来的。但现在你在困境中，我们是多年的兄弟，我不可能袖手旁观啊!"

"真是患难见真情!"

"你还记得黑子受伤的时候，你曾经质问我，'如果急救室躺着的是我，你帮不帮我? 你会不会见死不救?'我今天用行动回答你十年前的问题。"

"好兄弟，谢谢了!"

等到钱忠利再打开电视的时候，镜头里出现了洋洋淀药厂。警方已经找到了制假窝点，画面上出现了黄厂长被押上警车的镜头。死亡人数从两例蹿升到了十几例。这些新闻就像一颗颗重磅炸弹，把钱忠利炸进了十八层地狱，他仿佛看到一张大网离他越来越近。

　　钱忠利迷迷糊糊地躺在床上，冥冥之中感觉自己在拼命奔跑，山的那边是他曾经向往的仙境。他越跑脚步越轻，越跑越快，突然发现面前是万丈深渊，但他已经止不住脚步了。他从梦中惊醒，吓出了一身冷汗。

　　凌晨一点，钱忠利清理好物品，开车回家。一路上没有路灯，前面一片漆黑，黑得像一堵墙，车灯照不到两米远的距离。钱忠利不敢把车开得太快，总担心会撞到那堵黑墙，撞得粉身碎骨。

　　凌晨的空气有些潮湿，钱忠利感觉肺叶被粘在了一起，舒展不开，很憋闷。他打开收音机，里面传来了一个挑逗的女声："我们的新特药攻无不克，战无不胜，让你像个真男人，在激情的巅峰上感受人生的快乐。"

　　他赶紧换了个频道，是一个谈话节目，一名"医生"正在接受"病人"的电话咨询。

　　"病人"装出很痛苦的腔调问："我下身不适，到医院检查确诊为尖锐湿疣，吃了很多药效果都不好，还反复发作，让我很苦恼。"

　　"医生"像领导念讲话稿似的回答："我给你推荐的这个药，对治疗尖锐湿疣有特殊疗效，这个药的核心技术来源于一位美国科学家、诺贝尔奖获得者。这个药是纯中药制剂，没有任何副作用，采取靶向治疗，直接作用于病灶。"

　　钱忠利不明白，美国人什么时候研究中药还拿了诺贝尔奖啊？

"这么一条狗屁广告居然还能骗人。被骗了？活该！"钱忠利嘴里骂着，赶紧又换台。这个频道正在播放一个治疗不育不孕的广告。钱忠利小声嘀咕："国家应该整治一下医药市场了。"

自己说出来的话把自己吓了一跳——久违的正义感。

钱忠利又换了一个频道，总算找到了一个新闻节目，一条国际新闻之后，又开始播报国内新闻：某记者在出租车上捡到了一个本子，上面写着医生使用药品的明细、每支药的回扣及回扣总额，引起有关部门高度重视，决心一查到底。

钱忠利在心里骂道："流氓记者！哪个医药代表向你泄露了内幕就直接报道嘛，何必编什么狗屁故事！"钱忠利知道，医药代表培训的第一课就是不能在记事本上写出医生的名字和药品名。再狗屁的医药代表也不会干出这种狗屁事，只有狗屁记者才能编出这么狗屁的故事。

记者也是活得狗屁不容易。他们不敢对现实社会作一些伤筋动骨的报道，又要绞尽脑汁吸引公众眼球，无奈之下只好拿医疗和教育开刀。

——做个狗屁人，狗屁不容易。

魂断东阳

钱忠利回到了东阳，道路两旁的霓虹灯极富挑逗性地闪烁着，但怎么也挑逗不起钱忠利的兴趣。钱忠利经过蓝天净土医院的时候，看到急诊科灯火通明。他莫名其妙地想，这个时间的急救病人可能因为在黑夜中行走时撞上了那堵狗屁黑墙。

他开车来到了自家小区楼下，径直上楼一看，门上有被砸过的痕迹。打开门，屋里空无一人，窗户上的玻璃也被砸碎了。

钱忠利赶紧给黑子打电话。黑子迷迷糊糊回答："病人家属找到家里闹事了，小媛带着钱大妈和号号住到别处去了。谢名贤也被公安机关带走了……"黑子还要说什么，钱忠利就挂断了电话，关上了手机。他轻轻带上门，开车驶向东阳大酒店。

钱忠利把车停在东阳大酒店门前，登记好房间之后，他又穿过马路，在他熟悉的今夜良缘夜总会门前溜达。汶川地震之后，这座寺庙的四角加了四根水泥柱子。一眼就能看出这四根柱子是画蛇添足，没有起到加固的作用，但至少摆出了一副加固的架势，这就是中国人心知肚明的真理：狗屁态度能够决定狗屁一切。

让他深感意外的是，昔日被供奉在大厅的观音菩萨被扔到了门外。

钱忠利躺在千手观音最低位置的两个手掌上，仰头盯着观音的下颌，冷笑着说："观音菩萨，没有想到你也会有今天。有人供着你的时候，你是神；没人供你的时候，你就是水泥疙瘩。"

话音刚落，钱忠利就听到观音身后发出了窸窸窣窣的响声，钱忠利毛骨悚然。难道观音菩萨显灵了？难道观音菩萨发怒了？钱忠利赶紧从观音巨大的手掌中跳了起来，双手合十，给观音赔罪。这时，从观音的背后闪出了一个黑影，黑影对他喊道："忠利弟，这么晚了怎么还不睡觉啊？"钱忠利凑过去一看，原来是流浪诗人。显然，钱忠利的声音搅乱了流浪诗人的美梦。

钱忠利答道："狗屁烦躁，睡不着。"

流浪诗人摸了摸钱忠利的头，感觉他有些发烧。流浪诗人把瓷碗贴到钱忠利的前额上，清凉的瓷碗让钱忠利平静了许多。两人一起抽着闷烟，火点一闪一闪，像两个结伴而行的鬼火。

钱忠利怔怔地盯着流浪诗人，突然动情地说："哥哥，你原谅我吧，我的贪欲让我欺骗了你。"

流浪诗人好像早已习惯了钱忠利叫他哥，答应道："弟弟，我真的原谅你了。我准备回家，一家人好好过日子。"

"对！好好过日子，我把当时骗你的钱还给你，让我的灵魂得到一份安宁。"

"我的内心已经很平静了，再也不会疯疯癫癫了。我知道你当时赶我出门也是出于无奈，谁愿意自己的家里有个精神病人丢人现眼呢？因为我连累你，你当时连媳妇都找不着！"

"你真的原谅我了？你还愿意帮我照顾号号吗？"

"当然愿意，我这几天就准备回家，你放心吧！"

两个人各自想着自己的心思，自说自话，倒还真的合上了节拍。

钱忠利醒悟过来之后，苦笑着摇着头离开了。他在横穿马路时，一个趔趄，重重地摔了一跤。他慢慢地爬起来，走向东阳大酒店，回头再看流浪诗人时，发现他像一尊黑色的雕像屹立在观音像的旁边。流浪诗人还站在那儿自言自语，好像在说"可爱的人、可怜的人、可耻的人、可悲的人……"钱忠利听得不太清楚，但这些对于他来说已经不重要了，大不了就是个狗屁人嘛。

钱忠利一个人躺在沙发上吐烟圈，圆圆的烟圈像一枚枚大洋，大洋上面还写着两个字——悔恨。

钱忠利这两天特别怀念过去，总是情不自禁地想起过去的一些人和事。他想起了"傻蛋"——一个患弱智的小学同学。班上几个坏同学经常欺负傻蛋，把他按到地上当马骑，放学让傻蛋给他们背书包。当时只有钱忠利站出来打抱不平，有一次他被打得鼻青脸肿，但还是不服输，从此这几个坏同学再也不敢欺负傻蛋了。前几年回家，钱忠利听说傻蛋还没有结婚，一个人种了几亩地，饥一顿饱一顿地过日子，还经常被村民欺负。钱忠利想去看看傻蛋，但最终还是没有去，他觉得自己现在是有身份的人了，再去看傻蛋有点太掉价了。他现在有一种强烈的愿望，想去看看傻蛋，想从傻蛋身上找回自己童年的纯朴。

他又想到了"混蛋"——他的中学同学。混蛋家里很穷，他很少和同学们交往，整日沉默寡言。钱忠利发现混蛋每天只吃一顿饭，有时还一个人躲在树丛后面吃同学们的剩干粮。钱忠利还发现，混蛋买不起肥皂，洗衣服时就拿河边的黄泥巴当肥皂。混蛋的父亲是个残疾人，家里的体力活全靠混蛋一个人承担。后来钱忠利主动接近混蛋，周末到混蛋家去帮忙做农活，俩人成了好朋友。后来听说混蛋也在广东打工，但忙着赚钱的钱忠利从来没有打听过混蛋的消息。钱忠利很后悔，他现在多想和混蛋一起喝一顿酒，找回自己少年的善良。

钱忠利想来想去，觉得自己从小就不是坏人，但为什么现在做起了假药生意，而且还欠下了十几条人命呢？

他又想起了小梅。小梅曾劝他不要太浮躁、太冒进，要踏踏实实做事情，但他总是听不进去。他还记得他过生日的那天，小梅特地为了他写了一首小诗："宁静——执着后的从容，失败时的淡定。宁静——喧哗嘈杂中的宁静，战火纷飞中的宁静，逆境悲伤中的宁静，鲜花掌声中的宁静……"时至今日，他才读懂这首诗，但他已经没有时间去体验那份宁静了。

最让他后悔的事情是和范莉结婚，如果说他当时没有找小媛是一次感情的错位，那么他和范莉结婚则是一次感情的错误。钱忠利曾经看过电视剧《第八号当铺》：主人公因为恶魔附身，干出了自己完全没有知觉的坏事。

他突然闻到房间里有一股死尸的臭味，赶紧在抽屉里、柜子里寻找，担心有老鼠之类的东西死在房间里了，但什么都没有找到。他又在自己的身上闻了一下，感觉臭味是从自己身体里发出来的。他惊恐万状，难道自己也被恶魔附体了？

他走进浴室冲了个澡，然后又把自己浸泡在放满水的浴缸里。慢慢地有些轻松了。蛙泳、蝶泳、仰泳、自由泳，他在浴缸里把奥运会游泳项目全部演练了一遍。钱忠利从小在洋洋淀岸边长大，水性特别好。小时候，他和小伙伴们整个夏天都泡在水里。有一次他把牛拴在岸边，自己跳到水里去游泳。结果牛吃了村里的庄稼，他回到家挨了钱老六一顿臭打……想到这些，钱忠利笑着摇了摇头。自从来到广东做医药代表，他十多年没有游过几次泳，因为这些院长都不爱游泳，只喜欢泡温泉、洗桑拿。钱忠利想，如果再给他一次机会，他一定会把院长们带到洋洋淀去，让他们玩疯！

钱忠利清楚自己的生命起源于洋洋淀。但这些年他不知不觉地瞧不起家乡，瞧不起洋洋淀，认为那里穷乡僻壤，甚至不愿意当着别人的面提起。现在他突然感觉到家乡就是天堂——浩淼的湖水，成群的野鸭，一望无际的芦苇随风荡漾。

儿时的回忆让钱忠利忘记了眼前的烦恼。他从浴缸里跳出来，简单擦了一下身子，就钻进了被子。不知睡了多久，他迷迷糊糊起床走向卫生间，突然看到卫生间里有一个人正向他走来——是个小偷？怎么一丝不挂呀！钱忠利吓出了一身冷汗，差点叫出声来，人也清醒了。再仔细一看，哪里是什么狗屁小偷啊，原来卫生间的门是一面大镜子，镜子中的小偷正是裸体的自己。钱忠利从来没有想到，赤裸裸的自己原来是这么可怕。

当太阳从东方冉冉升起的时候，钱忠利已经万念俱灰。他什么也不再想了，从容地从行李包中拿出了一根绳子，他在屋子里走来走去，手上不停地摆弄着那根绳子。他又静静地站在窗前，看到马路上的行人好像在漫无边际地流动。他又躺在床上，盯着天花板足足发呆了一刻钟。他感觉自己从来没有这么平静过，也从来没有这么烦躁过。

他打开手机，决定再看看里面的短信，最后感受一下人世间的世态炎凉。有些短信是规劝他投案自首的，有些短信是员工讨要工资的，但更多的短信是小媛发过来的。小媛的短信一条接着一条，从昨天他关机的那一刻，一直到开机的这一刻。他翻看着小媛的短信：

“忠利，你在哪儿？快回话。”

“忠利，我必须和你见面。”

“忠利，一切可以从头再来。”

“人生没有过不去的坎。”

“忠利，号号不能没有你，媛不能没有你!”

看着最后这条短信，他的眼睛模糊了。

正在钱忠利准备关掉手机时，小媛的电话打了进来。他不忍心挂断电话，他知道小媛一刻也没有停止拨打他的手机。小媛焦急地问："忠利哥，你在哪里？我马上过来和你见面!"

钱忠利绝望地说："不用了，一切都不能挽回了。媛，这辈子我对不起两个人，一个是我的哥哥钱忠厚，一个就是你。如果当年我选择了你，我们一起做药品销售，一起到海滩边游泳，一定会有一个阳光灿烂的生活。在你的阳光照耀下也不会滋生出邪恶的钱忠利。"

小媛声嘶力竭地大哭："忠利哥，请你给我五分钟见面的时间，就五分钟，听我说——你听我说，既然媛的阳光能除去你心中的邪恶，那么媛的阳光也能让你脱离眼前的困境……"

钱忠利哽咽了，眼泪像断了线的珠子，一串一串地往下掉。他断断续续地说："媛的力量足以改变钱忠利，但媛的力量改变不了这个狗屁事实。"

小媛哀求道："忠利哥，连和谐号都有追尾的时候，你说还有什么奇迹不会发生呢？只要有一线希望，我们就不能放弃，只要认罪态度好，就……"

钱忠利说："媛，十多条人命的血债让我在劫难逃了。来生吧，请相信来生!下辈子钱忠利一定给你做牛做马!"

小媛的哭声让钱忠利揪心，钱忠利用大拇指吃力地按住红色键，关掉了手机。钱忠利打开电视想看看事件的最新进展，他惊奇地发现媒体导向出现了一百八十度的大转弯，东阳政府下决心把丧事办成喜事，"东阳新闻"报道：刑警战士为这次抢救事件献血了；企业家捐款献爱心了；医务人员废寝忘食地抢救病员，几例危重的病人也给救活了，那完全是生命的奇迹……电视上不断滚动着王勇平市长给东阳人民鞠躬道歉的画面，王勇平的鞠躬，腰部弯曲到了九十度，但头一直是翘着的，他用余光观察记者是否拍到了这张让东阳人民感动的照片。

　　为了转移公众的视线，东阳电视台播报了各条战线的"捷报"：

　　　　房价每况愈下，股票天天看涨；
　　　　好人一生平安，坏人个个落网；
　　　　上学真正免费，看病全部报账；
　　　　像白宫一样的廉租房，公安局长在门前站岗；
　　　　张书记与孤寡老人促膝谈心，王市长和残疾儿童互诉衷肠……

　　东阳人民激动得热泪盈眶，情不自禁地高歌一曲：如果有一天，我老无所依，请把我埋在"东阳新闻"里……钱忠利感觉这些假新闻比假药还要恶心，他绝望地关掉电视，跑到洗手间洗了洗脸，理了理头发。

　　他坐在书桌边，拿出了笔和纸，没有时间给自己的一生做个盖棺定论，但至少要把盖棺之后的事情交代清楚。范莉的遗嘱是一篇精彩绝伦的抒情散文，他的遗嘱则是一篇朴实无华的说明文。他把遗嘱封好，写上了拆封人的名字。

正当他在生与死的抉择上犹豫不决的时候，感觉门轻轻地晃动了一下，似乎有人在轻轻地敲门。他心头一紧，难道是警察凭嗅觉找过来了？他很快否定了自己的推断，他断言外面可能站着任何人，包括上帝和魔鬼，唯独不可能是警察。他敢指天发誓，中国绝对不可能有这么温柔的警察！他把门开了一条缝，警惕地朝走廊看了一眼，走廊里连个人影都没有。他坚信发出声响的只可能是他的良心，关键的时刻良心助了他一臂之力。他用颤抖的双手打了一个死结，小心翼翼地站到了凳子上……

呜呼哀哉，钱忠利用一个死结解开了另外一个死结。

小媛、黑子和菜花像发疯一样，冲向钱忠利常住的几家宾馆，寻找钱忠利的踪迹。等他们找到东阳大酒店时，一切都已经晚了。从钱忠利紧闭的嘴唇可以推断，他在咽气的瞬间还想发出一个"屁"字的爆破音。但钱忠利万万没有料到，生命中的最后一次爆破却是狗屁不成功。

小媛伏在钱忠利的尸体上拼命拍打："忠利哥，你怎么这么狠心啊！我陪你陪了十年，你却五分钟都不愿意给我啊！"哭声穿透了菜花的心，穿透了黑子的心，流浪诗人用瓷碗猛烈地击打着自己的头部。

钱忠利死了，一切又恢复了平静。东阳还是东阳，医药还是医药。因假药事件曾占据《东阳晚报》头条新闻的钱忠利很快被遗忘——这种男人就像洋洋淀岸边的一条黑牛，记住他的名字实在是一件无聊透顶的事情。

买不断的情分

当钱忠利在商海跌宕起伏的时候，钱忠厚却在 BJ 大学重复着人生的折返跑——从学校到家里三公里，从家里到学校还是三公里。

这一天，钱忠厚从学校跑步回家了。妞妞看到爸爸满头大汗回家，问爸爸怎么回事。

钱忠厚边擦汗边说："在办公室坐了一天，感觉有些腰酸背痛的。我今天没有乘公交车回家，是从学校跑步回来的，不仅可以健身，而且还节省了两块钱的交通费！"

妞妞笑着说道："那您为什么不跟着出租车跑呀？"

"为什么？"

"那就能节省二十块钱呀！"

庄之宁在厨房听到父女俩的对话，赶紧跑出来接话："如果你爸爸跟着一个漂亮美眉跑，那收获会更大呢！"

钱忠厚笑着说："不会的，节约两块钱，够明天吃早餐就行了！"

钱忠厚的确是一个容易满足的人，只要餐桌上能摆上两菜一汤，小日子就过得有滋有味。在家里妞妞假装和钱忠厚作对，在爸爸面前撒娇。妞妞独立性不强，上小学了还和爸爸妈妈挤在一张大床上睡觉，她多次表态：现在只是"租"爸爸妈妈的大床，十岁之后就回自己的房间睡觉。上初中了，妞妞居然还赖在爸爸妈妈的大床上，钱忠厚不高兴地说："对不起，我们现在不出租了。"妞妞拍着床、理直气壮地说："我现在不租了，我把大床中间的这块地方买断，五十年的产权！"钱忠厚只好无奈地摇头。妞妞睡在中间，爸爸妈妈睡在两边，号称是钱家风味的"肉夹馍"。

除了在学校给学生上几节课之外，钱忠厚还利用业余时间写写小说或随笔。作品不为发表，只为一家人的自娱自乐。钱忠厚常常拿着自己的文章念给庄之宁和妞妞听，当她们不愿意听的时候，他只好买一点小礼物贿赂她们。后来妞妞拿出了一套对付爸爸的办法："您想让我听文章，就得请我吃麦当劳。"

钱忠厚自嘲道："当作家当到这个份上，太失败了！"

正当一家人享受快乐生活的时候，钱大妈的电话打过来了。钱大妈带着哭腔说："忠利自杀了，天快要塌了，你赶紧过来吧。"

钱忠厚迟疑了一下说："他死跟我没有关系。"随即挂断了电话。

庄之宁走过来，警觉地问："谁的电话？"

"妈妈的电话。"

"说什么了？"

"钱忠利死了。"

"哦？那你赶紧过去吧。"

说话间，庄之宁紧张地跑进房间给钱忠厚准备行李。

钱忠厚冲着庄之宁吼道："别准备了，我不会去的！"

"为什么？"

"上次分股的时候，我连本金都没有要，兄弟情分已经买断了。"

"他再不对，但他已经死了；你不过去，就是你不对了。"钱忠厚无言以对，他知道妻子明晓事理，顾全大局。他曾经开玩笑说："中国历史上出了两位圣人，一位是孔子，另一位是庄之宁——当代的女孔子！"

钱忠厚强压着心中的怒火说："这些年忠利被钱烧昏了头，折腾得家破人亡，现在留下这个烂摊子……"

庄之宁打断了钱忠厚的话："忠厚，我知道你受了委屈，我想起这件事也很难受。但二十万可以买断兄弟情，却改变不了血缘关系，至少你得把妈妈和号号安顿好吧！"

妻子的话像一盆凉水泼到了他的脸上，他冷静地坐了下来，庄之宁悄悄地走了出去。这些年他体会到了被亲人愚弄的感觉，他恨透了钱忠利，甚至希望他得到报应。可如今他真的走了，钱忠厚的心好像也被什么东西揪走了。钱忠厚鲤鱼跳了龙门，自己过上了安逸的生活。虽然他在专业上称得上"专家"，但在社会关系方面只算幼儿园的小朋友，没有给弟弟妹妹提供过任何帮助。

他想如果当初钱忠利大学毕业时能顺利找到一份当医生的工作，也不会落到今天这种结局。想到这些，钱忠厚为弟弟流下了伤心的眼泪。

钱忠厚仿佛看到了弟弟出现在自己的面前，还是几十年前的样子，穿着一件自己穿旧的上衣和打着补丁的裤子。钱忠利在朝着他微笑，笑得那么天真无邪，像春天的暖阳、冬日的白雪。钱忠厚看见弟弟怀中揣着酱菜罐，手里捏着零钱。他热情地抱起弟弟，亲了又亲，然后带着弟弟去学校旁边的小摊上吃凉粉。弟弟吃得很香，他在一旁欣赏弟弟的狼吞虎咽，心里有说不出的暖意。他已经记不清楚这是弟弟第几次给他送口粮。在他挺进名牌大学的道路上，弟弟也付出了许多艰辛。此时，庄之宁进来给他添水，他看见妻子清秀的脸上满是泪痕。庄之宁本想说点什么，却欲言又止，她用温水注满了杯子，又默默退了出去。

次日凌晨，钱忠厚主动给钱大妈打了电话，说马上和钱老六一起赶往东阳。他也给钱忠星打了电话，还没有等他说话，钱忠星直接堵住了钱忠厚的话："大哥，事情我知道了，我是不会去的，你自便吧。"说完就挂断了电话，他不想再劝说钱忠星，个人的事情个人做主吧。

善良，如山间野花，无拘无束地绽放。

遗体告别

张铁军和小梅踩着生活的鼓点来到了蓝天净土医院。下午的病人并不多，张铁军接待了两位病人之后就清闲下来，他拿着一本医学杂志潜心阅读起来。这时一位中年男子走进诊室，张铁军赶紧点头打招呼，示意他拿出病历。

男子率直地说："张医生好，我不是来看病的，而是向你打听一个人的。你有一位朋友叫钱忠利吗？"

张铁军满脸疑惑地回答："是的。"

"你知道他的近况吗？"

"联系不多，他做药品生意做得挺好的。"

"他死了。"

张铁军的脸上掠过了一丝震惊，但瞬间就平静下来。

"不会吧？他的身体很棒啊！"

"千真万确。我是他的朋友唐律师，后天下午三点举行遗体告别仪式，地点在市殡仪馆。钱忠利的遗嘱中提到了你和小梅，我希望你们夫妻俩都参加，满足死者的一个心愿。你们医院的唐文院长也将参加。"

张铁军说："好的，我知道了。"

两天后的下午，天阴沉沉的，淅淅沥沥地飘着小雨。这种天气现象纯属巧合，不要自作多情地认为老天爷为这个名不见经传的小人物掉泪了。张铁军夫妇准时来到了追悼会现场，唐律师和他们打招呼："张医生，你们站过来吧。"

小梅走到钱老六、钱大妈面前深深地鞠躬，又轻轻地把钱大妈拥抱了一下。钱大妈表情呆滞，忧虑的眼中没有了眼泪，脸上的条条泪痕像干涸土地的裂纹。白发人送黑发人，什么语言都是多余的。小梅走过去和小媛拥抱，她看到小媛眼睛红肿，面色憔悴。号号惊恐地躲在钱忠厚的怀里。

一位西装革履的男子走了进来，大家觉得很眼熟，但就是想不起来。

男子问大家："难道你们都认不出我了吗？"

大家疑惑地摇摇头，男子说："我就是流浪诗人啊！"

大家这才恍然大悟，没有想到经过修饰后的流浪诗人会这么清秀帅气。他和钱忠厚的年龄相仿，但比钱忠厚显得年轻得多，看来高考落榜也不一定是什么坏事。张铁军问："你怎么像变了一个人似的，不再疯疯癫癫了？"

流浪诗人凄楚地说："你们知道我十年前为什么会到东阳来吗？或许你们认为我是偶然在东阳碰到你们的，事实上我是专程找过来的。上高中时，我的父母相继去世，唯一的亲人就是一个弟弟。后来我写了一首诗得罪了某位领导，被关进了精神病医院，半年之后从医院出来，被弟弟赶出了家门。我流浪到洋洋淀医学院，发现钱忠利长得很像我的弟弟，并且对我还特别好，我就不知不觉对他有了一份亲情。

忠利离校之后，我才知道他对我多么重要。我唯一的精神寄托没有了，像丢了魂一样到处打听忠利的下落。后来低年级的学生告诉我，说他在东阳做医药代表，我就专程找过来了。

"在忠利出事的前一天晚上，我和他见面了。他不停地叫我哥哥，还向我道歉。我认为这是我弟弟托忠利的口向我道歉的，这样我也原谅了弟弟。我送走忠利兄弟之后，就准备回老家。我特别感谢忠利，他是我的精神支柱，让我度过了这十多年。我也希望以后能把钱大爷、钱大妈当成我的父母，我会经常来看你们的。"说完这席话，流浪诗人早已泪流满面。钱老六、钱大妈走过去紧紧抓住流浪诗人的手，哽咽地说："你就是我们的亲儿子！"这席话让钱忠厚为之一震，钱忠厚一言不发地走上前去紧紧地搂住流浪诗人，像久别重逢的兄弟。

追悼会现场来了一百多人，大部分都是钱家庄的人。棺材中安放着钱忠利的遗体——一座已经倒下的黑塔，一座没有探照灯光芒的黑塔。棺材旁边坐着两位尼姑。她们用头巾把头脸包得严严实实，从她们的目光中能够看出她们是一老一小。老者是西阳尼姑庵主持——净空法师，钱大妈听说她佛法无边，执意请她来为钱忠利的灵魂超度。两位尼姑在钱忠利的尸体旁边叽里咕噜地念叨着什么。净空法师目光柔和，非常虔诚专注；小尼姑心神不定，不停地向四周张望，目光中透着凶相。

追悼会正式开始。

首先，钱忠厚代表家属在追悼会上讲话："感谢各位亲朋好友对忠利的关爱与帮助，谢谢大家来为他送行，但愿他的灵魂在天国得到安息。几年前，我明知他在做假药，也曾苦口婆心地劝过他，但亲情的温暖没有融化他铁打的心。他的罪恶夺去了十几位老人的生命，我代表忠利向所有受害者家属表示深深的歉意，忠利走上歧途，我是有责任的。在他一步步走近悬崖的时候，我没能拉住他。我对不起忠利，对不起大家……"

随后，流浪诗人也走上台来，朗诵他即兴创作的一首小诗《蚂蚁的独白》：

> 我们是一群忙忙碌碌的蚂蚁，
> 每天小心翼翼地爬行，
> 稍有风吹草动，
> 我们就胆战心惊。
> 不奢望叱咤风云的尚方宝剑，
> 只求能抓住一根救命稻草。

流浪诗人念完诗，在场的很多人都哭了，连菜花也泪流满面，这是菜花这辈子第一次听懂诗歌。

奏完哀乐，唐律师宣读了钱忠利留下的遗嘱：

> 各位亲友不必难过，我太辛苦了，只想歇歇脚。现将我离开后的事宜交代如下：
> 由本人控股的晨光医药公司，受假药事件的影响难逃一劫，听候国家处置。我愿意用晨光医药公司所有的资产为自己赎罪，安抚受害者家属。这些事情由我的同学唐律师全权处理。
> 本人名下的那套复式楼房产，请唐文院长代我卖掉，所得款项

全部捐助给蓝天净土医院，用这笔钱设立一个穷人医疗救助基金。

号号委托给钱忠厚抚养，相信哥哥一定能把他培养成有用之才。希望号号把我的死作为他一辈子的警钟：可以穷，可以平庸，活得问心无愧才是人生最大的成功。

至于我的一些私人物品，按照明细上的要求送给朋友们，以示留念。

钱忠利

2010 年 5 月 13 日

钱忠利把复式楼里的所有物品送给了员工作为纪念，他送给张铁军的是一副拉力器，这是他们过去一起租房时买下的，每天早晨两个人就用这副拉力器比臂力，足足在一起比了两年。

钱忠利送给小梅一个信封。小梅从信封中抽出一张纸条，原来是小梅离开钱忠利时留下的那首诗——《爱过》：

爱情，

在心里慢慢褪去，

它不会再去打扰你，

不必因爱而彼此折磨。

爱过——

怀着羞涩，感受惬意，

曾经真诚，曾经温柔地爱过。

但愿上帝保佑，

另一个人像我一样，

爱你。

钱忠利送给小媛的是一个小小的礼品盒，小媛打开礼盒，里面安详地躺着那枚"未来"钻戒。钻戒下面还有一张东阳大酒店的便笺纸，上面写着一首小诗《燃烧》：

一场燃烧——
耗尽生命的焰火，
随风而去，如烟如梦。
爱的信使，
在天国的梦里，
追寻飘零的记忆……

熟悉的字体让小媛眼前浮现出了钱忠利的音容笑貌，豆大的泪珠从小媛的脸上扑簌簌地流了下来。平时一看到诗歌就作呕的钱忠利，却以一首小诗结束了自己的生命。诗，为情而作，不知道这首诗是对小媛的一份眷恋，还是对自己一生的忏悔。或许这是钱忠利留给这个世界的一个谜，他手持谜底离开了。

钱忠利的生命结束了，但故事并没有结束。范莉将用她富有挑逗性的一瞥、二瞥、三瞥，继续勾引着读者……

最后的较量

在诗情画意的悲伤之后，追悼会很浪漫地结束了。

正当钱忠利的遗体缓缓移出大厅的时候，坐在旁边的小尼姑突然站起来一声尖叫："晨光医药公司的财产是我的，你们这群强盗！"

净空法师严厉地说："凡尼，对施主不得无礼！"

凡尼辩解道："死者是我的前夫，所有的财产都是我的！"

净空法师平静地说："阿弥陀佛，你是出家人，灵魂是你唯一的财产。"

唐律师平静地说道："死者是单身，这位法师你认错人了吧？"

凡尼解下头巾扔到地上，说道："师傅，我现在就还俗了，我要争回属于我的儿子和财产。"原来这位小尼姑就是范莉，在场的人都惊呆了。

净空法师苦口婆心地开导她："阿弥陀佛，凡尼，你要珍惜你两年多修行的成果，出家人要以慈悲为中心，以清静、虚无为基本点。只有这样，你才可能修成正果。阿弥陀佛。"

范莉痛苦地说："遁入佛门是我万念俱灰的时候，万念俱灰只是因为残酷的现实击碎了我的梦想，并不能说明我心中没有梦想。今天我看到了希望，所以我要还俗。"

流浪诗人对净空法师说道："大师，范莉的本质就是一口肮脏、贪婪、凶狠的大粪池，您这些年对她的教化无非是编织了一张花团锦簇的帷幕，盖住了大粪池的表面。您就别煞费苦心了！"

范莉指着流浪诗人骂道："你的本质就是一个肮脏的乞丐，你别以为用一套西服就能遮住你的那副贱骨头！"

唐律师解释道："晨光医药公司处于诉讼期，公司的账号已经被冻结了，很可能资不抵债而破产。大家没必要争夺本来就不存在的遗产了。"

净空法师抓住范莉喝道："赶紧跟我回去，别在这儿惹是生非！"

范莉一掌推开了净空法师，歇斯底里地叫道："滚开，别碰我！"

净空法师朝后一仰，幸亏流浪诗人及时扶住，净空法师才没有摔倒。范莉的这一掌彻底撕破了花团锦簇的帷幕，露出了臭气熏天的大粪池。法师除了无休止地念叨"阿弥陀佛"之外，已经别无他法了。毕竟法师没有像城管那样动粗的权力和体力。很明显，这次超度打了个大败仗。净空法师形单影只地逃回了尼姑庵。

凡尼摇身变成了范莉，气氛一下子变得紧张了。当钱忠利的灵魂化成浓烟之后，范莉走过来把钱忠厚拉了一下，说想和他单独谈谈。

流浪诗人厉声叫道："忠厚，你别中了这婆娘的诡计！"

钱忠厚不顾大家的劝阻，跟着范莉走出了殡仪馆，来到了旁边的一片树林。他的怀中还紧紧地抱着号号。

范莉低声哀求道："大哥，可怜可怜我吧！我现在一无所有了，只求能得到号号的抚养权，号号至少可以给我一点精神寄托。"

钱忠厚惊讶范莉还有勇气叫他"大哥"。钱忠厚这个书呆子根本不清楚这不是勇气的问题，而是脸皮的问题。他犹豫了一下说："你就叫我钱老师吧。号号一直是我妈妈带大的，如果你带走他，我担心老人家受不了。"

范莉"扑通"一声跪在了钱忠厚的面前，哭诉道："大哥，你给我一点活下去的理由吧！"

钱忠厚犹豫地说："这件事我当不了家，我要先和父母商量，孙子是他们的命根子。"

范莉仍然跪在地上，动情地说："如果没有了号号，我担心自己熬不过今晚……大哥，我知道你是天底下最善良的人，最厚道的人，最重情重义的人，我和忠利对不起你。你在追悼会上不仅没有抱怨忠利，而且还在不停地自责，让我很感动，让我无地自容。大哥，我死后没有别的要求，只求你把我和忠利合葬在一起。我的好大哥！"

范莉仍然还是一口一声"大哥"，大哥长、大哥短。如果把这几年的是是非非全部抹掉，把几年前的"大哥长、大哥短"和今天的"大哥长、大哥短"连接起来，范莉是一个多么重情重义的女人啊！钱忠厚心软了，恻隐之心、怜惜之心一股脑地涌上心头。钱忠厚毅然把怀中的号号交给了范莉，他还帮范莉安抚号号："妈妈带你去买玩具，等会儿我和奶奶去接你。"

临别时，范莉要求钱忠厚写一份放弃抚养权的声明。钱忠厚不想和范莉纠缠，草草地写道：我自愿放弃号号的抚养权。如果范莉没有抚养能力，我愿承担号号的生活费用。

范莉接过纸条一字一句地念叨了一遍，如获至宝地装进了口袋。她抱着号号，消失在夜幕中。钱忠厚两手空空地回到殡仪馆，钱大妈气得目瞪口呆，钱老六气得七窍冒烟。钱忠厚只好安抚两位老人，祈祷范莉善待号号。

钱老六质问道："难道这些年你还没有识破范莉吗？你怎么能在这个坏蛋面前心软呢？"

流浪诗人跺着脚抒情："悲哀啊，悲哀，这是中国知识分子的悲哀！"

随后的日子，钱忠厚一边忙碌着清理晨光医药公司的账务及相关赔偿事宜，一边安慰失去了孙子抚养权的钱大妈。因责任人钱忠利已经自杀，法律免去了晨光医药公司的刑事责任。在妥善处理赔偿事宜之后，洋洋淀药厂、晨光医药公司及钱忠利名下的个人资产共计还剩下两亿多元。

《东阳晚报》公布了处理结果并透露巨额资产之后，钱忠厚随即接到了法院的传票。范莉作为号号的监护人起诉钱忠厚，她要为号号争夺钱忠利的巨额遗产。钱忠厚回想范莉在他面前的表演，懊恼自己再次落入了她的圈套。他清楚在耍花招方面，他根本不是范莉的对手。

钱忠厚请唐律师作为辩护律师，一起上法庭应诉，流浪诗人和小媛也一同前往。这是钱忠厚这辈子第一次上法庭。钱忠厚从来没有想到自己还有机会上法庭，他曾经在庄之宁面前自诩："如果中国人都像我们这么善良，那就不需要法院、检察院和警察了。"庄之宁反驳道："开车你不撞别人，别人还会撞你呢！"看来"女孔子"的话总是有一定的道理。

在去往法庭的路上，钱忠厚忧心忡忡。他对唐律师说道："我不在乎这笔遗产，只是被范莉欺骗的感觉很难受。"

唐律师拍着钱忠厚的背，爽朗地笑道："放心吧，法律肯定会站在正义者一边。"

　　范莉牵着号号走进了法庭，她打扮得像新娘子一样，衣着鲜艳而性感，面色红润而灿烂，厚厚的浓妆牢牢地盖住了岁月的沧桑。法庭上的人们怀着不同的心思对范莉一瞥、二瞥、三瞥——她就是有这个魔法，走到哪儿都能成为目光的焦点。当她经过钱忠厚身边的时候，对钱忠厚做了一个鬼脸，显然她为自己设计的圈套而自鸣得意。当范莉的代理律师提出财产要求之后，唐律师很从容地拿出了另外一份遗嘱："我死后，晨光医药公司将免于刑事责任。如果事态不继续扩大，我估计将会剩下一大笔财产。公司及我个人的所有资产全部归钱忠厚所有。"范莉的辩护律师确认遗嘱的真实性之后，马上举手认输。法院随即宣判钱忠厚拥有了这笔遗产，仅仅判给号号每年八千元的抚养金。

　　面对残酷的现实，范莉突然情绪失控，她像发疯一样抓住号号劈头盖脸地打过去。口中骂道："你这个灾星！我要你这个废物有什么用？"

　　钱忠厚冲过去想保护号号，但范莉在他的身上不断地厮打，钱忠厚实在没法靠近。流浪诗人看到这种情况，冲上来一掌推开范莉，从范莉的手中抢过了号号。看来衡量一个人的灵机应变能力，高考分数实在没在太大的参考价值。范莉神志恍惚，歇斯底里地冲上去追打辩护律师和法官。保安冲上来制服了她。

　　在闭庭之前，钱忠厚委托唐律师当场宣布钱忠利所有财产全部捐献给蓝天净土医院。他个人将承担号号的抚养费用，他宣称他不会动用钱忠利留下的任何资产。范莉还没有从这意外的宣判中清醒过来，保安就架着范莉将她推出了法庭。

钱忠厚不敢让号号跟着范莉回去，号号也不敢跟着范莉回去了。从此东阳的街头多了一个女疯子，口角流着涎水，或唱或叫，或裸体奔跑……范莉继续享受着周围人群投射过来的一瞥、二瞥、三瞥。一瞥是同情，二瞥是感慨，三瞥是嘲讽……

蓝天净土医疗园

2015 年的春天，也就是钱忠利死后的第五个春天，广东省最大的医疗产业集团——蓝天净土医疗园在东阳开发区落成了。园区由蓝天净土医院、晨光医药公司、钱忠利医疗救助中心三个单元组成。

医疗园的后面是东阳最高的山峰——净土峰。园区像一个涉世不深的婴儿，三面被净土峰环抱。净土峰上常年郁郁葱葱，山泉静静地从山上流下来，清新的空气和清澈的泉水哺育着怀中的医疗园。另外一面是一条人工河——明镜河。一座小桥把园区和外面的世界连接起来。明镜河清澈见底，从山涧顺流而下的小鱼在水中嬉闹。俗话说"水至清则无鱼"，事实上，水清同样可以有鱼，关键是鱼的种类和习性。曾经有人建议放一些观赏性的金鱼在明镜河里，唐文没有采纳这条建议。他说："虽然野生鱼又小又丑，但能让病人感受到真实自然。我们不需要用五颜六色的金鱼来粉饰太平。"

集团公司大厅悬挂着一张组织结构图，一些熟悉的名字赫然在列。集团公司的最上端是理事会，理事会成员包括钱忠厚、洛克夫斯基、三浦忠惠、彼得·盖茨等，下面依次写着集团公司总裁唐文，集团公司策划中心主任流浪诗人，蓝天净土医院院长张铁军，晨光医药公司总经理小媛，钱忠利医疗救助中心主任小梅……自从唐文举起这面乌托邦的大旗之后，国内外的慈善家纷至沓来，大家认为把善款捐赠给医疗园才能变成真正的善款，不会被玷污成赃款。

医疗园里的人并不多，门诊病人都是在市区内的蓝天净土分院接受治疗，只有确认要住院的病人才送到医疗园接受治疗或疗养。在这片独立的天地里，无邪的阳光洒满了每一个角落，纯净的春风抚摸着每一棵花草，舒心的微笑荡漾在一张张苍老或稚嫩的脸上，药片在肠道里欢快地流动，连下水道里都流淌着清澈的山泉。

唐文认为自己是园区最清闲的人，他甚至调侃自己是医疗园"多余的人"。每个部门都有负责人，大家各司其职，工作井然。他唯一的工作就是召开每周一次的工作协调会。人没有了欲望，自然也就清闲了。他有时到病房去看看病人，有时坐在树荫下写诗，有时坐在明镜河边，用河水照一照自己的灵魂。

每天中午，小梅挽着张铁军、小媛挽着流浪诗人一起走向医疗救助中心后面的一片树林。人们远远地看见树枝上歇息着一只巨大的黑鸟。园区开工的第一天，大家就发现了这只黑鸟。唐文一行在园区内忙碌着基建工程，黑鸟也一直忙碌着搭建鸟巢。黑鸟从不离开园区的范围。它时而在园区上空盘旋，时而像一座黑塔屹立在树枝上，用它那探照灯一般的眼睛眺望远山。小梅、小媛、张铁军、流浪诗人像对待亲人一样对待它，陪它说说话，给它喂食。有一次，他们正低头准备食物的时候，黑鸟突然俯冲下来，冷不丁地在小媛的鼻子上轻轻地啄了一口。流浪诗人顿时醋意大发，对着黑鸟叫道："她已经是我的老婆了，黑鸟休得无礼！"黑鸟叽叽喳喳咕噜了几声之后，无奈地飞走了。钱忠厚知道这件事之后，每年清明节都会带着号号到园区来给黑鸟供奉食物，大家的心里也得到了一份宁静。

钱忠利医疗救助中心是一栋独立的小楼，专门资助无力承担医疗费用的穷人。这里收治的第一位病人是范莉。唐文采用"内服泻药、外用泉水清洗"的方法治愈了范莉的狂躁症。但她的智力仅仅相当于五岁儿童的智力，并且将永远停留在这个智力水平上。看来这种"内泻外洗"的方式清除了范莉内心的污垢，但还是无法在她的内心注满山泉水。大家啧啧称赞唐文才是名副其实的"净空法师"。唐文为没法恢复范莉的智力而懊恼不已，流浪诗人高兴地拍着唐文的肩说道："够了，够了，一个干燥的土坑总比藏污纳垢的大粪池要强得多！"

对于范莉而言，这样的治疗结果无疑是天大的喜讯，她这辈子永远可以享受五岁儿童的快乐童真，永远不会再滋生邪念了。她每天都是一脸的幸福，蓝天净土给她带来了好心情。范莉有时对着花儿讲故事，对着篱笆桩召开西阳市常委会，对着一群蚂蚁开个人演唱会。园区内传来了范莉的歌声："李刚哥啊，我的市长哥，莉莉妹妹好想你，想你想到花儿也开了，太阳也笑了，鱼儿也醉了……"在蚂蚁界，范莉是当之无愧的歌坛天后。范莉唱这首歌的时候，并没有思念李刚，她完全是唱着有口无心的童谣。正如病毒经过反复传代之后没有了致病的毒素，却还能保持对身体的刺激，这样就成了提高人体免疫力的疫苗。

有一次，范莉对着黑鸟讲述1818房的故事。黑鸟一声惨叫，俯冲下来直啄范莉的眼睛。范莉抱着头逃跑，黑鸟紧追不舍。小媛冲上来给范莉解围，黑鸟站在小媛的面前，怒气冲冲地盯着小媛。小媛痛斥道："黑鸟，你这么小肚鸡肠，下辈子谁还敢和你做夫妻啊？"听到这句话，黑鸟凶狠的目光一下就缓和了，它轻轻地啄了啄小媛的脚，怀着对下辈子美好的憧憬，柔情似水地望着小媛。

卫生部门领导听说蓝天净土医疗园的传奇故事之后，专程赶过来参观调查。临别的时候，领导提议要把蓝天净土医院树立为全国卫生系统的标兵，把蓝天净土集团的成功经验总结为"蓝天净土模式"，在全国推广。唐文总裁婉言谢绝了："我们的成功仅仅是个特例，没有推广和仿效的价值，并且我一听到'模式'两个字就会心跳加速。"唐文为这次接待追悔莫及。集团随即下文：

> 为了保证园区的洁净与宁静，除穷苦的病人之外，其他闲杂人员一律不准进入园区，重点防范腰圆腿壮的官老爷、歪瓜裂枣的暴发户等"恐怖分子"。医疗园也有免于检查的"特权阶层"——劳苦大众的那张饱经风霜的脸就是自由出入的特别通行证。

接待中心主任菜花带着强强、花花站在小桥上，检查过往人员的证件，并做好身份证的登记工作。医疗园终于有了一点点"衙门作风"，东阳的黎民百姓为医疗园的"衙门作风"拍手叫好！

从此以后，凡是相关部门的领导想来参观学习的时候，唐文都一口回绝："我们这儿真的没有什么经验，如果你们真的想知道一点内幕，我告诉你们六个字：干干净净做人。"

"干干净净做人"，作为高等动物的人类，原本举手之劳就能做到，但又有几个真正做到了呢？

图书在版编目（CIP）数据

假药/潘习龙著 . —北京：中国人民大学出版社，2015.8
ISBN 978-7-300-21657-7

Ⅰ. ①假…　Ⅱ. ①潘…　Ⅲ. ①长篇小说-中国-当代　Ⅳ. ①I247.5

中国版本图书馆 CIP 数据核字（2015）第 163240 号

假药

潘习龙　著

Jiayao

出版发行	中国人民大学出版社				
社　　址	北京中关村大街 31 号		邮政编码	100080	
电　　话	010 - 62511242（总编室）		010 - 62511770（质管部）		
	010 - 82501766（邮购部）		010 - 62514148（门市部）		
	010 - 62515195（发行公司）		010 - 62515275（盗版举报）		
网　　址	http：//www. crup. com. cn				
经　　销	新华书店				
印　　刷	固安县铭成印刷有限公司				
开　　本	890 mm×1240 mm　1/32		版　次	2015 年 10 月第 1 版	
印　　张	12. 125		印　次	2024 年 6 月第 2 次印刷	
字　　数	277 000		定　价	72. 00 元	

版权所有　侵权必究　印装差错　负责调换